MARY BALOGH

AUTORA BESTSELLER DO NEW YORK TIMES

SÉRIE WESTCOTT #2

ALGUÉM PARA
Abraçar

CB006341

Editora
Charme

Esta obra foi negociada por Maria Carvainis Agency, Inc. e Agência Literária Riff Ltda.
© 2017 by Mary Balogh do livro SOMEONE TO HOLD, Copyright © 2017 by Mary Balogh.
Primeira publicação foi feita nos Estados Unidos por Berkley,
e impresso por Penguin Random House LLC., New York.
Direitos autorais de tradução© 2021 Editora Charme.

Todos os direitos reservados.
Nenhuma parte desta publicação pode ser reproduzida, distribuída ou transmitida sob qualquer forma ou por qualquer meio, incluindo fotocópias, gravação ou outros métodos mecânicos ou eletrônicos, sem a permissão prévia por escrito da editora, exceto no caso de breves citações consubstanciadas em resenhas críticas e outros usos não comerciais permitido pela lei de direitos autorais.

Este livro é um trabalho de ficção.
Todos os nomes, personagens, locais e incidentes são produtos da imaginação da autora.
Qualquer semelhança com pessoas reais, coisas, vivas ou mortas, locais ou eventos é mera coincidência.

1ª Impressão 2021

Produção Editorial - Editora Charme
Capa e Produção Gráfica - Verônica Góes
Tradução - Monique D'Orazio
Revisão - Equipe Charme
Imagem - Periodimages, AdobeStock

FICHA CATALOGRÁFICA ELABORADA POR
Bibliotecária: Priscila Gomes Cruz CRB-8/8207

B195a   Balogh, Mary

Alguém para abraçar/ Mary Balogh; Tradução: Monique D'Orazio; Revisão: Equipe Charme; Capa e produção gráfica: Verônica Góes – Campinas, SP: Editora Charme, 2021. (Série: Westcott)
316 p. il.

Título Original: Someone to Hold
ISBN: 978-65-5933-037-9

1. Ficção norte-americana | 2. Romance Estrangeiro -
I. Balogh, Mary. II. D'Orazio, Monique III. Equipe Charme. IV. Góes, Verônica.
IV. Equipe Charme. VI. Título.

CDD - 813

www.editoracharme.com.br

MARY BALOGH
AUTORA BESTSELLER DO NEW YORK TIMES

Série Westcott #2

ALGUÉM PARA
Abraçar

TRADUÇÃO
MONIQUE D'ORAZIO

Editora Charme

A Família Westcott

(Personagens da árvore genealógica que aparecem em *Alguém para Abraçar* estão em negrito.)

Stephen Westcott c. Eleanor Coke
Conde de Riverdale   (1704–1759)
(1698–1761)

Andrew Westcott c. Bertha Ames
(1726–1796)   (1736–1807)

David Westcott c. Althea Radley
(1756–1806)   (n. 1762)

Elizabeth c. Sir Desmond   Alexander
Westcott   Overfield   Westcott
(n. 1779)   (1774–1809)   Conde de
Riverdale
(n. 1783)

George Westcott c. Eugenia Madson
Conde de Riverdale   (n. 1742)
(1724–1790)

Matilda   Humphrey Westcott   Louise Westcott c. John Archer   Mildred c. Thomas Wayne
Westcott   Conde de Riverdale   (b. 1770)   Duque de Netherby   Westcott   Barão Molenor
(n. 1761)   (1762–1812)   c. Viola Kingsley   (1755–1809)   (n. 1773)   (n. 1769)
(n. 1772)
c. Alice Snow   c. Ava Cobham
(1768–1789)   (1760–1790)

Boris   Peter   Ivan
Wayne   Wayne   Wayne
(n. 1796)   (n. 1798)   (n. 1799)

Jessica
Archer
(n. 1795)

Abigail
Westcott
(n. 1794)

Camille   Harry Westcott   Avery Archer
Westcott   (n. 1792)   Duque de Netherby
(n. 1790)   n. 1781

Anastasia Westcott   c.
(Anna Snow)
(n. 1787)

1

Depois de vários meses se escondendo, chafurdando em tristeza e negação, raiva e vergonha, e qualquer outra emoção negativa que alguém quisesse nomear, Camille Westcott enfim assumiu o controle de sua vida em uma manhã ensolarada e tempestuosa de julho. Na grandiosa idade de 22 anos. Ela não precisara assumir o comando antes da grande catástrofe, alguns meses antes, porque tinha sido uma dama — *Lady* Camille Westcott para ser exata, filha mais velha do conde e da condessa de Riverdale —, e as damas não tinham ou precisavam ter o controle sobre as suas próprias vidas. Havia outras pessoas para cuidar disso: pais, criadas, enfermeiras, preceptoras, damas de companhia, maridos, a sociedade em geral — especialmente a sociedade em geral, com suas inúmeras regras e expectativas, a maioria delas não escritas, embora continuassem reais justamente por isso.

Mas ela precisava se afirmar agora. Não era mais uma dama. Agora, era simplesmente a *srta.* Westcott, e nem tinha certeza sobre o nome. Será que um filho bastardo tinha direito ao nome de seu pai? A vida era um abismo à sua frente como um desconhecido assustador. Ela não tinha ideia do que esperar disso. Não havia mais regras, não havia mais expectativas. Não havia mais sociedade, não havia mais lugar de pertença. Se não assumisse o comando e *fizesse* algo, quem o faria?

Era uma pergunta retórica, é claro. Camille não havia perguntado em voz alta para ninguém ouvir, mas ninguém teria uma resposta satisfatória para lhe dar, mesmo se ela houvesse feito isso. Então ela mesma estava tomando uma providência nesse horizonte. Era isso ou se esconder em um canto escuro em algum lugar pelo resto de seus dias. Não era mais uma dama, mas era, por Deus, uma pessoa. Ela estava viva — estava respirando. Ela era *alguém*.

Camille e Abigail, sua irmã mais nova, viviam com a avó materna em uma das residências imponentes do prestigioso Royal Crescent, em Bath. Ficava situado no topo de uma colina acima da cidade, esplendidamente visível a quilômetros de distância, com sua grande curva interna de enormes casas georgianas, todas unidas em uma só, diante de um parque aberto que descia em declive diante dela. Mas a visão funcionava nos dois sentidos. De qualquer janela frontal, os habitantes do Crescent podiam olhar para baixo, sobre a cidade e através do rio, para os edifícios além e para o campo e as colinas ao longe. Era certamente uma das vistas mais lindas de toda a Inglaterra, e Camille a adorara quando criança, sempre que sua mãe a levava com o irmão e a irmã em longas visitas aos avós. Entretanto, tinha perdido muito de seu apelo agora que ela havia sido forçada a viver ali no que parecia muito com exílio e desgraça, embora nem ela nem Abigail tivessem feito nada para merecer qualquer um dos destinos.

Camille esperou naquela manhã ensolarada até que sua avó e irmã tivessem saído, como sempre faziam, para o Pump Room perto da Abadia de Bath, para se juntarem ao passeio das pessoas da moda. Não que esse mundo da sociedade fosse tão impressionante quanto antes, no apogeu de Bath. Um grande número dos habitantes agora eram idosos, que gostavam da vida aristocrática tranquila ali, cercados por um ambiente imponente. Até os visitantes costumavam ser pessoas mais velhas que vinham para beber as águas e imaginavam, com razão ou não, que sua saúde melhorava por imporem sobre si mesmos uma provação de sabor tão desagradável. Alguns, inclusive, submergiam até o pescoço nessas águas, embora isso agora fosse considerado um pouco extremo e antiquado.

Abigail gostava de ir ao Pump Room, pois, aos dezoito anos, ansiava por passeios e companhia, e aparentemente sua beleza jovem e delicada era muito admirada, embora ela não recebesse muitos convites para festas particulares ou mesmo para entretenimentos mais públicos. Afinal, não era muito respeitável, apesar do fato de sua avó ser eminentemente respeitável. Camille sempre se recusava terminantemente a acompanhá-las a qualquer lugar onde pudessem encontrar outras pessoas em um ambiente social. Nas raras ocasiões em que saía, geralmente com Abby, ela o fazia furtivamente, um véu pendurado sobre a aba de seu *bonnet* e puxado para baixo sobre o rosto — pois, mais do que qualquer outra coisa, ela temia ser reconhecida.

Não naquele dia, entretanto. E, ela jurou para si mesma, nunca mais. Havia se despedido da antiga vida, e se alguém a reconhecesse e decidisse lhe infligir o corte direto, ela o devolveria imediatamente. Era hora de uma nova vida e de novos conhecidos. E se houvesse alguns solavancos no trajeto de passar de um mundo para o outro, bem, ela lidaria com eles.

Depois que sua avó e Abby tinham saído, ela vestiu um dos vestidos mais severos e conservadores de seus trajes de passeio e colocou um *bonnet* para combinar. Calçou sapatos confortáveis, já que o tipo de sapatilhas delicadas que ela sempre usava nos dias em que viajava para todos os lugares de carruagem era inútil agora, exceto para usar dentro de casa. Por fim, pegando as luvas e a retícula, saiu para a rua de paralelepípedos sem esperar que um criado abrisse e segurasse a porta para ela e olhasse de soslaio para seu estado desacompanhado, e talvez até tentasse detê-la ou enviar um lacaio atrás dela. Camille ficou do lado de fora por alguns momentos, assaltada por um terror repentino que beirava o pânico, se perguntando se talvez, afinal, ela devesse correr de volta para dentro, a fim de se esconder em escuridão e segurança. Em toda a sua vida, raramente havia ultrapassado os limites de uma casa ou parque murado sem a companhia de um membro da família ou de um criado, muitas vezes os dois. Mas aqueles dias tinham chegado ao fim, embora sua avó sem dúvida argumentasse em contrário. Camille endireitou os ombros, ergueu o queixo e desceu a colina na direção da Abadia de Bath.

Seu destino real, entretanto, era uma casa em Northumberland Place, perto de Guildhall, do mercado e da Pulteney Bridge, que cruzava sobre o rio Avon com elegância grandiosa. Era um edifício indistinguível de muitos dos outros edifícios georgianos que abundavam na cidade: sólido, mas agradável à vista e com três andares, sem contar o porão e o sótão. A diferença era que aquela casa era composta por outras três que tinham sido transformadas em uma só para acomodar uma instituição.

Um orfanato, para ser mais precisa.

Era onde Anna Snow, mais recentemente Lady Anastasia Westcott, agora a duquesa de Netherby, havia passado sua infância. Era onde ela havia lecionado por vários anos depois, quando crescera. Era de lá que ela havia sido convocada a Londres pela carta de um advogado. E foi em Londres que seus caminhos e suas histórias convergiram, Camille e Anastasia — esta, a ser elevada a alturas além de sua imaginação mais improvável; aquela, a ser mergulhada em locais mais profundos do que os habitados por seus piores pesadelos.

Anastasia, também filha do conde de Riverdale, fora mandada para o orfanato — por ele — muito jovem, após a morte da mãe. Ela crescera lá, com o auxílio de um sustento financeiro, mas desconhecendo completamente a própria origem. Nem sabia seu nome verdadeiro. Ela era Anna Snow — Snow sendo o nome de solteira de sua mãe —, embora ela também não tivesse percebido isso. Camille, por outro lado, nascida três anos depois de Anastasia, tinha sido criada para uma vida de privilégios, riqueza e direitos, com Harry e Abigail, seus irmãos mais novos. Nenhum deles soubera da existência de Anastasia. Bem, sua mãe sabia, mas ela sempre presumira que a criança que o marido sustentava secretamente em um orfanato em Bath era filha de uma amante. Só depois da morte dele, há vários meses, é que a verdade tinha sido revelada.

E que verdade mais catastrófica!

Alice Snow, a mãe de Anastasia, tinha sido a esposa legítima de seu pai. Eles haviam se casado secretamente em Bath, embora ela o tenha deixado um ano mais tarde, quando sua saúde piorou, e voltado para a casa dos pais, perto de Bristol, levando a filha. Ela morrera algum tempo depois, de tuberculose, mas quatro meses *depois* de o conde ter se casado com a mãe de Camille em um casamento bígamo que não tinha validade legal. E porque o casamento era nulo e sem efeito, todos os descendentes dele eram ilegítimos. Harry perdera o título que herdara tão recentemente, sua mãe perdera todo o status social e voltara a usar o nome de solteira — ela agora se chamava srta. Kingsley e vivia com seu irmão clérigo, tio Michael, em um vicariato rural em Dorsetshire. Camille e Abigail não eram mais *Lady* Camille e *Lady* Abigail. Tudo o que tinha sido delas lhes fora arrancado. O primo Alexander Westcott — na verdade, ele era um primo de segundo grau — havia herdado o título, ao qual havia propriedades vinculadas, apesar do fato de que ele genuinamente não queria nenhum dos dois, e Anastasia herdara todo o resto. E esse *todo o resto* era a vasta fortuna que seu pai acumulara depois de seu casamento bígamo. Também incluía Hinsford Manor, a casa de campo em Hampshire, onde eles sempre tinham vivido quando não estavam em

Londres, e Westcott House, sua residência na capital.

Camille, Harry, Abigail e sua mãe tinham ficado sem nada.

Como um golpe final e esmagador, Camille perdera o noivo. O visconde de Uxbury a tinha visitado no mesmo dia em que ficara sabendo da notícia. Porém, em vez de oferecer a compaixão e o apoio esperados e arrastá-la para o altar, com uma licença especial de casamento, ele sugeriu que ela enviasse uma nota aos jornais anunciando o fim do noivado para que não tivesse que sofrer a vergonha adicional de ser rejeitada. Sim, um golpe esmagador, embora Camille nunca tivesse tocado nesse assunto. Justamente quando parecia que não poderia haver mais profundidades às quais afundar, ou maior dor para suportar, havia e houve, mas a dor pelo menos era algo que ela poderia manter para si.

Então, ali estavam ela e Abigail, morando em Bath por conta da caridade de sua avó, enquanto sua mãe mofava em Dorsetshire, e Harry estava em Portugal ou na Espanha, como um oficial subalterno do 95º Regimento de Infantaria, também conhecido como os Rifles, lutando contra as forças de Napoleão Bonaparte. Ele não poderia ter bancado a patente sozinho, é claro. Avery, o duque de Netherby, seu primo de consideração e guardião de Harry, é quem a havia comprado para ele. Harry, para seu próprio crédito, havia se recusado a permitir que Avery o colocasse em um regimento de cavalaria mais prestigioso e muito mais caro e deixou claro que também não permitiria que Avery lhe comprasse nenhuma promoção.

Por qual tipo de ironia ela acabara no mesmo lugar onde Anastasia havia crescido?, Camille se perguntou, não pela primeira vez, enquanto descia a colina. O orfanato agia como um ímã desde que ela havia chegado à cidade, atraindo-a muito contra sua vontade. Havia passado por lá algumas vezes com Abigail e, enfim — apesar dos protestos de Abby —, entrado para se apresentar à matrona, a srta. Ford, que a levara para uma visita pela instituição enquanto Abby permanecia do lado de fora sem uma acompanhante. Foi uma provação e um alívio ver, de fato, o lugar, andar pelo chão onde Anastasia devia ter caminhado mil vezes e ainda mais. Não era o tipo de instituição horrorosa de que às vezes se ouvia falar. O prédio era espaçoso e limpo. Os adultos que o dirigiam pareciam bem tratados e alegres. As crianças que

ALGUÉM PARA ABRAÇAR   11

ela viu estavam decentemente vestidas, se comportavam bem e pareciam estar satisfatoriamente alimentadas. A maioria delas, explicou a srta. Ford, era adequadamente, até generosamente, apoiada por um pai ou membro da família, embora a maioria deles optasse por permanecer anônimos. As demais crianças eram apoiadas por benfeitores locais.

Uma dessas benfeitoras, Camille ficou surpresa ao saber, embora não de uma criança específica, era sua própria avó. Por algum motivo, ela fizera uma visita recente ao local e concordara em equipar a sala de aula com uma grande estante e livros para preenchê-la. Por que ela sentira a necessidade de fazer isso, Camille não sabia, tanto quanto não entendia seu próprio ímpeto de ver o edifício e, inclusive, entrar nele. Sua avó decerto não poderia sentir uma simpatia maior em relação a Anastasia do que a própria Camille sentia. Era menor, na verdade. Anastasia era pelo menos a meia-irmã de Camille, maldição, mas não era nada para a avó além da evidência visível de um casamento que privara sua própria filha da mesma identidade que, aparentemente, era dela por mais de vinte anos. Meu Deus, sua mãe fora Viola Westcott, condessa de Riverdale, durante todos aqueles anos, embora, na verdade, o único nome a que ela tinha direito legal de usar era Viola.

Naquele dia, Camille voltaria ao orfanato sozinha.

Anna Snow fora substituída por outra professora, mas a srta. Ford mencionou de passagem durante a visita anterior que a srta. Nunce talvez não permanecesse lá por muito tempo. Camille havia insinuado, com uma impulsividade que a intrigara tanto quanto a alarmara, que poderia estar interessada em preencher o cargo ela mesma, caso a professora renunciasse. Talvez a srta. Ford a tivesse esquecido ou não a levasse a sério. Ou talvez ela tivesse julgado Camille inadequada para a vaga. Fosse como fosse, ela não havia informado Camille quando a srta. Nunce realmente partiu. Tinha sido por acaso que sua avó vira o anúncio que falava da busca de uma nova professora no jornal do dia anterior e lera em voz alta para as netas.

Mas o que é que, Camille se perguntou ao se aproximar do sopé da colina e virar na direção de Northumberland Place, ela sabia sobre ensino? Para ser mais específica, o que ela sabia sobre ensinar a um grupo supostamente grande de crianças de todas as idades e habilidades e de ambos os sexos? Ela franziu a testa, e um jovem casal que se aproximava dela ao longo da calçada saiu rapidamente de seu caminho, como se uma presença assustadora estivesse se abatendo sobre eles. Camille nem percebeu.

Por que diabos ela ia implorar por permissão para ensinar a órfãos no mesmo lugar onde Anastasia havia crescido e lecionado? Ela ainda não gostava, se ressentia e — sim — até odiava a ex-Anna Snow. Não importava que ela soubesse que estava sendo injusta — afinal, não era culpa de Anastasia que seu pai tivesse se comportado de maneira tão desprezível e feito Anastasia sofrer as consequências disso por 25 anos, antes de descobrir a verdade sobre si mesma. Também não importava que Anastasia tivesse tentado acolher seus irmãos recém-descobertos como família e se oferecido mais de uma vez para dividir com eles tudo o que havia herdado e permitir que suas duas meias-irmãs continuassem a viver com a mãe em Hinsford Manor, que agora pertencia a ela. Na verdade, a generosidade apenas tornava mais difícil gostar de Anastasia. Como ela ousava oferecer-lhes uma parte do que sempre fora deles por direito, como se estivesse lhes fazendo um grande e benevolente favor? O que, em certo sentido, ela estava.

Era uma hostilidade puramente irracional, é claro, mas emoções cruas nem sempre eram razoáveis. E as emoções de Camille ainda estavam cruas como feridas abertas que nem haviam começado a cicatrizar.

Então, o que exatamente ela estava fazendo ali? Ficou na calçada em frente às portas principais do orfanato por alguns minutos, debatendo a questão como se já não tivesse feito isso no dia anterior e durante uma noite de sono agitado, com longos períodos de vigília. Era só porque sentia necessidade de fazer algo com sua vida? Mas não havia outras coisas mais adequadas que pudesse fazer em vez disso? E se deveria lecionar, não havia cargos mais respeitáveis aos quais pudesse aspirar? Havia escolas elegantes só para garotas em Bath, e sempre havia pessoas em busca de preceptoras de bom berço para suas filhas. Mas a necessidade de Camille vir até ali naquele dia não tinha nada a ver com qualquer desejo de ensinar, tinha? Era... Bem, o que era?

A necessidade de se colocar no lugar de Anna Snow para descobrir como os órfãos se sentiam? Que pensamento absolutamente horrível. Mas se ela ficasse ali por mais tempo, perderia a coragem e se pegaria caminhando com dificuldade de volta colina acima, perdida, derrotada, abjeta e todas as outras coisas horríveis em que ela pudesse pensar. Além disso, ficar ali era decididamente desconfortável. Embora fosse julho e o sol estivesse brilhando, ainda era de manhã e ela estava na sombra do edifício. A rua também funcionava como uma espécie de funil para um vento forte.

Ela deu um passo à frente, afastou a pesada aldrava da porta, hesitou apenas um momento e depois a deixou cair. Talvez tivesse um emprego negado. Que grande alívio seria.

Joel Cunningham estava se sentindo no topo do mundo quando saiu da cama naquela manhã. O sol de julho derramou-se em seu apartamento assim que ele puxou as cortinas de todas as janelas para deixar os raios entrarem, enchendo-o de luz e calor. Mas não foi apenas o dia perfeito de verão que melhorou seu humor. Naquela manhã, ele estava aproveitando para apreciar seu lar. Seu *apartamento* — não um quartinho.

Ele havia trabalhado muito nos doze anos desde que deixara o orfanato, aos quinze anos, e fixara residência em um pequeno cômodo no último andar de uma casa na Grove Street, a oeste do rio Avon. Tinha trabalhado em um açougue enquanto frequentava a escola de arte. O benfeitor anônimo que tinha pagado sua estadia no orfanato durante sua infância também havia pagado as taxas escolares e coberto o custo do material escolar básico, embora para tudo o mais Joel estivesse à própria sorte. Ele perseverou na escola e no emprego enquanto trabalhava nas suas habilidades de pintura sempre que podia.

Frequentemente, depois de pagar o aluguel, ele tinha que escolher entre comer e comprar materiais extras, e comer nem sempre vencera. Mas aqueles dias tinham ficado para trás. Ele estava sentado do lado de fora do Pump Room, no pátio da abadia alguns anos antes, desenhando um andarilho empoleirado sozinho em um banco próximo e dividindo uma crosta de pão com os pombos. Desenhar pessoas que via ao seu redor nas ruas era algo que Joel adorava fazer, e algo para o qual um de seus professores de arte dissera que ele tinha um talento genuíno. Não tinha notado um cavalheiro sentado ao lado dele até que o homem falou. O resultado da conversa que se seguiu foi uma encomenda para pintar um retrato da esposa do homem em questão. Joel estava com medo de fracassar, mas ficou satisfeito com o resultado da pintura. Não havia feito nenhuma tentativa de fazer a senhora parecer mais jovem ou mais adorável do que ela era, mas marido e esposa pareceram genuinamente encantados com o que chamaram de "realismo" do retrato. Eles o mostraram a alguns amigos e recomendaram Joel a outros.

Então recebeu mais encomendas daquele tipo e ainda mais, até que muitas vezes as encomendas chegavam aos montes e ele desejava que houvesse mais horas no dia. Ele havia conseguido deixar o emprego há dois anos e aumentar seus honorários. Recentemente, ele os havia elevado novamente, mas ninguém ainda havia se queixado de que ele estava cobrando caro demais. Era hora de começar a procurar um estúdio para trabalhar. Mas, no mês anterior, a família que ocupava o restante do último andar da casa em que ele tinha seu quarto deu o aviso prévio, e Joel perguntou ao senhorio se ele poderia alugar o andar inteiro, que vinha todo mobiliado. Ele teria o luxo de um estúdio de tamanho considerável para trabalhar, bem como uma sala de estar, um quarto de dormir, uma cozinha que também servia de sala de jantar e um banheiro. Parecia-lhe um verdadeiro palácio.

A família se mudara na manhã anterior, e na última noite ele havia comemorado sua mudança de sorte convidando cinco amigos, todos homens, para vir e comer com ele as tortas de carne que havia comprado no açougue, um bolo da confeitaria ao lado e algumas garrafas de vinho. Foi uma alegre festa de inauguração.

— Você vai desistir do orfanato, suponho — disse Marvin Silver, o funcionário do banco que morava no andar do meio, após brindar ao sucesso contínuo de Joel.

— Ensinar lá, você quer dizer? — Joel perguntou.

— Você não é pago, é? — Marvin indagou. — E parece que precisa de todo o seu tempo para dar conta das atividades pelas quais você *é* pago... e muito bem, segundo ouvi dizer.

Joel era voluntário na escola do orfanato duas tardes por semana, ensinando arte para aqueles que queriam ir um pouco além do que era oferecido nas aulas de arte ministradas pela professora regular. Na verdade, *ensinar* era um nome impróprio para o que ele fazia com aquelas crianças. Ele pensava que seu papel consistia mais em inspirá-las a descobrir e expressar sua visão artística individual e seu talento. Joel costumava ficar ansioso por aquelas tardes. Não tinham sido tão agradáveis ultimamente, entretanto, embora isso não tivesse nada a ver com as crianças ou com sua vida cada vez mais agitada para além dos muros do orfanato.

— Sempre encontrarei tempo para ir até lá — ele garantiu a Marvin, e um dos outros sujeitos deu-lhe um tapa nas costas com grande alegria.

— E a sra. Tull? — Marvin balançou as sobrancelhas. — Você está pensando em trazê-la para cá a fim de cozinhar e limpar para você, entre outras coisas, Joel? Como a sra. Cunningham, talvez? Você provavelmente pode pagar uma esposa.

Edwina Tull era uma viúva bonita e amigável, cerca de oito anos mais velha que Joel. Ela parecia ter sido deixada por seu falecido marido para viver com certo conforto, embora, nos três anos desde que Joel a conhecera, ele começou a suspeitar de que ela recebia outros amigos homens além dele e que aceitava deles presentes — monetários — tal como aceitava os dele. O fato de que ele muito possivelmente não era o único amigo homem da viúva não representava um especial incômodo. Na verdade, ele estava muito feliz por nunca ter havido qualquer sugestão de um compromisso entre eles. Ela era respeitável, afetuosa e discreta e proporcionava-lhe companhia feminina regular e conversas animadas, bem como bom sexo. Ele ficava satisfeito com isso. Seu coração, infelizmente, há muito habitava outro lugar, e ele ainda não o havia recuperado, embora o objeto de sua devoção tivesse se casado recentemente com outra pessoa.

— Estou muito feliz de aproveitar meus aposentos expandidos sozinho por um tempo ainda — disse ele. — Além disso, acredito que a sra. Tull está muito feliz com sua independência.

Seus amigos terminaram a comida e o vinho e ficaram até depois da meia-noite. Era realmente muito bom poder receber visitas em seu próprio apartamento e ter cadeiras suficientes para todos eles se sentarem.

Agora, ele passeava por seus aposentos de trabalho e de estar ao sol da manhã e novamente se deleitou ao perceber que todo aquele espaço era seu. Ele havia percorrido um longo caminho em doze anos. Joel parou diante do cavalete no estúdio e olhou para o retrato que conseguira deixar apoiado nele. Além de alguns pequenos retoques finais, estava pronto para ser entregue. Tinha ficado particularmente satisfeito com isso porque a peça havia lhe dado trabalho. A sra. Dance era uma senhora que poderia ter sido bonita no passado, mas provavelmente nunca foi.

Ela era sem sal e amável, e no início ele se perguntou como diabos iria pintá-la de tal forma que ela e o marido ficassem satisfeitos. Joel debateu a questão por várias semanas enquanto fazia um esboço de sua retratada, conversava com ela e descobria que sua amabilidade era calorosa e genuína e tinha sido conquistada a duras penas — ela perdera três de seus sete filhos na infância e, outro, pouco antes de ele terminar a escola. Depois que Joel abandonou o uso do preconceituoso termo *sem sal* como uma descrição de sua cliente, ele passou a vê-la como uma pessoa genuinamente adorável e extraiu um grande prazer em pintar seu retrato. Esperava ter capturado aquilo que enxergava como a essência dela bem o suficiente para que outros pudessem enxergar também.

Mas, embora seus dedos coçassem para pegar o pincel e fazer os retoques finais, ele teve que resistir. Ele havia combinado com a srta. Ford para ir à escola do orfanato naquela manhã, já que tinha hora marcada com outro cliente durante a tarde, alguém que ele não poderia transferir para um horário diferente. Mas nem mesmo a ideia de ir para a escola mais cedo o abalava, pois agora ele teria a sala de aula só para ele e seu pequeno grupo e, se tivesse sorte, pelo resto do verão.

Enquanto a srta. Nunce lecionava na escola do orfanato, Joel e seu grupo tiveram que se espremer em um terço estritamente calculado da sala de aula — ela inclusive mediu com uma longa fita emprestada de Roger, o porteiro, e marcou com giz. Eles se amontoavam com seus cavaletes e todo o restante da parafernália necessária de uma aula de arte enquanto ela conduzia suas aulas nos outros dois terços. Seu raciocínio era que ele tinha um terço do número total de crianças em idade escolar, enquanto ela tinha dois terços. O equipamento de arte não influenciava sua visão. Mas, na semana anterior, a srta. Nunce pedira demissão com grande ressentimento antes que pudesse ser expulsa à força. Joel não estava lá no momento, mas não lamentou sua partida. A mulher não teria hesitado em se intrometer em seu terço da sala, pisando com cuidado na linha de giz para não borrá-la, para dar seu veredicto sobre as pinturas em andamento, invariavelmente um julgamento depreciativo. Ela era uma mulher obstinada e sem alegria, que claramente desprezava todas as crianças, e os órfãos em particular. Ela parecia enxergar como sua missão pessoal prepará-los para serem humildes, servis e conhecerem seu lugar — esse lugar sendo o degrau inferior da escada social, ou talvez um pouco abaixo do degrau inferior. Às vezes, ele pensava que ela se ressentia de ter de ensiná-los a ler, escrever e imaginar. Ela fizera o possível para reprimir sonhos, aspirações, talento e imaginação, todos os quais, em sua opinião, eram inadequados para a condição de órfãs das crianças.

Ela saíra depois que Mary Perkins foi correndo para encontrar a srta. Ford a fim de lhe dizer que a srta. Nunce estava batendo em Jimmy Dale. Quando a srta. Ford chegou à cena, Jimmy estava parado no canto, de costas para a sala, contorcendo-se de dor no traseiro. A srta. Nunce, ao que parecia, o havia descoberto lendo um dos novos livros — infelizmente para ele, um dos volumes maiores e mais pesados — e realmente rindo de algo dentro de suas páginas. Ela o havia tirado dele, instruído a ficar de pé e se curvar sobre a mesa, e o golpeou uma dúzia de vezes com o livro antes de mandá-lo para um canto contemplar seus pecados. Ela ainda estava segurando o livro no alto e arengando para a classe sobre os males do uso banal de seu tempo e da leviandade de mente vazia quando a srta. Ford apareceu. Ao vê-la, a srta. Nunce voltou seu olhar triunfante para a matrona.

— E *isso* — ela havia pronunciado — é o que resulta de permitir *livros* na sala de aula.

Os livros, junto com uma grande estante para exibi-los, haviam sido doados havia pouco tempo por uma certa sra. Kingsley, uma rica e importante cidadã de Bath. A srta. Nunce tinha sido bastante clara em sua oposição na época. Os livros, ela havia avisado, apenas dariam ideias aos órfãos.

A srta. Ford cruzou a sala até Jimmy, virou-o pelos ombros e perguntou por que ele estava lendo na aula. Ele explicou que seu exercício de aritmética havia terminado e ele não queria ficar parado. Com certeza, todas as suas contas tinham sido concluídas e estavam corretas. Ela o mandou de volta ao assento depois de remover o xale e dobrá-lo várias vezes em um quadrado para ele se sentar.

Ela pediu às monitoras do dia que tomassem conta da sala e convidou a srta. Nunce a se retirar, para a decepção das crianças. Joel também teria ficado desapontado se estivesse lá. Mas então, o incidente não teria acontecido se ele estivesse lá. Nenhuma criança do orfanato já tinha sido agredida antes. Era uma das regras imutáveis da srta. Ford.

Menos de quinze minutos depois — as crianças e alguns dos funcionários em outras partes do prédio tinham ouvido a voz exaltada da professora alternando com silêncios que provavelmente indicavam que a srta. Ford estava falando —, a srta. Nunce saíra do orfanato a passos largos com Roger alguns passos atrás dela para trancar a porta, garantindo assim que ela não mudasse de ideia.

Joel havia se alegrado, não apenas porque achava difícil trabalhar com ela, mas porque gostava das crianças — de todas elas. Ele também ficara muito aliviado, porque a srta. Nunce sucedera a Anna Snow, que havia partido fazia alguns meses e que era tudo o que ela não era. Anna trouxera a luz do sol para a sala de aula.

Era Anna quem ele amava, embora tentasse obstinadamente usar o tempo passado sempre que considerava seus sentimentos por ela. Ela era uma senhora casada agora. Ela era a duquesa de Netherby.

2

Logo depois que Joel chegou à escola, seu grupo de arte — crianças com idades entre oito e treze anos — estava absorto na pintura de um conjunto de naturezas-mortas que ele colocara sobre a mesa. Usavam óleo sobre tela, um desafio difícil para a maioria deles. Ele caminhou silenciosamente pela sala, observando seus esforços enquanto tentava não enervá-los ou quebrar sua concentração. Não demorou muito para quebrar a de Winifred Hamlin, no entanto. Sua mão disparou de repente no ar e Joel deu um suspiro interno.

— O bule de chá de Olga é menor do que a maçã dela, sr. Cunningham — disse ela, sem esperar permissão para falar... Então por que a mão levantada?

Estava mesmo. O bule de chá de Olga tinha sido pintado com o cuidado meticuloso que se podia encontrar em uma miniatura. Sua maçã, por outro lado, era redonda, vermelha, amarela, verde, brilhante e exuberante — e enorme. Na verdade, parecia mais atraente e apetitosa do que a original, que estava sobre a mesa forrada de linho com o grande bule de chá, uma xícara, um pires e um livro.

— E é mesmo — confirmou ele, apoiando a mão no ombro de Winifred. — Quando todos tiverem terminado, vamos perguntar a ela o porquê. Também perguntaremos a Paul por que os objetos em sua pintura estão em linha reta e não se tocam. E Richard vai nos contar por que em sua tela os objetos são vistos de cima, como se ele estivesse sentado em seu cavalete no teto. Se você terminou, Winifred, pode limpar seus pincéis e sua paleta e colocá-los no armário. — Ele não acrescentou que ela deveria guardá-los de forma organizada. Ela fazia tudo de forma organizada.

Na pintura de Winifred, ele viu, tudo estava em proporção perfeita com todo o resto e posicionado como os objetos reais sobre a mesa. A mesa em si estava ausente, no entanto. Os objetos estavam suspensos no espaço. Ele perguntaria a ela sobre isso mais tarde.

Houve uma batida na porta e algumas crianças viraram a cabeça quando ela se abriu. Vários não se mexeram, mostrando admirável concentração em seu trabalho.

A srta. Ford entrou na sala com uma jovem de aparência severa, vestida com estilo, mas sem nenhuma característica atraente da cabeça aos pés, em castanhos e marrons. Uma nova professora? Já? O coração de Joel afundou. Ela parecia tão ranzinza quanto a srta. Nunce, e ele esperava uma trégua até mesmo de uma *boa* professora, já que estavam no meio do verão e a maioria das escolas fechava até setembro. Aquela permanecia aberta apenas porque ficava no mesmo local onde as crianças viviam e as mantinha ocupadas e entretidas durante os longos, e muitas vezes quentes, dias. Pelo menos, essa era a filosofia por trás de mantê-la funcionando.

— Sr. Cunningham — disse a srta. Ford —, posso lhe apresentar a srta. Westcott? Ela se candidatou para o cargo de professora, e nós concordamos mutuamente em um período de experiência de quinze dias.

Todas as cabeças giraram.

Westcott? Os olhos de Joel se voltaram para a nova professora.

A srta. Ford confirmou suas suspeitas.

— A srta. Westcott é irmã da duquesa de Netherby — ela explicou. — Ela está morando em Bath com a avó, a sra. Kingsley.

— *Meia*-irmã — corrigiu a mulher jovem, dando a impressão de que, para ela, meio parentesco era mais do que suficiente. — Como vai, sr. Cunningham?

Então ela era a esquiva srta. Westcott, não era? Joel tinha visto a outra — a bonita. Anna ficara encantada quando, aos 25 anos, finalmente descobrira sua família, mas suas meias-irmãs haviam rejeitado suas propostas de amizade e afeto. Para profunda angústia de Anna, elas haviam se retirado — primeiro de Londres e, em seguida, de sua antiga casa no campo para fixar residência ali em Bath. Anna se preocupava com elas e escrevera para perguntar a Joel se ele poderia descobrir seu paradeiro e se tudo estava bem com elas, na medida em que algo podia ficar bem quando alguém perdia o chão de seu mundo de uma hora para a outra. Joel havia descoberto quem era a avó delas e a vira algumas vezes com a outra irmã, entrando no Pump

Room para se juntar ao grupo da moda, que ia todos os dias para tomar as águas e trocar mexericos.

Na verdade, ele havia sido apresentado às duas em uma festa à noite oferecida pela sra. Dance, cujo retrato estava agora no cavalete de seu novo estúdio. Ela o convidara para comparecer e trazer algumas de suas pinturas menores, a fim de mostrar aos convidados, em uma tentativa gentil de ajudá-lo a conquistar mais clientes. Ele nunca tinha posto os olhos na outra neta — até aquele momento. Tinha considerado que ela era uma reclusa. Dentre as duas, ela era certamente a de aparência mais comum — e mais até do que Anna também. Ela também parecia severa.

— Como vai, srta. Westcott? — ele a cumprimentou.

Ela era alta e em uma escala generosa, embora sua figura fosse bem proporcionada e elegante. Tinha cabelos escuros e belos olhos azuis, uma mandíbula bem definida e um queixo de aparência teimosa. Traços fortes a impediam de ter uma beleza delicada. Ela não era feia, no entanto. *Elegante* poderia ser uma boa palavra para descrevê-la. Parecia uma mulher nascida para comandar. De fato, ela parecia alguém que tinha vivido a maior parte de sua vida como *Lady* Camille Westcott, filha mais velha de um conde.

À primeira vista, ele já não gostou dela.

— Estou ansioso para trabalhar com a senhorita.

— Eu expliquei — iniciou a srta. Ford — que o senhor trabalha aqui duas tardes por semana, sr. Cunningham.

A srta. Westcott fez exatamente o que a srta. Nunce costumava fazer com frequência, embora não houvesse mais uma risca de giz cruzando a sala. Ela se afastou da porta e vagou entre os cavaletes, observando as pinturas por sobre os ombros das crianças.

— O bule de chá de Olga é menor que a maçã, senhorita — informou Winifred.

A srta. Westcott olhou para ela com as sobrancelhas levantadas, como se não pudesse acreditar na evidência de seus próprios ouvidos de que uma criança de fato se dirigira a ela sem ser convidada a fazê-lo. Em seguida, ela olhou para a mesa onde a natureza-morta havia sido montada, olhou para a tela de Olga e demorou-se a examiná-la. Joel podia sentir a própria raiva aumentar. A srta. Ford dobrou as mãos na linha da cintura.

— Mas a maçã parece boa o suficiente para comer — disse a srta. Westcott —, ou talvez até boa demais para comer. Talvez Olga a enxergue como o objeto mais significativo na mesa. Você foi instruída a pintar os objetos como os vê ou como os *sente*?

Irracionalmente, Joel se sentiu ainda mais irritado. Era possível que ela *entendesse*, que percebesse a essência daquilo? De alguma forma, ele não queria isso. Ele queria ter justificativas para não gostar dela, mas era só porque ela tinha sido indelicada com Anna? Ou era porque ela parecia severa e sem humor, e ele não a queria à solta sobre as crianças ali? O que a srta. Ford estava pensando?

— O sr. Cunningham não fala nunca para nós de que jeito pintar, senhorita — comentou Richard Beynon. — Ele faz a gente decidir sozinho. Ele fala que não pode nos ensinar a enxergar as coisas da maneira como queremos pintá-las.

— Ah — reagiu ela. — Obrigada. E essa frase ficaria melhor como "ele *não* nos fala" ou "ele *nunca* nos fala". Você já ouviu que a confusão da dupla negativa torna a frase positiva?

O rosto de Richard iluminou-se.

— Isso deixa mesmo a gente confuso, professora, não é? — ele concordou com um amplo sorriso.

Apesar dessa troca, ela ainda parecia severa e sem humor quando voltou para o lado da srta. Ford. Caminhava com uma postura ereta e inflexível, como se tivesse sido obrigada a andar por aí com um livro equilibrado na cabeça, quando criança.

— Peço que me desculpe, sr. Cunningham, por interromper sua aula — ela disse. — Estou ansiosa para trabalhar com o senhor também.

Ele esperava que ela estendesse a mão para um cumprimento. Em vez disso, ela inclinou a cabeça graciosamente — talvez uma dama pomposa condescendente com um inferior? — e saiu da sala com a srta. Ford, que sorriu para ele antes de fechar a porta.

Ora, o que tinha sido aquilo?, ele se perguntou enquanto franzia a testa para os painéis da porta. O que, em nome do trovão, colocara na cabeça dela a ideia de se candidatar para lecionar ali, dentre todos os lugares? Na mesma sala de aula onde Anna havia ensinado. No orfanato onde Anna havia crescido. Ela rejeitara a oferta de afeto de Anna. Apesar disso tudo, ela escolhia vir ali?

— Ela gostou da pintura da Olga, Winny — disse Richard, mostrando a língua e ficando vesgo quando Joel se virou.

— E ela corrigiu sua gramática, Richard — retrucou Winifred, franzindo o rosto com força até que sua cabeça vibrasse.

— Se os seus olhos alguma vez ficarem assim, meu rapaz — iniciou Joel —, você vai se cansar de ter que ficar olhando para a ponta do nariz pelo resto da vida. E se continuar fazendo isso, Winifred, terá o rosto cheio de rugas e tremores permanentes quando chegar aos vinte anos. Todos vocês têm mais cinco minutos para terminar a pintura e, em seguida, passaremos para a discussão.

Sempre era uma parte importante de suas aulas fazer com que seus alunos vissem o trabalho uns dos outros, não para classificá-los do melhor até o pior, mas para constatar como a visão que cada um tinha de um tema era muito diferente da de todos os outros. Não necessariamente inferior, não necessariamente superior, apenas diferente. Ela era irmã de Anna. Não, correção — *meia*-irmã de Anna, mas como poderia haver um relacionamento minimamente próximo entre as duas mulheres? Anna era toda graça, luz, calor e riso. A srta. Camille Westcott era… diferente.

Não inferior? Não superior? Apenas diferente?

A avó e Abigail já haviam retornado de seu passeio no momento em que Camille chegou em casa, toda corada e sem fôlego por causa do sol, do vento e da subida da colina. As duas saíram da sala de estar para se postarem no topo da escada e olhar para ela com o que parecia uma mistura de consternação e alívio.

— Camille? — sua avó perguntou. — Onde você esteve? Por que não esperou a carruagem e uma de nós para acompanhá-la? Você nem mesmo levou uma criada. Isso não é nem um pouco de seu feitio.

Teria sido algo muito incomum para Lady Camille Westcott, decerto. Sua avó parecia não entender totalmente como tudo havia mudado.

— Agora tenho um emprego — ela lhes informou, nem mesmo tentando baixar a voz para que nenhum criado ouvisse. Eles saberiam em breve, de qualquer maneira. E aquela pretensão de contínua aristocracia deveria cessar.

— *O quê?* — A mão de sua avó foi parar na garganta.

— Oh, Cam! — Abigail exclamou, correndo escada abaixo, ambas as mãos estendidas. — Mas o que foi que você fez? Que tipo de emprego?

— Não a escola, certamente — sua avó disse. — Ah, eu soube assim que li aquele anúncio no jornal em voz alta ontem que eu deveria ter mordido minha língua e jogado o jornal no fogo. Não é a escola do orfanato, é, Camille?

Depois que Camille voltara da primeira visita ao orfanato, mencionara ter dito à srta. Ford que poderia se interessar pelo cargo, se ele vagasse. Sua avó ficou horrorizada.

— Eu estive lá e conversei com a srta. Ford — revelou Camille. — Ela concordou em me aceitar como a nova professora. — Não acrescentou que a matrona tinha dúvidas sobre suas qualificações e falta de experiência e, por fim, concordou em lhe conceder um período de experiência de quinze dias, sem nenhuma garantia de que lhe ofereceria um emprego permanente no final.

Tanto a avó quanto Abigail argumentaram, persuadiram e até derramaram lágrimas por mais de meia hora depois que Camille se juntou a elas na sala de estar.

— Você não precisa trabalhar para viver, Camille — sua avó argumentou. — Eu me ofereci para dar a vocês duas uma mesada quando chegaram aqui, e vocês recusaram. Agora devo insistir que aceite, que volte a viver da maneira a que está acostumada. A vida de vocês mudou, é claro, mas não há razão no mundo para acreditar que foi totalmente destruída. A sociedade sempre teve a mãe de vocês na mais alta conta por ser uma

Kingsley, e você e Abigail vêm de um berço impecável, Camille. Vocês duas são jovens, talentosas e bonitas e são minhas netas. Sou muito respeitada na sociedade de Bath e não desprovida de alguma influência, vocês sabem. Os parentes de seu pai também não lhes deram as costas. Pelo contrário, todos eles escreveram para vocês, alguns mais de uma vez. Há todos os motivos para acreditar que ambas conseguirão casamentos perfeitamente decentes, mesmo que devam ter como objetivo um pouco menos do que as posições tituladas da nobreza. Não só você não precisa trabalhar, Camille... você pode inclusive se prejudicar se o fizer. Você pode descobrir que não será mais aceita por quem você é.

— E quem é essa pessoa, vovó? — Camille perguntou. Ela era genuinamente incapaz de responder à pergunta por si mesma, embora já o estivesse fazendo há alguns meses. Sua avó também não sabia responder, ao que parecia, ou talvez tivesse percebido a inutilidade de discutir com a neta que ela sempre chamara de teimosa, mesmo quando Camille era criança. Ela se levantou e saiu da sala, balançando a cabeça em clara frustração.

E é claro que ela deixou Camille se sentindo culpada. Talvez a avó estivesse certa. Talvez suas vidas — a dela e a de Abigail — se transformassem em algo parecido com o que eram se elas se anulassem e permitissem que os familiares abrissem caminho para que encontrassem um nível de sociedade onde se encaixassem e maridos que se contentassem com sua boa criação e não se incomodassem demais com seu berço. Talvez Abby ficasse feliz com essa solução. Camille também deveria ficar. Afinal, qual era a alternativa?

Mas ela não podia se contentar com uma sombra pálida de sua existência anterior. Meu Deus, ela era Lady Camille Westcott, filha de um conde. Havia transitado livremente entre os mais altos escalões do *ton*. Tinha sido prometida ao muito bonito e elegível visconde de Uxbury. Oh, não, ela não se *conformaria*. Preferiria ensinar em uma escola de orfanato.

Houve um grande silêncio na sala, Camille percebeu de repente, embora não estivesse sozinha, mas o silêncio não teria sido ruidoso se ela tivesse sido ruidosa, não é?

— Cam — disse Abigail, uma almofada macia agarrada ao seu seio —, por que o orfanato? Por que ele desperta tanta atração em você? Eu concordo que é hora de suavizar nossa atitude em relação a Anastasia. Achei que nós duas tínhamos concordado com isso depois que ela e Avery nos visitaram aqui a caminho de casa, depois da viagem de lua de mel. Acho que devemos escrever para ela de vez em quando e, de alguma forma, mostrar uma boa predisposição. Afinal, ela é esposa de Avery e cunhada de Jessica e nada do que aconteceu é culpa dela. Ela faz parte da família, gostemos ou não, mas por que seu fascínio por aquele lugar horrível onde ela cresceu?

Avery, o duque de Netherby, não era estritamente um membro da família — isto é, da família de seu pai. Tia Louise, irmã de seu pai, se casara com o pai de Avery, e eles tiveram Jessica, uma indiscutível prima de primeiro grau. Abigail e Jessica, que era um ano mais nova que ela, sempre tinham sido amigas próximas e ainda se correspondiam por cartas com frequência. Ela não era a única correspondente de Abby, no entanto. Cartas chegavam à casa em um fluxo constante, endereçadas a ambas. Houvera um tempo, em outra vida, em que ler cartas e respondê-las por algum tempo tinha sido uma parte normal dos dias de Camille, como era para qualquer dama refinada. Agora ela lia as cartas, mas não respondia a nenhuma.

Sua mãe escrevia contando sobre como ela estava ocupada no vicariato, onde vivia com o tio Michael, e na igreja e na aldeia. Suas cartas traziam notícias animadoras de uma vida plena e feliz. Camille não suportava responder da mesma maneira. Consequentemente, ela simplesmente enviava seu amor por meio de Abby.

As raras cartas do irmão eram decepcionantemente curtas — mas o que se poderia esperar de um homem, e ainda por cima um jovem? Consistiam em notícias animadoras sobre marchar com seu regimento por todo Portugal e até pela Espanha, em busca dos evasivos franceses, enquanto os evasivos franceses os procuravam. Realmente era um jogo esplêndido, uma grande brincadeira. Ele estava cercado por amigos, colegas leais e camaradas e estava se divertindo muito. Ele já era o próximo na fila para promoção de alferes a tenente e não tinha dúvidas de que isso aconteceria antes do outono, embora tivesse que esperar por uma vaga adequada.

Camille sabia que os oficiais recebiam promoções de patente muito mais depressa se pudessem pagar por elas. Harry não podia. Ela também sabia como surgiam as vagas, e seu estômago se agitava. Alguém teria que morrer antes que Harry pudesse ser feito tenente. Vários alguéns, aliás, desde que os primeiros a preencher as vagas eram aqueles que podiam comprá-las. Se Harry estava perto de ser promovido, os homens estavam morrendo em número significativo. E isso significava que, pelo menos ocasionalmente, o regimento alcançava os franceses, ou os franceses os alcançavam. E pelo menos ocasionalmente havia escaramuças, até mesmo batalhas campais. No entanto, para ele era tudo uma brincadeira, como um piquenique. Camille não suportava responder no mesmo tom leve. Ela pedia para Abby enviar seu amor.

E havia todas as cartas — das quais sua avó acabara de lembrá-la — provenientes de pessoas que costumavam ser familiares e ainda eram, para todos os efeitos. Eram a família de seu pai, incluindo a condessa viúva de Riverdale, a mãe de seu pai; e tia Matilda, sua irmã solteira. A viúva sempre parecera a Camille que tinha uma saúde robusta, embora tia Matilda preferisse acreditar no contrário e às vezes parecesse determinada a agitá-la e a preocupá-la a ponto de lhe aproximar de uma morte prematura. Depois, havia tia Louise, a duquesa viúva de Netherby, que gostava de se estabelecer como líder da família, embora fosse a do meio entre três irmãs. E a prima Jessica, sua filha, amiga particular de Abby, meia-irmã de Avery. E havia cartas de tia Mildred, a mais jovem das irmãs de seu pai, e tio Thomas — Lorde e Lady Molenor. Os únicos parentes que não escreveram, na verdade, foram os três filhos dos Molenor, que ainda estavam no internato e não escreviam para ninguém, exceto, aparentemente, para o pai, quando precisavam de mais dinheiro. Todos os outros escreviam com uma alegria implacável de vidas felizes.

Até o primo Alexander, o novo conde de Riverdale, havia escrito uma breve carta de gentilezas corteses e perguntas educadas sobre a saúde e a felicidade delas. Ele havia assinado a carta apenas como *primo Alexander*, sem nenhuma menção ao título que Harry havia perdido recentemente para ele. A mãe do primo Alexander, prima Althea Westcott, e sua irmã, prima Elizabeth, a viúva Lady Overfield, também escreveram gentil e alegremente sobre amenidades.

Todos escreviam alegremente. Ninguém escrevia nenhuma verdade significativa. Como se a negação pudesse eliminar a realidade. Como se andar na ponta dos pés sobre um desastre o deixasse para sempre imperturbado. Camille sentiu um grande constrangimento por parte de sua antiga família. Não hostilidade ou rejeição, apenas... constrangimento. Ela não respondeu a nenhuma das cartas. Mandava lembranças com Abby.

Não havia cartas de ninguém de fora da família. Nenhuma de qualquer uma das inúmeras damas que um dia haviam sido suas amigas.

E nenhuma do visconde de Uxbury. Bem, *aí* estava uma surpresa.

Abigail abandonou sua almofada e foi ficar na janela, olhando para fora. O silêncio se estendeu por um longo tempo, Camille percebeu. Sua irmã perguntara por que ela estava tão fascinada pelo lugar onde Anastasia havia crescido.

— Eu não sei, Abby — respondeu Camille, com um suspiro. — Suponho que existam várias maneiras de lidar com o tipo de mudança que nossas vidas sofreram nos últimos meses. Pode-se aceitar e seguir em frente, tentando manter a nova vida tão semelhante à antiga quanto possível. Pode-se negar a realidade e seguir em frente apesar dela. Pode-se esconder-se e fechar a mente para o que aconteceu... que é o que tenho feito até hoje. Ou pode-se sair e explorar a nova realidade, tentar entendê-la, tentar recomeçar a vida quase como se tivesse acabado de nascer, tentar... Ah, não sei mais como explicar. Só sei que, para não enlouquecer, *devo* fazer alguma coisa. E, de alguma forma, isso envolve voltar ao início ou ainda antes do início, para o que aconteceu antes mesmo de eu nascer. Por que ele fez isso, Abby? Por que ele se casou com mamãe quando já era casado com outra pessoa?

Abigail se virou da janela e estava olhando para sua irmã com olhos preocupados. Ela não respondeu.

— Mas, claro, é óbvio — disse Camille. — Naquela época, ele era extravagante e nosso avô ainda estava vivo e cortou os recursos financeiros dele, mas prometeu restaurá-los caso ele fizesse um bom casamento. E o vovô Kingsley estava ansioso para casar a mamãe com um futuro conde e ofereceu um dote irresistível com a mão dela. Suponho que papai deve ter enfrentado um dilema desagradável quando sua primeira esposa, sua *verdadeira* esposa, morrera e o deixara com Anastasia. O que ele fez foi hediondo para todos os envolvidos, incluindo os que ainda não tinham nascido... nós. Se ele tivesse admitido a verdade, talvez pudesse ter se casado novamente com mamãe e eles poderiam ter criado a filha dele como filha de ambos e nós também teríamos nascido dentro do casamento. Como todas as nossas vidas seriam diferentes agora, se ele ao menos tivesse feito isso. Por que ele não o fez?

— Talvez houvesse dificuldades legais se ele admitisse a bigamia — tentou justificar Abigail. — Será que teria havido? A bigamia é crime? Seu título o teria protegido do castigo? Oh, não sei nada sobre essas coisas. Talvez ele estivesse envergonhado demais para admitir a verdade, mas isso tudo é passado. Não podemos mudá-lo com nossa angústia ou imaginando como tudo poderia ter sido diferente. Por que você precisa ir para aquele orfanato, Cam? Você está tentando... *punir-se* de alguma forma pelo fato de que foi ela quem cresceu lá, quando, estritamente falando, deveríamos ter sido nós?

Camille encolheu os ombros.

— Não consigo explicar nem para mim mesma com mais clareza do que já expliquei — disse ela. — Só sei que devo tentar e, na verdade, me sinto melhor desde que comecei a ir lá, embora saiba que aborreci você e a vovó. Eu me sinto... revigorada.

— Mas como você será capaz de lecionar? — perguntou Abigail. — Por onde vai começar? Tínhamos uma preceptora, Cam. Nunca fomos à escola.

— A srta. Ford me deu uma cópia do plano de ensino que eu deveria usar como guia — contou Camille — e falou comigo sobre isso e sobre as crianças que frequentam a escola. Há mais de vinte alunos, de idades que variam de cinco a treze anos. Eu consigo. — Na verdade, a perspectiva a apavorava... sim, e a revigorava também. Ela não havia mentido sobre esse aspecto. — E as tarefas serão leves durante o próximo mês, mais ou menos. É verão e espera-se que eu faça muitas atividades recreativas com as crianças e as leve para passear sempre que puder.

— Oh, Cam — Abigail reagiu.

— Não parece um lugar opressor — Camille prometeu a ela. — Há um professor de arte que vem duas tardes por semana para ensinar àqueles que estão interessados, o sr. Cunningham. Ele estava lá esta manhã, embora isso fosse aparentemente incomum. Olhei para algumas das pinturas das crianças e pude ver que ele permite que elas usem a imaginação para interpretar um objeto modelo.

— Oh, eu conheci o sr. Cunningham — Abigail revelou, vindo se sentar novamente. — Ele estava na casa da sra. Dance na noite em que fui lá com a vovó. Lembra? Acredito que ele estava pintando o retrato da sra. Dance. Talvez ainda esteja. Ele havia levado alguns retratos completos para mostrar aos convidados, e eram primorosos. Ele tem um verdadeiro talento. E também é muito bonito.

Camille não tinha certeza se poderia dizer exatamente isso dele. Ele era alto — mais alto do que ela, de qualquer maneira — e de constituição sólida, embora tivesse uma figura decente e viril. Seu rosto era mais agradável do que encantadoramente bonito, ela pensara. Os cabelos escuros eram curtos, mas não em nenhum dos estilos curtos da moda, como o Brutus, por exemplo. Seus olhos eram escuros e inteligentes e ele tinha boca e queixo firmes, todos sugestivos de uma certa força de caráter e vontade. Ela notou que o casaco dele, embora não fosse mal cortado, também não se ajustava à moda e parecia um pouco surrado. Suas botas não brilhavam, não por falta de graxa, ela imaginou, mas por estarem gastas pelo tempo. Ele era um homem que parecia desleixado com sua aparência, muito diferente dos cavalheiros com quem ela se relacionava até poucos meses antes. Camille não teria olhado para ele uma segunda vez se tivesse passado por ele na rua — ou mesmo uma primeira vez, por sinal, mas, durante os poucos minutos em que fora forçada a ficar em companhia dele, ela notara uma espécie de energia inquieta e de masculinidade selvagem nele, e ficara ligeiramente chocada consigo mesma com essa constatação. Não era nada típico dela.

— Eu suponho — disse ela, presa por um pensamento repentino — que se ele tem ensinado lá por algum tempo, deve conhecer Anastasia.

Era por isso que ela havia sentido alguma hostilidade no comportamento dele? Será que ele se ressentia do fato de que ela estava prestes a tomar o lugar de Anastasia na sala de aula? Mas é claro que ele conhecia Anastasia — a srta. Ford a apresentara a ele como sua irmã, não foi? E ela corrigira a srta. Ford dizendo que ela era *meia*-irmã de Anastasia.

— Posso convencê-la a não voltar lá, Cam? — indagou Abigail. — Vovó vai me levar a um concerto no Upper Assembly Rooms amanhã à noite. É provável que haja pessoas lá que não frequentam o Pump Room nas primeiras horas da manhã. Venha conosco. A maioria é educada comigo. Ninguém recua de horror quando descobre quem eu sou. Ninguém me trata como uma leprosa. E nem todas as pessoas em Bath são idosas. Com o tempo e um pouco de esforço, certamente faremos algumas amigas de idade próxima à nossa. Talvez até… Nós vamos… — Ela sorriu e desviou o olhar.

Mas apenas a sra. Dance, de todas as supostas amigas da avó, convidara Abby para visitar sua casa. E ainda não havia sinal de que alguma moça mais jovem fizesse aberturas amigáveis com ela. E nenhum sinal de qualquer candidato a pretendente. Oh, pobre Abby.

— Você não vai me convencer a não ir à escola na segunda-feira e em todos os dias depois disso, Abby — rebateu Camille. — Eu quero ir. Eu realmente quero.

Os olhos de Abigail se encheram de lágrimas.

— Cam — ela meio que sussurrou —, você às vezes se pega querendo acordar e descobrir que tudo isso é um sonho horrível? Ou pelo menos tem *esperança* de acordar?

— Não mais. — Camille levantou-se e sentou-se ao lado da irmã, envolvendo-a nos braços ao fazer isso. — A vida nos deu um tapa na face, Abby, e estou prestes a revidar. Com força. Eu vou lecionar em uma escola de orfanato. *Isso* vai mostrar a todos.

Abigail quase engasgou com um soluço que se transformou em riso. Camille riu com ela e se sentiu alegre pela primeira vez em… quanto tempo? Parecia uma eternidade.

3

Na quarta-feira da semana seguinte, Joel se aproximou da escola com passos lentos — como um colegial relutante, ele pensou com desgosto. A nova professora estaria lá — a meia-irmã arrogante e altiva de Anna. Ele realmente não estava ansioso para dividir a sala de aula com ela. Qualquer esperança de que ela ou a srta. Ford tivessem mudado de ideia desde a semana passada, porém, foi banida assim que ele abriu a porta da classe e descobriu que ela e as crianças já estavam lá, embora certamente ainda não houvesse terminado a hora do almoço. Ele parou abruptamente no limiar, sua mão ainda segurando a maçaneta. Que diabos?

Os cavaletes para sua aula já tinham sido dispostos, com cadeiras colocadas ordenadamente na frente deles. Os materiais de arte estavam dispostos de maneira organizada na mesa. Os cavaletes ocupavam bons dois terços da sala. No outro terço, as carteiras foram dispostas em duas filas e unidas, uma de frente para a outra, para formar uma longa mesa, que estava coberta com uma grande confusão de... material. As crianças estavam agrupadas em torno dela, parecendo animadas e um pouco desarrumadas. A srta. Westcott — era mesmo ela? — estava no meio delas, dando ordens como um sargento do exército, apontando com uma régua de madeira para várias crianças e vice-versa. Todos os alunos pareciam estar pulando de acordo com seus comandos como recrutas ansiosos, mesmo os mais velhos, que muitas vezes gostavam de se comportar como se a vida fosse muito chata para se preocupar. Duas crianças de cinco anos davam pulinhos no lugar com uma exuberância incontida.

Ela estava usando um vestido marrom severo, que ia até o pescoço e tinha mangas compridas, embora, naquele momento, estivessem puxadas até os cotovelos. Seu cabelo tinha sido penteado com severidade para combinar com o vestido, mas tinha sofrido perturbações ao longo do dia, e havia uma mecha pendurada despercebida em seu pescoço, enquanto outras fugitivas pareciam ter sido empurradas de volta para o coque. Suas bochechas e até mesmo seu nariz estavam um pouco rosados e brilhantes.

ALGUÉM PARA ABRAÇAR 35

Havia um franzido entre suas sobrancelhas, e seus lábios eram uma linha fina quando ela não estava dando ordens.

Ela olhou para cima e o avistou.

— Boa tarde, sr. Cunningham — cumprimentou ela, como se estivesse lançando um desafio. — Espero que tudo tenha sido deixado ao seu gosto. Crianças, os artistas em desenvolvimento podem prosseguir para a sua aula.

E o grupo de Joel, algumas crianças, que, ele suspeitava, haviam optado por aulas de pintura apenas para evitar qualquer alternativa acadêmica que o outro lado da sala pudesse oferecer, veio com mansidão, mas certamente sem o entusiasmo usual.

— Fomos ao mercado esta manhã, sr. Cunningham — Winifred Hamlin disse a ele — e olhamos todos os produtos em todas as barracas e anotamos os preços.

— Mas não foi tão fácil quanto parece, senhor — revelou Mary Perkin, interrompendo-a —, porque algumas coisas valem tanto pela unidade, e outras valem tanto por litro ou por quilo, e algumas outras coisas custam tanto por dúzia ou meia dúzia. Tivemos que olhar com cuidado para ver o que os preços significavam.

— A moça dos doces deu um caramelo para cada um — acrescentou Jimmy Dale, a voz estridente de entusiasmo.

Tommy Yarrow interrompeu:

— E ela não deixou a srta. Westcott pagar por eles.

Mary deu uma risadinha e falou:

— A srta. Westcott disse que era melhor a gente prometer que ia comer o almoço direitinho quando voltássemos aqui ou ela teria problemas com a cozinheira.

— Uma senhora nos deu uma fita que estava um pouco esgarçada — contou Richard — e um homem nos deu algumas *conta* que *estava rachada*. Outra senhora queria nos dar um repolho estragado, mas a srta. Westcott disse obrigada, mas não, porque devemos sempre ser educados, aconteça o que acontecer. O sapateiro nos deu pedaços de couro de sapato que ele não poderia usar. A srta. Westcott trouxe algumas coisas da casa dela, e a enfermeira nos deu alguns alfinetes e outras coisas dos materiais dela que estavam um pouco velhos para usar, e a cozinheira nos *di* algumas colheres tortas e garfos que ela guarda para uma emergência.

— Mas ela os quer de volta, Richard — Winifred o lembrou.

— O verbo *dar* se torna *deu* no pretérito, Richard, não *di* — a srta. Westcott corrigiu severamente do outro lado da sala. — E algumas *contas estavam rachadas*, plural.

— Vamos brincar de loja amanhã — gritou Olga acima do clamor geral.

Joel ergueu as duas mãos, com as palmas para fora, mas sem sucesso.

— Temos que nos revezar como lojistas — explicou Winifred —, dois de cada vez. Todos os outros serão compradores com uma lista. E os lojistas trarão tudo da lista e vão somar o custo total, e o comprador vai ter que calcular também para ver se as duas somas batem. E...

— E os pequenos que ainda não sabem fazer contas direito vão fazer dupla com os mais velhos, que sabem — acrescentou Mary.

— Certo — disse Joel com firmeza. — Parece que os vendedores do mercado precisarão de uma tarde tranquila para se recuperarem da visita de vocês. E vocês vão precisar de uma tarde tranquila se não quiserem matar meus ouvidos e os da sua professora e se quiserem fazer algo que surpreenda o mundo da arte com seu brilho. Sentem-se e vamos discutir o que vocês vão pintar hoje.

Seus olhos encontraram os da srta. Westcott enquanto as crianças se acomodavam e uma medida de paz e ordem tomou conta da sala. A expressão dela parecia contrita e beligerante, como se o estivesse desafiando a reclamar da trivialidade do passeio matinal e do caos organizado da sala de aula, mas o problema é que *estava* organizado. Não havia dúvida de que ela estava no controle das crianças, por mais animadas que elas estivessem. E ele se deu conta, mesmo que fosse relutante em admitir, que ela descobrira uma maneira brilhante de conduzir uma aula de matemática e de vida ao mesmo tempo. As crianças tinham pensado que era tudo uma brincadeira.

Ele esperava muito que ela fracassasse cedo e com força. Tinha sido desagradável da parte dele agora que começava a pensar a respeito. E ele soube de repente do que ela o estava lembrando desde a semana anterior. Uma amazona. Uma mulher guerreira, desprovida de qualquer feminilidade suave. E, tendo pensado naquela comparação nada lisonjeira e se convencido de que era bastante apropriada, ele se sentiu melhor e voltou a mente para a aula.

Duas horas se passaram, durante as quais ele ficou mais ou menos absorto nos esforços artísticos de seus alunos enquanto eles assumiam um projeto imaginativo — a paisagem ou a casa de seus sonhos —, depois de discutir algumas possibilidades. A realidade não precisava prevalecer, ele lhes havia garantido. Se a grama em sua paisagem de sonho era rosa, então que fosse. Joel ajudou alguns deles a esclarecer suas imagens mentais e ajudou outros a misturar a cor ou tonalidade que queriam, mas que não conseguiam produzir por si mesmos. Inevitavelmente, a grama do lado de fora da caixa quadrada que era a casa cinza de Winifred era rosa — a única concessão que ela parecia ter feito à imaginação. Ele ensinou Paul como usar pinceladas para produzir água fria e revolta em vez do azul suave tradicional do lago diante de sua mansão em forma de cebola.

E ele notou que a loja do dia seguinte estava se organizando sobre as carteiras do outro lado da sala e adquiria cartões com a melhor e mais forte caligrafia de todos anunciando os preços e a quantidade ou volume de cada item que o preço compraria. Ele notou que a caixa de "dinheiro" ganhara "moedas" quadradas de papelão, nas quais o valor estava escrito em letra grande — e impecável. No dia seguinte, a srta. Westcott explicou, como se estivesse se dirigindo a um regimento recalcitrante, que todos os clientes receberiam uma determinada quantia de dinheiro de papelão para gastar e o resto das moedas seria deixado na caixa de dinheiro para que os lojistas pudessem dar o troco. Ninguém teria permissão para gastar mais dinheiro do que possuía. Se quisessem comprar acima da conta, teriam que decidir do que abririam mão.

Joel se perguntou se alguém de seu grupo gostaria de estar cunhando moedas quadradas em vez de pintar seus sonhos, embora nenhum deles reclamasse e não houvesse falta perceptível de concentração. No geral, seus esforços demonstravam maior talento artístico do que o normal.

Ele seguiu a sessão de pintura com a discussão usual depois que eles olharam para o trabalho um do outro. Então supervisionou enquanto limpavam. Ficou bastante aborrecido por ter observado com mais cuidado do que o normal para se certificar de que devolviam os suprimentos apenas às duas prateleiras inferiores do armário de armazenamento e os arrumavam de maneira organizada e ordenada. Anna sempre o repreendera por encorajar o desleixo de seus alunos e por invadir suas prateleiras, e ele sempre se defendera pelo prazer de irritá-la ainda mais, falando sobre liberdade artística.

Assim que ele dispensou seu grupo, eles vagaram para o outro terço da sala, ele notou, em vez de correr para a liberdade como normalmente teriam feito. Naquela momento, a srta. Westcott estava com todas as crianças sentadas em círculo no chão em torno de sua cadeira, de pernas cruzadas, exceto Monica, cujas pernas não se cruzavam e ficavam abaixadas como as de todos os outros, mas permaneciam irritantemente elevadas, com os joelhos para cima, encostados nas orelhas, enquanto ela se esforçava para não perder seu equilíbrio e ser jogada para trás no chão. Ela estava sentada sobre os calcanhares por sugestão da srta. Westcott — a srta. Nunce costumava insistir, sem sucesso, que Monica persistisse na postura de pernas cruzadas até que ela parasse de ser teimosa e o fizesse corretamente. A srta. Westcott pegou um livro da nova estante e estava lendo com uma voz estridente que, no entanto, parecia ter capturado a atenção de seu público.

Joel saiu sem ser notado. Havia algo que ele precisava fazer.

Depois de três dias na sala de aula, Camille chegou à conclusão de que era a pior professora do mundo. Ela olhou ao redor da sala agora vazia com uma careta, ignorando a voz interior arraigada de sua educação, que advertia que as rugas seriam o resultado terrível e inevitável de carrancas, caretas e sorrisos escancarados demais. Aquela voz interior, que por tanto tempo fora seu guia diário para um comportamento refinado, agora a incomodava consideravelmente. Ela franziria a testa se quisesse.

Quando chegou na segunda-feira de manhã, a sala de aula estava limpa e organizada, com fileiras retas de carteiras, uma mesa de professora vazia, livros bem alinhados na estante que sua avó tinha doado, cavaletes empilhados ordenadamente do outro lado da sala, margeando a janela, e os materiais estavam dispostos com precisão quase militar nas cinco prateleiras profundas e largas do armário. Ainda assim...

E não havia criados aqui para correr atrás dela, pegando o que ela deixava cair, endireitando o que não se preocupava em arrumar para si mesma. Ela fazia o papel de criada. Na verdade, naquela ocasião em particular, ela e *aquele homem* o fariam, mas ele partira alegremente assim que dispensara a classe, deixando os cavaletes onde ela os havia colocado por mera bondade de seu coração. Ele nem havia proferido uma palavra de despedida. Ela quase desejou que ele não tivesse guardado tudo, exceto as pinturas e os cavaletes. Então ela teria ainda mais do que reclamar e poderia ter pensado o pior absoluto dele, como ele sem dúvida estava pensando dela.

Ela *odiava* tê-lo ali, ouvindo tudo o que ela dizia, uma testemunha do caos da tarde, da desordem, da falta de disciplina, de sua aparência...

De sua aparência.

Camille olhou para si mesma e teria feito uma careta de novo se ainda não estivesse fazendo uma. Ela usava seu vestido mais conservador, como havia feito no dia anterior e na segunda-feira, mas... suas mangas ainda estavam puxadas para cima, de uma maneira nada feminina. Ela as rolou até os pulsos algumas horas tarde demais. O amarrotado dos cotovelos aos pulsos poderia nunca desaparecer. E como diabos será que estava seu cabelo? O coque que ela havia feito tão rusticamente naquela manhã estava se desintegrando desde então, e ela ficara impacientemente enfiando de volta nele os fios de cabelo que haviam escapado. Ela o apalpou então com as duas mãos e percebeu que devia estar parecendo um feixe de feno depois que um furacão havia soprado no campo. E quanto tempo fazia que aquela mecha estava pendurada no seu pescoço?

E por que ela se importava? Afinal, ele era apenas um homem, e a experiência recente a ensinara que os homens eram criaturas lamentáveis e desprezíveis, na melhor das hipóteses. Ele também era um homem bastante maltrapilho — aquele casaco e aquelas botas! Ela não se importava nem um pouco com o que aquele homem pensava dela. Ou qualquer homem. Ela se sentiu magoada, porém, por ele tê-la deixado sozinha para lidar com as pinturas e guardar os cavaletes, embora a desordem que ele havia deixado para trás não fosse nada comparada com o que ela havia criado em seu terço da sala de aula. As carteiras estavam cobertas de... coisas prontas para a loja do dia seguinte. Ela concebera a ideia com a esperança de que as crianças aprendessem algo prático que pudessem aplicar em suas vidas futuras depois que tivessem saído dali e precisassem prover suas próprias necessidades com o que provavelmente seria muito pouca renda — a menos que por algum milagre eles se descobrissem herdeiros ou herdeiras de uma vasta fortuna, como acontecera com sua antiga professora. Como isso era tão improvável quanto serem atingidos por uma estrela cadente, eles precisavam aprender algo sobre preços, quantidades, escolhas e como economizar. Eles precisavam aprender a diferença entre necessidades e luxos. Eles precisavam...

Puxa vida, e ela também precisava aprender tudo aquilo. Tinha ficado apavorada e surpresa com o mercado naquela manhã. Havia aprendido na prática, apenas um passo à frente das crianças — literalmente. *Amanhã*... Oh, ela temia pensar no dia seguinte. Bastava olhar para toda aquela bagunça. Talvez ela nem voltasse no dia seguinte. Talvez permanecesse na casa da avó pelo resto de sua vida, enterrada sob as cobertas de sua cama.

Mas era um pensamento indigno de sua nova pessoa. Ela endireitou os ombros e caminhou até o lado artístico da classe para observar uma das pinturas. Era ali que Paul Hubbard estava sentado. A casa dos sonhos de Paul, ao que parecia, era uma cebola roxa com vista para um lago tempestuoso com água cinza-ardósia e espuma branca — isso fez Camille estremecer. A paisagem era sombria e cinzenta, embora as janelas da cebola fossem vívidas com cores, luz e — certamente — calor. Como ele criara aquela impressão? Havia um sol ou lua estranha pairando no céu negro. Ou será que *era mesmo* um sol ou uma lua? Era uma esfera colorida, surpreendentemente distinta da paisagem abaixo, assim como as janelas e, provavelmente, o interior da casa das cebolas. Era... Por acaso era para ser a Terra? Onde estavam então a cebola e o lago tempestuoso? Ela estava de cenho franzido observando a pintura um tanto surreal e seu significado, quando a porta se abriu abruptamente atrás dela.

O sr. Cunningham havia voltado, segurando um saco de papel volumoso em uma das mãos. Camille se viu desejando ter passado seu tempo livre fazendo algo no cabelo e se desprezou por ter pensado em sua aparência antes de qualquer outra coisa. Ele parecia desarrumado pelo vento, sem fôlego e... viril. Que palavra horrível e chocante. De onde tinha vindo esse pensamento?

Ele segurou o saco de papel no alto.

— Para a sua loja — disse ele. — Eu sugeriria meio penny cada, mas não três por um penny ou quinze por seis pence. Eu limitaria cada comprador a levar um item. Dê-lhes uma breve lição sobre escassez, oferta e demanda e tudo o mais que pareça apropriado. Nutrição, talvez. Se um cliente comprasse tudo, ele, ou ela, provavelmente passaria a tarde gemendo na enfermaria e sendo medicado com a mistura indescritível que ela mantém à disposição para dor de barriga.

Camille olhou para o saco de papel com desconfiança, caminhou em direção a ele e o pegou. Continha balas de cores vivas, uma para cada criança, ela supôs.

— Quem pagou por isso? — ela perguntou. Não poderia ter soado mais ríspida nem se tivesse tentado.

Ele sorriu para ela — e é claro que tinha dentes perfeitos, que por acaso também eram brancos. *Oh, Deus*, ela pensou irritada, teria que revisar sua opinião sobre ele e admitir que Abby estava certa em considerá-lo bonito.

— Juro que não foram roubadas — prometeu ele, erguendo a mão direita com a palma para fora, como se estivesse fazendo um juramento. — Nos próximos minutos, não virá um policial aqui para me arrastar para a prisão e a senhorita também por estar em posse de bens roubados.

— É claro que todas as crianças usarão um precioso meio penny para comprar uma dessas amanhã — disse ela, ainda irritada. — Como vou ensiná-las que o pouco dinheiro que elas têm deve ser gasto em suas necessidades básicas?

— Contas, fitas e couro de sapato? — Ele ergueu as sobrancelhas.

— Feijão, cenoura e carne bovina — corrigiu ela. — O senhor não é o único que as ensina a usar a imaginação, sr. Cunningham.

— Mas como seria monótona a vida — disparou ele — se nunca houvesse o luxo ocasional, os mimos ou a extravagância.

— Isso é fácil para o senhor dizer — rebateu ela. — O senhor é um pintor de retratos da moda, ouvi dizer. Provavelmente tem muito dinheiro e vem de um berço abastado. — Apesar de sua aparência desmazelada. Ela tinha ouvido tudo sobre artistas excêntricos. — Assim como eu, mas pelo menos estou tentando me comportar de maneira responsável em relação a essas crianças, que não têm nada, nem mesmo, em muitos casos, uma identidade.

Ela se virou um tanto bruscamente para abrir espaço para os doces na mesa e encontrou um quadrado de papel no qual escrever o preço, bem como a informação de que os clientes estavam limitados à compra de um item cada. Ela pensou que ele tinha ido embora até que ele falou novamente e ela percebeu que ele estava empoleirado em um canto da mesa do professor, ali próximo, um pé com bota apoiado no chão enquanto o outro se balançava preguiçosamente. Seus braços estavam cruzados sobre o peito.

— Esta era a minha casa — disse ele calmamente —, e as pessoas aqui são a minha família. Eu cresci aqui, srta. Westcott, depois de ser deixado quando era bebê como um lixo indesejado. Eu tenho um nome, que pode ou não ser do meu pai ou da minha mãe. Recebi uma educação decente aqui e nunca passei necessidades na vida ou me faltou companheirismo e até mesmo carinho. Fui sustentado até os quinze anos por um benfeitor anônimo, como a maioria das crianças aqui. Eu parti então, depois que um emprego e acomodação foram encontrados para mim. Também frequentei a escola de arte, já que meu benfeitor foi generoso o suficiente para pagar as mensalidades. A porta aqui não foi trancada contra mim. Muito pelo contrário, de fato, mas, para todos os efeitos, eu estive sozinho para encontrar meu próprio caminho na vida, com pleno conhecimento de que, embora sempre vá chamar este lugar de minha casa e as pessoas aqui de minha família, na realidade, não tenho casa nem família.

"Nós, *órfãos*, srta. Westcott, sabemos tudo sobre as necessidades e a linha tênue entre sobreviver e morrer de fome. Não é provável que gastemos o pouco dinheiro que conseguimos ganhar simplesmente com fitas, contas e doces. Apesar disso, também sabemos o valor, a *necessidade* do deleite ocasional. Sabemos que na vida nem tudo ou sempre é cinza, que também existe cor. E sabemos que temos tanto direito a um pouco de cor em nossas vidas quanto o mais rico dos elementos mais privilegiados da sociedade. Nós somos pessoas. Pessoas individuais."

Camille encostou o cartão no saco de doces.

— O senhor está com raiva — falou ela desnecessariamente. E agora se sentia tola, mas não tinha como saber, tinha? E ela se sentiu acusada, desprezada, como se tivesse se considerado superior àquelas crianças, tratando-as como inferiores e sem importância. Ela estava tentando fazer exatamente o oposto. Ela poderia ter sido um deles, em vez de Anastasia.

— Sim.

— Não sou rica nem privilegiada.

— E também não é órfã, srta. Westcott.

Não. Apenas uma bastarda. Ela quase disse isso em voz alta, mas ele provavelmente também era. Decerto, o mesmo acontecia com a maioria das crianças ali — descendentes de duas pessoas que não haviam sido casadas uma com a outra. Por que outro motivo a maioria teria sido levada para lá e sustentada em segredo? Ele estava dizendo que ela nunca poderia entender. E talvez ele estivesse certo.

— Então o senhor conheceu Anastasia não apenas como uma colega professora — ela disse.

— Nós crescemos juntos.

De alguma forma, suas palavras a deprimiram e a fizeram se sentir ainda mais uma pária, mas uma pária em relação a quê?

— Vocês eram amigos?

— Os melhores — revelou ele.

Ela teve a sensação de que ele diria mais, mas não continuou.

Camille se virou para olhá-lo e pensou inesperadamente em como ele era diferente do visconde de Uxbury, com quem estaria casada se seu pai não tivesse morrido quando morreu. Lorde Uxbury era inegavelmente elegante, imaculadamente arrumado, digno, o epítome da gentileza. Ninguém jamais o pegaria empoleirado na beira de uma mesa, balançando um pé, os braços cruzados e as mãos enfiadas sob as axilas. Ninguém o pegaria com botas nas quais ele não pudesse enxergar seu próprio reflexo. E ninguém o pegaria com o cabelo cortado rente que não tivesse sido penteado da maneira mais moderna. Era estranho, devido ao fato de sua aparência, que ela nunca tivesse realmente pensado em Lorde Uxbury como um *homem*, apenas como o marido ideal para uma dama de sua posição e fortuna. Ele nunca a beijara, nem ela esperava que ele o fizesse. Ela nunca tinha pensado no leito conjugal, exceto das formas mais vagas, como um dever que seria cumprido quando chegasse a hora. No entanto, pensava nele como a própria perfeição, seu companheiro perfeito.

Ela olhou para os lábios e o queixo firmes do sr. Cunningham e se pegou pensando em beijos. Especificamente nos beijos *dele*. Era de fato muito alarmante. Sua aparência a ofendia, mas talvez fosse a própria ausência do verniz de gentileza que a tornava tão consciente de sua masculinidade. Ela também ficou ofendida com isso, pois havia algo visceral nisso tudo. Um cavalheiro não deveria deixar uma dama ciente de sua masculinidade.

Ele não era um cavalheiro, era? E ela não era uma dama. Ela olhou nos olhos dele e os encontrou a encarando diretamente. Eram olhos muito escuros, assim como suas sobrancelhas e cabelo. Até mesmo sua pele tinha um tom ligeiramente azeitonado, sugerindo algum sangue estrangeiro em sua ancestralidade. Italiano? Espanhol? Grego? Dizia-se que os homens mediterrâneos tinham paixão, não tinham? E onde ela ouvira uma coisa tão chocante?

A paixão era *vulgar*.

Ele tinha conhecido Anastasia, tinha crescido ali com ela, tinha sido seu amigo — seu melhor amigo. Ele havia lecionado naquela sala de aula com ela. Ele talvez a amasse? Como ele se sentira quando ela foi embora, quando o grande sonho se tornou realidade para ela, enquanto ele havia ficado para trás — *com pleno conhecimento de que, embora sempre vá chamar este lugar de minha casa e as pessoas aqui de minha família, na realidade, não tenho casa nem família.*

Perturbava-a que ele pudesse ter amado Anastasia. Quase a machucava. Isso lembrava Camille de sua própria perda terrível.

— Por que a senhorita está *aqui*? — ele perguntou abruptamente, quebrando um silêncio bastante prolongado, parecendo ofendido por alguma coisa.

— Aqui na escola do orfanato, o senhor quer dizer? — ela indagou. Ele não respondeu e ela encolheu os ombros. — Por que *não* aqui? Moro em Bath com minha avó e devo fazer algo. Uma existência ociosa não é mais apropriada para minha posição. E o salário, embora seja uma ninharia, é pelo menos todo meu.

Sua avó, fiel à sua palavra, insistira em conceder uma generosa mesada para ela e Abigail. Era maior do que a que o pai lhes dera. Camille colocara o dinheiro daquele mês em um pequeno cubículo na escrivaninha de seu quarto, onde estava determinada de que o dinheiro ficaria. Não tinha aceitado o quarto de fortuna que Anastasia lhe oferecera, e não usaria o que a avó dera, embora, claro, ela estivesse aceitando a hospitalidade da avó todos os dias em que permanecia na casa do Royal Crescent. Ela não sabia bem por que não queria aceitar o dinheiro, assim como não sabia bem por que tinha vindo para o orfanato assim que ficara sabendo de uma vaga na escola, mas pelo menos o salário que ela ganhava com seus próprios esforços lhe proporcionaria algum dinheiro para gastar.

Isso também daria a ela algum respeito próprio, uma sensação de estar no comando de sua própria vida.

— Se o senhor se opõe à minha presença aqui, deveria ter falado depois que eu saí na semana passada. Talvez a srta. Ford tivesse me escrito para cancelar nosso acordo de duas semanas como período de experiência.

Ele estava examinando a bota no pé que balançava, talvez percebendo como estava desgraçadamente usada, mas os olhos dele se voltaram aos dela com essas palavras.

— Por que eu teria uma objeção? — ele indagou.

— Talvez porque eu não seja Anna Snow — disse ela. Camille não sabia de onde essas palavras tinham vindo.

Ela não estava... com ciúme, estava? Que absurdo, mas as palavras tiveram um efeito notável. O pé dele parou de repente, e eles se encararam fixamente por vários momentos incômodos.

— Você a odeia? — ele perguntou.

— Você a ama?

Os olhos dele ficaram duros.

— Eu poderia lhe dizer para cuidar da sua própria vida — falou ele. — Em vez disso, vou lembrá-la de que ela é casada e que seria errado eu cobiçar a esposa de outro homem.

Mas ele não negara, ela notou.

— Ela se casou com Avery, sim. — Ela o observou com atenção. — A escolha do marido dela o irrita? Ele é extremamente... elegante. Quase delicado. E tão indolente. — E um pouco perigoso, embora ela nunca tivesse entendido bem a impressão que sempre tivera dele. — E muito rico. O senhor o conheceu?

— Conheci. Jantei com eles no Royal York Hotel quando passaram por Bath logo após o casamento. Eu acredito que Anna está feliz. Acredito que o duque de Netherby também esteja. A senhorita veio especificamente lecionar nesta escola em vez de outra por causa de Anna? Por curiosidade, talvez para descobrir algo sobre a irmã que a senhorita não sabia que tinha até recentemente?

— *Meia*-irmã — corrigiu ela. — Eu poderia lhe dizer para cuidar da sua própria vida. Em vez disso, direi que, se tivesse curiosidade sobre ela, eu falaria com ela.

Ele se levantou abruptamente, cruzou a sala para remover as pinturas dos cavaletes e colocá-las contra a parede, e começou a dobrar e guardar os cavaletes enquanto Camille o observava.

— Mas não fez isso, não é? — ele indagou, depois de um ou dois minutos de mais silêncio.

Como ele sabia disso? Eles se comunicavam, ele e Anastasia? Ou ela dissera a ele quando estava em Bath com Avery?

— Ela é uma duquesa — disse Camille —, e eu não sou ninguém. Não seria apropriado eu falar com ela. — Suas palavras soaram ridículas assim que ela as pronunciou, mas não podiam ser retiradas.

Ele colocou um cavalete dobrado encostado no outro e virou a cabeça para olhá-la por cima do ombro.

— A autopiedade não é uma característica atraente, srta. Westcott.

— Auto*piedade*? — Ela ergueu o queixo e olhou para ele. — Achei que fosse um caso de enfrentar a realidade, sr. Cunningham.

— Então a senhorita pensou errado. É autopiedade, pura e simples. Anna teria recebido a senhorita de braços abertos como uma irmã, e ainda o faria, não importa que seja um *meio* parentesco. Ela dividiria a fortuna com a senhorita e seus irmãos com a maior alegria, mas a senhorita não condescenderia em negociar com alguém que cresceu em um orfanato, não é? E não seria condescendente com qualquer um deles. A senhorita prefere morrer de fome. Ainda assim, parece sentir a necessidade de se colocar no lugar dela para descobrir se cabe nesse lugar ou se ele a sufoca.

Ela o fulminou com o olhar, chocada e com repulsa, as narinas dilatadas.

— O senhor presume saber muito sobre mim, sr. Cunningham, e sobre meu relacionamento com Anastasia, ou a falta dele. Ela obviamente tem sido extremamente calada. — Era mortificante, para dizer o mínimo, que ele soubesse tanto.

— Eu sou a família dela — disse ele. Ele agarrou outro cavalete e dobrou-o sem muito cuidado. — Os familiares confiam uns nos outros, especialmente quando são magoados ou rejeitados por aqueles com quem têm amizade, mas peço desculpas por me intrometer onde não me diz respeito. A senhorita tem todo o direito de ficar irritada. Vou terminar de arrumar as coisas aqui. Imagino que esteja querendo voltar para casa.

Camille lamentou por ele ter pedido desculpas. A dor permaneceu e ela não queria perdoar. *A autopiedade não é uma característica atraente.*

— O que o faz pensar, sr. Cunningham, — falou ela, às costas dele — que eu *quero* ser atraente para o senhor?

Ele fez uma pausa, o cavalete ainda nas mãos, e virou a cabeça novamente. A princípio, seu olhar parecia vazio, depois ele sorriu lentamente e algo desconfortável aconteceu aos joelhos dela.

— Tenho certeza de que é a última coisa que a senhorita deseja ser.

Ou posso ser, suas palavras pareciam implicar, mas ele estava perfeitamente correto. Ela não queria ser *atraente* para nenhum homem. A mera ideia! Muito menos queria atrair o professor de arte com sua aparência desleixada e sorriso perverso e insolente, com seus olhos escuros e ousados, que pareciam enxergar através de seu crânio e as profundezas de sua alma. Ele, de alguma forma, representava o caos, e a vida dela sempre tinha sido caracterizada pela ordem.

E aonde tinha chegado com isso?

Camille se virou, colocou o chapéu e as luvas, pegou sua retícula e lançou um último olhar desesperado para a bagunça que estava deixando para trás na forma de uma loja de mentiras. Ele não se apressou em abrir a porta para ela — mas por que deveria? Quando ela mesma a abriu e estava passando por ele, sua voz a deteve.

— Para seu governo — disse ele —, eu acredito que talvez tenha sido um dia de sorte para as crianças quando a senhorita decidiu vir para cá, srta. Westcott. É uma professora talentosa. Suas ideias para hoje e amanhã são quase brilhantes. Ensinam uma série de habilidades em vários níveis, mas as crianças acreditam que estão apenas se divertindo.

Camille não olhou para trás. Ela também não agradeceu — nem por um momento teve certeza de que ele não estivesse zombando dela. Fechou a porta silenciosamente atrás de si e partiu na longa e íngreme caminhada até a casa de sua avó. Sentiu um pouco de vontade de chorar, mas havia tantas causas possíveis para um sentimento tão estranho — ela nunca chorava, assim como nunca desmaiava — que simplesmente encolheu os ombros, apertou os lábios e alongou o passo.

Ela só esperava que a causa predominante das lágrimas que estava segurando naquele momento não fosse a autopiedade. Como ele se atrevia a acusá-la disso, justo quando ela havia saído de sua miséria para tomar uma *atitude*?

Ele *amara* Anastasia? Ainda a amava?

Não era *absolutamente* da sua conta. Nem de nenhum interesse para ela.

A mera ideia.

E então ela não pensou em mais nada durante todo o caminho para casa.

4

Quando Camille chegou em casa, com calor e sem fôlego, sentindo uma pontada no lado do corpo, sua avó estava na sala de visitas tomando chá enquanto Abigail estava de pé, já servindo uma xícara para sua irmã e quase explodindo de novidades.

Camille afundou em uma cadeira, tirou os sapatos e ignorou a desgraça de seu cabelo, ainda pior agora, depois de ser amassado pelo chapéu. Alguém já tinha se acostumado com aquela colina? E ela se acostumaria a ser uma trabalhadora? Ou morreria de exaustão antes de ter a chance de descobrir? Bem, ela *não* morreria de exaustão, e isso era tudo. Seria muita pobreza de espírito da parte dela. Seria a derrota final. Ela pegou a xícara e o pires de Abigail com uma palavra de agradecimento e dispensou com um aceno o prato de bolo e scones.

— Você deveria comer, Camille — sua avó disse. — Você vai perder peso.

— Mais tarde, talvez, vovó — ela respondeu. — Tudo que eu preciso agora é beber alguma coisa. — E provavelmente poderia perder pelo menos um pouco de peso. Seria menos peso para arrastar colina acima todas as tardes.

— Oh, Cam, que notícia maravilhosa — Abigail comemorou, afundando no sofá e apertando uma almofada contra o peito. — Você nunca vai adivinhar.

— Provavelmente não — Camille concordou depois de tomar o primeiro gole de chá quente e fechar os olhos em pura felicidade. — Mas você sem dúvida vai acabar me contando.

— Recebemos uma carta da tia Louise esta manhã — revelou a irmã. — A família inteira está vindo para cá, Cam, para comemorar o septuagésimo aniversário da vovó Westcott. Eu tinha esquecido tudo a respeito disso.

— Para cá? — Camille olhou para ela com desânimo. — *Todos* eles?

— Para cá, sim — Abigail confirmou. — Para Bath. E sim, todos, exceto os três meninos da tia Mildred. Foi ideia da tia Matilda, pois ela acredita que será bom para a vovó fazer o circuito das águas por mais ou menos uma semana para restaurar sua saúde, embora vovó nunca pareça estar doente, exceto na imaginação de nossa tia, não acha? Mas todo mundo gosta da ideia de vir mesmo assim. Os meninos vão ficar na casa de amigos da escola por uma semana ou mais, e tia Mildred aparentemente escreveu para tia Louise dizendo que ela e tio Thomas vão se sentir como peixes fora d'água se ficarem em casa. Então eles também virão. Tia Louise diz que Jessica está fora de si de tanta empolgação. O reverendo e a sra. Snow vão voltar para sua aldeia perto de Bristol depois de passar cerca de um mês na abadia de Morland, e Anastasia e Avery vão acompanhá-los e depois vir para cá para as comemorações.

— O reverendo e a sra. Snow? — sua avó perguntou.

— Os avós de Anastasia, vovó — Abigail explicou. — Os pais da mãe dela, lembra? Anastasia e Avery foram visitá-los após o casamento antes de nos visitar aqui.

— Ah, sim — disse a avó. — Anastasia se chamava Anna Snow quando vocês a conheceram, não é?

A xícara e o pires de Camille estavam esquecidos em sua mão.

— Oh, e tia Louise convidou o primo Alexander — Abigail acrescentou, como se já não tivesse dito mais do que o suficiente —, e ele, a prima Elizabeth e sua mãe virão também. Ela escreveu para mamãe, mas não imagino que ela venha. Você acha que ela poderia vir?

Por que aqui?, Camille estava se perguntando. Por que em Bath, dentre todos os lugares? Ela não conseguia se lembrar de sua avó ter vindo para a cidade antes ou de qualquer sugestão de que ela tomasse as águas. E toda a família? Até Althea Westcott, cujo marido era apenas um primo do vovô Westcott, e seus filhos, Alexander e Elizabeth? Eles haviam sido incluídos, ela supôs, porque Alex era agora o conde de Riverdale. O que havia de tão especial em um septuagésimo aniversário? Mas bastava Camille fazer essa pergunta a si mesma para que a resposta fosse óbvia. O aniversário da avó era apenas uma desculpa para permitir que todos caíssem em massa sobre os familiares perdidos para trazê-los de volta ao círculo. Ela talvez devesse estar tão animada com isso quanto Abby. Mas ainda não estava pronta para ser arregimentada. Ela não tinha certeza se um dia estaria. Eles eram seus parentes de sangue, mas estavam separados dela agora por uma grande barreira. Será que Camille era a única que conseguia enxergar isso?

— Não — disse ela, percebendo que Abigail estava ansiosamente esperando uma resposta para sua pergunta. — Duvido que mamãe venha. — A mãe delas não era aparentada de forma alguma com os Westcott, embora por quase um quarto de século ela tivesse usado o nome deles e aparentemente fosse nora, cunhada, tia ou prima de todos eles.

— Você não está feliz com a vinda deles, Cam? — Abigail perguntou.

Eles tinham sido gentis e solidários desde o início. Tanto a avó Westcott quanto a tia Louise haviam oferecido uma casa para elas — até mesmo para sua mãe. No entanto, sua mãe tinha virado as costas para eles e levado Camille e Abigail consigo. Agora todos estavam a caminho de Bath. Mas será que não podiam enxergar que sua mãe tinha feito a única coisa possível? Não havia nenhum deles que não tivesse um título — exceto a prima Althea, que, no entanto, agora tinha a distinção de ser a mãe do conde de Riverdale. Todos eles pertenciam a uma linhagem impecável. Todos eles tinham olhado para Anastasia com indignação quando ela fora levada ao salão da casa de Avery naquele dia infame. Eles teriam continuado a olhar para ela do mesmo jeito, mesmo depois de saber que ela era filha do conde, se ela também fosse sua filha ilegítima. Eles não pareciam ver que isso era exatamente o que Camille, Harry e Abigail eram. O visconde de Uxbury fizera essa constatação em um piscar de olhos. O resto do *ton* se comportaria da mesma forma se tivesse tido a chance. Não havia caminho de volta para Camille e seus irmãos. Era ilusório pensar que pudesse haver. Na verdade, era quase cruel da parte da família vir e aumentar as esperanças de Abby.

Mas como Camille poderia impor seu próprio sentimento de alienação à irmã? Quem tinha feito dela Deus?

— Estou muito feliz por você — falou ela, forçando um pouco de calor em seu sorriso. — Você tem sentido especialmente saudades de Jessica, não é?

— Eu sinto falta da mamãe — Abigail respondeu, parecendo tão desolada de repente que Camille sentiu como se o fundo de seu estômago tivesse despencado. Mas foi um lapso momentâneo da parte de Abby, e ela deu um novo sorriso radiante logo em seguida. — Tenho saudades de todos eles, não apenas de Jessica; será maravilhoso vê-los novamente e talvez ser incluída em algumas das celebrações. Não é maravilhoso que eles tenham escolhido Bath? Você acha que é, pelo menos em parte, por nossa causa? — Sua voz era melancólica.

Claramente Camille não tinha entendido por completo a profundidade do sofrimento de sua irmã. Abby estava quase sempre plácida e alegre. Era fácil presumir que a mudança em seu status e modo de vida não a afetara profundamente. Afinal, ela nunca havia sido apresentada à sociedade bem-educada e, portanto, não sabia a extensão total do que estava perdendo. Mas *é claro* que estava sofrendo. Na verdade, havia perdido tanto sua mãe quanto seu pai no último ano — e ela tinha apenas dezoito anos. Abby ficara desapontada quando a morte do pai havia forçado o adiamento da temporada de apresentações que ela esperava na primavera anterior, embora nunca tivesse reclamado disso. Por sua vez, ela havia voltado seus pensamentos para a primavera seguinte e aguardava com grande ansiedade sua estreia tardia na sociedade e a chance que isso lhe daria de ser vista, cortejada e escolhida como esposa por algum cavalheiro de alta posição. Essas esperanças e sonhos tinham sido cruelmente frustrados, e tudo o que Abby tinha para ansiar agora eram passeios no Pump Room com a avó, um concerto ocasional e um convite ainda menos frequente para visitar uma casa. E a chance pequena de que ela faria algumas amigas jovens ali ora ou outra e talvez, se tivesse muita sorte, encontraria um pretendente respeitável que ignorasse o estigma de seu nascimento. Era tão difícil de entender por que ela estava tão animada com a ida da família para lá?

— Não sei por que eles escolheram Bath — disse Camille. — Talvez todos eles concordem com a tia Matilda sobre a saúde da vovó.

A avó devia ter decidido que era hora de mudar de assunto.

— Elaine Dance nos contou no concerto da outra noite que o sr. Cunningham estava prestes a entregar seu retrato — contou ela. — Esta manhã, ela nos convidou para ir vê-lo.

— É incrível, Cam — Abigail elogiou, iluminando-se novamente. — Eu não conseguia tirar os olhos da pintura. Eu queria ficar olhando para ela eternamente.

Em uma pintura da *sra. Dance*?

— Elaine não era a mais bonita das meninas, mesmo quando era jovem — continuou a avó —, e ela se abandonou nos últimos anos e ganhou peso e um queixo duplo, bem como rugas e cabelos brancos. E todas essas características aparecem no retrato. Nada foi disfarçado. Seu queixo não foi reduzido a um só. Seu cabelo não foi pintado de um tom mais escuro ou mais vívido. E ainda assim ela parece... Qual é a palavra que estou procurando, Abigail?

— Bela? Vibrante? — Abigail sugeriu. — Ele a pintou de dentro para fora, Cam, e ela realmente é a mais gentil e amável das mulheres. O sr. Cunningham captou isso e transcendeu sua aparência externa. *Não tenho ideia* de como ele conseguiu.

— Mandei um recado para ele quando voltamos — contou a avó —, convidando-o para nos fazer uma visita aqui amanhã à tarde. Tenho retratos de seu avô e de mim, e de sua mãe um ano antes do casamento dela, e de seu tio Michael e tia Melanie; este foi pintado há quatro anos, não muito antes de ela morrer. Não tenho nenhum dos meus três netos, no entanto. Eu gostaria de pedir ao sr. Cunningham para pintar vocês duas, e talvez Harry também quando essas guerras acabarem e ele voltar para casa.

Foi a gota d'água para Camille. Há apenas uma semana, ela havia assumido o controle de seu próprio destino, deixando de lado tudo o que era familiar de seu passado, a fim de forjar uma nova vida. Agora a família de seu pai estava prestes a cair sobre eles em massa, sem dúvida com a ideia de, de alguma maneira, colocá-las de volta em uma vida aristocrática. E a vovó Kingsley ia pedir ao retratista mais badalado de Bath para pintá-las e, sem dúvida, exibir o quadro em um lugar de destaque para a sociedade de Bath vir e admirar. Ela duvidava de que a sociedade de Bath fosse ficar impressionada.

Camille não *queria* nada daquilo. Ela particularmente não queria que o sr. Cunningham a pintasse. Não conseguia imaginar nada mais humilhante.

E ela *não* estava mergulhada em autopiedade. Ela queria ser deixada em paz para lutar com sua nova vida.

— Deixe-o pintar Abby — pediu Camille. — Ela é linda.

Tinha escolhido o motivo errado.

— Oh, Cam! — Abigail exclamou, pulando de pé e vindo se sentar no braço da poltrona de Camille antes de envolvê-la num grande abraço e descansar uma bochecha no topo de sua cabeça. — Você também é linda.

— Não posso mandar pintar uma de vocês sem a outra — disse a avó. — E eu sempre achei você particularmente bonita, Camille.

Infelizmente, havia alguns laços que não podiam ser rompidos apenas porque alguém queria ser deixada em paz. Se o sr. Cunningham aceitasse a encomenda, ela teria que ficar sentada muito quieta por horas a fio enquanto ele voltava aqueles olhos escuros e intensos para ela e contemplava todas as suas imperfeições e pintava cada uma delas, assim como ele aparentemente tinha feito com a sra. Dance. Oh, seria intolerável. Ela estaria totalmente à sua mercê. Ela morreria.

Não, ela não morreria. Ela ficaria sentada com o rosto pétreo pelo tempo que fosse necessário e o desafiaria a tentar pintá-la de dentro para fora, o que quer que *isso* significasse. Ele não sabia nada sobre seu eu interior e nunca saberia. Ela se certificaria de que assim fosse.

Ela se ressentia tanto do sr. Cunningham como se ele é que tivesse feito a sugestão de pintar seu retrato.

Joel havia recebido duas cartas de clientes em potencial naquela manhã. Uma era do sr. Cox-Phillips, que vivia nas colinas acima de Bath, onde a maioria das casas eram mansões habitadas por gente muito rica. Joel teria que alugar uma carruagem para levá-lo até lá, mas escreveria de volta mais tarde e sugeriria um dia na semana seguinte. A outra carta era da sra. Kingsley, que queria que ele fizesse uma visita naquela tarde, às 16h30, para falar sobre o quadro de suas duas netas. Isto é, as irmãs mais novas de Anna. Ou suas *meias*-irmãs, para ser mais preciso. A mais jovem das duas era a muito bela srta. Abigail Westcott, que ele conhecera brevemente na casa da sra. Dance algumas semanas antes. A outra era a amazona da escola do orfanato. Ele se perguntou se ela sabia que destino a esperava. E ele se perguntou se queria a tarefa de pintá-la. Ter que dividir a sala de aula com ela duas tardes por semana poderia ser o máximo da companhia dela que ele conseguiria tolerar.

Ele visitaria a sra. Kingsley, no entanto, porque havia um aspecto sobre a possível encomenda que o atraía. A maioria dos temas de seus retratos, como era de se esperar em Bath, eram pessoas de meia-idade ou mesmo idosos, nenhum dos quais conhecido por sua beleza. Ele até ficara um pouco desconfortável no início ao concordar em pintá-los, pois temia decepcionar os destinatários e arruinar sua reputação antes mesmo de realmente ter uma. Ele não pintaria retratos de vaidade, aqueles que lisonjeavam o modelo, e sempre deixava isso claro com antecedência. Ele pintaria a pessoa como a enxergava. Joel havia se surpreendido por realmente gostar de pintar pessoas mais velhas, que invariavelmente tinham uma profundidade de caráter desenvolvida ao longo de anos de experiência. Ele adorava conversar com as pessoas enquanto as desenhava, observando seu rosto, suas mãos, seus olhos, a linguagem de seu corpo e mente — e então decidir como ia capturar a essência delas na tela. E ele tinha ficado satisfeito com os resultados até então.

No entanto, às vezes ele desejava pintar alguém jovem e adorável, e a srta. Abigail Westcott era as duas coisas. Infelizmente, ele não seria capaz de pintá-la sem pintar também sua irmã. Enquanto ele subia a colina para cumprir o compromisso, porém, foi forçado a admitir que havia algo nela que o intrigava ao mesmo tempo que o irritava. Seria um desafio interessante tentar capturar na tela a essência da srta. Camille Westcott, que ele esperava ser uma das piores professoras do mundo, enquanto na realidade era perfeitamente possível que ela fosse uma das melhores, e que parecia arrogante, mas tinha escolhido dar aulas em uma escola de orfanato. Talvez ela tivesse outras surpresas reservadas para ele.

A casa da sra. Kingsley ficava quase no meio do Royal Crescent. Ele bateu a aldrava na porta e foi admitido em um corredor espaçoso por um mordomo que o deixou desconfortavelmente ciente de sua aparência miserável com um olhar que o percorreu da cabeça aos pés antes de sair para ver se a sra. Kingsley estava em casa — como se ele não fosse estar perfeitamente ciente do fato se ela não estivesse. Além disso, aquela era a hora exata em que ela havia pedido que ele chegasse.

Alguns minutos depois, ele foi acompanhado escada acima até a sala de estar, onde a dona da casa e a mais nova de suas netas o esperavam. Não havia sinal da neta mais velha, embora ela já devesse estar em casa depois de chegar da escola. A sra. Kingsley estava de pé e, com o olhar experiente de um artista, Joel observou sua figura esguia e muito ereta, as mãos fechadas e adornadas com joias postas à frente do corpo, o rosto belo e enrugado, os cabelos meio grisalhos e meio brancos enrolados em um coque elegante. Ela mesma seria um modelo interessante de pintar.

— Sr. Cunningham — saudou ela.

— Senhora. — Ele inclinou a cabeça, primeiro para ela e depois para a jovem. — Srta. Westcott.

— Foi muita gentileza sua ter vindo prontamente mesmo com um convite tão em cima da hora — disse a sra. Kingsley. — Eu sei que o senhor é um homem ocupado. Minha neta e eu vimos o seu retrato da sra. Dance ontem de manhã e ficamos encantadas.

— Obrigado.

A neta estava sorrindo para ele e acenando em concordância. Era como ele se lembrava dela: pequena, esguia e delicada. Tinha cabelos loiros, olhos azuis e era primorosamente bela. Ela se parecia mais com Anna do que com sua irmã "inteira".

— O senhor capturou a natureza gentil dela, bem como os traços físicos, sr. Cunningham — elogiou ela. — Eu não teria pensado que seria possível fazer isso apenas com tinta.

— Obrigado — repetiu ele. — Um retrato é de uma pessoa inteira, não apenas da aparência externa.

— Mas eu realmente não sei como isso pode ser feito — insistiu ela.

A moça ficava ainda mais bonita quando seu rosto estava corado e animado, como naquele momento. A visão dela o deixou ainda mais ansioso pela chance de pintá-la, se a encomenda fosse de fato oferecida formalmente. Mas enquanto ele estava pensando nisso, a porta se abriu atrás dele e Camille Westcott entrou na sala, parecendo trazer o ar ártico consigo. Ele se virou e inclinou a cabeça para ela.

Ela estava usando o vestido marrom e o penteado severo do dia anterior, ambos arrumados hoje, mas paradoxalmente ainda menos atraentes. Também trazia a expressão severa e opressora do dia anterior em seu rosto.

— Senhorita Westcott — cumprimentou ele —, espero que tenha tido um bom dia. As crianças compraram tudo em que puseram os olhos?

— Oh, muitas e muitas vezes. De manhã e de tarde. Na hora do almoço, a cozinheira teve de enviar um emissário para ameaçar terríveis consequências se as mesas da sala de jantar não estivessem totalmente ocupadas em dois minutos ou menos. Passei meu dia evitando por muito pouco as brigas por causa dos mantimentos ou apartando-as depois de já terem começado, e por causa das contas também, pois a soma que o lojista fazia do que lhe era devido por uma compra muitas vezes diferia do que o comprador estava oferecendo, e é claro que ambos insistiam que estavam certos. Os compradores discutiam com grande ferocidade, mesmo quando o lojista exigia *menos* do que os compradores queriam pagar.

Joel sorriu.

— Foi um grande sucesso, então — disse ele. — Eu tinha certeza de que seria.

— Quando o senhor estava comprando doces no mercado — ela franziu a testa para ele —, deveria ter contado o número exato para que cada criança pudesse adquirir uma unidade. Na verdade, o senhor comprou três a mais e isso causou brigas sem fim até que Richard teve a brilhante ideia de levá-los a três crianças que ainda não frequentam a escola. Ele até insistiu em usar três de seus preciosos meio penny para comprá-los e, assim, envergonhar todas as outras crianças. Como resultado, não ficaram nada satisfeitos com ele. Eu também não estava quando ele assassinou a língua inglesa pelo menos três vezes, ainda que estivesse sendo tão bondoso.

— Camille — perguntou sua avó —, que história é essa de loja?

— A senhora realmente não quer saber, vovó. — Ela passou por Joel e se sentou. — Foi apenas uma ideia mal concebida de uma aula minha.

A srta. Camille Westcott, pensou Joel, ficava muito mais bonita quando estava exaltada. E muito mais ranzinza e com o queixo teimoso e com os lábios finos também. Aquelas crianças provavelmente não se divertiam daquele jeito há muito tempo — ou aprendiam tanto.

— Sente-se, sr. Cunningham — pediu a sra. Kingsley, indicando outra cadeira. — Espero persuadi-lo a pintar minhas duas netas, embora esteja bem ciente de que seus serviços estão em alta demanda no momento.

— Seria um prazer. A senhora tem em mente um retrato conjunto ou retratos individuais?

— Meu neto está na Península Ibérica com seu regimento. Se estivesse aqui, eu escolheria o retrato de grupo dos três. Da forma como está, eu preferiria que minhas netas fossem pintadas separadamente para que um retrato de Harry pudesse ser adicionado depois que ele voltar para casa.

O neto, Joel se lembrou das primeiras cartas de Anna, perdera o título e a fortuna de conde ao descobrir sua ilegitimidade e fugira da Inglaterra para lutar nas guerras. Ela havia ficado muito chateada com tudo isso. Sua boa sorte tinha sido má sorte para seu irmão e irmãs, e ela não ficara tão exuberantemente feliz quanto poderia ser esperado no momento em que o sonho de uma vida inteira se tornara realidade para ela.

— Eu não desejo posar para um retrato, sr. Cunningham — ele foi informado pela srta. Westcott mais velha. — Farei isso apenas para agradar a minha avó. Mas não quero ouvir nenhuma bobagem sobre capturar minha essência, que é aparentemente o que o senhor fez ou tentou fazer com a sra. Dance. Pode pintar o que estiver vendo e terminar logo com isso.

— Cam — sua irmã mais nova disse em tom de censura.

— Tenho certeza absoluta de que o sr. Cunningham sabe o que está fazendo, Camille — prometeu a avó.

A srta. Westcott olhou para ele com uma expressão acusadora, como se fosse ele quem estivesse discutindo com ela. Ele se perguntou como ela havia sido quando era Lady Camille Westcott, quando quase todos teriam sido considerados inferiores e à sua disposição. Ela devia ter sido osso duro de roer.

— Vou posar para o senhor, sr. Cunningham — informou ela —, mas espero que não seja por muitas horas seguidas. *Quanto* tempo levará?

— Deixe-me explicar um pouco do processo. Eu converso com as pessoas que estou prestes a pintar e as observo enquanto ouço. Eu as conheço o melhor que posso. Faço esboços enquanto conversamos e depois. Finalmente, quando me sinto pronto, faço um esboço final e pinto o retrato a partir dele. É um processo lento e demorado. Não pode ser apressado. Ou mudado. É um pouco caótico, talvez, mas é assim que eu trabalho.

Na verdade, não havia nada de ordenado no processo criativo. A pessoa poderia comprometer o tempo, o esforço e a disciplina, mas, para além disso, tinha pouco controle sobre a arte que emanava de sua... alma? Ele não tinha certeza se era a palavra certa, mas nunca tinha sido capaz de pensar em uma que fosse mais precisa, pois sua arte não parecia vir de nenhuma parte consciente de sua mente.

A srta. Westcott estava olhando muito intensamente para ele.

— Pinte Abby primeiro — disse ela. — O senhor pode me observar duas tardes por semana na sala de aula e me conhecer assim. Pode até me apresentar uma lista de perguntas por escrito, se desejar, e eu responderei a todas as que considerar pertinentes. Permitirei que descubra tudo o que puder sobre mim, mas nunca espere me *conhecer*, sr. Cunningham. Não é possível, e eu não permitiria se fosse.

Ela entendia, ele percebeu com alguma surpresa. Ela sabia a diferença entre saber *sobre* alguém e realmente *conhecer* essa pessoa. Ela estava começando a intrigá-lo um pouco.

— O senhor aceitará então a encomenda, sr. Cunningham? — a sra. Kingsley lhe perguntou. — E começará com Abigail? Terei uma sala reservada aqui para seu uso. Talvez possamos entrar em um acordo quanto a um cronograma que se encaixe com seus outros compromissos. E aos termos de um contrato. Suponho que o senhor vá desejar algo por escrito, assim como eu.

— Sim para tudo, senhora — informou ele, olhando para a irmã mais nova, que estava corada com aparente deleite. Pela primeira vez, ele percebeu que ela talvez fosse um desafio maior do que ele pensara. Seria uma alegria pintar juventude e beleza, mas não era sua maneira de pintar apenas o que via com os olhos. Havia alguma profundidade de caráter por trás do rosto jovem e adorável da srta. Abigail Westcott, ou ela era jovem demais para ter adquirido algum? Seria sua tarefa descobrir.

— Vamos descer à biblioteca para discutir os detalhes — convidou a sra. Kingsley. — Mandarei levarem alguns refrescos para lá.

Mas foi Camille Westcott quem deu a última palavra antes de eles saírem da sala.

— Sabia que Anastasia virá para cá? — ela perguntou a ele.

Joel parou no meio do caminho.

— Ela e Avery — ela complementou — e todo o resto da família Westcott. Eles virão para comemorar o septuagésimo aniversário da condessa viúva de Riverdale, minha outra avó. O senhor não sabia, não é?

— Não — disse ele. Não, ele não tinha notícias de Anna havia mais de uma semana. Eles não se correspondiam com tanta frequência como quando ela saíra de Bath. Eles permaneciam amigos íntimos, mas o fato de serem de sexos diferentes complicava seu relacionamento agora que ela estava casada. Além disso, ela estava feliz e não precisava de seu apoio emocional como no início. — Não, eu não tinha ficado sabendo.

— Achei que não. — Ela deu um meio-sorriso para ele.

Você a ama?, ela perguntara no dia anterior, quando ele perguntou se ela odiava Anna. Ela era muito inteligente para não ter percebido que ele havia se esquivado de responder à pergunta. Assim como ela não respondera a sua.

Anna havia rejeitado a única oferta de casamento que ele já tinha feito, alguns anos atrás, provavelmente porque ela não o amava. Ela dissera a ele na época que pensava nele como um irmão. Ela havia aceitado a oferta de Netherby, presumivelmente porque o amava e ele não lhe parecia um irmão. Simples assim. Joel não estava sofrendo de amor não correspondido. Sua vida era plena e ativa e realmente muito mais feliz do que ele esperava que fosse. Mas ele preferia que ela não fosse voltar para Bath tão logo depois da última vez.

— Quando acha que será capaz de começar? — A sra. Kingsley perguntou a ele enquanto desciam as escadas.

Joel estava descendo a colina meia hora depois, na esperança de alcançar um solo plano antes que as nuvens baixas decidissem despejar chuva sobre ele. Ele se perguntou o que Anna teria a dizer quando soubesse que ele estava pintando os retratos de suas irmãs. E o que ela pensava do fato de Camille lecionar na escola. Maldição, como ele sentia falta das cartas longas, quase diárias, que trocavam quando Anna saíra de Bath pela primeira vez.

Seria difícil pintar a srta. Camille Westcott. Como ele ia penetrar em toda aquela hostilidade espinhosa para descobrir a pessoa real dentro dela, especialmente quando ela estava determinada a que ele não tivesse sucesso? Era inclusive possível que ela fosse seu maior desafio artístico. Quando ele alcançou o sopé da colina e caminhou a passos largos na direção da Abadia de Bath, a chuva começou a cair, não forte, mas em grandes gotas que prometiam um aguaceiro a qualquer minuto. Ele sentiu os primeiros sinais de entusiasmo que uma encomenda particularmente intrigante sempre despertava nele. Não acontecia com frequência, mas ele adorava quando acontecia. Isso o fazia se sentir mais como um artista e menos como um mero profissional de trabalho esporádico — embora ele esperasse que nunca fosse apenas isso.

Ele mergulhou na abadia assim que os céus se abriram e se sentou em um banco nos fundos. E descobriu que estava realmente ansioso para dividir a sala de aula no dia seguinte. Isso não acontecia desde que Anna tinha ido embora.

5

Faltavam poucas horas para ter sobrevivido à sua primeira semana como professora, Camille pensou, no início da tarde seguinte. Mas será que conseguiria fazer tudo de novo na próxima semana e na próxima e assim por diante? Se, isto é, ela fosse efetivada após sua experiência de duas semanas. Como as pessoas conseguiam trabalhar para viver dia após dia durante toda uma vida? Bem, ela ia descobrir. Poderia ser demitida no final da semana seguinte, mas não desistiria por vontade própria e encontraria outra coisa para fazer se fosse julgada inadequada para ensinar ali. Pois se havia aprendido alguma coisa na última semana e meia, era que, quando alguém dava aquele primeiro passo determinado para o resto de sua vida, tinha de seguir em frente — ou recuar e ser derrotado para sempre.

Ela não recuaria.

Ela *não* seria derrotada.

E era isso.

Havia feito um grande exame de consciência na noite anterior depois de ler a carta alegre e afetuosa de tia Louise, cheia de planos para o que todos eles fariam em Bath, e depois de ouvir sua avó e Abigail conversando a noite toda sobre os inúmeros prazeres pelos quais ansiar. A chegada de pessoas tão ilustres deixaria toda a sociedade de Bath agitada, a avó previra, e todos estariam ansiosos para participar de qualquer entretenimento em que pudessem comparecer. Camille e Abigail finalmente seriam capazes de sair das sombras nas quais tinham ficado espreitando para serem reconhecidas como parte da família.

Camille não tinha certeza se queria que isso acontecesse. Não tinha certeza de que isso deveria acontecer. Ela sabia que não estava pronta para confiar na influência de sua família para atraí-la a um tipo de vida que não poderia ser mais do que uma sombra do que era antes. Ela ainda não sabia o que queria ou mesmo quem era, mas tinha certeza — pelo menos, ela pensava que tinha — de que precisava ficar em pé até descobrir as respostas. Será que algum dia as descobriria?

Ela tomara uma nova decisão antes de dormir. Como resultado, havia se levantado à primeira luz da manhã para escrever uma carta e fazer alguns outros preparativos, e ainda assim poderia chegar cedo para a escola a fim de ter uma palavra com a srta. Ford. Ela soubera por um comentário casual, feito durante o almoço no início da semana, que o quarto que tinha sido de Anastasia, quando ela morava e lecionava lá, ainda estava desocupado. Parecia ser visto como uma espécie de santuário. E *este*, Camille quase podia imaginar os visitantes sendo informados enquanto conduzidos em uma visita pelo edifício, é o quarto onde a duquesa de Netherby morava quando era conhecida como a simples Anna Snow. Camille tinha perguntado naquela manhã se poderia se mudar para o quarto e pagar por sua alimentação com o salário de professora. A srta. Ford olhara para ela com uma intensidade desconcertante por vários momentos de silêncio antes de perguntar se ela já tinha visto o quarto. Camille não tinha, e a srta. Ford a levou lá.

Era chocantemente pequeno. Seu quarto de vestir em Hinsford Manor certamente era maior. A mobília consistia em uma cama estreita, uma cômoda igualmente estreita com quatro gavetas, uma mesinha com uma cadeira de madeira com espaldar reto e alto e um lavatório com uma tigela e um jarro sobre ela. Havia três ganchos afixados na parede atrás da porta, um espelho na porta e um pequeno tapete ao lado da cama.

Camille engoliu em seco, para não fazer nenhum som inadvertido de angústia, pensou em mudar de ideia e então, antes que pudesse, perguntou novamente se poderia ficar com o quarto. A srta. Ford disse que sim, e Camille fora em busca do porteiro para perguntar se ele poderia cuidar para que a bolsa e a mala que ela havia preparado antes fossem buscadas em Royal Crescent. Ela também entregou a ele a carta que havia escrito para sua avó e Abigail antes de sair para a escola. Colocara nas malas apenas o que considerava o básico para sua nova vida; mesmo assim, se perguntava se haveria espaço para tudo no quarto. As malas chegaram antes do almoço, com um bilhete na caligrafia de Abby, embora ela ainda não tivesse tido tempo de desfazer as malas ou de ler a carta. Na verdade, ela estava evitando a tarefa deliberadamente.

Camille se sentiu um pouco enjoada e ficou feliz por não ter tido tempo de almoçar. Mesmo então, ela poderia mudar de ideia se quisesse, é claro. Ou no dia seguinte, ou no outro. Não tinha feito algo irrevogável. Apenas que ela sabia que, se admitisse a derrota àquela altura, logo admitiria em todos os pontos.

Ela *não mudaria* de ideia. Se Anastasia tinha sido capaz de viver e trabalhar ali, então ela também poderia.

No início da tarde, Camille estava se sentindo exausta e, como sempre, desarrumada e inadequada. As crianças, ao contrário, estavam tão animadas e barulhentas quanto estiveram durante toda a semana. Será que crianças alguma vez falavam em qualquer volume mais baixo do que um grito? Por acaso elas ficavam sem energia?

E então a porta da sala de aula se abriu para admitir o sr. Cunningham, e Camille sentiu que a chegada dele era a gota d'água. Como se ela já não tivesse o suficiente em que pensar sem se perguntar o que ele achava dela como professora e como pessoa — e sem saber que ele ficaria observando e ouvindo, *como ela o havia convidado a fazer*, para que pudesse pintar o retrato infernal para a avó. Ela até se oferecera para responder a quaisquer perguntas por escrito que ele quisesse lhe fazer. Certamente ele não ousaria. Camille olhou-o como se ele já tivesse feito algo para ofendê-la — como, de fato, já tinha. Ele tinha vindo.

Ele parou na soleira, como fizera dois dias antes, com uma das mãos na maçaneta da porta, e olhou para a cena diante dele com espanto aberto. Como seria de se esperar.

— Estamos aprendendo a *tricotar*, sr. Cunningham — Jane Evans, uma das garotas mais novas e menores, gritou em sua voz aguda e estridente um momento antes de começar a gritar: — Senhorita, deixei cair todos os meus p-p-pontos.

De novo? Aquela era a terceira ou quarta vez? *Não* tinha sido uma boa ideia, Camille pensou enquanto corria para o resgate.

— Estou vendo — respondeu o mestre da arte. — É uma colmeia de indústria aqui. Os meninos também?

Uma observação tipicamente masculina. Camille nem mesmo o

dignificou com outro olhar. Ela estava ocupada de qualquer maneira, pegando pontos.

— Em alguns países, senhor — informou Cyrus North —, só os homens e meninos tricotam, enquanto as mulheres e meninas tecem a lã. A srta. Westcott nos disse isso quando Tommy falou que só as meninas tricotam e costuram.

De que outra forma ela teria persuadido os meninos a não se amotinar?

— Estamos fazendo uma *corda*, senhor — gritou Olga Norton. Seu segmento já tinha alguns centímetros de comprimento. Como ela e algumas das outras garotas mais velhas já haviam aprendido a tricotar, tinham uma prática considerável. Ambas eram capazes e estavam dispostas a ser as ajudantes de Camille na tarefa gigantesca de mostrar aos meninos e às meninas mais novas como tricotar e resgatá-los de dificuldades e contratempos quase constantes.

Paul Hubbard estava correndo atrás de seu novelo de lã, que havia caído de seu colo mais uma vez para rolar alegremente pelo chão, desenrolando-se à medida que avançava.

— Ah, uma corda. Sim, claro — disse o sr. Cunningham, alegremente, entrando na sala e fechando a porta atrás de si. — Em vinte seções diferentes. Por que não vi logo de cara? Sinto-me compelido a perguntar, no entanto. Por que uma corda?

Ele estava claramente se divertindo — às custas dela, Camille pensou. Realmente era a ideia mais maluca que ela já tivera.

Um coro de vozes se levantou em resposta, e dezenas de pontos caíram e meia dúzia de novelos de lã rolaram em perseguição ao de Paul. Era incrível, talvez, que a maioria das crianças tivesse pontos nas agulhas e quase todas tivessem pelo menos uma pequena franja do que parecia ser um trabalho tricotado pendurado nelas.

Ele estava sorrindo. Como se atrevia? Ele minaria sua autoridade.

— Saímos em outra excursão esta manhã — explicou Camille, silenciando pelo menos por um momento o clamor ao seu redor. — Caminhamos pela ponte e ao longo da Great Pulteney Street até os Jardins de Sydney. Todos obedeceram ao comando de andar em fila de dois em dois, de mãos dadas com um parceiro. Infelizmente, porém, cada par escolheu uma velocidade diferente e um momento diferente para se apressar, desacelerar ou parar completamente para observar algo de interesse. Fiquei realmente mais surpresa do que posso dizer quando chegamos aos jardins e descobrimos que todos estavam presentes e bem, mesmo que alguns ainda estivessem se arrastando de longe. E a mesma coisa aconteceu em nosso retorno à escola. Eu não teria ficado chocada ao descobrir que tinha perdido um aluno ou três pelo caminho.

— Oh, não três, senhorita — Winifred a informou. — Estávamos andando aos pares, de mãos dadas.

Apenas Winifred...

— Uma boa observação, Winifred — disse Camille. — Dois alunos ou quatro, então.

— Ou a senhorita poderia ter perdido alguns de nós no labirinto — Jimmy Dale acrescentou para uma onda de risos. — Todos nós entramos no labirinto, senhor, e todos nós nos perdemos porque ficamos correndo em pânico e ouvindo uns aos outros em vez de elaborar um sistema, que é o que a srta. Westcott disse depois que deveríamos ter feito. Ela teve que vir sozinha para resgatar os quatro últimos de nós ou ainda poderíamos estar lá, e todos teríamos perdido o almoço e a cozinheira teria ficado irritada.

— A srta. Westcott não se perdeu no labirinto? — perguntou o sr. Cunningham. Ele ainda estava sorrindo, seus braços cruzados sobre o peito, e claramente se divertindo enormemente. Estava mais bonito do que Camille queria que ele estivesse. O que devia estar pensando dela? Paul havia recuperado seu novelo de lã e estava perseguindo o de outra pessoa, fazendo com que os dois fios de lã se enredassem.

— Ela se perdeu — revelou Richard —, mas encontrou os quatro *desaparecido* e os tirou de lá usando um sistema. Ela não ficou lá por mais de dez minutos.

— Onze — corrigiu Winifred.

— Os quatro *desaparecidos*, Richard. Plural — ensinou Camille. —

Estamos tricotando uma corda, sr. Cunningham, para que todos possam segurá-la sempre que formos caminhar. Além de manter todos juntos e seguros, ela ensinará cooperação. Os alunos mais velhos terão que encurtar o passo para acomodar os mais jovens, e os que andam mais rápido terão que desacelerar um pouco, enquanto os que gostam de ir parando terão de manter um ritmo constante.

O sr. Cunningham estava olhando para ela com olhos sorridentes, e Tommy anunciou que tinha mais dois pontos na agulha do que quando começara a carreira e perguntou se isso era uma coisa boa.

— Artistas — Camille disse com firmeza —, vocês ficarão maravilhados em saber que é hora de ir para a sua aula de arte.

Houve um leve conjunto de vivas e alguns protestos de que as carreiras nunca cresceriam o suficiente para serem tricotadas umas nas outras em uma corda, se eles não persistissem no tricô. Mas, em poucos minutos, a aula de arte estava em andamento. O sr. Cunningham estava ensinando ao seu grupo uma verdadeira habilidade naquele dia. Ele estava demonstrando com o carvão no papel como obter perspectiva e profundidade. As tricoteiras talentosas que permaneceram do lado de Camille da sala se acomodaram com agulhas estalando em um ritmo constante, e os alunos gradualmente foram dominando a arte de tricotar de uma ponta a outra de uma carreira com pontos regulares, sem ficarem repuxados ou frouxos demais, sem pontos a mais ou caídos. A maioria seguia sua sugestão de desenrolar um pedaço de lã antes de realmente precisar dele, para que o novelo não fosse constantemente jogado no chão e saísse rolando. Em uma hora, Camille se sentiu capaz de pegar um livro e ler em voz alta em uma sala relativamente tranquila.

Ela estava um passo mais perto de sobreviver à sua primeira semana.

E agora ela estava total e oficialmente exausta — com as malas ainda para desfazer no andar de cima. Ela também ainda estava meio convencida de que devia ser a pior professora do mundo. Mas havia uma certa sensação de triunfo por ela ter feito o que se propusera a fazer. Tinha dado um passo além do que havia planejado originalmente. Ela estava sozinha. Na segunda-feira, começaria sua segunda semana de ensino e talvez se saísse melhor.

Por que, então, ela sentia vontade de chorar incontrolavelmente?

Jane, ao que parecia, com uma simpatia inconsciente, de repente explodiu em lágrimas barulhentas quando uma de suas agulhas escapou dos pontos e saiu girando e girando na mesa antes de cair no chão. Camille baixou o livro com um suspiro interior, mas uma das meninas mais velhas já tinha corrido para resgatar a criança com auxílio e murmúrios suaves.

Estavam tricotando uma corda em mais de vinte partes. O que foi que tinha colocado uma ideia tão insana em sua cabeça? Isso proporcionara a Joel diversão sem fim pelo resto da tarde. Não teria sido menos caro, menos problemático e muito mais rápido comprar uma ou, melhor ainda, perguntar a Roger se havia um pedaço em algum lugar do prédio? Ela deveria ter ido falar com a srta. Ford e feito a solicitação para usar parte do dinheiro reservado ao material escolar extra. Joel se perguntou se ela sabia que era Anna quem havia criado aquele fundo recentemente e prometido reabastecê-lo sempre que ele acabasse. Quem, ele se perguntou, ia juntar todas as partes em uma coisa só quando tudo estivesse pronto? Será que o pensamento dela tinha chegado tão longe?

E por que roxo vivo?

Mas talvez, ele pensou à medida que a tarde avançava, fosse na verdade uma ideia brilhante que ela tivera, assim como a loja havia sido. Tricotar era uma habilidade útil tanto para meninos quanto para meninas, mas como persuadir os meninos e as meninas relutantes a quererem aprender e continuar na tarefa, a menos que se pudesse fazê-los ganhar interesse na produção de algum objeto específico? E como alguém poderia persuadir as crianças, especialmente as mais velhas, a andar pelas ruas de Bath agarrando-se a uma corda roxa que os uniria como um cordão umbilical e tornaria mais fácil para sua professora ficar de olho neles, a menos que alguém lhes pudesse dar um interesse próprio na coisa? Como conceber um projeto prático no qual todos pudessem trabalhar juntos, independentemente da idade e do sexo, e no qual os mais velhos e mais experientes pudessem ajudar os mais jovens e os mais fracos? Na verdade, ela estava ensinando muito mais do que a habilidade básica em si. E as crianças estavam animadas... para aprender a *tricotar*.

Seu próprio grupo se mostrou atento o suficiente enquanto ele ensinava alguns dos truques para criar profundidade e perspectiva. Mas quando começaram a trabalhar no exercício que ele definira, eles também podiam ouvir a história que ela estava lendo, e uma paz incomum desceu sobre a sala de aula, quebrada apenas ocasionalmente por um grito de angústia de um dos tricotadores. Cada vez que isso acontecia, uma das outras crianças ia em silêncio ao resgate para que a srta. Westcott pudesse continuar com a história. O ar de contentamento na sala era especialmente extraordinário para uma tarde de sexta-feira em julho.

Ela parecia tão ameaçadora e sem humor como sempre, Joel pensou, observando-a disfarçadamente enquanto mantinha um olho em seu próprio grupo, oferecendo sugestões e comentários em voz baixa conforme necessário. Ela falava como um sargento do exército, mesmo quando lia em voz alta. Não exibia nenhuma alegria e calidez que haviam caracterizado Anna e a tornado tão amada na sala de aula. As crianças deveriam estar tão infelizes quanto estiveram sob o reinado breve e felizmente encerrado da srta. Nunce. Que elas não estivessem era um enigma. A *srta. Westcott* era um enigma. Ela parecia uma coisa, mas era outra.

Ele não tinha ideia de como ia pintar o retrato dela. Se a pintasse como a enxergava, não haveria nenhum indício de uma professora criativa, que, de alguma forma, atraía crianças de várias idades e as empolgava com o aprendizado. E ninguém olhando para uma pintura assim poderia imaginar que ela era capaz de um certo senso de humor cáustico — *eu não teria ficado chocada ao descobrir que tinha perdido um aluno ou três pelo caminho.*

Ele se perguntou se seria possível conhecê-la bem o suficiente para pintar um retrato confiável. Será que ela permitiria que ele se aproximasse o suficiente? E ele realmente queria? Parte de Joel se ressentia com o fato de que, embora diferente de Anna em maneiras e métodos, ela estava, com a mesma certeza, capturando os corações das crianças que ele ainda considerava como sendo de Anna. Joel se ressentia do fato de que, quando olhava através da sala, era a irmã de Anna que ele via e a irmã de Anna que ele ouvia. Ela não tinha a beleza e o charme de Anna. E ainda assim...

Acima de tudo, talvez, ele se ressentisse do fato de que poderia acabar gostando da srta. Camille Westcott. Parecia desleal a Anna.

Várias crianças, incluindo seis de seu grupo, levaram o tricô consigo quando foram dispensados da aula ao fim daquele dia. Elas estavam ansiosas para completar a corda para que pudessem usá-la. Estavam atribuindo a si mesmas lição de casa voluntariamente. O sol estava prestes a cair do céu?

Quando Joel arrumou seu lado da sala e se virou para se despedir da srta. Westcott, viu que ela estava sentada em uma das pequenas escrivaninhas, franzindo a testa em concentração sobre um pedaço de tricô em suas mãos.

— Um elo fraco em sua corda? — ele perguntou.

— Oh, parece perfeito — ela falou sem olhar para cima. — Por algum milagre, existe o número correto de pontos na agulha. No entanto, um foi descartado cerca de oito carreiras para trás e o outro foi adquirido de um laço inocente duas carreiras atrás. Deixo a aritmética para o senhor.

— Eles se anulam — concluiu ele, sorrindo e se aproximando. O comprimento curto do tecido tricotado parecia consideravelmente menos do que perfeito. Alguns dos pontos eram tricotados de maneira muito frouxa e pareciam rendas grossas, enquanto outros tinham sido bem apertados e estavam todos agrupados. O resultado era que a tira parecia um pouco com uma cobra artrítica. — A senhorita vai fingir que não viu?

— Certamente que não — ela respondeu, ríspida, ao lançar um olhar fulminante para ele. — Vou fazer as correções. Cedric Barnes tem apenas cinco anos e fez o seu melhor. No entanto, ele precisa ter algo para o que voltar que pareça pelo menos meio decente ou pode perder o ânimo.

Joel ergueu as sobrancelhas enquanto a observava enfiar o ponto caído nas carreiras. Ele se virou novamente para sair, mas hesitou.

— Não está ansiosa para voltar para casa? — ele indagou. — Numa sexta-feira à tarde?

— *Estou* em casa — disse ela, enquanto tricotava ao longo da carreira para soltar a laçada que não deveria ser um ponto. Ela não explicou.

— Significa que...?

— Eu me mudei para cá. Era muito longe para andar de um lado para o outro a cada dia. Peguei o quarto que costumava ser de Anastasia.

ALGUÉM PARA ABRAÇAR   73

Ele a fitou no topo da cabeça, paralisado com antipatia e algo que se parecia muito com fúria. Que diabos ela estava fazendo? Nada mais era sagrado? Ela estava tentando entrar no lugar de Anna e... obliterá-la? E por que ela insistia em chamar Anna de *Anastasia*, mesmo que *fosse* seu nome correto?

— Aquele quarto é bastante pequeno, não é? — sondou ele.

— Tem uma cama, uma mesa, uma cadeira e espaço de armazenamento suficiente para os pertences que eu trouxe. Tem um lavatório, uma bacia, um jarro, ganchos na parede e um espelho na parte de trás da porta. Era grande o suficiente para Anastasia. Atrevo-me a dizer que será grande o suficiente para mim.

Ele cruzou os braços sobre o peito.

— Por quê? — ele questionou, e se perguntou se estava parecendo tão hostil quanto se sentia.

— Eu já disse por quê.

Ela havia colocado o laço de volta em seu lugar original e estava ajustando o tricô. Quando ele não disse nada, ela enrolou o novelo de lã e pressionou-o firmemente nas pontas das agulhas, antes de prender a pequena etiqueta com o nome que preparara para o tricô e levá-lo para o armário, onde o colocou sobre uma prateleira com os outros trabalhos que tinham ficado para trás.

— Eu não tenho que me explicar para o senhor.

— Não — ele concordou —, a senhorita não precisa. — E era um pouco ridículo da parte dele se sentir ofendido. Anna partira há muito tempo. Ela vivia em uma mansão ducal e era improvável que precisasse do quarto ali novamente. Ele se virou para sair.

— Anastasia encontrou sua família aos 25 anos — disse ela, mexendo nas prateleiras já arrumadas do armário — e teve que aprender a se ajustar a parentes que eram essencialmente estranhos para ela. Lembro-me de que, quando ela descobriu a verdade sobre si mesma, seu instinto foi dar as costas para a nova realidade e voltar para cá. Eu esperava de todo o coração que ela fizesse exatamente isso, para que pudéssemos esquecê-la e continuar com nossas vidas como sempre tínhamos vivido. Isso não teria sido possível, é claro, mesmo se ela tivesse voltado para cá. Não teria sido possível para nós ou para ela. O conteúdo de uma caixa de Pandora nunca pode ser guardado de volta depois de ter sido liberado. Tenho que fazer o ajuste oposto. Tenho que aprender a não pertencer a pessoas que sempre foram minha família. Tenho que aprender a ser órfã. Não literalmente, talvez, mas para todos os efeitos.

— A senhorita não é órfã em nenhum sentido da palavra — rebateu ele asperamente, irritado com ela outra vez e desejando ter partido quando pretendia. — A senhorita tem parentes dos dois lados e sempre os conheceu. Tem uma mãe ainda viva e uma irmã e um irmão. Tem uma meia-irmã que a amaria se a senhorita permitisse. Ainda assim, insiste em se desligar de todos como se eles não a quisessem e se mudar para um *orfanato* como se pertencesse a este lugar.

— Sei que não pertenço, exceto no sentido de que leciono aqui. Não espero que me entenda, sr. Cunningham. O senhor não tem experiência para entender o que aconteceu comigo, assim como eu não tenho experiência para entender o que aconteceu com o senhor no curso de sua vida.

— É aí que entra a empatia humana. Se não a tivéssemos e a cultivássemos, srta. Westcott, não compreenderíamos ou nem simpatizaríamos com ninguém, pois somos todos únicos em nossas experiências.

Ela virou a cabeça para ele, as sobrancelhas erguidas, enquanto as pontas dos dedos de uma das mãos tamborilavam em uma prateleira.

— O senhor está certo, é claro. Algo catastrófico aconteceu na minha vida como eu a conhecia, sr. Cunningham. Nos meses que se seguiram, afundei na tristeza e na negação e, sim, na autopiedade. O senhor estava certo sobre isso. Eu não vou mais agir assim. E não me apegarei a parentes que seriam gentis, mas possivelmente me causariam mais mal do que bem, por mais não intencional que isso fosse. Devo descobrir por mim mesma quem sou e a que lugar pertenço e, para isso, devo colocar alguma distância entre mim e eles, pois me mimarão se eu permitir. *Alguma* distância, não total. Vou visitar minha avó e Abigail. Devo ver meus parentes Westcott quando eles vierem para cá, supostamente para comemorar um aniversário. Eu já disse que *todos* eles virão, não apenas Anastasia e Avery? Para o septuagésimo aniversário da vovó Westcott? Mas... devo e vou aprender a ficar sozinha. Posso fazer isso melhor se viver aqui. Por favor, não quero forçá-lo mais a continuar aqui. O senhor deve estar ansioso para ir para casa.

Ele se levantou e olhou para ela por alguns momentos, irritado, não gostando dela. Não a entendendo. Não querendo entender. *Ao inferno com tudo*. Por que sua avó materna não poderia ter vivido nas florestas da Escócia? Ele não precisava de nada disso. Precisava superar Anna com toda a dignidade que pudesse reunir e em seu próprio tempo.

— É melhor a senhorita vir tomar chá comigo — disse ele abruptamente, surpreendendo a si mesmo. — Já foi ao Sally Lunn's? Ninguém viveu antes de provar uma das iguarias que leva o nome dele. Elas são famosas.

Os lábios da srta. Westcott se estreitaram.

— Ainda não recebi meu pagamento, sr. Cunningham.

Meu Deus, ela estava sem um tostão? Ele sabia que ela havia sido cortada inteiramente do testamento do pai e que ela se recusara a receber qualquer divisão da fortuna de Anna. Mas... literalmente sem um tostão?

— Eu a convidei para ir e tomar chá comigo, srta. Westcott. Isso significa que vou pagar a conta. Vá buscar seu *bonnet*.

— Se esta é a sua maneira de reunir informações a meu respeito para que possa pintar um retrato convincente de mim, sr. Cunningham — respondeu ela, antes de sair da sala à sua frente —, eu o avisaria de que não vou facilitar. Mas se o senhor conseguir me *conhecer*, por favor, conte-me o que descobriu. Eu não tenho ideia de quem eu sou.

Ele ficou olhando para ela por alguns momentos, meio aborrecido, meio intrigado, e quase certo de que aquela era a última coisa que ele queria fazer em uma tarde de sexta-feira. Mas, apesar de si mesmo, ele se viu sorrindo antes de segui-la para fora da sala.

Não tenho ideia de quem eu sou.

Havia aquele senso de humor sarcástico de novo — dirigido contra ela mesma.

6

O salão de chá Sally Lunn's, na casa mais antiga de Bath, ficava na North Parade Passage, bem perto da abadia e da Pump Room. Era um prédio alto e estreito, com uma janela em arco projetando-se para a rua. Por dentro, era minúsculo. As mesas ficavam amontoadas, lado a lado, e todas pareciam ocupadas, como acontecia com frequência. Joel não vinha com frequência — até bem recentemente, ele não tinha os recursos para pagar pela extravagância —, mas foi reconhecido por uma garçonete, que sorriu calorosamente para ele e indicou uma mesa vazia no canto mais distante.

A srta. Westcott chamava atenção enquanto caminhavam entre as mesas para chegar ao local designado. A mesma coisa acontecera durante a caminhada deles até ali, e ele achou isso tão desconfortável agora quanto antes. Outros clientes se inclinavam para liberar mais espaço para ela passar e a observavam depois que ela passava. Não era tanto sua aparência, concluiu Joel, mas o ar de nobre arrogância e dignidade com que ela se portava. Era consanguíneo, ele supôs, e bastante inconsciente, mas não se manifestava na sala de aula. Do lado de fora, porém, ela esperava que as pessoas saíssem de seu caminho e abrissem espaço para ela passar, mas não reconhecia nem agradecia a ninguém. Joel sentiu-se intensamente irritado enquanto murmurava agradecimentos pelos dois e a seguia até a mesa. Ele desejou ardentemente não ter feito um convite tão impulsivo.

A srta. Westcott se sentou de costas para a parede, e ele sentou-se na cadeira de frente para ela, do outro lado da mesinha. Ele pediu um bule de chá e dois Sally Lunns para a garçonete repentinamente corada e agitada. Inclusive, ela fez uma espécie de reverência ao sair da mesa. A srta. Westcott parecia nem saber de sua existência.

— Espero que esteja com fome — disse ele. — Embora meu palpite seja que a senhorita perdeu o almoço para comprar lã roxa e agulhas para tricotar uma corda em mais de vinte segmentos.

— Fico feliz de ser um entretenimento para o senhor, sr. Cunningham. A lã tinha ficado encalhada na loja depois que a lojista recebeu um pedido, mas a cliente não gostou da cor forte e preferiu levar lã cinza. Ela me ofereceu barato e eu aceitei, já que estava usando o dinheiro do orfanato.

O dinheiro de Anna. Porém, seria cruel dizer isso a ela só porque ele gostaria de derrubá-la um ou dois degraus.

— Imagino que o produto acabado será um entretenimento para metade de Bath — falou ele. — E as crianças contarão a história por trás dele para qualquer um que parar para olhar ou comentar, e todos ficarão encantados.

Ela o encarou, as narinas ligeiramente dilatadas, e ele percebeu que ela não achava graça.

— Como podemos fazer para que falem apenas quando forem convidadas a falar? — ela perguntou abruptamente. — E não dar informações até que tenham sido solicitadas a isso?

— É perfeitamente fácil de fazer. A senhorita tem que fazer com que se sintam pequenas, sem valor e oprimidas. Ajuda se seu nome for Nunce e se você nunca fizer nada que desperte o menor interesse delas.

Ela continuou a encará-lo fixamente, os lábios apertados. Que enigma ela era. Ele esperava que ela fosse pelo menos tão ruim quanto a srta. Nunce. Qualquer pessoa que estivesse olhando para ela naquele momento também esperaria. Ela não era bonita, ele pensou. Mas havia algo em sua mandíbula e queixo firmes, seu nariz reto e olhos azuis com cílios escuros que a tornavam mais bonita do que qualquer um deles e sugeriam inteligência e firmeza de caráter.

— A senhorita é um fracasso abjeto — ele disse a ela, sorrindo. — As crianças não ficam mudas na sua presença. E estão aprendendo e se divertindo. Elas gostam da senhorita, uma sentença de morte certa para qualquer chance de impor uma disciplina rígida.

— Se isso for verdade, que gostam de mim, quero dizer, não tenho ideia do motivo.

Foi uma surpresa para ele também. Talvez as crianças fossem capazes de ver além da severidade da aparência externa de... o quê?

— Como a sra. Kingsley e sua irmã se sentem sobre sua mudança para o orfanato? — ele perguntou para mudar de assunto.

— Eu não contei a elas. Fiz as malas esta manhã e escrevi uma carta para elas, e saí cedo para perguntar à srta. Ford sobre o quarto vazio. Quando ela concordou em me deixar alugá-lo, perguntei a Roger se alguém poderia ser enviado para buscar minhas coisas e entregar a carta. Abby enviou uma resposta com o homem que trouxe minhas malas, mas ainda não tive a chance de lê-la. Não preciso, entretanto, pensar muito para saber que ela está chateada. Primeiro, nosso pai morreu. Então, nosso irmão partiu para lutar na Península. Depois, nossa mãe foi morar com nosso tio em Dorsetshire. Agora, eu me mudei.

— Ela não sente o seu ímpeto de romper com tudo o que é familiar para ficar sozinha, então?

— Não. Mas eu respeito o direito dela de remodelar sua vida como achar melhor. Tudo o que peço é que o meu direito de fazer o mesmo seja respeitado. Talvez seja egoísmo da minha parte abandoná-la e chateá-la e virar as costas para a hospitalidade de nossa avó. Sem dúvida é, de fato. Mas às vezes não temos escolha a não ser sermos egoístas, se quisermos... sobreviver. Essa é uma palavra muito extravagante, embora eu não consiga pensar em outra melhor.

— A senhorita se sente ameaçada pelo fato de que a família de seu pai decidiu vir a Bath para comemorar um aniversário?

— Não exatamente ameaçada. — Ela franziu a testa enquanto considerava a pergunta dele. — Somente... como se estivessem interferindo na minha vida. Como se eu fosse incapaz de resolver tudo isso sozinha. Como se eu fosse apenas uma...

— Mulher indefesa? — ele sugeriu.

— Uma mulher *mimada* — corrigiu ela. — Como eu sou. Ou como sempre fui. É estranho como nunca percebi isso até recentemente. Sempre me considerei forte e contundente.

— Talvez a senhorita sempre tenha estado certa a respeito de si mesma. — Deve ter sido necessária muita força para fazer o que a senhorita fez esta semana, quando realmente não precisava disso.

— Força? Ou apenas estupidez? Mas Abby está além de empolgada porque todos virão para cá. Para o bem dela, devo ficar feliz também por eles estarem decididos a nos reunir de volta em seu redil.

— É por isso que eles virão? — ele perguntou.

Mas o chá chegou naquele momento e a impediu de responder. O bule era grande e os Sally Lunns, enormes. Joel ergueu o bule e serviu o chá, enquanto a srta. Westcott observava seu bolo com certo espanto. Tinha sido cortado ao meio e torrado, e havia porções generosas de manteiga e geleia para espalhar sobre ele.

— Oh, meu Deus — reagiu ela. — Acabei de me lembrar de que perdi o café da manhã e também o almoço. *Este* é um dos famosos Sally Lunns?

— E eu espero que a senhorita coma cada bocado. — Ele sorriu para ela.

Ela o olhou com certa severidade depois de dar uma garfada, mastigar e engolir.

— Não pense, sr. Cunningham, que não sei o que o senhor está fazendo e por que me trouxe aqui e me encheu de chá e... e *isto*. E, meu Deus, está delicioso. O senhor pensa em me fazer falar sobre mim e minha vida para que possa me pintar de forma a me expor ao mundo como eu escolho não ser exposta.

— Eu não pinto nus — ele não resistiu em dizer, e a boca dela, que estava aberta para acolher outra garfada, fechou-se. — Talvez apenas parecesse cansada e um pouco perdida, srta. Westcott, e eu tive pena da senhorita e a trouxe aqui para reanimá-la. Talvez, tendo me encontrado sentado à sua frente, eu comece a conversar, porque mesmo um homem que não é um cavalheiro não convida uma dama para o chá e depois devora sua comida sem dizer uma palavra a ela. Isso poderia deixá-la com a impressão de que a comida era mais importante do que ela.

Ela o olhou fixamente antes de se dispor de outro bocado.

— A questão é — falou ela — que as famílias aristocráticas não reconhecem suas ramificações ilegítimas, sr. Cunningham. A aristocracia tem tudo a ver com sucessão, propriedade, posição e fortuna. Legitimidade é tudo. Se a família de meu pai soubesse desde o início que ele não era casado com minha mãe e que éramos, portanto, ilegítimos, eles a teriam ignorado e fingido que não existíamos. É o que minha mãe fez por mais de vinte anos com Anastasia, embora soubesse de sua existência, e é o que os outros também teriam feito se soubessem. Certamente é o que eu teria feito. Quando ela foi admitida no salão da casa de Avery, onde estávamos todos reunidos, há alguns meses, a pedido do advogado do meu irmão, todos ficaram indignados, e com razão. Ela claramente não era uma de nós. Eu fiquei mais furiosa do que qualquer outra pessoa.

— E por quê? — ele perguntou enquanto ela espalhava manteiga e geleia na outra metade de seu Sally Lunn.

Esperava que ela não percebesse de repente que estava fazendo o que lhe garantira que não faria: falar de si mesma. Mas não era apenas o retrato dela que o fazia querer ouvir mais. Ele ficara fascinado ao ouvir a história daquele dia do ponto de vista dela. Tinha ouvido a história de Anna, na época, na longa carta que ela lhe escrevera poucas horas depois.

— Eu era a dama perfeita. Por escolha. Eu tinha plena consciência de quem era meu pai e do que era devido a mim como sua filha. Desde a infância, fiz todos os esforços para fazer e ser tudo o que ele esperava de Lady Camille Westcott. Eu era uma criança obediente e prestava muita atenção à minha babá e à minha preceptora. Falei, pensei e me comportei como se esperava de uma dama. Eu pretendia crescer para ser perfeita. Eu pretendia não deixar espaço na minha vida para acidentes ou catástrofes. Acho que realmente acreditava que nunca estaria exposta a problemas de qualquer tipo, se mantivesse o rígido código de comportamento estabelecido para as damas da minha classe. Nunca houve um osso rebelde em meu corpo ou um pensamento rebelde em minha mente. Meu mundo era estreito, mas totalmente seguro. Era um mundo que não permitia que uma mulher vestida de maneira barata das classes mais baixas fosse admitida na minha presença e na de minha família e fosse, de fato, convidada a se sentar em nosso meio. Fiquei indignada quando isso aconteceu.

Joel terminou o bolo e bebeu o resto do chá sem responder nada de imediato. Bom Deus, ela devia ter sido detestável, mas tudo em nome do que ela fora educada para considerar correto. No entanto, tendo almejado a perfeição no mundo estreito em que havia nascido, ela agora considerava desconcertante a situação em que se encontrava, para dizer o mínimo. Ele recostou-se na cadeira e a olhou com interesse renovado. Era possível esperar que uma mulher assim fosse amarga e frágil. Ela, ao contrário, não havia desmoronado nem se enfurecido contra a injustiça de tudo aquilo — ou, se tivesse, tinha superado agora. Ela não se embrulhara em autocomiseração, apesar da acusação que ele fizera alguns dias antes. Ela não estava interessada em aproveitar-se da chegada iminente de sua família para tentar retomar alguma semelhança com sua antiga vida.

Embora talvez as palavras *alguma semelhança* fossem a chave. A perfeição que conhecia não era mais possível para Camille Westcott, e ela não estava disposta a se contentar com nada menos. Em vez disso, deveria procurar algo totalmente novo. Não era fácil gostar dela, mas ele sentia uma espécie de respeito relutante por ela.

Joel corrigiu o pensamento imediatamente, no entanto, porque, quando ela estava na sala de aula, corada e animada e em pleno modo de sargento militar e cercada pelo caos organizado, ele quase gostava dela. Na verdade, quase se sentia atraído por aquela sua personalidade de professora. Talvez porque aquele "eu" sugerisse alguma paixão subjacente. Bem, esse era um pensamento surpreendente.

— O senhor tem uma maneira desconcertante de olhar para mim tão diretamente que sinto como se pudesse enxergar através da minha alma, sr. Cunningham. Suponho que seja o artista que há no senhor. Eu ficaria muito grata se pudesse parar.

Ele pegou o bule e encheu as duas xícaras.

— Por que a senhorita acha que era tão obstinadamente dedicada ao dever e à perfeição? Mais do que sua irmã, por exemplo.

Ela hesitou enquanto colocava uma colher de açúcar no chá.

— Eu era a filha mais velha do meu pai. Eu não era um filho homem e, portanto, não era seu herdeiro. Suponho que meu nascimento tenha sido uma decepção para ele, mas sempre achei que, se eu fosse a dama perfeita, ele pelo menos ficaria orgulhoso de mim. Achei que ele poderia me amar.

Bom Deus. Ela não parecia o tipo de mulher que jamais havia desejado o amor. Quão míope da parte dele.

— E ele ficou? — ele perguntou. — E ele amava?

Ela ergueu o olhar para ele e o sustentou. Em seus olhos, facilmente sua característica mais adorável, ele detectou alguma dor profundamente escondida atrás de um comportamento severo.

— Ele sempre amou a si mesmo. Todos sabiam disso. Ele era geralmente desprezado, até odiado por pessoas que tinham sido vítimas de seu egoísmo. Eu ansiava por amá-lo. Eu ansiava por ser aquela que encontraria o caminho para o seu coração e seria sua favorita. Como fui tola. Eu nem ao menos era sua filha mais velha, era? E Harry, seu único filho homem, não era seu herdeiro. Tudo na minha vida era mentira e assim permaneceu até depois da morte dele. O que eu defini como meu objetivo principal na vida foi uma miragem em um vasto deserto vazio.

Impulsivamente, Joel estendeu a mão sobre a mesa para cobrir o dorso da mão dela, cuja palma repousava sobre a toalha. Ele soube imediatamente que havia cometido um erro, pois sentiu uma conexão instantânea com a mulher que era Camille Westcott, e ele realmente não queria tal coisa. E a ouviu respirar fundo e sentiu sua mão se contrair, embora ela não a tivesse removido. Joel também não retirou a sua imediatamente.

— A senhorita devia esperar que tudo fosse mudar para melhor depois que se casasse com o visconde de Uxbury. A senhorita o amava?

Nesse momento, ela afastou a mão bruscamente da dele.

— É claro que eu não o amava — disse ela com desdém. — Pessoas da minha classe... As pessoas da aristocracia não se casam por amor, sr. Cunningham, nem mesmo acreditam em um conceito tão vulgar como a paixão romântica. Nós... *Eles* se casam por posição, prestígio, continuidade de linhagens, segurança e união de fortunas e propriedades. O visconde de Uxbury era o par perfeito para Lady Camille Westcott, pois era um cavalheiro perfeito, assim como ela era uma dama perfeita. Eles combinavam em nascimento e fortuna.

Ela estava falando de si mesma na terceira pessoa e no passado, ele notou.

— E ele a descartou quando, de repente, a senhorita e a união com a senhorita deixaram de ser perfeitas.

— Claro. Mas ele não me descartou. Ele foi um perfeito cavalheiro até o fim. Ele *me* deu a chance de descartá-lo.

— E a senhorita fez isso.

— Sim. Claro.

Joel se perguntou se ela acreditava em tudo — que não amava o homem com quem iria se casar, que o que Uxbury fizera era a coisa correta e compreensível, que, mesmo rompendo com ela, ele fora o cavalheiro perfeito. Ele se perguntou se ela não guardava rancor. Ele se perguntou o quanto ela havia sofrido.

— Eu apostaria que a senhorita o amava — disse ele.

Ela olhou para ele com os lábios apertados por vários momentos.

— Eu ficaria feliz em pendurá-lo pelos polegares se tivesse a oportunidade.

Ele recostou-se na cadeira e riu da inesperada resposta. Ela franziu a testa, e seus lábios se apertaram ainda mais, se é que isso era possível.

— Vocês devem ter ficado muito satisfeitos, então, com o que aconteceu com ele, a menos que a senhorita preferisse aplicar sua própria punição.

Houve outro momento de silêncio, durante o qual a expressão dela não mudou.

— O que aconteceu com ele? — ela indagou, e Joel percebeu que ela não sabia. Ninguém havia escrito para lhe contar, mas então, quem o teria feito? Ele se perguntou se deveria manter a boca fechada, mas agora era tarde demais.

— O duque de Netherby lhe deu uma sova que o deixou inconsciente.

— *Avery?* — Ela franziu o cenho. — O senhor deve estar enganado.

— Não estou. Anna escreveu para me contar a respeito. — Ela pousou a xícara no pires com um pequeno barulho, a mão não muito firme.

— O que foi dito a ela? — a srta. Westcott perguntou. — Eu diria que ela entendeu tudo errado.

— O visconde de Uxbury apareceu em um baile para o qual não havia sido convidado — contou Joel. — Era em homenagem a Anna e foi realizado na casa de Netherby, em Londres. Uxbury insultou Anna quando ela descobriu quem ele era e se recusou a dançar com ele, e então ele fez alguns comentários rudes a seu respeito, e Netherby e o novo conde... Alexander, creio que o nome dele é?... o expulsaram. No dia seguinte, ele desafiou Netherby.

— Para um *duelo*? — Ela olhou para Joel, claramente perplexa.

— Como ele era o desafiado, Netherby tinha a opção de escolher as armas — disse Joel. — Ele não escolheu nenhuma arma.

— *Punhos?* Mas teria sido um massacre qualquer que fosse a arma que ele escolhesse.

— Aparentemente, Netherby não especificou punhos, embora fosse isso que todos os envolvidos deviam ter presumido que ele queria dizer. O duelo foi travado certa manhã cedo no Hyde Park, diante de uma multidão considerável de cavalheiros. Netherby derrubou Uxbury em muito pouco tempo e o humilhou totalmente.

Ela parecia subitamente desdenhosa.

— Bem, agora eu sei que o senhor está falando bobagem — disse ela. — Quem encheu a cabeça de Anastasia com essa baboseira? Ela é realmente tão crédula? Era mais provável que fosse o contrário. O senhor conheceu Avery. Ele é pequeno em estatura, franzino e de modos indolentes. Ele não pensa em nada além de sua linda aparência, suas caixas de rapé e seus monóculos. Só estou surpresa que ele não tenha sido literalmente massacrado; isto é, se a luta realmente aconteceu, o que duvido seriamente. O visconde de Uxbury é alto, de construção sólida e tem fama de ser adepto de todos os esportes masculinos, incluindo esgrima e boxe.

— A prima dela... Elizabeth, eu acredito... revelou a Anna sobre o duelo antes que acontecesse. Anna testemunhou por si mesma.

— Bem, agora eu sei que o senhor também é ingênuo — ela desdenhou, dispensando-o com um olhar fulminante. — As damas nem mesmo ficam sabendo dessas reuniões vergonhosas e ilegais entre cavalheiros, sr. Cunningham. É totalmente inconcebível que alguém realmente comparecesse a uma.

— Anna não era uma dama até recentemente, entretanto, a senhorita deve se lembrar e provavelmente nunca será uma muito adequada. Ela foi lá na hora marcada e subiu em uma árvore para assistir. A prima foi também. Seu ex-noivo levou uma surra completa, srta. Westcott. Ele estava aparentemente vestido com camisa, culotes e botas e tinha um sorriso arrogante no rosto e uma oferta de misericórdia nos lábios, caso Netherby estivesse preparado para rastejar diante dele e se desculpar. Netherby recusou a gentil oferta. Ele estava vestido apenas de culotes. Anna deveria ter caído da árvore com o choque, mas ela é do tipo resistente.

— O senhor deve pensar que eu nasci ontem, sr. Cunningham, se espera que eu acredite em alguma dessas coisas.

— Eu gostaria de ter estado lá para ver por mim mesmo. Aparentemente, Uxbury fez uma pose para a admiração dos espectadores e se empinou sobre seus pés calçados com botas e desferiu vários socos letais; ou socos que teriam sido letais se algum deles tivesse encostado no alvo.

Srta. Westcott franziu a testa novamente.

— Avery ficou gravemente ferido?

— Ele derrubou Uxbury no chão com a sola de um pé descalço ao lado da cabeça.

Os lábios dela se curvaram com desprezo.

— E então, para que Uxbury e os espectadores não concluíssem que foi um golpe fortuito e que não poderia ser repetido, ele o fez novamente com o outro pé do outro lado da cabeça, depois que o visconde estava de pé novamente — continuou Joel. — Quando Uxbury decidiu insultá-lo e dizer coisas desagradáveis de novo sobre Anna e a senhorita, Netherby se lançou no ar, plantou os dois pés debaixo do queixo de Uxbury e o derrubou de uma vez por todas. Seu corpo é aparentemente uma arma perigosa, srta.

Westcott. Posteriormente, ele disse à Anna que, quando menino, foi treinado em algumas artes marciais do Extremo Oriente por um mestre chinês idoso.

Ela continuou a encará-lo, sem palavras, mas Joel percebeu que ela estava começando a acreditar. Ele terminou seu chá, que infelizmente estava quase frio.

— E Anastasia, Elizabeth e um grande grupo de cavalheiros testemunharam a humilhação de Lorde Uxbury? — ela perguntou.

— E o conde também — ele disse a ela. — Ele era o segundo de Netherby.

— Alexander — ela murmurou. Ela se recostou na cadeira. — E isso foi feito para vingar a mim, assim como a Anastasia?

— Principalmente a senhorita, eu acredito — falou Joel, embora não tivesse certeza de que isso fosse estritamente verdade. Afinal, Netherby havia se casado com Anna naquele mesmo dia. — De acordo com Anna, todos reunidos lá ficaram encantados por Netherby ter sido preparado para uma luta que todos imaginaram que seria uma batalha perdida pela sua honra. Todos ficaram mais do que satisfeitos por ele vingar o que Uxbury fez à senhorita. Ele nunca foi um cavalheiro perfeito, srta. Westcott. Ele sempre teria sido indigno da senhorita. A senhorita fugiu dele por pouco e por sorte.

As lágrimas brotaram dos olhos dela, Joel ficou alarmado ao ver, e ambas as mãos cobriram sua boca. De repente, ele estava ciente de seus arredores outra vez, do murmúrio de vozes atrás dele. Ele esperava que ela não fosse chorar diante de todas as pessoas amontoadas no salão de chá. Seu alarme aumentou quando os ombros dela tremeram, mas não foram soluços que escaparam quando ela baixou as mãos, mas o riso — grandes acessos de riso.

— Oh — ela reagiu com um suspiro. — Eu *gostaria* de ter estado lá também. Oh, Anastasia e Elizabeth foram *sortudas*. Ele foi nocauteado por dois pés descalços no queixo?

— Posto para dormir.

— Anastasia e Elizabeth foram pegas?

— Não, mas Anna confessou.

— Para Avery? — Sua risada diminuiu e ela fez uma careta. — Isso foi imprudente. Ele não teria gostado.

— Ele se casou com ela uma hora depois.

Ela olhou para ele, seus olhos cheios de riso novamente. Joel ficou sentado olhando-a, imaginando quanta atenção ela estava atraindo dos outros ocupantes do salão. Mas, por muito que fosse, ela parecia inconsciente disso. Ele olhou para ela, mais do que um pouco abalado, pois ela parecia uma mulher diferente quando ria. Ela parecia jovem e viva e...

Qual era a palavra que sua mente estava procurando? Maravilhosa? Ela não era isso.

Deslumbrante.

Era isso. Ela era deslumbrante, e ele estava se sentindo um pouco deslumbrado. Ela fazia a beleza parecer sem graça.

Seu riso morreu rapidamente, no entanto.

— O senhor deve ter reunido informações suficientes sobre mim para pintar uma dúzia de quadros — disse ela, parecendo subitamente irritada. — Eu gostaria que pintasse logo esse retrato infernal e acabasse de uma vez com isso.

— Para que a senhorita possa se livrar de mim? Ora, a senhorita não se livraria assim de mim nem mesmo se eu estivesse pronto para pintá-la esta noite. Ainda dividiríamos a sala de aula duas tardes por semana. Enfim, mas não estou pronto. Quanto mais aprendo sobre a senhorita, mais percebo que não a conheço de jeito nenhum. E, segundo admitiu, nem mesmo a senhorita se conhece.

Ela se levantou abruptamente, de volta à toda formalidade fria.

— O Sally Lunn estava delicioso, e o chá estava quente e forte, como eu gosto. Obrigada por me trazer aqui, sr. Cunningham. Foi muita gentileza da sua parte, mas é hora de voltar para... casa. Tenho que desfazer as malas e ler uma carta.

Tudo isso poderia preencher meia hora se ela demorasse. A menos que as "malas" às quais ela se referira fossem, na verdade, um par de baús enormes. Era totalmente possível, ele supôs.

Ela saiu do salão de chá à frente dele, ao que parecia, novamente sem perceber os olhos que a seguiam e as pessoas que se inclinavam para fora de seu caminho quando ela passava. Ela ficou na calçada esperando enquanto ele pagava a conta.

— Estamos indo na mesma direção — disse ele, quando ela se despediu e saiu sozinha. — Tenho que cruzar a Pulteney Bridge para chegar em casa.

Ela assentiu bruscamente e partiu em um ritmo acelerado, mas, depois de um minuto, falou:

— Toda a nossa conversa foi a meu respeito — ela disparou, enquanto ele caminhava ao seu lado —, como, sem dúvida, o senhor pretendia, mas e quanto ao senhor? Por acaso se ressente da minha mudança para o quarto que pertencia a Anastasia?

A pergunta o pegou de surpresa, embora ele tivesse, *sim*, se ressentido.

— Por que eu deveria? Ela não precisa mais do quarto.

— Eu acredito que o senhor a ama — insistiu ela. — Eu acho que, ao contrário de mim, o senhor acredita no amor romântico. Estou certa?

— Que eu acredito no amor? Sim, eu quero. Se eu amo Anna? Tempo verbal errado, srta. Westcott. Ela é uma senhora casada, e eu respeito os laços do matrimônio. E, de qualquer maneira, talvez nunca tenha sido o amor romântico que senti por ela. Ela me garantiu, na única vez em que a pedi em casamento, há alguns anos, que o amor que sentíamos um pelo outro era o de irmãos. Nenhum de nós tinha família própria, mas crescemos aqui juntos e éramos praticamente inseparáveis. Atrevo-me a dizer que ela estava certa. E estou muito feliz agora que ela não se casou comigo. Eu teria me envolvido com o que aconteceu com ela recentemente, e teria odiado.

— Mesmo assim, o senhor poderia ter vivido uma vida de luxo como marido dela.

— Viver com luxo não é tudo — disse ele.

— Como sabe disso, a menos que tenha experimentado o luxo?

— A senhorita sente falta? — ele perguntou.

Ela considerou a resposta enquanto cruzavam o pátio da abadia e seguiam paralelamente ao rio em direção a Northumberland Place.

— Sim. Eu estaria mentindo se dissesse que não. Oh, sei o que o senhor provavelmente está prestes a dizer. Eu poderia continuar a viver no luxo com a minha avó. E sei que poderia ser rica e independente se concordasse em permitir que Anastasia dividisse um quarto de sua fortuna comigo. Não espero que o senhor entenda por que também não posso aceitar. Não sei nem mesmo se eu entendo.

Mas, estranhamente, ele estava começando a entender.

— Eu acho que é porque a senhorita concorda comigo, srta. Westcott, que viver no luxo não é tudo. E eu acho que é porque os homens em sua vida foram singularmente cruéis com a senhorita.

— Homens? — ela perguntou.

— Seu pai — disse ele. — Seu noivo.

— É uma sorte, então, no caso de meu ex-noivo — rebateu ela, virando o rosto —, que eu não acredite no amor. Eu poderia ter tido meu coração partido se o fizesse.

Ela manteve o rosto virado para o outro lado pelo resto do caminho, como se achasse tudo do outro lado fascinante de se ver. E Joel percebeu algo mais sobre a srta. Camille Westcott. Ela *tivera* seu coração partido — por um homem que ela considerara perfeito, quando, na realidade ele era um canalha de primeira categoria, assim como seu pai tinha sido. Era incrível que ela ainda estivesse de pé e não delirando em algum lugar de um asilo de loucos.

Eles se despediram quando chegaram ao final de Northumberland Place, embora ela ainda não o tivesse encarado completamente antes de se virar para caminhar com passos firmes em direção ao orfanato. Joel a observou partir, meio que esperando que ela levantasse a mão para enxugar uma lágrima da face. Ela não o fez. Talvez tivesse sentido os olhos dele em suas costas.

Por Deus, pensou ele, ela era uma pessoa fascinante. Ela ia precisar de algum conhecimento, de um pouco de compreensão. Pela primeira vez em muito tempo, começou a duvidar de suas habilidades artísticas. Como a retrataria certo? E o que faria se nunca conseguisse? Pintá-la mesmo assim?

... se conseguir me conhecer, por favor, conte-me o que descobriu. Eu não tenho ideia de quem eu sou.

Ele sorriu para si mesmo ao se lembrar das palavras quando ela entrou na porta do orfanato e seguiu seu caminho. Joel havia convidado Edgar Stephens para jantar naquela noite e deveria cozinhar. E ele havia prometido visitar Edwina mais tarde. No entanto, tudo o que realmente queria fazer, ele percebeu, era se fechar em seu estúdio, pegar papel e carvão e começar a esboçar antes que algumas de suas impressões fugazes da srta. Camille Westcott não pudessem mais ser recuperadas daquela parte de sua memória que produzia alguns de seus melhores trabalhos.

7

Se Camille tivesse ouvido alguém alegar ter chorado até dormir, ela chamaria essa pessoa de mentirosa. Como alguém poderia adormecer quando o peito estava dolorido de tanto chorar e o travesseiro estava desconfortavelmente úmido, para não mencionar quente, quando o nariz estava entupido e quando alguém estava tão mergulhado nas profundezas da tristeza que a noção de autopiedade nem mesmo poderia começar a dar conta do sentimento? E quando se sabia da aparência pavorosa que se teria pela manhã, com pálpebras e lábios inchados, nariz vermelho e pele manchada?

Ela *não* chorou até dormir, mas chorou e teve que se deitar na cama com um lenço meio enfiado na boca, para não acordar todos no orfanato. Ela tentou se lembrar da última vez que tinha chorado, e não conseguia se lembrar de nenhuma ocasião semelhante desde que tinha sete anos e economizara sua escassa mesada por dois meses inteiros até que pudesse comprar um lenço masculino de linho fino. Ela então passara horas e dias bordando meticulosamente a inicial do título de seu pai — "R" de Riverdale — em um canto, com *Eu te amo, papai*, embaixo, a mensagem toda decorada com arabescos, enfeites e floreios. Era a primeira vez que ela dava a ele um presente de aniversário só dela. Ele deu uma olhada rápida no presente no grande dia, agradeceu e o colocou no bolso.

Sua falta de entusiasmo havia sido desanimadora o suficiente quando ela achava, até mesmo tinha esperanças, que espanto, orgulho, louvores, abraços calorosos, agradecimentos efusivos e amor eterno emanassem dele. Como uma criança de sete anos podia ser tola. E vulnerável. Poucos dias depois, ela fora ao escritório de seu pai para fazer alguma coisa esquecida e vira o lenço amassado sobre a mesa. Quando foi dobrá-lo com cuidado, descobriu que tinha sido usado para limpar a pena e estava generosamente manchado com tinta que nunca saía. Ela correu escada acima — ela havia aprendido que uma dama nunca corria para lugar nenhum —, espremeu-se entre sua cama e a parede do quarto do berçário que ela compartilhava com Abigail e chorou e chorou até vomitar, embora não tivesse contado a ninguém o que a tinha deixado tão infeliz.

Seria de se esperar que ela tivesse aprendido a lição com aquele episódio, mas parecia que não tinha. Ela se lembrava de ter se convencido na época de que seus pontos de bordado deviam ter sido mal executados, e ela havia trabalhado muito e incansavelmente para melhorar suas habilidades.

Agora, porém, ela nem sabia exatamente por que chorava.

O quarto era minúsculo e a cama, estreita e não muito macia, e ela deveria ter esperado até segunda-feira porque não sabia o que faria consigo mesma durante todo o dia seguinte e o domingo, mas certamente nenhum desses fatos a teria reduzido às lágrimas pela primeira vez em quinze anos. Ela aborrecera Abby e a avó ao se mudar para lá, mas também não era isso. Ela havia se debatido durante uma semana de ensino e não tinha ideia de como iria passar por outra — e outra, mas também não era isso.

Admita a verdade, Camille.

Ela chorava porque seu coração estava partido — embora isso também não fosse estritamente verdade. Seu coração não estivera envolvido no noivado. Ela não estava apaixonada pelo visconde de Uxbury. Era só que ele parecia perfeito — o perfeito cavalheiro, o pretendente perfeito: bem-nascido, elegante, rico, maduro, estável, sério, moralmente correto... Ela poderia continuar assim indefinidamente. Tampouco doera que ele fosse alto, bem constituído e bonito, embora ela não se sentisse atraída por ele apenas por esses fatos triviais. Não havia nada de trivial nas opiniões e ações de Lady Camille Westcott. Ele parecia perfeito. Ele parecia — embora ela nunca tivesse pensado nisso conscientemente — tudo o que ela gostaria que seu pai fosse. Ele era confiável, o próprio Rochedo de Gibraltar. Todo o futuro de Camille tinha sido construído sobre essa rocha.

E ele a decepcionara. Oh, não tanto em forçar o fim de seu noivado. Ela havia entendido o motivo disso, embora a rejeição a tivesse pegado de surpresa e a magoado. Não, era pelo que tinha acontecido depois, pelo que ela havia descoberto apenas naquele dia. Uxbury dissera algo sobre ela depois de aparecer sem ser convidado em um baile em homenagem a Anastasia, algo tão insultante que Avery e Alexander o tinham removido da casa. Ele também dissera coisas vergonhosas sobre ela durante o duelo com Avery, para os ouvidos do que, sem dúvida, era uma grande multidão de cavalheiros, sem mencionar Elizabeth e Anastasia.

Tinha sido chocantemente indelicado da parte dele. Ah, e muito mais do que indelicado. Tinha sido cruel. E tudo parecia muito estranho para o homem que ela pensava que ele fosse. Tomar conhecimento daqueles acontecimentos destruíra a última de suas ilusões sobre o perfeito cavalheiro e aristocrata com quem ela esperava passar o resto da vida. Tinha, de fato — sim, não era uma frase muito imprecisa —, partido seu coração. Não era preciso estar apaixonada por um homem para ter seu coração partido. Talvez fosse porque agora o visconde de Uxbury representasse, de alguma forma, toda a sua vida como era antes, embora ela não soubesse disso na época. Tudo havia sido construído não sobre rocha, mas sobre areia. E, tal qual até mesmo o castelo de areia construído da forma mais cuidadosa, havia desmoronado e caído.

Ela riu com alegria genuína quando ouviu a história da humilhação de Uxbury nas mãos de Avery — ou melhor, nos *pés* de Avery. Foi muito bom saber que, depois de insultá-la, ele parecera um idiota diante de seus colegas. Afinal, ela era apenas humana. Porém, enquanto estava voltando do Sally Lunn's com o sr. Cunningham, a tristeza de tudo havia chegado perto de dominá-la, e ela sentiu o coração se partir. Seu pai e o visconde de Uxbury eram muito diferentes um do outro — mas muito parecidos, afinal. Será que poderia voltar a confiar em alguém? Será que estava tão sozinha nesse mundo quanto sentia?

Será que todo mundo estava essencialmente sozinho?

Ah, sim, havia muita autopiedade em sua infelicidade. E ela odiava isso. *Odiava.*

Camille acabou dormindo depois de lavar o rosto e virar o travesseiro e endireitar e alisar as cobertas, embora fosse um sono intermitente pontuado por breves começos de vigília durante os quais ela lutava para se lembrar de onde estava. Depois de acordar de manhã, se lavar e se vestir, ela havia se deparado novamente com a pergunta sobre o que faria consigo mesma o dia todo. Ela nem sabia — não havia perguntado — se tinha direito de ir para a sala de jantar tomar o café da manhã. Considerou caminhar até o Royal Crescent para se explicar pessoalmente para sua avó e Abby, mas havia uma garoa caindo de um céu de chumbo, que ela podia ver através de sua janela, e parecia tempestuoso e triste lá fora. Além disso, o que mais poderia dizer além do que havia escrito? Ela as veria na semana seguinte, juntamente com a família, quando todos chegassem. Não se recusaria a ver nenhum deles. Seria grosseria.

Reorganizou seus pertences nas gavetas e nos ganchos — havia espaço suficiente se mantivesse seus produtos de higiene pessoal amontoados no lavatório e colocasse seu livro e coisas para escrever sobre a mesa. Ela colocou as malas vazias perto da porta. Perguntaria a Roger se havia algum espaço de armazenamento onde pudesse guardá-las. E então, isso havia levado vinte minutos, talvez menos.

Em seguida, foi buscar uma pilha de livros na sala de aula e passou um tempo examinando-os e decidindo qual seria o mais adequado para ler em voz alta na semana seguinte. Foi uma decisão um pouco complicada, já que as histórias precisariam ser atraentes tanto para meninos quanto para meninas — e para crianças de todas as idades. No entanto, na semana anterior ela havia escolhido aleatoriamente, e tudo o que lera tinha sido bem recebido. Provavelmente estava se preparando demais, mas o que mais ela deveria fazer? Camille fez uma lista do que queria ensinar na próxima semana — era uma lista formidavelmente longa -- e passou algum tempo quebrando a cabeça em busca de ideias sobre como fazer isso. Sua mente permaneceu teimosamente vazia. Na semana anterior, havia ensinado quase sem preparação ou sem se programar antes, mas tudo havia corrido razoavelmente bem, embora de forma um pouco caótica, mas como ela poderia se arriscar a usar o mesmo método na semana seguinte?

Camille franziu a testa pensando em uma memória repentina. O que exatamente ele dissera no dia anterior? *A senhorita é um fracasso abjeto. As crianças não ficam mudas na sua presença. E estão aprendendo e se divertindo. Elas gostam da senhorita.* Ele estava sorrindo enquanto dizia isso — algo que um cavalheiro nunca faria — e parecia perturbadoramente bonito e atraente nesse processo. Ah, e viril também. *Atraente?* Essa era uma palavra que geralmente não participava de seu vocabulário. *Viril* nunca participava. De alguma forma, não eram palavras gentis. Eram um pouco vulgares. Ela realmente não queria pensar em nenhum homem como atraente — ou viril, mas ele estava lhe dizendo que ela *não* era um fracasso, enquanto aparentemente dizia que ela era.

Camille suspirou alto. Oh, tudo aquilo era desesperadoramente complicado, e ainda não era nem mesmo o meio da manhã. Deus, ela deveria ter ido tomar o desjejum. Certamente seu aluguel incluía refeições. Seu quarto parecia menor e mais sombrio a cada momento que passava. Era hora de sair e explorar sua nova casa. Ou era *mesmo* sua casa? O fato de ela estar alugando um quarto lhe dava o direito de vagar pelo prédio inteiro à vontade? Mas ela não podia ficar confinada àquele espaço nem mais um minuto. Isso se parecia demais com esconder-se de forma covarde, e ela se comportara assim por tempo demais na casa da avó. Ela agora era a recém-inventada e confiante Camille Westcott, não era?

Ninguém parecia horrorizado enquanto ela ia caminhando. Ninguém foi correndo atrás da srta. Ford. A casa estava viva com o som de vozes e risos jovens e alguns gritos de indignação ou angústia. Era um edifício grande — três grandes casas de três andares transformadas em uma — e mantinha muito da elegância que as casas individuais deviam ter quando construídas pela primeira vez. Também era agradavelmente decorado com uma pintura leve e cortinas abertas nas janelas e almofadas coloridas, que emprestavam um ar de alegria geral. Aquela não era uma instituição sombria, como ela percebeu durante a excursão que a srta. Ford lhe fizera logo após sua chegada a Bath.

As acomodações consistiam em dormitórios aconchegantes nos andares superiores para cinco ou seis crianças, e cada um tinha uma sala de estar com cadeiras, mesas, almofadas e alguns brinquedos. A ideia era dar a cada grupo de crianças um senso de lar e família, Camille supôs. E cada grupo tinha seu próprio conjunto de cuidadoras, o que lhes oferecia o mais próximo possível de um senso de família, dadas as circunstâncias. Eram as cuidadoras que cuidavam das crianças dia e noite quando elas não estavam na escola, supervisionavam suas brincadeiras e as levavam para caminhadas nos dias não escolares. Havia algumas salas menores no andar térreo, provavelmente para visitantes, além da sala de aula e da sala de jantar. Algumas crianças brincavam calmamente juntas agora em uma delas. A maioria, porém, estava reunida na grande sala comunal ou sala de jogos, pois o dia estava úmido demais para irem brincar no jardim murado nos fundos. No geral, não era uma situação familiar inteiramente desagradável para as cerca de quarenta crianças que viviam ali.

Camille acenou com a cabeça para as cuidadoras que estavam supervisionando o local e ficou parada à porta com incerteza, mas três de seus alunos mais novos queriam apresentá-la à família de bonecas de pano, e depois dois outros, um menino e uma menina, queriam que ela visse a torre que tinham construído com cubos de madeira que Roger havia esculpido e pintado para eles. Dois meninos tricotavam sob o olhar de águia de Winifred Hamlin, que também trabalhava em sua própria tira, já com cerca de 45 centímetros de comprimento e aparentemente sem falhas. Os meninos chamaram Camille para mostrar a ela quanto progresso haviam feito desde o dia anterior.

Havia dois bebês em berços separados. Um bebê de talvez quatro ou cinco meses brincava alegremente com os dedos dos pés e agitava os braços de empolgação sempre que um adulto ou uma das crianças se inclinava para fazer cócegas em seu queixo e conversar com ele com voz de bebê. A outra, talvez um mês ou dois mais velha, estava deitada de costas e soluçava baixinho, recusando-se a ser entretida ou consolada.

— Ela está aqui há apenas uma semana — explicou uma das cuidadoras quando Camille se aproximou. — Vai se acalmar logo.

— Talvez — Camille sugeriu — ela queira colo.

— Ah, eu não duvido. — A jovem riu, sem ser indelicada, enquanto se abaixava para passar a mão nos cabelos macios da criança e murmurar algo calmante. — Mas não podemos dar toda a nossa atenção a uma criança quando todas as outras clamam por ela.

Ninguém clamava, como se podia observar naquele momento. A maioria das crianças parecia perfeitamente feliz com a companhia umas das outras. No entanto, a equipe de funcionárias estava definitivamente ocupada. Eram alegres também, como Camille havia notado antes; mesmo assim...

— Posso pegá-la? — ela perguntou. Se a criança estivesse chorando por mero capricho, ela poderia ter ficado menos preocupada, mas havia uma desesperança sombria nos sons suaves que a bebê fazia. — Não tenho mais nada para fazer e me sinto um pouco inútil.

— Certamente, srta. Westcott — a cuidadora disse. — Seria gentileza da sua parte, mas a senhorita não deve se sentir obrigada.

— Qual é o nome dela?

— Sarah — a mulher respondeu.

Camille nunca tivera muito a ver com bebês — ou com crianças — até a semana anterior. Ela cresceu esperando ser mãe, é claro. Seria um de seus deveres dar ao marido filhos para a sucessão e filhas para casar com outras famílias influentes, mas ser mãe quando se era uma dama do *ton* não envolvia necessariamente cuidar dos filhos, confortá-los ou entretê-los. Havia babás e preceptoras para fazer isso.

Havia um cobertor dobrado ao pé do berço. A sala não estava fria, apesar do clima sombrio lá fora, mas um bebê precisava de aconchego. Ou assim Camille imaginou. Ela estendeu o cobertor sobre a metade inferior do colchão, moveu a bebê cuidadosamente sobre ele, enrolou-o firmemente em torno dela como um casulo e a ergueu em seus braços. A criança continuou a chorar baixinho, e Camille, agindo puramente por instinto — céus, ela não sabia de *nada* —, segurou-a contra seu ombro e passou a mão em suas costas, murmurando palavras suaves contra a cabecinha.

— Tudo vai acontecer para o melhor, Sarah — disse ela. Palavras tolas. Como poderia? Por acaso alguma coisa resultava no melhor? Ela beijou uma bochecha macia e, de alguma forma, sentiu como se seu estômago ou coração tivessem revirado. O choro parou depois de um tempo, à medida que Camille dava uma volta pela sala, entrando e saindo de grupos de crianças, e então saiu para o corredor mais silencioso além. O pacotinho em seus braços ficou mais quente até que ela percebeu que a criança estava dormindo. E agora ela mesma sentia um pouco de vontade de chorar. De novo? Ela ia se transformar em um regador agora?

Não, isso não. Definitivamente, certamente não isso. A mera ideia!

Ela voltou para a sala de jogos e sentou-se em uma poltrona funda em um canto, segurando a bebê adormecida em seus braços. As crianças ao seu redor estavam todas ocupadas com alguma atividade. As cuidadoras estavam ocupadas. Duas meninas se inclinaram nas laterais do berço do outro bebê, fazendo-o gorgolejar e rir. Todos pareciam limpos e razoavelmente arrumados. Era, Camille pensou, um lugar feliz, ou pelo menos um lugar que não era mais miserável do que muitas casas de família, mesmo as dos ricos.

— Veja, o problema é que as crianças podem se apegar muito se forem seguradas demais — disse uma das outras cuidadoras, agachando-se na frente da poltrona de Camille e sorrindo ternamente para a bebê adormecida. Ela era Hannah, Camille lembrou, maçãs do rosto salientes, olhos brilhantes, robusta, bonita de uma forma saudável e pouco sofisticada. — Aprendemos isso quando estamos sendo treinadas, mas também aprendemos que elas precisam de amor e aprovação, de fraldas secas e de mãos que não grudam em tudo o que tocam. Não é um trabalho fácil. A enfermeira diz que é um pouco como andar na corda bamba em todos os dias de trabalho das nossas vidas. Agradecemos sua ajuda, embora a senhorita nunca deva se sentir obrigada a oferecê-la. Quando a vi pela primeira vez, pensei que era muito diferente da sua irmã, mas acho que talvez estivesse errada. A srta. Snow, a duquesa de Netherby, era muito amada aqui.

A enfermeira era um membro sênior da equipe responsável por todas as necessidades de saúde das crianças.

Camille acenou com a cabeça e sorriu — pelo menos, era um sorriso ou uma careta. Ela não tinha certeza de qual. Ninguém esperava gostar dela? Isso significava que elas gostavam apesar de tudo? Ou pelo menos Hannah gostava? Ela ergueu Sarah um pouco mais alto nos braços quando Hannah se afastou e olhou para seu rosto adormecido.

— Senhor — alguém chamou com uma voz ansiosa —, venha ver nossa torre.

E lá estava ele, parado na porta, seu jeito semidesleixado de sempre, com uma expressão cordial no rosto, olhando ao redor, embora parecesse não ter notado Camille sentada em silêncio no canto. O sr. Cunningham. Ele parecia perfeitamente em casa, embora fosse o único homem adulto presente, mas é claro que ele se sentiria em casa. Ele crescera ali com Anastasia como sua melhor amiga e então se apaixonara por ela e quisera se casar com ela. Ele ainda a amava, Camille suspeitou, mas isso era motivo para não gostar dele? Por acaso havia algum motivo para não gostar de Anastasia?

Ele cruzou a sala, despenteando o cabelo de um menino ao passar, e se abaixou para admirar a torre de madeira. Estava segurando o que parecia ser um caderno de desenho e um pedaço de carvão em uma das mãos. E Camille se lembrou de algumas das palavras que ele havia falado no dia anterior: *Uxbury insultou Anna quando ela descobriu quem ele era e se recusou a dançar com ele...*

... quando ela descobriu quem ele era... O visconde de Uxbury, isto é, o homem que fora prometido a Camille, mas a rejeitara depois de saber a verdade sobre seu nascimento. Anastasia se recusara a dançar com ele *porque ele tinha feito sua meia-irmã sofrer*? Ela, Camille?

O sr. Cunningham largou o caderno para ajudar a construir ameias no topo da torre — até que o garotinho, cujo cabelo ele havia bagunçado, apareceu e derrubou tudo com um golpe de braço e uma risadinha. Houve gritos de indignação das crianças que o construíram, e o sr. Cunningham se levantou, rugindo ferozmente, agarrou a criança, jogou-a no teto e segurou-a no caminho de descida. O garotinho gritou de susto e alegria e então ajudou o sr. Cunningham e os outros dois a recolher os tijolos caídos e começar de novo. Outras crianças chamaram sua atenção e ele passou algum tempo com cada grupo antes de trocar algumas palavras com uma das cuidadoras mais velhas. Ele trouxera para a cozinheira alguns ovos frescos do mercado, Camille o ouviu dizer, e havia pedido um convite para ficar para o almoço.

— Mas você não precisa de convite, Joel — a mulher lhe disse. — Você sabe disso. Não para voltar para casa.

Ele riu e se sentou em uma cadeira, meio de costas para Camille — ele ainda não a tinha visto —, e começou a desenhar algo em seu caderno. O bebê no berço, talvez — ele agora tinha os dois pés agarrados nas mãos e balançava de um lado para o outro, tagarelando alegremente para si. Ou talvez as meninas entretidas em seu jogo com as bonecas de pano. Ou talvez Caroline Williams, de seis anos, uma das crianças mais novas da escola, que parecia estar lendo um grande livro em voz alta para uma velha boneca, proferindo as palavras e acompanhando-as ao longo da página com o dedo indicador. Camille sabia que, de fato, ela tinha dificuldade para ler, algo que teria que ser resolvido na próxima semana.

O bebê em seus braços deu um soluço de choro e Camille olhou para baixo quando uma mãozinha balançou no ar e veio descansar em seu seio e agarrar o tecido de seu vestido, embora a criança não tivesse acordado. E então ela o fez. Ela se mexeu, abriu os olhos, olhou solenemente para Camille e... deu um sorriso largo, alegre e desdentado. Parecia um dos presentes aleatórios e não merecidos da vida, Camille pensou, sorrindo de volta, apaixonada por uma felicidade inesperada. Era uma sensação totalmente estranha. Ela nunca cultivara a felicidade — ou a infelicidade, aliás.

Foram interrompidas por Hannah, que viera buscar a bebê para trocar a fralda antes de alimentá-la.

— As crianças foram lavar as mãos para almoçar — avisou a Camille. — A senhorita também vai querer comer, srta. Westcott. Acho que Sarah gostou da senhorita. Ela logo vai se ambientar aqui. Todas elas se adaptam.

O sr. Cunningham estava por perto quando Camille se levantou. Ele finalmente a tinha notado e parecia estar esperando para ir acompanhá-la até a sala de jantar.

— *Madonna e criança*, que tal? — ele perguntou a ela, segurando seu caderno de desenho, a primeira página voltada para ela, para que pudesse ver o que ele estava desenhando. — Ou é um título muito papista para o seu gosto?

Era um esboço a carvão de uma mulher sentada em uma poltrona baixa e um bebê, enrolado em um cobertor, dormindo em seus braços. O desenho era um rascunho, mas sugeria uma forte conexão emocional entre a criança e a mulher, que estava olhando para ela, com algo como adoração em seu rosto. A criança era inequivocamente Sarah, e a mulher, Camille percebeu com um sobressalto, era ela mesma, embora não como ela já se tinha visto em qualquer espelho.

— Mas o senhor nem me viu quando entrou — ela protestou. — E estava sentado quase de costas para mim enquanto desenhava.

— Oh, eu a vi, srta. Westcott. E como qualquer professor que se preze, tenho olhos na nuca.

Não tinha a menor chance contra ele, Camille pensou, não entendendo muito bem o que queria dizer com isso. Em apenas alguns minutos e apenas com papel e carvão, ele reproduzira exatamente como ela se sentia ao segurar a criança. Quase honrada. Quase chorosa. Quase maternal. Em quase adoração. Ela olhou para ele um pouco perturbada. E desejou, de repente irritada, que ele não fosse bonito. Não que ele fosse exatamente *bonito*, apenas bem-apessoado. O que ela realmente desejava era que ele não fosse *atraente*. Porque ele era, e ela não gostava disso nem um pouco. Não estava acostumada a caracterizar os homens de acordo com seu apelo físico. Embora nem tudo fosse físico com ele, não é?

— Vamos almoçar? — ele perguntou, indicando a porta. Eram os últimos dois restantes na sala.

— Posso ficar com o esboço? — ela perguntou.

— *Madonna e criança*?

— Posso?

Ele o retirou do caderno e o estendeu para ela, sustentando seu olhar enquanto ela o pegava.

— Obrigada.

— Não é um crime, sabe, amar uma criança.

Joel havia deixado a casa de Edwina mais cedo do que de costume na noite anterior, apesar de seus protestos sonolentos. Ele estava trabalhando em uma pintura, ele explicara a ela, e estava ardendo por dentro com a necessidade de voltar antes que a imagem desvanecesse de sua memória. Ele nem mesmo estava mentindo, embora se sentisse um pouco como se estivesse, pois o acordo com a sra. Kingsley tinha sido que ele começaria com a neta mais nova na semana seguinte e deixaria a mais velha para depois, talvez até mesmo no outono.

Ele tinha ficado acordado até o amanhecer, trabalhando à luz de velas, capturando seu rosto cheio de risadas e, em seguida, seu perfil desviado e marcado por lágrimas — os dois lados da mesma moeda. Mas, ao contrário de uma moeda, ela possuía mais de dois lados. Quantos mais ele ainda não sabia.

Dormiu algumas horas, mas se levantou mais cedo do que pretendia, inquieto e impaciente com os dois retratos que precisava terminar antes de se envolver profundamente no novo projeto. Tomou o café da manhã em pé e, olhando para um dos retratos no cavalete, tentou sentir a emoção de um personagem quase capturado em pintura, com apenas alguns pequenos ajustes restantes a serem feitos. Em seguida, ele se sentou e escreveu para informar ao sr. Cox-Phillips que iria visitá-lo na terça-feira. Não queria ir de verdade; queria terminar os projetos pendentes e depois se concentrar nos dois retratos que haviam captado seu interesse muito mais do que ele esperava. Apesar disso, não seria bom recusar a possibilidade de outra encomenda. Quem poderia saber quando elas secariam completamente e o deixariam sem renda complementar?

Sua intenção inicial era resolver a questão da pintura depois de selar a carta, mas sua mente estava agitada com uma miríade de pensamentos, e ele devia mais ao tema do retrato do que isso. Talvez mais tarde. Talvez estivesse apenas cansado. Tivera coisa de uma hora de sono na casa de Edwina, provavelmente duas em sua própria casa depois do amanhecer. Por fim, ele parou de fingir para si mesmo, embora ainda não admitisse o motivo. Ele foi para o orfanato, mas comprou alguns ovos frescos no mercado no caminho. Afinal, não havia nada de tão especial em sua visita. Ele costumava ir lá sem avisar, para conversar com as funcionárias que tinham trabalhado ali por grande parte de sua vida e para brincar com as crianças. Elas eram sua família.

E se ele fosse, pelo menos em parte, para ver como Camille Westcott estava passando seu primeiro dia inteiro lá, então não seria surpresa, pois ela era uma colega de trabalho e irmã de Anna. E ele deveria pintar seu retrato, mesmo que o de sua irmã viesse primeiro.

O jardim estava deserto, é claro, já que a garoa ainda caía e fazia julho se parecer mais com abril. Ele foi até a sala de jogos — e a viu imediatamente, embora estivesse quase lotada de crianças ocupadas e de suas supervisoras adultas, e ela estivesse sentada em silêncio em um canto. Ela nunca deixaria de surpreendê-lo? Ela estava segurando um bebê adormecido. Se ele não estava enganado, era aquele que havia sido descoberto no degrau da frente certa manhã, fazia cerca de uma semana, com mil libras em notas bancárias enfiadas sob o cobertor em que a criança estava embrulhada — uma fortuna incrivelmente imensa em dinheiro com uma folha de papel na qual estavam escritas as palavras *Sarah Smith. Cuide dela.*

Joel brincava com várias crianças, mas o tempo todo estava ciente da mulher e do bebê no canto. Ele trouxera um bloco de desenho, como sempre fazia, embora não o usasse com frequência. Era sempre mais um participante do que um observador ali, mas desta vez foi diferente até que, então, por fim, ele não conseguiu mais resistir. Ele se sentou para desenhar. Nem mesmo precisava olhar para elas enquanto trabalhava. Joel estava maravilhado por ter visto mais um aspecto de Camille Westcott do qual nunca teria suspeitado. Toda a sua postura de imobilidade relaxada e seu isolamento no canto da sala falavam de amor materno.

Claro que ela não sabia disso. Ela franziu a testa quando viu o esboço depois que Hannah tirou a bebê dela. Joel tinha visto o momento em que ela se reconheceu e endureceu com desagrado e talvez negação. Seus lábios se contraíram quando ele disse que não havia crime em amar uma criança. No entanto, ela pediu a ele o esboço, que ele queria adicionar ao portfólio dela que tinha iniciado naquela manhã. Ele o entregou com relutância e se perguntou se ela iria queimá-lo, pendurá-lo no quarto ou escondê-lo no fundo de uma gaveta.

Sentaram-se à mesa dos professores na sala de jantar com a enfermeira e a srta. Ford, mas permaneceram lá depois que as outras duas saíram.

— O senhor já descobriu algo de sua família, sr. Cunningham? — ela perguntou a ele.

— Não.

— Já desejou ter a possibilidade disso?

Ele considerou a questão — não que não o tivesse feito cem ou mil vezes antes, mas tinha sentimentos ambivalentes a respeito.

— Talvez eu me arrependesse se algum dia descobrisse — disse ele. — Talvez eles não fossem pessoas agradáveis. Talvez tenham vindo de famílias desagradáveis. No entanto, é da natureza humana ansiar por respostas.

— Acha que Anastasia se arrependeu de descobrir? — ela acrescentou.

— Eu acredito que ela se arrependeu por um tempo. Mas não teria conhecido o duque de Netherby e se casado com ele se tivesse permanecido como Anna Snow, professora órfã de crianças órfãs na província de Bath. E isso teria sido uma tragédia, pois ela está feliz com ele. Ela também descobriu avós maternos que, afinal, não a abandonaram. E ela tem uma avó paterna, tias e primos que abriram seus corações para ela e a atraíram para uma família maior. No geral, não acredito que ela tenha muitos arrependimentos.

— Na totalidade? — Ela estava olhando para a xícara de chá, suspensa entre o pires e sua boca.

— A nova vida dela também trouxe alguma infelicidade — continuou Joel. — Ela foi rejeitada com firmeza pelos próprios membros da família que ela mais ansiava amar. E o que torna as coisas ainda piores para ela é que sabe que trouxe uma espécie de infelicidade catastrófica para essas pessoas, mas não lhe permitiram fazer qualquer tipo de reparação.

— Está tentando me fazer sentir culpada, sr. Cunningham?

— Foi a senhorita quem perguntou — ele a lembrou. — Eu deveria ter dourado a pílula para disfarçar um pouco da amargura? A senhorita se sente culpada?

— Estou cansada dessa conversa, *sr. Cunningham*.

— E estou cansado de ser o *sr. Cunningham*. Meu nome é Joel.

— Fui criada para me dirigir a todos de fora do meu círculo familiar íntimo com a cortesia adequada.

— Você provavelmente teria chamado seu marido de *Uxbury* por toda a vida se tivesse se casado com ele.

— Provavelmente — ela concordou. — A forma como eu fui criada não corresponde a um estalar de dedos agora, não é? Eu sou Camille. — Ela pousou a xícara no pires, ainda pela metade. — Vejo que a chuva parou. Eu preciso sair daqui. Gostaria de dar uma caminhada?

Com ela? Ela o irritava em mais da metade do tempo, e o intrigava na maior parte do que restava disso. Não acreditava que gostasse dela. Certamente não queria passar a tarde de sábado perambulando pelas ruas de Bath na companhia dela. Ele tinha coisas melhores para fazer, incluindo a conclusão de um retrato para que pudesse continuar com o dela e o de sua irmã.

— Muito bem — ele se pegou dizendo, mesmo assim, ao se levantar.

8

Estava frio e tempestuoso, mas pelo menos não estava chovendo. Camille definiu a rota e caminhou em direção ao rio, o sr. Cunningham — *Joel* — ao seu lado. Ele não estava falando, e ela não sentiu vontade de manter uma conversa. Não conseguia explicar para si por que o queria com ela, mas estava satisfeita consigo mesma sobre uma coisa: nunca havia sugerido a um homem que desse um passeio com ela. Também nunca tinha chamado nenhum homem fora de sua família pelo primeiro nome. Não que ela já tivesse chamado o sr. Cunningham pelo dele.

— Joel — disse ela, e ficou surpresa ao perceber que havia falado em voz alta.

— Camille.

E nenhum homem fora de sua família a havia chamado pelo primeiro nome — nem mesmo o visconde de Uxbury depois de seu noivado, mas, em vez de se sentir desconfortável, ela se sentiu... livre. Não estava mais presa às velhas regras. Agora poderia definir as suas próprias. Ela queria companhia, e a tinha conseguido por seus próprios esforços.

Eles cruzaram a Pulteney Bridge e seguiram em frente até o trecho amplo e imponente da Great Pulteney Street. Ela não tinha um destino em mente, apenas a necessidade de caminhar, respirar ar fresco e...

— Acredito que está chovendo sobre nós de novo — disse ele, interrompendo seus pensamentos quando estavam a menos da metade da rua.

E, que incômodo, ele estava certo. Era uma garoa muito leve, mas as nuvens não pareciam promissoras, Camille tinha de admitir. De qualquer forma, a garoa os molharia tanto quanto uma chuva constante se permanecessem ali por tempo suficiente.

Ela olhou de um lado para o outro na rua, mas era residencial. Não havia nenhum lugar para se abrigar, e inclusive apenas os Sydney Gardens à frente deles, não um bom lugar para ir durante a chuva.

— Acho que é melhor voltarmos — opinou ela.

Mas não queria voltar para casa ainda. Ela deveria ter pensado melhor antes de mudar seu local de residência em uma sexta-feira com um fim de semana à espreita. O problema era que ela não tinha experiência em ser impulsiva e espontânea — ou em tomar suas próprias decisões. Estava prestes a sugerir o Sally Lunn's novamente para uma xícara de chá, embora fosse mais longe do que o orfanato, mas ela se lembrou de que não tinha dinheiro. Incômodo duplo! A garoa agora caía constante.

— Eu vivo deste lado da ponte — informou ele.

— É melhor você se apressar para casa, então, e eu farei o mesmo. Não é muito longe.

Naquele momento a garoa se transformou em chuva. Ficaria encharcada, Camille pensou consternada — e isso a ensinaria a se aventurar sem guarda-chuva. Ela simplesmente não estava acostumada a ir a qualquer lugar a pé. Ele a pegou pela mão antes que ela pudesse se mover e os virou na direção de onde tinham vindo.

— Depressa — incitou Joel, e eles meio trotaram, meio galoparam de volta pela Great Pulteney Street. Ele ainda segurava a mão dela quando virou em outra rua antes de chegarem à ponte, e eles também correram por ela, de cabeça baixa, e... rindo incontrolavelmente.

Os dois estavam sem fôlego quando ele parou do lado de fora de uma das casas e largou a mão dela por tempo suficiente para remexer no bolso em busca de um molho de chaves, com uma das quais ele destrancou a porta. Ele abriu, agarrou a mão dela de novo, e puxou-a para dentro de tal forma que eles colidiram na porta, ombro a ombro. Ele a soltou novamente para fechar a porta com um estrondo, mergulhando-os na semiescuridão de um hall de entrada. Ainda estavam rindo — até que não estavam mais. Não era um hall particularmente pequeno, mas parecia muito isolado e silencioso em contraste com o exterior, e estar ali parecia muito impróprio. Claro, ela deveria ter continuado seguindo em frente quando ele dobrou a esquina.

— Era mais perto do que o orfanato — explicou ele, dando de ombros.

— É aqui que você mora? — ela perguntou... como se ele tivesse a chave da casa de outra pessoa.

— No último andar — disse ele, indicando a escada bastante íngreme à frente deles.

Ele não a havia exatamente convidado para subir, mas não podiam ficar para sempre no corredor quando não parecia que a chuva ia parar tão cedo. Camille subiu as escadas e ele foi atrás dela. Pela aparência e pela ausência de barulho, parecia que a casa estava deserta. Como o silêncio poderia ser tão alto? E tão acusador?

— Alguém mais mora aqui? — ela perguntou.

— Dois amigos meus. Ambos solteiros, um no andar térreo e um no primeiro. Estou mais perto do céu, ou é assim que me consolo quando esqueço alguma coisa e tenho que subir todo o caminho de volta para pegar.

Dois homens. Três ao todo, contando com ele. Isso, Camille pensou, era muito impróprio, de fato. Lady Camille Westcott teria tido um ataque de vapores... exceto que ela nunca tinha sido do tipo vaporoso. E também, de qualquer maneira, não teria saído andando sozinha com ele para ser pega na chuva, e mesmo se tivesse, não teria permitido que sua mão fosse agarrada e seu corpo fosse puxado em uma corrida deselegante ao longo da rua para ser transformada em um espetáculo público e vulgar para qualquer um que testemunhasse a cena. A experiência certamente não a deixaria desamparada de tanto rir.

Mas Lady Camille Westcott não existia mais.

E, oh, a risada que haviam compartilhado tinha sido gostosa.

Ela teve que esperar no topo da escada enquanto ele passava por ela e destrancava outra porta. Havia um corredor de entrada mais estreito do que o térreo além dessa porta, sem dúvida apenas um corredor simples quando o prédio era uma única casa. Três portas se abriam a partir da primeira, uma de cada lado e outra em frente. O que estava à direita estava fechada. A porta em frente estava aberta para mostrar uma espaçosa sala de estar — ela podia ver um sofá e uma cadeira lá dentro e uma grande janela que permitia a entrada de luz, apesar das nuvens e da chuva. A porta à sua esquerda também estava aberta e Camille viu que era um quarto de dormir. Uma cama grande, mal arrumada, dominava o espaço, e a fez perceber de repente que seus aposentos estavam tão desertos e silenciosos quanto o resto da casa. Ela duvidava de que ele tivesse um criado ou faxineira.

— Isso é tudo seu? — ela perguntou a ele.

— Sim, eu alugo o andar inteiro. Tive apenas o quarto de dormir durante doze anos, mas, na semana passada, a família que ocupava o resto do andar mudou-se e pude alugar tudo. Ainda não me recuperei da novidade de ter todo este espaço só para mim. Isso me faz sentir muito rico.

— O quarto é um pouco maior do que o meu no orfanato. — Embora não muito. E tinha sido o lar dele por doze anos. Antes disso, ele provavelmente dividira um dormitório com quatro ou cinco meninos no orfanato. Os pensamentos de Camille se voltaram para o tamanho de Hinsford Manor, onde ela havia crescido, e se desviaram novamente. Mas, de fato, como suas experiências de vida haviam sido tão diferentes.

— Era minha área de dormir, minha sala de estar e meu estúdio. E onde eu guardava minhas pinturas e suprimentos. Quase não havia espaço para mim.

Eles ficaram lado a lado um pouco além da porta, olhando para dentro. Ele devia sentir o constrangimento daquilo tanto quanto ela. Ambos se viraram apressados.

— E agora você pinta naquela sala? — ela indagou, acenando com a cabeça para o cômodo em frente. — Há muita luz.

— Não. — Ele indicou a porta fechada. — Meu estúdio fica ali. É o mais valioso dos meus novos cômodos. Meu domínio particular. Deixe-me pegar seu *bonnet* e peliça e pendurá-los para secar. Vou acender o fogo no fogão da cozinha e colocar água na chaleira para o chá. Venha e sente-se à mesa enquanto espera.

Ele pendurou as coisas dela em ganchos no corredor e ela o seguiu para a sala de estar e por outra porta até a cozinha e a sala de jantar. Ele jogou o casaco úmido em um braço do sofá ao passar e vestiu um paletó que havia sido jogada nas costas dele. O paletó era ainda mais surrado e sem forma que o casaco e dava-lhe uma aparência confortável e doméstica, que, de alguma forma, enfatizava sua virilidade e deixava Camille ainda mais consciente de que estava sozinha com um homem no apartamento dele em uma casa vazia a dois andares da rua.

Ele se ocupou acendendo o fogo e enchendo a chaleira com uma jarra d'água no canto, enquanto Camille se sentava à mesa de jantar e o observava. Ele pegou algumas colheradas de chá de um pote e despejou em uma grande chaleira. Em seguida, pegou um par de xícaras e pires descombinados de um armário e uma garrafa de leite e um açucareiro de outro. Ele encontrou duas colheres em uma gaveta.

— Você bebeu seu chá sem leite ontem e hoje no almoço — disse ele. — Prefere assim?

— Prefiro. Mas aceito um pouco de açúcar, por favor.

Ele pingou algumas gotas de leite em uma das xícaras e trouxe o açucareiro para a mesa. Hesitou por um momento e se sentou na cadeira ao lado da dela. Ainda demoraria um pouco antes que a chaleira fervesse. Joel estava tão desconfortável quanto ela, Camille pensou. Isso era muito diferente de estar no Sally Lunn's.

— As pessoas vêm aqui para você pintar o retrato delas? — ela indagou.

— Não. Era impossível até a semana passada. Simplesmente não havia espaço suficiente. Agora existe, mas minha política geral não mudará. Meu estúdio é meu lugar privado.

Era a segunda vez que ele dizia isso. Ele estava evitando qualquer pedido que ela pudesse fazer para ver suas pinturas?

— Alguém vem aqui? — ela perguntou.

— Os sujeitos que vivem nos dois andares abaixo já me divertiram no passado, assim como alguns outros amigos meus. Finalmente consegui retribuir a gentileza e convidá-los todos para cá na semana passada, um dia depois de me mudar, para uma espécie de festa de inauguração.

— Todos homens? Nenhuma mulher?

— Nenhuma mulher — respondeu ele.

— Eu sou a primeira, então?

O silêncio, ela percebeu novamente, nem sempre era realmente silencioso. Atuava como uma espécie de câmara de eco para palavras impensadas que acabavam de ser proferidas. E tinha uma pulsação e fazia um som surdo. Ou talvez fosse seu próprio batimento cardíaco que ela conseguia ouvir.

— Você é a primeira, Camille — ele disse com um sorriso leve e ligeiramente inclinado. — Por causa da chuva — acrescentou.

Ele dera ao nome dela a pronúncia francesa correta — *ille* no final, em vez de *ill*, com a pronúncia inglesa que sua família costumava usar. Ela gostou do som de seu nome nos lábios dele.

Seus olhos se encontraram e se fixaram, e Camille se pegou imaginando tolamente se outros cavalheiros que ela conhecia eram tão masculinos quanto ele, e ela simplesmente não tinha notado. O visconde de Uxbury era...? Mas não, ele certamente não era, apesar de ter um rosto bonito e um físico esplêndido. Ela teria notado. Céus, ela ia *se casar* com ele, mas nunca sentira nem mesmo um arrepio de... desejo por ele. Então era isso que ela sentia pelo sr. Cunningham — Joel? Ou estava apenas sem fôlego por causa da corrida seguida pela subida das escadas?

— Suponho — disse ela — que você planejava se ocupar da pintura esta tarde. Mas, em vez disso, concordou em vir caminhar comigo quando eu poderia ter adivinhado que a chuva voltaria.

— Tenho um retrato para terminar. Dois deles, na verdade. Ambos estão quase concluídos, mas não há uma pressa especial.

— E então será a nossa vez? — ela perguntou. — Minha e de Abigail? Você já ficou sem trabalho? Considera a possibilidade um pouco assustadora? — No passado, ela nunca tinha realmente pensado em ficar sem dinheiro.

— Ainda não aconteceu, e tento me preparar um pouco para o dia de emergência que todos alertam. No entanto, às vezes, eu gostaria que houvesse mais tempo para pintar para meu próprio prazer. Provavelmente haverá outra encomenda na semana que vem, embora eu não saiba quantos retratos envolverá.

— Na semana que vem? — ela repetiu.

— Na terça-feira, concordei em fazer uma visita ao sr. Cox-Phillips. Ele mora a alguma distância de Bath, nas colinas, onde a maioria das casas são mansões. Atrevo-me a dizer que ele é muito rico e tem plenas condições de pagar os meus honorários.

— Cox-Phillips? — Ela franziu a testa em pensamento. — Você o conhece?

— Não, mas ele deve me conhecer ou pelo menos ter ouvido falar de mim. Minha fama deve estar se espalhando. — Ele sorriu para ela e se levantou para verificar a chaleira, embora claramente ainda não estivesse fervendo. — *Você* o conhece?

— Eu sei quem ele é, ou, pelo menos, suponho que seja o homem em quem estou pensando. Ele era alguém importante no governo há vários anos, um conhecido de meu tio, o falecido duque de Netherby. Lembro-me de minha tia Louise falando sobre ele. Ela costumava descrevê-lo como mesquinho. Ele tem alguma ligação familiar com o visconde de Uxbury.

— Mesquinho? — disse Joel, sentando-se novamente. — Isso não é um bom presságio para mim. Ele pode não gostar de ouvir que deve esperar alguns meses até que eu tenha tempo de pintar para ele.

— Você deve representar o papel de um artista temperamental e opor sua vontade à dele.

— Quem disse que eu estaria representando um papel? — ele perguntou a ela, sorrindo novamente. — Se ele se mostrar intratável, eu simplesmente recusarei qualquer encomenda que ele tenha em mente. Talvez eu nem vá.

— A palavra *mesquinho* assustou você? — ela indagou. — Mas sua curiosidade certamente superará seu medo. Espero que supere, de qualquer maneira. Quero ouvir tudo a respeito de sua visita quando vier para a escola na quarta-feira; supondo, é claro, que você sobreviva à provação.

Ele olhou para ela sem responder, e seus dedos tamborilaram uma leve batida na mesa.

— Preciso do meu bloco de desenho. Você deveria fazer isso com mais frequência, Camille.

— Fazer o quê? — Ela podia sentir as bochechas esquentarem com a intensidade do olhar de Joel.

— Sorrir. Com um certo grau de travessura nos seus olhos. A expressão transforma você. Ou talvez seja apenas outra faceta de sua personalidade que eu não vi antes. Deixei meu caderno de desenhos no orfanato, infelizmente, embora eu tenha outros no estúdio.

— *Travessura?*

— É claro que você não está mais sorrindo. Eu não deveria ter chamado sua atenção para isso.

— A chaleira está fervendo — informou ela, e pressionou as duas mãos nas bochechas quando ele se levantava e lhe dava as costas, mas o fato era que ela realmente estava sorrindo, brincando e gostando da imagem dele confrontando o parente excêntrico de Lorde Uxbury, seus joelhos batendo de medo, mas o temperamento artístico vindo em seu socorro. E agora ela provavelmente estava corando. Ela o observou derramar a água fervente no bule e cobri-lo com um pano para manter o chá quente durante a infusão. Ela nunca tinha visto um homem fazer chá. Ele não parecia afeminado ao fazê-lo, apesar do fato de que o pano tinha margaridas bordadas por toda parte. Muito pelo contrário, na verdade.

— Travessura é para crianças, sr. Cun... Joel.

— E para adultos que estejam dispostos a relaxar e simplesmente serem felizes — disse ele, virando-se para se recostar no balcão, os braços cruzados sobre o peito.

— Acha que não estou disposta? — ela prosseguiu.

— Você está?

— As damas não são criadas para cultivar a felicidade. Existem coisas mais importantes.

— Existem?

Ela franziu o cenho.

— O que é felicidade? Como se consegue isso, Joel?

Ele não respondeu de imediato. Seus olhos se encontraram e nenhum deles desviou o olhar. Camille engoliu em seco quando ele se afastou do balcão e veio em sua direção. Ele colocou uma das mãos na mesa ao lado dela e a outra no espaldar da cadeira. Respirou fundo como se fosse dizer algo, mas então se inclinou sobre Camille e a beijou.

De alguma forma, ela sabia que isso aconteceria, mas, quando aconteceu, ficou tão surpresa, tão chocada, que ficou ali sentada, sem fazer nada para impedir. Não durou muito — provavelmente não mais do que alguns segundos, mas durante aqueles segundos ela percebeu que os lábios dele estavam ligeiramente separados sobre os dela e que havia calor neles e na respiração contra sua bochecha. Camille tinha uma consciência surpreendente do cheiro masculino dele e de uma sensação de formigamento e ansiedade e... desejo que era chocantemente físico.

E então ele puxou a cabeça para trás, e seus olhos, mais escuros e intensos que o normal, miraram nos dela, sua expressão inescrutável.

Camille falou antes que ele pudesse:

— É assim que se alcança a felicidade? — ela perguntou. Deus, tinha acabado de ser *beijada*. Nos lábios. Não se lembrava de ter sido beijada nos lábios antes, nem mesmo por sua mãe. Se tivesse sido, fora há tanto tempo que a memória disso se desvanecera no passado distante e obscuro.

— Não necessariamente a felicidade em si. — Ele se endireitou. — Mas às vezes um beijo é pelo menos prazeroso. Às vezes não é.

— Lamento ter desapontado você — disse ela, toda arrogância instintiva. — Mas eu nunca fui beijada antes. Não tenho ideia de como fazer isso.

— Eu não estava dizendo que não foi um prazer beijar você, Camille. Mas decerto eu não pretendia fazer isso, e não deveria ter acontecido. Eu a trouxe aqui para escapar da chuva, mas foi irrefletido e imprudente. Até mesmo um homem que não é um cavalheiro, veja você, entende que não deve trazer uma mulher virtuosa para seus aposentos, e que se o fizer por algum motivo convincente, como uma chuva forte, não deve tirar vantagem dela beijando-a.

— Não sinto que se aproveitaram de mim.

Talvez devesse, mas não sentia. Acontecera e, de modo geral, ela não lamentava. Era outra experiência nova para adicionar a todas as outras dos últimos meses, e ela sabia que iria reviver aqueles poucos segundos ao longo de dias, talvez mais. Será que era muito patético da parte dela?

Ele ficou onde estava por mais alguns momentos, sua expressão inescrutável, antes de se virar para servir o chá. Ele trouxe suas xícaras e pires para a mesa e colocou a que não continha leite diante dela. Ele se sentou enquanto ela colocava uma colher de açúcar.

— Seu noivo nunca a beijou? Não era um pouco estranho?

Ela deveria ter sido beijada apenas porque estava noiva de um homem? Mas não era disso que se tratava seu noivado.

— Eu não achava.

— Você teria passado a vida toda sem um beijo? — ele insistiu.

— Provavelmente.

— Mas decerto você gostaria de ter filhos. Ele teria desejado herdeiros, não é?

— Claro — respondeu Camille. — E nós dois teríamos cumprido nosso dever, mas temos mesmo de falar sobre esse assunto? Acho extremamente desconfortável. — Ela mexeu o chá mais uma vez.

No entanto, ele não ia deixar o assunto morrer.

— O que acho estranho é que existe uma classe de pessoas para quem o casamento e as relações conjugais são bastante impessoais, desprovidas de sentimentos reais ou qualquer tipo de paixão. Ou de felicidade.

— Eu queria que fosse perfeito — ela o lembrou, embora houvesse algo muito árido na palavra em contraste com o *sentimento real* e a *paixão* e a *felicidade* de que ele havia falado. Ela percebeu que sua mão tremia quando tentou levantar a xícara.

— Camille — ele falou, e ela podia sentir seus olhos muito fixos nela, embora não os encontrasse com os seus. — O que aconteceu com você certamente deve ter sido a melhor coisa que poderia ter acontecido.

Ela se levantou com um sobressalto, jogando sua cadeira para trás no chão, e correu para a sala de estar, onde virou às cegas para a direita em vez de para a esquerda e bateu contra a janela da sala em vez do corredor, onde poderia ter agarrado sua peliça e o *bonnet* e saído correndo dali, com ou sem chuva. Ela parou, abraçando os próprios braços e olhando para a chuva forte sem realmente enxergá-la.

— Camille. — A voz de Joel veio logo atrás dela.

— Suponho que você não gostava de mim antes mesmo de me conhecer. Ela escreveu e contou tudo sobre mim, não foi... Anastasia? E você não gostou de mim quando nos conhecemos; vi em seu rosto quando a srta. Ford nos apresentou. E sei que se ressentiu de eu entrar na sala de aula e olhar as pinturas de seus alunos. Desde então, você tem visto como leciono e controlo mal minha classe, e se ressente do fato de que agora estou morando no quarto *dela* no orfanato. Também não gostei muito de você, *sr. Cunningham*, mas não fui cruel. Você pode ter uma opinião ruim sobre a vida de privilégios em que cresci, mas pelo menos me ensinaram boas maneiras.

— Camille, eu não tinha nenhuma intenção de ser cruel. Atrevo-me a dizer que minhas palavras foram mal escolhidas.

Ela riu asperamente — e ouviu, horrorizada, o que parecia mais um soluço do que uma risada.

— Ah, sério? E que palavras foram essas?

— Você estava caminhando para uma vida de decoros frio e deveres. Você decerto não pode acreditar agora que teria sido feliz com o visconde de Uxbury.

— Você não entende, não é? — ela reagiu, olhando para baixo e vendo a chuva realmente batendo na estrada. — Eu não esperava felicidade. Nem a queria. Também não esperava infelicidade. Meus sentimentos nunca estiveram na berlinda e nem sofreram turbulência até alguns meses atrás. Agora não há nada além de turbulência. E infelicidade. Miséria. Autopiedade, se preferir... foi assim que você a chamou no início desta semana. Isso é melhor do que o que eu tinha? Sério, Joel? É melhor?

Ela se virou enquanto falava e olhou para ele quando percebeu que ele estava tão perto dela.

ALGUÉM PARA ABRAÇAR   119

— Você teria se casado com um homem que insultou pública e maliciosamente o seu nome assim que soube algo sobre você que o ofendeu, mesmo que você não fosse de forma alguma culpada. Como ele a teria tratado se você já tivesse se casado?

Fazia vários meses que ela vinha tentando não fazer essa pergunta a si mesma.

— Eu nunca vou saber, não é?

— Não — continuou ele —, mas pode dar um palpite bem fundamentado e, sem dúvida, preciso.

Ela se abraçou com mais força.

— Mesmo assim, você ainda acha que mereço o que aconteceu comigo.

Ele franziu a testa.

— Não foi o que eu disse. Certamente não foi o que eu quis dizer. Às vezes, o bem pode surgir de um desastre. Você se educou durante toda a sua vida para não sentir emoções. Acreditava que isso é o que as mulheres perfeitas fazem. Talvez esteja certa, mas, se for realmente assim, então as damas perfeitas certamente são dignas de pena.

— Minha mãe é uma dama perfeita.

E como ele não respondeu imediatamente, as palavras ecoaram em sua cabeça. Isso era tudo que sua mãe já tinha sido? A concha vazia de uma dama perfeita? Camille sempre quisera imitar sua postura e dignidade inabaláveis. Sua mãe nunca ficava à mercê da emoção. Ela nunca tinha sido vividamente feliz ou terrivelmente infeliz. Sempre fora um modelo de perfeição para a filha mais velha. Só agora Camille se perguntava o que havia por trás daquele exterior disciplinado. Só agora ela se perguntava se tinha sido uma tristeza beirando o desespero, pois sua mãe tinha ficado casada com seu pai por quase um quarto de século antes de saber que seu casamento nunca fora válido, e ele deve ter sido uma pessoa terrivelmente difícil de conviver como marido.

— Você sente falta dela? — ele perguntou suavemente.

Abby sentia. Ela dissera alguns dias antes. Já Camille, será que sentia falta dela também?

— Não estou certa de a conhecer mais do que conheço a mim mesma — revelou ela, e se sentiu zonza com a verdade dessas palavras. Oh, como o que estava acontecendo com ela poderia ser a melhor coisa? Ela estendeu a mão para dar um tapinha no paletó surrado, logo abaixo do ombro.

— Você pode me abraçar, por favor? Preciso de alguém para me abraçar.

Ela teria ficado chocada, com certeza, se tivesse parado para ouvir suas próprias palavras de fraqueza. Iam contra tudo que ela sempre tinha sido e tudo que ela estava tentando ser agora.

Ele deu um passo apressado para a frente, passou os braços firmemente ao redor dela e puxou-a com força contra ele. Ela virou a cabeça para encostar a bochecha em seu ombro e apoiou o corpo no dele — de todas as maneiras que era possível se apoiar. E parecia a ela que ele tinha toda a força sólida e confiabilidade e a altura perfeita — era mais alto do que ela, mas não alto demais. Ele era quente e cheirava bem, não a colônia cara, mas a pele limpa e masculinidade. Ele apoiou a cabeça contra a dela e a abraçou como ela precisava ser abraçada. Ele não tentou beijá-la novamente, e ela não sentiu o desejo que sentira na cozinha instantes antes. Em vez disso, ela se sentiu reconfortada do fio no mais alto de sua cabeça até as unhas dos pés. E, aos poucos, ela sentiu um anseio sem nome, algo com o qual não tinha experiência anterior, embora não o físico que sentira antes.

— Por que Anastasia não se apaixonou por você? — ela perguntou em seu ombro.

Ele demorou a responder.

— Tolice da parte dela, não é? — ele disse.

— É — respondeu ela, e pensou sobre o homem com quem Anastasia se casara. Ela não conseguia se imaginar pedindo a Avery para abraçá-la. E certamente não poderia imaginar que ele abraçasse assim. Por um lado, ele era pequeno e franzino e não seria tão reconfortante. Por outro, não havia calor perceptível nele. Algumas coisas realmente eram um mistério. *Por que* Anastasia se apaixonara por ele em vez de por Joel? Não tinha nada a ver com o fato de que Avery era rico, assim como Anastasia era quando se casou com ele. Avery era um duque, é claro, enquanto Joel era um pintor de retratos que usava casacos surrados e se sentia rico porque tinha dinheiro para alugar o último andar inteiro de uma casa em Bath, mas também não era isso, Camille estava convencida. Por mais que gostasse de pensar mal de Anastasia, não podia negar que estava muito claro que sua meia-irmã amava Avery com todo o seu ser.

Ela se libertou com relutância dos braços de Joel.

— Sinto muito. Não, quero dizer, obrigada. Eu estava passando por um momento de fraqueza. Não vai acontecer novamente.

— Achei que talvez fossem apenas órfãos que às vezes desejassem ser abraçados. Não me ocorreu que as pessoas que cresceram com o pai e a mãe às vezes podem sentir um desejo semelhante.

— Aquela bebê que eu estava segurando... Sarah. Antes de eu pegá-la no colo, ela estava chorando com a convicção desesperada de que ninguém nunca iria abraçá-la novamente. Ela partiu meu coração.

— Mas você a abraçou.

— O que eu deveria fazer? — ela perguntou em tom retórico. — O que eu deveria fazer, Joel?

Ele não respondeu porque é claro que não havia resposta.

— Nosso chá vai esfriar — disse ele.

— Acho melhor ir para casa — respondeu ela. — Você estava certo antes. Isso foi um erro, e peço desculpas por forçá-lo a me acompanhar em minha caminhada e, em seguida, deixá-lo com pouca opção a não ser me trazer aqui.

— A chuva está mais forte do que quando chegamos — falou ele, mas não tentou dissuadi-la de ir embora. — Eu tenho um guarda-chuva grande do tamanho adequado para um homem. Podemos nos encolher debaixo dele juntos.

— Prefiro ir sozinha.

Ele acenou com a cabeça e foi buscar a peliça e o *bonnet* dela, que ainda estavam um pouco úmidos.

Ela estava espirrando água pela rua alguns minutos depois, sob o guarda-chuva que ele insistira que ela levasse para mantê-la seca, embora ela pudesse ouvir a chuva batendo nele. Havia sido beijada e abraçada naquela tarde, ambas experiências novas. Também implorara para ser abraçada e se rendera ao conforto que outro ser humano havia oferecido, mesmo que apenas por um minuto ou algo assim. Agora, ela sentia um pouco de vontade de chorar — mais uma vez. Não choraria, é claro. Tinha chorado na noite anterior, e isso tinha sido mais do que suficiente para durar outros quinze anos ou mais, pelo menos, mas ela não deve se colocar novamente na posição de precisar ser abraçada pelo sr. Joel Cunningham, que acreditava que o desastre que ela enfrentara no início daquele ano tinha sido a melhor coisa que poderia ter acontecido com ela. Ela decerto não lhe daria mais oportunidades de beijá-la — nem daria a si mesma mais oportunidades de propiciar seu beijo. Pois ela certamente não colocaria toda a culpa disso, ou mesmo a maior parte, sobre os ombros dele.

Desejou não ter que encontrá-lo novamente na próxima semana na sala de aula, onde teria que se comportar como se nada tivesse acontecido entre eles. Não tinha acontecido tanto assim. Oh, de alguma forma, algum dia, ela iria superar toda aquela, aquela... o que quer que fosse e sair do outro lado, mas como seria o outro lado?

Ela inclinou o guarda-chuva para proteger o rosto da chuva torrencial e seguiu em frente, apressada.

9

Joel se manteve ocupado no domingo e na segunda-feira. Terminou um de seus retratos no domingo e foi ao Royal Crescent na segunda-feira para começar a desenhar Abigail Westcott e conversar com ela. Seria um prazer trabalhar em seu retrato e um certo desafio também, pois, quase assim que ela começou a falar, ele percebeu uma vulnerabilidade por trás de sua beleza e doçura e uma tristeza cuidadosamente guardada. Levaria algum tempo e habilidade para conhecê-la completamente.

Mas enquanto ele se mantinha ocupado, sua mente estava um turbilhão. *Por que diabos tinha beijado Camille?* Ela perguntara como alguém alcançava a felicidade e, como um garoto desajeitado com apenas uma coisa na mente, ele agiu como se só pudesse haver uma resposta possível. O que acontecia era que ele se pegara tanto de surpresa quanto a ela. E então, como se isso não fosse ruim o suficiente, ele prosseguira para machucá-la horrivelmente com aquele comentário imprudente sobre o grande desastre de sua vida ter sido a melhor coisa que poderia ter acontecido a ela.

Não tinha nem mesmo gostado de sua noite com Edwina no domingo. Na verdade, havia voltado para casa mais cedo, mesmo sem ter ido para a cama com ela.

Ele passou a tarde e a noite de segunda-feira desenhando Camille de memória — rindo na chuva, sentada à mesa logo após ser beijada, em pé na janela da sala de estar, os braços envolvidos defensivamente em torno de si mesma, olhando cegamente para a rua. Ele ainda não queria ficar obcecado em pintá-la. Queria ser capaz de se concentrar em sua irmã, mas talvez não fosse a necessidade de pintá-la que o obcecava.

Ele estava realmente feliz na terça-feira por ter algo para distraí-lo. Alugou uma carruagem e foi visitar o sr. Cox-Phillips. Em termos de tamanho, a casa estava entre ser um casarão e uma mansão, imponente em aparência, e inserida em jardins espaçosos e bem cuidados, elevando-se sobre uma vista ampla e panorâmica da cidade abaixo e o campo circundante por quilômetros ao redor. Joel, tendo instruído o cocheiro a aguardá-lo, na esperança de que não demorasse muito, pois a tarifa subiria cada vez mais, levou alguns instantes admirando a casa, o jardim e a vista antes de bater à porta.

Ele ficou esperando por dez minutos inteiros no saguão de entrada, sendo observado por uma coleção de bustos de mármore austeros com olhos vazios, enquanto o mordomo idoso inevitavelmente ia ver se seu mestre estava em casa. Joel foi finalmente admitido em uma biblioteca de teto alto. Cada parede estava repleta de livros do chão ao teto, onde quer que não houvesse janela, porta ou lareira. Uma grande escrivaninha de carvalho dominava um canto da sala. Do outro lado, um imponente sofá de couro fazia face para uma lareira de mármore na qual ardia um fogo apesar do calor do verão do lado de fora. Era flanqueada por poltronas de couro de mesmo modelo.

Em uma das poltronas e quase engolido por ela, os joelhos cobertos por um cobertor de lã, uma bengala de cabo de prata agarrada em uma de suas mãos nodosas, estava sentado um cavalheiro de olhos ferozes e sobrancelhas arqueadas que parecia ter pelo menos uns cem anos de idade. Seus olhos observaram Joel atravessar a sala até que ele parou ao lado do sofá. Outro homem, quase igualmente velho e presumivelmente algum tipo de criado, estava atrás da cadeira do cavalheiro e também observou a aproximação de Joel.

— Sr. Cox-Phillips? — indagou Joel.

— E quem mais eu poderia ser? — o cavalheiro perguntou, as sobrancelhas arqueadas juntando-se em uma carranca. — Venha e fique aqui, meu jovem. — Ele bateu com a bengala no tapete diante de seus pés. — Orville, abra as malditas cortinas. Eu mal consigo enxergar minha mão na frente do rosto.

Tanto Joel quanto o criado obedeceram. Joel se viu parado sob um raio de sol a poucos metros da poltrona do velho, enquanto seu ocupante o media de cima a baixo e estudava seu rosto. A inspeção demorada fez Joel se perguntar, com uma risada interior, quem iria pintar quem.

— Era o italiano afinal, não era? — o velho disse abruptamente. Não parecia o tipo de pergunta que exigia uma resposta.

— Perdão, senhor? — Joel o observou educadamente.

— O italiano — repetiu o velho impaciente. — O pintor que achava que sua aparência morena, sotaque que encantava as mulheres e nomes estrangeiros terminados em vogais esconderiam o fato de que seu talento não enchia um dedal.

— Receio não estar compreendendo, senhor. Não conheço o homem a quem o senhor se refere.

— Refiro-me, rapaz, ao seu pai — esclareceu o velho cavalheiro.

Joel ficou enraizado no local.

— Suponho que elas não lhe contaram nada — prosseguiu o velho.

— *Elas?* — Joel se sentiu um pouco como se estivesse olhando através de um túnel escuro, o que era estranho quando ele estava sob a luz do sol.

— As pessoas daquela instituição onde você cresceu. Seria de impressionar se não o tivessem feito. Muito poucas pessoas conseguem segurar a língua, mesmo quando juraram guardar segredo. Especialmente se juraram.

Joel gostaria de ter sido convidado a se sentar ou pelo menos a ficar na sombra. Havia um zumbido surdo em seus ouvidos.

— Quer dizer que o senhor sabe quem foi... ou é... meu pai? E minha mãe?

— Seria estranho se eu não a conhecesse — revelou Cox-Phillips —, quando ela era minha própria sobrinha, filha de minha única irmã e mais problemas para a mãe do que ela valia. Mortos, todos eles estão agora. Nunca espere viver até os 85 anos, meu jovem. Todos que já significaram algo para você acabam morrendo, e os únicos que sobram são os bajuladores e os abutres que pensam que, por terem algumas gotas de sangue em comum com o seu, têm direito ao seu dinheiro quando você morrer. Bem, eles não vão ter o meu, não enquanto eu estiver vivo para ter uma palavra a dizer sobre o assunto, o que terei esta tarde, quando meu advogado chegar aqui.

A maior parte do que ele disse passou batido por Joel. Sua mente estava se debatendo com apenas uma informação.

— Minha mãe era sua sobrinha? — ele perguntou. — Ela está morta? E meu pai?

— Ela nunca quis dizer à mãe quem ele era — disse o velho. — Teimosa como uma mula, aquela garota era. Ela só dizia quem ele *não* era, e ele não era nenhum homem provável e improvável em que sua mãe pudesse pensar, incluindo o italiano, embora eu não saiba como ela acabou conseguindo falar o nome dele em voz alta. Minha irmã mandou a menina para longe durante o período de gestação e pagou um bom dinheiro para que ela recebesse cuidados por seis meses também, mas a moça morreu no leito de parto. O bebê... você... sobreviveu, o que foi uma pena. Teria sido melhor para todos os envolvidos, incluindo você, se tivesse morrido com ela. Não havia nada que pudesse ser feito, mas minha irmã teve que trazê-lo de volta aqui, apesar de tudo que eu tinha a dizer em contrário. A filha havia herdado a teimosia dela. Ela sabia que não poderia trazer você para viver nesta casa e explicar a todos que com certeza teriam perguntado, e seria estranho se não perguntassem. Ela deveria ter deixado você onde estava. Em vez disso, ela o levou para aquele orfanato e pagou para mantê-lo lá. Até pagou por aquela escola de arte que você queria frequentar, embora eu tenha dito que ela tinha penas no lugar do cérebro, mas imaginei então que devia ser o italiano. Onde mais você teria a ideia estúpida de que poderia ganhar a vida de forma decente sendo pintor? Eles provavelmente tinham tentado fazer você enxergar uma opção melhor no orfanato.

— Minha... avó mora aqui com o senhor? — Joel indagou.

— Você não está ouvindo, meu jovem? — Cox-Phillips falou bruscamente. — Ela morreu sete, oito anos atrás. Há quanto tempo, Orville?

— A sra. Cunningham faleceu há oito anos, senhor — esclareceu o criado.

— *Faleceu* — disse o velho com certo desgosto. — Ela *bateu as botas*. Pegou um resfriado, desenvolveu febre e morreu em uma semana. Eu esperava que ela deixasse o que tinha para você, mas deixou para mim em vez disso. — Ele olhou para Joel e de repente parecia ainda mais irritado. — Por que diabos está parado aí, jovem, me forçando a olhar para cima para enxergar você? Sente-se, sente-se.

Joel se sentou na beira do sofá e respirou fundo algumas vezes.

— E meu pai? — ele perguntou. — O artista italiano?

— *Artista*. — O velho bufou com desprezo. — Só na imaginação dele. Ele desapareceu às pressas. Atrevo-me a dizer que minha sobrinha lhe contou suas boas-novas e ele se assustou e fugiu logo em seguida, e ninguém mais nunca teve notícias, e já foi tarde. Acho que ele também está morto. Não posso dizer que me importo de uma forma ou de outra.

— O senhor é meu tio-avô, então — Joel declarou o óbvio. Seus ouvidos ainda zumbiam. Ao que parecia, toda a sua cabeça também. Sua avó tinha sido a sra. Cunningham. Esse provavelmente também era o nome de sua mãe.

— Você está se saindo bem o suficiente, ou pelo menos foi o que ouvi — disse o velho. — Um tolo e seu dinheiro sempre podem ser separados um do outro quando alguém se oferece para imortalizá-lo em tinta, é claro. Suponho que você elogie aqueles que pagam bem o suficiente e os faz parecer vinte anos mais jovens do que são e muitas vezes mais bonitos do que jamais foram.

— Eu estudo meus temas com muito cuidado e os esboço de várias maneiras antes de pintá-los — Joel explicou. — Meu objetivo é a precisão da aparência e uma revelação de personalidade no retrato acabado. É um processo longo e trabalhoso, que faço com integridade.

— Toquei na ferida, não foi? — perguntou o velho.

— Sim, o senhor tocou — admitiu Joel. Não ia negar. Parecia incrível para ele que, depois de 27 anos, *seu próprio tio-avô* lhe dissera quem ele era, mas, ainda assim, a conversa migrara para sua arte como se uma revelação tão repentina e abaladora pudesse não ser de importância alguma para ele. Por que tinha sido chamado ali?

Foi como se Cox-Phillips lesse seu pensamento.

— Você esperava, eu suponho, que eu o estivesse trazendo aqui para me pintar.

— Sim, senhor — confirmou Joel, embora seu tio-avô não o tivesse *trazido* ali, não é? A carruagem alugada provavelmente ainda estava

ALGUÉM PARA ABRAÇAR **129**

esperando do lado de fora, a conta aumentando a cada minuto que passava.

— Certamente não esperava vir aqui para descobrir a minha identidade. Minha avó nunca foi me ver.

— Ah, ela planejou inúmeras vezes ir ver você — revelou o velho com um aceno desdenhoso da mão livre. — Eu falava que ela era uma tola toda vez que ela ia. Ela sempre ficava chateada por dias depois disso.

Mas ela nunca se revelou para ele. Ela ficou chateada ao vê-lo de longe, mas nunca considerou como se sentiria uma criança que crescera sem saber nada sobre seu nascimento ou família. A solidão, a sensação de abandono, a sensação de inutilidade, a total ausência de raízes... Mas não era hora de pensar em nada disso. Nunca era a hora. Esses pensamentos apenas despencavam em uma espiral rumo à escuridão. Era preciso lidar com a realidade na vida cotidiana e encontrar bênçãos diárias pelas quais ser grato.

Mas se ele pudesse ter recebido apenas um abraço de sua avó... Não teria sido o suficiente, teria? Era melhor que ela nunca tivesse se revelado. Talvez.

— Não quero meu retrato, especialmente se eu não puder persuadi-lo a me lisonjear. De qualquer forma, não haveria tempo suficiente se você se pusesse a fazer todo esse estudo e esboços antes mesmo de colocar a tinta na tela. Em uma ou duas semanas, espero estar morto.

O criado fez um movimento involuntário com uma das mãos, um protesto sem palavras nos lábios.

— Não precisa se preocupar, Orville — disse seu mestre. — Você estará bem instalado para o resto de sua vida, como sabe, e não terá que se preocupar mais comigo. Estou morrendo, meu jovem. Meu médico é um tolo. Na minha experiência, todos são, mas desta vez ele acertou. Não estou exatamente no último suspiro, mas não estou longe dele, e se acha que quero pena dos outros, você também é um tolo. Quando se tem 85 anos e cada fragmento de sua saúde o abandonou e quase todos que você conheceu estão mortos, então é hora de encerrar com a coisa toda.

— Lamento que o senhor não esteja bem — falou Joel.

— Que diferença isso faz para você? — Cox-Phillips perguntou, e então alarmou Joel e seu criado gargalhando e tossindo até que pareceu improvável que ele fosse ser capaz de respirar novamente. Ele respirou, no entanto. — Na verdade, meu jovem, isso fará uma grande diferença para você.

Joel olhou para ele com o cenho franzido. O homem não era um velho simpático e talvez nunca tivesse sido, mas ele era, ao que parecia, o único elo sobrevivente com a mãe e a avó de Joel, cujo nome ele levava. Aquele homem era seu tio-avô. Era uma verdade muito estonteante para ser digerida totalmente. No entanto, parecia que havia muito pouco tempo para digeri-la. Ele estava prestes a perder o único parente vivo que provavelmente conheceria, mas o havia encontrado fazia alguns poucos minutos.

— Tenho quatro parentes vivos — disse o velho —, dos quais você é um, embora seja um bastardo. Os outros três nunca mostraram o menor interesse por mim até eu completar oitenta anos. Um homem de oitenta anos sem esposa, filhos, netos ou irmãos e irmãs torna-se uma pessoa de grande interesse para aqueles que se agarram aos galhos externos de sua árvore genealógica. Essas pessoas começam a se perguntar o que acontecerá com seus pertences e seu dinheiro quando você morrer, o que é quase certo que acontecerá mais cedo ou ainda mais cedo. E com o interesse vem um profundo carinho pelo velho parente e uma preocupação ansiosa por sua saúde. É tudo bobagem, claro. No que me diz respeito, eles que morram.

Seria o visconde de Uxbury um dos três parentes a quem o velho se referia?

— Vou deixar tudo para você, meu jovem — revelou Cox-Phillips. — Será escrito no meu novo testamento esta tarde, e terei gente suficiente para atestar a sanidade de minha mente e a ausência de coerção para que até mesmo o mais inteligente advogado ache impossível anular meus desejos finais.

Joel estava de pé então, sem qualquer consciência de ter se levantado.

— Oh, não, senhor. Isso é absurdo. Eu nem o conheço. O senhor não me conhece. Não tenho direito a reclamar nada do senhor e também não desejo nada. O senhor não demonstrou interesse por mim durante 27 anos. Por que deveria mostrar algum agora?

ALGUÉM PARA ABRAÇAR   131

O velho cruzou as mãos sobre a ponta da bengala e baixou o queixo sobre elas.

— Por Deus, Orville, acho que ele está falando sério. O que você acha?

— Acredito que sim, senhor — concordou o criado.

— É claro que estou falando sério — reagiu Joel. — Não tenho nenhum desejo, senhor, de que seus parentes legítimos sejam desprovidos de uma parte do que quer que o senhor tenha para deixar a eles. Se pretende ignorá-los por um capricho, não permitirei que me use como seu instrumento. Eu não quero parte de sua fortuna.

— Você acha que *é* uma fortuna? — Cox-Phillips perguntou.

— Eu não sei nem me importo — Joel assegurou-lhe. — O que eu sei é que não tive nada do senhor ou de minha avó todos os anos de minha vida e que não quero nenhuma parte de suas posses agora. O senhor acha que seria uma compensação suficiente? Acredita que me lembrarei do senhor com mais gentileza se comprar minha gratidão e carinho? Não detectei nenhum tipo de sentimento afetuoso no senhor ao enfim se pôr frente a frente comigo, apenas uma confirmação das suas suspeitas por todos esses anos, de que meu pai era... ou é... um pintor italiano que o senhor desprezava. O senhor não teria me trazido aqui hoje, eu agora percebo, se não tivesse tido essa ideia diabólica de me usar para pregar uma peça nos seus parentes. Eu não tomarei parte nisso. Um bom dia para o senhor.

Ele se virou e saiu da sala. A cada passo no tapete, ele esperava ser chamado de volta, mas não foi. Ele desceu as escadas e atravessou o corredor, passando pelos bustos que o encaravam cegamente, e saiu para o terraço, onde a carruagem alugada o aguardava.

— De volta a Bath — disse ele secamente enquanto abria a porta e se sentava dentro.

A fúria deu lugar a uma confusão mental acelerada que não podia ser trazida a qualquer semelhança de ordem enquanto a carruagem o levava de volta para a cidade. Sua mãe morrera ao dar à luz em segredo. Deus, ele nem mesmo sabia o primeiro nome dela ou qualquer coisa a seu respeito, exceto que ela o concebera fora do casamento e, teimosa e firmemente, se recusara a dizer quem era o pai. Sua avó o levou para o orfanato e garantiu que ele tivesse tudo de que precisava, até mesmo uma educação artística depois dos quinze anos, mas se manteve anônima. Ela olhara para ele de longe, mas não lhe dera oportunidade de olhar para ela e saber que havia alguém neste mundo a quem ele pertencia. Seu pai era, provavelmente, um artista de nacionalidade italiana que havia trabalhado como retratista em Bath. Parecia ter sido sua aparência física, Joel pensou, que convencera Cox-Phillips — *seu tio-avô* — de que assim era. Ele não sabia o nome do homem, no entanto, ou se ele estava vivo ou morto.

Joel pagou a carruagem em frente ao edifício onde morava, mas não entrou. Não haveria espaço ou ar suficiente lá. Ele partiu a pé ao longo da rua, sem destino específico em mente.

Caroline Williams frequentava a escola havia um ano e, de alguma forma, tinha se safado fingindo que sabia ler. Ela gostava de escolher os livros que Camille lia para a classe e recitá-los de memória, mas às vezes sua memória falhava. De uma forma ou de outra, os métodos de ensino que funcionaram com outras crianças não tinham funcionado para ela. Camille refletiu sobre o problema até que algo que poderia ajudar surgiu em sua mente no domingo, quando ela estava na sala de jogos com Sarah novamente no colo. Caroline estava lendo uma história para sua boneca — não a que estava escrita no livro, no entanto, mas uma que ela estava inventando com considerável imaginação e coerência à medida que avançava.

Agora Camille estava sentada em uma das carteiras dos pequenos alunos. As demais crianças já tinham sido dispensadas para o restante do dia, mas Caroline foi convidada a ficar e contar uma de suas próprias histórias para sua professora, que a escreveu palavra por palavra em letras grandes e firmes, deixando um espaço em branco no centro de cada uma das quatro páginas. Caroline, intrigada pelo fato de que era sua própria história, estava lendo-a para Camille, o dedo identificando cada palavra. E parecia que ela realmente estava lendo.

— A senhorita escreveu *comeu* aqui — corrigiu ela, olhando para cima —, mas na verdade era *correu*.

ALGUÉM PARA ABRAÇAR 133

— Meu erro — Camille disse a ela, embora tivesse sido um erro deliberado. E Caroline havia passado no teste, como voltou a fazer com os outros três erros deliberados.

— Excelente, Caroline — elogiou Camille. — Agora você pode ler sua própria história, assim como a de outras pessoas, quando quiser. Você consegue adivinhar para que servem os espaços?

A criança balançou a cabeça.

— Os livros mais interessantes têm imagens, não têm? — indagou Camille. — Você pode escolher as partes favoritas na sua história e desenhar suas próprias figuras.

Os olhos da menina brilharam.

Mas a porta se abriu naquele momento, e Camille virou a cabeça um tanto aborrecida para ver qual criança havia voltado para interrompê-las e com que propósito. Não era uma criança, entretanto. Era Joel Cunningham, que olhou para dentro da sala, entrou quando viu que ela estava lá e então parou abruptamente quando viu que ela não estava sozinha.

— Peço que me perdoe — disse ele. — Continuem.

— Você vai perder o chá se eu te mantiver aqui por mais tempo — ela falou para Caroline ao se levantar. — Quer levar sua história para ler e ilustrar? Ou devemos mantê-la guardada em segurança em uma prateleira aqui até amanhã?

Caroline quis levar para ler para sua boneca. E ela faria desenhos enquanto sua boneca observava. Ela deu a Joel um sorriso largo e brilhante quando ele abriu a porta para deixá-la sair, sua história apertada contra o peito.

— Estou tentando persuadi-la a ler — Camille explicou quando ele fechou a porta novamente. — Ela vem apresentando dificuldades e eu estava experimentando uma ideia que tive.

— Parece que você teve algum sucesso. Ela parecia muito ansiosa para levar essa história com ela. Na minha época, teríamos feito qualquer coisa na Terra para evitar ter que fazer trabalhos escolares para além desta sala.

Camille estava se sentindo terrivelmente constrangida. Ela não o via desde sábado, quando saíra correndo pelas ruas chuvosas de mãos dadas com ele, rindo sem motivo, embora estivesse se divertindo — e houvesse acabado sozinha no apartamento dele. E se isso não fosse chocante o suficiente, ela lhe tinha permitido beijá-la e — talvez pior — pedido que ele a abraçasse. Camille fora atormentada pelas memórias desde então e temia ficar frente a frente com Joel novamente.

— O que você está fazendo aqui? — ela perguntou, apertando as mãos com força na cintura e endireitando os ombros. Conseguia ouvir a severidade em sua voz.

— Vim ver se você ainda estava na sala de aula — revelou ele, passando os dedos pelos cabelos, um gesto fútil quando os fios eram tão curtos. Havia algo intenso, quase selvagem, em seus olhos, ela notou, e na maneira como ele estava se portando, como se houvesse uma bola inteira de energia comprimida dentro dele pronta para explodir.

— O que foi?

— Fui visitar Cox-Phillips esta manhã. Ele não tinha nada de trabalho para me oferecer. Ele tem 85 anos e está às portas da morte.

— É bem grosseiro falar assim. — Camille franziu a testa.

— Com a autoridade do médico dele — disse Joel. — Ele espera estar morto em uma ou duas semanas e está colocando sua casa em ordem, por assim dizer. Seu advogado iria vê-lo esta tarde para falar sobre seu testamento.

— Lamento que tenha sido uma jornada perdida. Mas por que ele o convidou para ir se não queria contratar seus serviços como pintor? Por que ele não o impediu de ir se, de repente, se sentiu muito doente para vê-lo?

— Oh, ele me viu bem o suficiente. Ele até mandou seu criado pessoal abrir as cortinas para que pudesse ter luz suficiente a fim de olhar com mais detalhes. — Ele riu de repente e Camille ergueu as sobrancelhas. — Ele ia mudar seu testamento esta tarde para cortar os três parentes que esperam herdar. Suponho que o visconde de Uxbury seja um deles.

— Oh. Ele não vai gostar disso. Mas o que tem a ver com você?

— Aqui não. — Ele se virou bruscamente. — Venha comigo.

Para onde? Ela quase fez a pergunta em voz alta, mas era óbvio que ele estava profundamente perturbado com alguma coisa e havia se voltado para ela, dentre todas as pessoas. Ela hesitou por apenas um mero momento.

— Espere aqui — pediu ela — enquanto eu pego meu *bonnet*.

10

Joel agarrou a mão de Camille sem pensamento consciente quando deixaram o prédio e caminhou pela rua com ela. Ele tinha apenas um propósito em mente — voltar para casa.

Foi só quando cruzaram a ponte que ele finalmente se perguntou por que havia recorrido a Camille Westcott dentre todas as pessoas. Marvin Silver ou Edgar Stephens certamente estariam em casa em breve, e eram bons amigos, além de vizinhos. Edwina provavelmente estava na casa dela. Ela era amiga e amante. E, na falta de qualquer um dos três, por que não a srta. Ford?

Mas era pelo fim do dia letivo e por Camille que ele havia esperado enquanto caminhava pelas ruas de Bath pelo que deviam ter sido horas. Ela o ouviria. Ela entenderia. Ela sabia o que era ter a vida virada de cabeça para baixo. E agora a estava levando para casa com ele, mesmo depois do que tinha acontecido lá da última vez, não é? Ele diminuiu o ritmo.

— Não devo levá-la para meus aposentos — disse ele. — Você prefere que continuemos caminhando?

— Não. — Ela estava de sobrancelhas franzidas. — Algo o aborreceu. Eu vou para sua casa com você.

— Obrigado.

Poucos minutos depois, ele estava encostado na porta fechada de seu apartamento enquanto Camille pendurava o *bonnet* e o xale. Pareceram dias em vez de horas desde que ele saíra de lá naquela manhã. Camille foi na frente para a sala e se virou para olhá-lo, esperando que ele falasse primeiro.

Ele caiu em uma das cadeiras sem considerar o quão mal-educado estava sendo, apoiou os cotovelos nos joelhos e segurou a cabeça com as duas mãos.

— Cox-Phillips é meu tio-avô — contou ele. — Foi a irmã dele, minha avó, que me levou para o orfanato depois que a filha dela, minha mãe, morreu de parto. Ela não era casada, é claro... seu nome era Cunningham.

Minha avó foi extremamente boa para mim. Ela pagou generosamente pelo meu sustento até os quinze anos e, então, quando soube de minha vontade de ir para a escola de arte, pagou minhas mensalidades lá. Ela também me amava muito. Ela me observou de longe várias vezes ao longo dos anos e se sentia tão comovida cada vez que me visitava, que ficava deprimida por dias a fio depois.

— Joel... — reagiu ela, mas ele não conseguia parar agora que tinha começado.

— Ela não podia deixar que eu a visse, é claro. Ela não podia visitar o orfanato e se revelar para mim. Eu poderia ter escalado o telhado e gritado a informação para todos em Bath ouvirem. Ou alguém poderia tê-la visto entrar e sair e fazer perguntas embaraçosas. Ela podia me amar de longe e gastar dinheiro comigo para mostrar o quanto se importava, mas não podia correr o risco de contaminação por nenhum contato pessoal. Algo poderia ter passado para ela e ser fatal para sua saúde ou reputação. Afinal, eu era o filho bastardo de uma mulher decaída que por acaso era sua filha e, aparentemente, de um artista italiano de talento questionável que vivera em Bath por tempo o bastante para seduzir a filha dela e engravidá-la antes de fugir, para que ele não fosse forçado a fazer a coisa honrosa: se casar com ela e me tornar respeitável.

— Joel...

— Você sabe o que eu fiquei fazendo hoje entre a hora que a carruagem me trouxe de volta e a hora que cheguei à sala de aula? — ele perguntou, olhando para ela. Joel não esperou que ela arriscasse um palpite. — Eu vaguei pelas ruas, mentalmente me contorcendo e me arranhando como se quisesse me livrar de uma coceira. Eu senti... eu *sinto* que devo estar coberto de piolhos, pulgas, percevejos e outros vermes. Ou talvez a sujeira contaminante esteja toda dentro de mim e nunca poderei me livrar dela. Deve ser isso, eu acho, pois nunca serei nada além de um bastardo a ser evitado por todas as pessoas respeitáveis, não é?

Bom Deus, de onde vinha tudo isso?

— Joel — disse ela com a voz de sargento —, pare com isso. Neste minuto.

Ele olhou fixamente para ela e percebeu de repente que estava sentado enquanto ela ainda estava parada no meio da sala. Ele se levantou de um salto.

— Sim, senhora — aceitou ele, e fez uma saudação simulada. — Sinto como se estivesse oscilando à beira de um vasto universo e prestes a cair na escuridão sem fim do espaço vazio. E que tal tudo *isso* como exemplo de hipérbole, senhora professora? Eu não deveria ter trazido você aqui. Eu não deveria ter deixado você de pé enquanto estava sentado. Você vai pensar que eu não sou um cavalheiro e terá toda razão. E eu não deveria estar despejando todas essas bobagens patéticas no seu ouvido. Afinal, mal nos conhecemos. Garanto que normalmente não sou assim...

— Joel. Pare.

E desta vez ele parou. Ela franziu a testa e deu alguns passos na direção dele. Se ele não estivesse com medo de desmaiar a qualquer momento ou cair da borda do universo, e se seus dentes não estivessem tiritando, ele poderia ter adivinhado as intenções de Camille, mas as mãos dela estavam contra seu peito e depois em seus ombros e então os braços estavam em volta de seu pescoço antes que ele pudesse tomar qualquer ação, e então era tarde demais para não aproveitar o conforto que ela oferecia. Seus braços a envolveram como faixas de ferro e a pressionaram contra ele como se apenas abraçando-a ele pudesse se manter em pé e inteiro. Ele podia sentir o calor e a vida abençoada dela pressionada contra ele dos ombros até os joelhos. A cabeça de Camille estava em seu ombro, o rosto virado contra seu pescoço, o hálito quente contra sua pele. Ele enterrou o rosto no cabelo dela e se sentiu quase seguro.

Você pode me abraçar, por favor? Preciso de alguém para me abraçar, ela disse a ele ali quase naquele mesmo lugar, alguns dias antes. Agora era ele fazendo o mesmo apelo sem palavras. Por que exatamente ele estava se sentindo tão chateado? Joel sempre soubera que alguém o havia entregado ao orfanato, que quem quer que tenha sido, escolheu não ficar com ele, o que, com toda probabilidade, significava que ele era ilegítimo, o produto indesejado de uma união ilícita, algo vergonhoso que devia ser escondido e negado pelo resto da vida. Sim, *algo*... quase como se ele fosse inanimado e, portanto, sem identidade ou sentimentos reais. Um bastardo. Ele sempre soube, mas nunca havia pensado muito nisso. Era assim que as coisas eram e sempre seriam. Não havia sentido em ficar pensando demais. Agora que ele sabia, no entanto, o nome e a identidade da mulher que o abandonara e sua relação com ele — era sua *avó* — e sabendo como ela olhava para ele em segredo e ficava entristecida por dias depois disso, mas sem ficar abalada o suficiente para vir e abraçá-lo, tudo nele explodiu em dor. Por enquanto, tudo era *real*. E aquele homem, seu tio-avô, havia insultado a pouca dignidade que Joel possuía, querendo usá-lo para se vingar de parentes legítimos que ele acreditava terem-no negligenciado.

Joel sabia tudo sobre negligência. Não aprovava necessariamente a vingança, no entanto, em especial quando fora nomeado o agente vingador. Como uma *coisa* inanimada novamente.

Camille usava um sabonete de cheiro adocicado, algo sutil, mas não excessivamente floral. Ele podia sentir o cheiro em seu cabelo. Ela não era esguia, como sua irmã e como Edwina — e como Anna era, mas seu corpo era lindamente proporcionado e de dotes voluptuosos. Ela era afetuosa, carinhosa e muito feminina — apesar do fato de que, quando ele a vira pela primeira vez, ela o fizera pensar em amazonas guerreiras, e apesar do fato de ela ter acabado de falar com ele com uma voz da qual um sargento do exército poderia ter orgulho.

Eles não podiam ficar juntos assim para sempre, ele percebeu depois de um tempo, e era uma pena. Joel suspirou e moveu a cabeça enquanto ela levantava a dela, e eles se entreolharam sem falar nada. Ela mantinha sua feminilidade muito bem escondida na maior parte do tempo, mas suas defesas estavam baixas no momento. Ela era quente e macia em seus braços, e seus olhos estavam nublados sob as pálpebras ligeiramente caídas.

Ele a beijou, de boca aberta e carente, e apertou os braços ao redor dela mais uma vez. Joel pressionou a língua em seus lábios fechados, que se separaram para permitir que ele acariciasse a pele quente e úmida atrás deles. Ela estremeceu e abriu a boca. A língua de Joel mergulhou no calor interno, e ele sentiu o membro começar a enrijecer enquanto as mãos se moviam sobre Camille com uma necessidade que, de alguma forma, estava se tornando sexual, mas... ela estava oferecendo conforto porque ele estava perplexo e em sofrimento. Como aproveitar aquela generosidade de espírito? Ele não podia, é claro. Com relutância, afrouxou o controle sobre ela e deu um passo para trás.

— Sinto muito — disse ele. — Isso foi inapropriado. Perdoe-me, por favor. E eu nem mesmo convidei você para se sentar.

— Eu também sinto muito — respondeu ela, enquanto se afastava dele para se sentar no sofá. — Lamento que tenha sido tão perturbador para você saber que sua avó o sustentava financeiramente, mas não o reconhecia de forma aberta. É assim que o mundo funciona. Teria sido mais estranho se ela *tivesse* se revelado a você. Ela nutria sentimentos por você apesar de tudo, no entanto, e fez o melhor que pôde por você.

— As sensibilidades não me fizeram bem algum... E nem o melhor dela.

— Bem, fizeram, sim. — Ela estava de volta ao firme controle e parecia a dama severa e decorosa com quem ele estava mais familiarizado. Camille se sentava com postura rigidamente correta e um franzido entre as sobrancelhas; ela franzia as sobrancelhas com frequência. — O orfanato é bom. Da mesma forma como presumo que tenha sido a escola de arte. Você é um artista talentoso, mas estaria se saindo tão bem quanto agora se não tivesse frequentado o curso? Ela pagou suas despesas de estudo. Você poderia ter conseguido de outra forma? Ou teria passado sua vida cortando carne em um açougue enquanto seu talento murchava, não desenvolvido e não utilizado? Ela não podia mostrar seu afeto abertamente. Não tem jeito: os bastardos não são abertamente conhecidos na sociedade bem-educada. E isso é o que você é, Joel. Assim como é o que eu sou. Nenhum de nós é culpado. As coisas são *assim*. Sua avó fez o que pôde independentemente de qualquer coisa para garantir que você tivesse todas as necessidades de vida supridas em um bom lar enquanto crescia e para ajudar a tornar seu sonho realidade quando tivesse idade suficiente para partir.

— Todas as necessidades. — Ele estava em pé com as mãos nas costas, olhando para ela. Não queria ouvir desculpas para a atitude de sua avó. Queria ficar com raiva e magoado, e queria que alguém se sentisse magoado por ele. — Tudo menos o amor.

ALGUÉM PARA ABRAÇAR   141

— Então, você preferia não saber o que descobriu hoje? — ela perguntou, sua expressão severa. — Preferiria ter passado pela vida sem nem mesmo ter certeza de que seu nome era legitimamente seu? Você gostaria de não ter ido àquela casa hoje?

Ele pensou sobre isso.

— Suponho que não — afirmou, de má vontade. — Mas o que eu descobri, Camille, além dos fatos mais básicos? Minha mãe nunca dizia quem era meu pai. Cox-Phillips concluiu que era o pintor italiano apenas com base na minha aparência e no fato de eu pintar. Não sei nada sobre minha mãe e quase nada sobre minha avó. Meu tio-avô é o mesquinho que você disse que era. Não desejo saber nada sobre seus outros três parentes, que provavelmente também são meus. E também não imagino que eles ficariam encantados em saber algo sobre mim, o parente há muito perdido, um bastardo de orfanato.

— O sr. Cox-Phillips o convidou a visitá-lo, então, apenas para lhe dizer a verdade sobre você antes de morrer? — Camille continuou.

Joel olhou para ela. Ele não tinha contado? Não, ele supôs que não.

— Ele queria me colocar em seu testamento esta tarde e deixar tudo para mim. Só para irritar os outros três. Eu disse que não, absolutamente não. Eu não ia permitir que ele me usasse dessa forma.

Ela o encarou.

— Suponho que estou feliz por finalmente ter descoberto algo sobre minha identidade — disse ele. — Mas minha mãe e minha avó estão mortas e, se meu pai ainda estiver vivo, não tenho como localizá-lo. Quanto ao tio de minha mãe, ele aparentemente sabe há 27 anos onde estou e não demonstrou interesse em me conhecer. Eu me saí muito bem sem ele e posso continuar fazendo isso por mais uma ou duas semanas até que ele morra.

— Oh, Joel. — Ela suspirou e relaxou, novamente assumindo seu ar feminino, e então se recostou no sofá. — Você está em grande sofrimento. E está tentando se endurecer contra a dor e até mesmo negar que ela existe. Você se sentirá muito melhor se admitir.

— E esta é uma pérola de sabedoria de alguém que sabe?

A cor inundou as bochechas de Camille, e ele se arrependeu imediatamente. Ele agora ia atacar a pessoa a quem tinha recorrido em busca de consolo? Ela havia oferecido esse consolo com generosidade irrestrita.

— Sim, isso está corretíssimo — falou ela. — É um pouco vergonhoso sofrer, não é? Como se só pudéssemos ter feito alguma coisa para merecer esse sofrimento. Ou como se alguém estivesse admitindo alguma fraqueza de caráter por não ser capaz de livrar-se da dor. Mas esconder pode transformar alguém em mármore com nada além de um vazio por dentro... e uma dor não reconhecida. Você acredita que o sr. Cox-Phillips estava exagerando quando disse que tinha apenas uma ou duas semanas de vida?

— Não. Foi claramente o que seu médico lhe disse e no que ele acredita. E ele parece longe de estar bem. Tem 85 anos e parece ter cem. Está cansado de viver. Sobreviveu a todos que já significaram alguma coisa para ele e provavelmente a tudo também.

— Ele tentou persuadir você a não ir embora? — ela perguntou. — Pediu que você visitasse de novo?

— Não para as duas perguntas. Ele me convidou para ir lá puramente por um capricho bastante malicioso, Camille. Recusei-me a participar do seu jogo, quando ele provavelmente esperava que eu saltasse para agarrar qualquer fortuna que ele tivesse. Esse foi o fim da questão. Não houve grande sentimento de nenhum dos lados quando ele me disse quem eu era. Não me apertou contra o peito como seu sobrinho-neto recém-encontrado depois de ter ficado perdido por tanto tempo. Ora, mas eu nunca estive perdido, estive? Apenas era bagagem não reclamada e indesejada. Ele não fez o menor fingimento de ter por mim qualquer sentimento que dizia que sua irmã sentia. Sim, foi um pouco perturbador saber a verdade a meu respeito de forma tão abrupta, inesperada e desapaixonada. Não posso negar. Minha cabeça e todas as emoções ficaram em um turbilhão depois que o deixei. Sei que vaguei pelas ruas aqui durante horas, embora não seja capaz de dizer exatamente para onde fui. Quando me deparei com você, me comportei como um louco e a arrastei para cá quando, provavelmente, era a última coisa que você queria fazer depois de um dia lecionando, mas está errada quando diz que ainda estou sofrendo. Eu não estou, e tenho que lhe agradecer por isso.

Você tem sido a bondade em pessoa. Não vou segurá-la por mais tempo, no entanto. Vou acompanhá-la de volta para casa.

— Joel, você está falando um absoluto disparate. — A severa professora voltou a encará-lo do sofá. — Você vai ter que voltar. Deve perceber isso.

— Voltar? Lá nas colinas? Para Cox-Phillips, você quer dizer? Absolutamente não. Para qual propósito? Não tenho mais nada a dizer a ele nem utilidade no que diz respeito a ele. Ele terá que encontrar outra pessoa com quem deixar seu dinheiro, se realmente odeia tanto seus parentes. Essa é uma preocupação dele, não minha. Deixe-me acompanhá-la até sua casa.

Edgar e Marvin estariam de volta do trabalho em breve e poderia ser mais difícil retirá-la do prédio clandestinamente.

Ela não se mexeu e voltara a ser a amazona, além da professora. Camille era, de fato, uma mulher desconcertante.

— Ele é o seu último elo sobrevivente com a sua mãe — disse ela. — Enquanto ele estiver vivo, poderá lhe contar mais, mas não parece que estará vivo por muito tempo. Ele disse o nome dela?

Joel olhou para Camille com hostilidade aberta antes de se virar para olhar pela janela. Ela não ia deixar isso passar, não é? Ele deveria saber.

— Cunningham.

Ele a ouviu estalar a língua.

— O *primeiro* nome dela — insistiu Camille.

— E o que isso importa? Um menino não chama a mãe pelo primeiro nome de qualquer maneira.

— Mas ele sabe qual é. E você também nunca a chamou de outra coisa, não é? Nunca houve ninguém para você chamar de "mamãe".

Não. Ele ficou surpreso com a pontada de dor que o atravessou. Nunca houvera. Talvez essa fosse uma das piores coisas sobre crescer órfão. Não havia mamãe... e também não havia papai. E, por Deus, não haveria autopiedade. Não mais, de qualquer maneira. Depois de algumas horas chafurdando nesse sentimento, ele já estava cansado.

— Ela tinha cabelos escuros e olhos escuros como você? — Camille perguntou. — Ou era loira e de olhos azuis, talvez? Ou...

— Se ela fosse morena, Cox-Phillips não teria tanta certeza de que eu era filho do italiano.

— Qual era o nome *dele*? — ela indagou.

— Algo longo e impronunciável que terminava em vogais. Ele não se lembra. Provavelmente nunca nem tentou aprender. Para um homem como Cox-Phillips, todos os estrangeiros são seres inferiores a serem desprezados.

— Sua mãe viu você antes de morrer? Foi ela quem te chamou de Joel? Por que esse nome em particular?

Ele se voltou para ela, com raiva agora, embora lhe devesse tudo, menos raiva.

— Você imagina que aquele velho rabugento, em sua mansão no alto da colina, saberia as respostas para tais perguntas? Você acha que ele se importa? Acha que eu me importo?

— Sim para a última pergunta. Eu acho que você se importa ou que vai se importar, talvez quando seja tarde demais para obter qualquer resposta. Apenas algumas semanas atrás, acredito que eu teria dito que nada poderia ser pior do que o que aconteceu comigo, Abigail e Harry, mas algo poderia sim, eu percebo agora. Se nossa mãe soubesse desde cedo que não era legalmente casada, ela poderia ter deixado meu pai, e é totalmente possível que tivéssemos acabado em um orfanato, talvez até em três orfanatos separados, e não tivéssemos sido informados de nada a nosso respeito, exceto nossos nomes. Talvez nem mesmo isso. Nosso pai não era um bom homem. Entendo agora que ele era incapaz de me amar, não importa o quanto eu tentasse. Ele amava apenas a si mesmo, mas pelo menos sei quem ele era. Eu o conheci e conheço minha mãe e meus irmãos. Eu sei quem eu sou. Ainda não sei quem me tornarei porque minhas circunstâncias mudaram drasticamente, mas sei de onde vim e acho que percebi agora, pela primeira vez, como isso é importante. — Ela fez uma pausa. — Lamento que seu sofrimento tenha deixado isso claro para mim.

Ele a olhou por alguns momentos, percebendo que ela acabara de ter uma espécie de epifania própria. Ela era toda aristocrata arrogante, severa professora de escola, amazona teimosa e... Camille. Ele saiu andando para o estúdio sem dizer uma palavra, onde pegou um caderno e um pedaço de carvão e voltou para a sala para se sentar na cadeira de onde se levantara alguns minutos antes. Sem olhar para ela, ele desenhou o contorno rápido e tosco de uma mulher com cabelo levemente desgrenhado e uma expressão de intensidade apaixonada no rosto. Era o que ele considerava sua parte *Camille.*

— Esta é sempre a sua resposta para algo sobre o qual não deseja falar? — ela perguntou. — Esta é a sua fuga da realidade?

Ele continuou desenhando por um tempo.

— Talvez seja minha maneira de organizar meus pensamentos. Talvez seja minha fuga *para* a realidade. Ou talvez seja minha maneira de preencher o tempo até que você me permita levá-la para casa.

— Você acha que quer se livrar de mim — disse ela, parecendo intimidada pelo insulto mesquinho. — Mas é de seus próprios pensamentos perturbadores que quer se livrar. Você sabe que vai se arrepender para sempre se não voltar.

— Percebe o quão incrivelmente fascinante você é, Camille? — ele perguntou. E quão irritante?

— Bobagem. Eu nunca cultivei a beleza ou o charme, muito menos as artimanhas femininas. Cultivei apenas a vontade de fazer o que acredito ser certo em todas as circunstâncias.

Ele lançou um olhar para ela e sorriu. Ela parecia contrariada.

— Você vai perceber o seu próprio fascínio depois que eu pintar seu retrato.

— Então sua pintura não terá valor. Pensei que você se recusasse a lisonjear seus modelos. Por que faria uma exceção para mim?

Joel continuou olhando para ela por alguns momentos para que acertasse as sobrancelhas. Pareceriam pesadas demais para a maioria das mulheres, mas, na verdade, combinavam com seu cabelo escuro e feições fortes. Ele não tinha notado isso antes. Estranhamente, ele nem sempre era uma pessoa observadora quando olhava apenas com os olhos.

Frequentemente, não via as pessoas com clareza, a menos até que começasse a esboçá-las e pintá-las e a desenhar o que sua intuição havia percebido.

— Você, dentre todas as pessoas, não será pintada com lisonjas — ele a assegurou antes de olhar novamente para seu esboço. — Será pintada da forma como fica quando todas as poses, defesas e máscaras são removidas.

Mas ele a conheceria completamente? Ou a entenderia na totalidade? Isso nunca era possível, ou era? As pessoas nunca conheciam nem a si mesmas nas profundezas mais remotas. Como se poderia esperar então conhecer outro ser humano? Era uma constatação desconfortável quando ele se orgulhava de compreender o tema de seus retratos.

— Estou terrivelmente alarmada — disse ela ríspida, sem parecer nem um pouco alarmada. — Você é muito hábil em mudar de assunto.

— Havia assunto para eu mudar? — ele indagou, sorrindo para ela.

— Você tem que voltar — insistiu Camille. — Você tem que falar com o sr. Cox-Phillips e descobrir tudo o que puder a seu próprio respeito. Vai se arrepender para sempre se não o fizer. É verdade que sua avó o tratou mal, Joel, mas é igualmente verdade que ela o tratou muito bem. É tudo uma questão de perspectiva. Você deve descobrir mais para que possa entender melhor. Deve descobrir tudo o que puder sobre sua mãe. Se ela houvesse sobrevivido, tudo poderia ter sido diferente. Talvez ela seja alguém que você precise amar, embora nunca venha a conhecê-la pessoalmente. Pelo menos você pode descobrir tudo o que puder.

— Um despropósito sentimental. Ele ia concluir que eu havia mudado de ideia sobre estar em seu testamento e voltado engatinhando para me insinuar para ele. Ele presumiria que a avareza havia me alcançado.

— Então lhe diga que ele está errado. Você deve ir. Eu irei com você.

Joel colocou de lado o bloco de desenho — não conseguira acertar o queixo teimoso de primeira sem fazer dela uma caricatura — e se recostou na cadeira. Cruzou os braços sobre o peito e apoiou o tornozelo da bota no outro joelho. Deveria ter ido procurar Edwina. Ou a srta. Ford. Ou voltado ali para meditar sozinho. Sua primeira impressão da srta. Camille Westcott tinha sido a correta. Ela era autoritária e desagradável.

— Para segurar minha mão, suponho — falou ele. — Para me empurrar para a frente com um dedo afiado nas minhas costas. Para me alertar com as perguntas que preciso fazer. Para repreender o velho se ele me fizer chorar.

Os lábios dela praticamente desapareceram em sua contrição. Ela se endireitou e retomou a postura perfeita. Sua coluna provavelmente não precisava do apoio do encosto do sofá. Era feita de aço.

— Pensei em oferecer apoio moral. Você claramente não precisa disso. Assim como não preciso de sua escolta de volta ao orfanato, sr. Cunningham. Atrevo-me a dizer que não serei abordada mais do que quatro ou cinco vezes enquanto caminho sozinha e, sem dúvida, meus gritos farão com que os cavalheiros corram ao meu socorro. Faça o que quiser com relação ao sr. Cox-Phillips. Aprendi que o senhor é teimoso demais. Não importa a mínima o que o senhor vai fazer ou deixar de fazer.

Ela se levantou e Joel se levantou de um salto. Ele se postou entre ela e o corredor, então Camille ficou onde estava, sustentando-lhe o olhar, a mandíbula como granito. A amazona em beligerância. Se ela tivesse uma lança na mão...

— Fiz sopa ontem — disse ele. — Tomei um pouco na noite passada e não me envenenei. Permita-me que eu a aqueça. Também comprei pão na padaria esta manhã. Fique e jante comigo.

— Para segurar sua mão? — ela indagou.

— Eu preciso de uma mão para segurar a tigela e a outra para dar colheradas na sopa — ele respondeu. — Peço desculpas pelo que disse. Você foi extremamente gentil em vir aqui e ouvir meus delírios. Infelizmente, retribuí sua bondade com mau humor. Fique. Por favor.

Tinha sido um convite puramente impulsivo. Sobre o que eles conversariam se ela concordasse? E quais eram as chances de Edgar ou Marvin bater à sua porta por algum motivo? Ou que um ou ambos a vissem ou a ouvissem sair mais tarde? Mas ele ainda não queria ficar sozinho.

E se a sopa tivesse engrossado a ponto de precisar ser cinzelada com uma faca de gume afiado? Ele não era o melhor cozinheiro do mundo.

— Que tipo de sopa? — ela perguntou.

11

Uma carruagem alugada aguardava Camille quando as aulas foram encerradas na quinta-feira. Joel saltou para fora quando ela apareceu e a ajudou a embarcar. Ela ergueu as sobrancelhas ao se deparar com o exterior lascado e desbotado, os assentos gastos e ligeiramente rasgados do lado de dentro e o cheiro um tanto rançoso, que nem mesmo as janelas abertas conseguiam dissipar, mas não disse nada. Pelo menos parecia razoavelmente limpo. Ela não olhou muito atentamente para os cavalos.

— Você não mudou de ideia, então? — ela perguntou quando ele se sentou ao lado dela.

— Oh, eu mudei. Uma hora atrás. E duas horas antes disso, e meia hora antes disso, e assim por diante até a noite de anteontem. Desta vez, mudei de ideia a favor de ir.

Ele tinha tanto a aparência quanto a voz alegre, mas ela não se deixou enganar. Joel havia concordado antes de ela deixar seu apartamento, dois dias antes, que voltaria à casa do sr. Cox-Phillips e, com relutante boa vontade, que ela poderia acompanhá-lo se quisesse. Ele sugerira que fossem no dia seguinte depois da aula.

— E você escreveu para informá-lo que ia? — ela indagou. A carruagem deu um solavanco e Camille soube de antemão como as molas seriam ineficazes.

— Não. Por que eu deveria avisá-lo com antecedência? E não é como se ele fosse a lugar nenhum, é? Exceto para o túmulo.

Ela virou a cabeça para lhe lançar um olhar reprovador. Joel parecia repentinamente sombrio e um pouco pálido, a cabeça meio virada para a janela do seu lado. Ela respirou fundo para falar, mas ele parecia querer ser deixado em paz com seus pensamentos, e ela não queria se transformar em uma pessoa que não dava trégua.

Algo lhe acontecera na terça-feira. Não iria tão longe a ponto de dizer que havia se apaixonado, pois não acreditava em tal coisa, mas tinha ido ao domicílio dele por sua própria vontade. E o ouvira e se movera para os braços dele para confortá-lo. E o beijara. Sim, tinha feito isso. Tinha sido uma iniciativa sua, não apenas algo que ela havia permitido que lhe fizessem. E havia sentido o corpo firme e masculino e seus braços e seus lábios e boca e língua, e sentido... Sim, tinha. Não havia por que negar. Ela havia ficado desapontada quando ele parara abruptamente e se desculpara. Ela teria gostado de explorar a experiência um pouco mais profundamente.

Camille não estava apaixonada, mas se sentia mais mulher desde terça-feira. O que exigia a pergunta: de que forma se sentia antes? Ele era extremamente bonito, ela havia decidido, e extremamente atraente, o que quer que isso significasse, e ela respondera a ele como uma mulher. Ainda o fazia, embora também estivesse confusa. Não tinha nem linguagem nem experiência para explicar a si mesma o que queria dizer com isso. Talvez fosse apenas porque gostasse dele.

Já era início de noite e o crepúsculo crescia quando ela voltou para casa, e ele insistira em acompanhá-la. A sopa, com muitos legumes e um pouco de carne, estava muito boa; o pão, crocante e fresco. Depois de comerem, levaram o chá de volta para a sala de estar, onde conversaram e conversaram até que a luz tênue do outro lado da janela chamasse sua atenção. Ele a desenhara pela maior parte do tempo, embora não tivesse mostrado nada a ela.

Depois, ela nem conseguia se lembrar de tudo o que haviam conversado. Sabia que haviam falado de sua infância, dos livros que ambos tinham lido, de Sarah, com quem Camille passava algum tempo todos os dias. Ele havia contado a ela sobre seu amor pela pintura de paisagens, embora acreditasse que seu verdadeiro talento era pintar retratos, e ela observou seu rosto enquanto ele falava de contemplar uma cena, e não de esboçá-la como faria com um modelo humano, mas de alguma forma se tornando parte dela até que a sentisse por dentro e pudesse enfim pintá-la. Pintar, para ele, Camille percebeu então, não era um hobby nem apenas uma forma de ganhar a vida. Era uma paixão e uma compulsão. Em certo sentido, era quem ele era. Camille o invejou. Nunca tinha sido apaixonada por nada na vida. Ela nunca se permitira ser. Havia deliberadamente evitado qualquer excesso de sentimento por considerá-lo pouco nobre. Era quase como se tivesse temido as paixões e o local ao qual elas poderiam levá-la.

Ele não gostava que a vida fosse fácil demais, Camille concluiu. Ele gostava do desafio de vivê-la e expandir seus limites, em vez de apenas existir e sobreviver. Talvez fosse uma das razões pelas quais ele não demonstrara o menor interesse na fortuna que poderia ter herdado de seu tio-avô. O dinheiro tornaria sua vida muito mais fácil — o dinheiro sempre tornava —, mas ele não estava interessado. Quantas pessoas recusariam voluntariamente uma fortuna sem nem mesmo hesitar?

Sua própria pergunta a tomou de assalto. *Ela* recusaria e, de fato, a havia recusado. Anna oferecera um quarto de tudo o que seu pai havia deixado para ela, uma vasta fortuna, e Camille tinha recusado.

A carruagem deixou Bath e lutou para subir a colina adiante. Camille virou a cabeça na direção de Joel.

— Recebi uma carta esta manhã — contou ela. — Bem, duas, na verdade, mas Abby escreve todos os dias.

— Sim, ela me disse isso esta manhã. Eu estava lá, trabalhando em seu retrato — ele comentou, afastando-se da janela para olhar para Camille. — É impressionante. Mas o que ela encontra para escrever? Você responde?

— As damas são criadas para escrever cartas. Ela me conta tudo sobre seu dia. Hoje, a carta estava repleta de detalhes sobre a sessão de pintura de ontem, entre outras coisas. E sim, eu respondo. Claro que respondo. Ela é minha irmã. Escrevo todas as noites e conto a ela sobre o meu dia.

— E, amanhã, sua carta estará repleta desta jornada comigo?

— Sim, e do progresso da corda roxa e da melhora perceptível nas habilidades de leitura de Caroline e dos dez minutos que consegui passar com Sarah antes do almoço, contando seus dedos dos pés, beijando cada um deles e conseguindo dois sorrisos dela. — Joel a fitou a ponto de desconforto. Não que o passeio na carruagem fosse confortável, mesmo sem aquele olhar. Ela não ficaria surpresa se aquilo fizesse todos os seus dentes caírem da boca.

— Você recebeu *duas* cartas hoje? — ele finalmente perguntou.

— A outra era de minha mãe. Ela escreveu diretamente para mim na escola. Ela sempre se dirigia a mim e a Abby de uma vez só no passado, mas Abby contou que eu estava morando no orfanato. Ela está preocupada comigo, mas não escreveu para me repreender ou me dizer como fui tola ou o quanto fui indelicada com Abby e vovó. Ela entende e honra minha decisão.

Camille ficou surpresa com isso e mais do que um pouco comovida. Não estava esperando por isso — ou pela carta. Nem mesmo queria uma carta exclusiva de sua mãe — até que a vira. E, desde a leitura, sentia, oh, uma confusão de emoções. O ressentimento ainda era uma delas. Sua mãe tinha ido embora para receber o conforto de tio Michael, mas também para longe das próprias filhas.

— Por que ela não ficou aqui com vocês e a mãe dela? — Joel perguntou.

— Foi pelo menos em parte por nossa causa. Ela pensava que a vida aqui seria intolerável para nós, ou, pelo menos, mais do que é de fato, se fôssemos apresentadas aonde quer que fôssemos como as filhas da *srta*. Viola Kingsley.

— Aonde quer que vocês fossem. Mas você não foi a lugar nenhum, foi? Você era uma reclusa até ir para o orfanato lecionar.

— Como você sabe disso? — ela indagou, franzindo a testa para ele.

— Eu nunca a vi — respondeu Joel. — Vi sua irmã algumas vezes e fui apresentado a ela na festa da sra. Dance. A primeira vez que vi você foi na sala de aula, quando a srta. Ford a trouxe. A permanência de sua mãe *tornaria* a vida mais difícil para você?

— Não sei. — Ela encolheu os ombros. — Mas Abby está com saudades dela.

— E você?

— Não sei — disse ela de novo, e foi sua vez de olhar pela janela do seu lado da carruagem para desencorajar mais conversas, embora tivesse sido ela quem tocara no assunto.

Tinha sido realmente bom ter lido a carta de sua mãe naquela manhã, antes da escola. Não havia tempo para chorar — tinha uma classe cheia de crianças para enfrentar. Será que *faria* diferença se sua mãe tivesse ficado?

Abby tinha apenas dezoito anos; era pouco mais que uma criança. E quanto à própria Camille... Bem, às vezes, ela se sentia como se tivesse sido lançada nas trevas exteriores. Havia sentido ao ir para Bath que não poderia haver mais nada a perder, mas havia. Sua mãe havia partido.

A carruagem fez uma curva fechada entre dois postes de pedra ao lado dos portões e, em seguida, continuou ao longo de uma estrada sinuosa até que uma mansão de tamanho modesto apareceu à direita, uma vista panorâmica aberta abaixo e à esquerda, e um jardim cuidadosamente planejado e bem-cuidado estendido de cada lado deles.

— É isso — disse Joel desnecessariamente.

Ele ajudou Camille a descer, instruiu o cocheiro a esperar e se aproximou da escada para bater a aldrava na porta da frente. Ele estava com uma aparência sombria novamente, e ela sabia que ele preferia estar em qualquer outro lugar da Terra. Ela não podia sentir pena, entretanto, por tê-lo instigado a vir. Realmente acreditava que ele lamentaria para sempre se não fosse. Claro, o sr. Cox-Phillips podia se recusar a vê-lo ou a responder a quaisquer perguntas se ele as admitisse, mas pelo menos Joel seria capaz de se consolar no futuro sabendo que havia feito tudo o que podia.

Um mordomo idoso admitiu-os em um corredor atulhado de bustos de mármore, certamente projetados para deixar qualquer visitante ocasional desconfortável o suficiente para fugir. Todos eles tinham as órbitas vazias; mesmo assim, perscrutavam. Camille olhou de volta imediatamente depois que o mordomo saiu para ver se seu mestre receberia visitantes. Ele parecia estar a ponto de se recusar até mesmo a verificar, até que seus olhos pousaram em Camille e, sem um pensamento consciente, ela havia voltado a um papel familiar e se tornado Lady Camille Westcott sem dizer uma palavra. Ele inclinara a cabeça com respeito e seguira seu caminho.

— Pode ser que ele tenha sido instruído a me expulsar se eu tivesse a afronta de retornar — falou Joel com um sorriso que não compensava totalmente a expressão tensa em seu rosto.

— Então foi bom eu ter vindo também. Eu tenho meus usos. Nem por um momento acredito que esses bustos sejam de mármore ou autênticos. Se viessem da Itália, da Grécia ou de qualquer outro lugar que não uma oficina inferior na Inglaterra, eu ficaria muito surpresa.

— Concordamos nesse aspecto.

O mordomo voltou e os convidou a segui-lo.

Eles foram admitidos em uma biblioteca, que fazia jus ao seu nome. Pelo que ela podia ver com um único olhar, não havia um espaço nas paredes que não fosse ocupado por estantes, e decerto não havia espaço naquelas estantes para mais um livro. A sala estava mergulhada na penumbra, cortinas pesadas tinham sido fechadas nas janelas, talvez para preservar os livros ou para proteger os olhos do velho da luz solar intensa.

Já havia três pessoas na sala, além do mordomo, que se retirou após recebê-los e fechou a porta atrás de si. Havia o que parecia ser um homem muito velho e enrugado na cadeira perto da lareira — o fogo estava aceso, embora o ar fosse sufocante. Ele inclusive tinha um cobertor pesado cobrindo-o da cintura para baixo e uma touca de dormir com borlas na cabeça. Atrás de sua cadeira estava um indivíduo sobriamente vestido, cada linha de cujo corpo dizendo a Camille que ele não poderia ser outra coisa senão o criado pessoal do senhor da casa.

O terceiro ocupante da sala estava recostado contra a lareira, de modo que, até que se movesse, parecia apenas um homem alto, de ombros largos e bem formado, vestido no auge da moda londrina. Quando se moveu, para afastar-se alguns passos do fogo e seguir em direção à porta, revelou-se também um homem extremamente bonito — com uma expressão altiva e condescendente no rosto.

— A distância já é suficiente, camarada — disse ele, olhando Joel da cabeça aos pés com desprezo insolente e a ajuda de um monóculo. — Vejo que o mordomo deveria ter pensado melhor antes de perguntar se poderia admiti-lo quando meu primo não está bem o suficiente para tomar uma decisão lúcida. Devo dar uma palavrinha com os criados sobre permitir a entrada de todos os peticionários da ralé que pensam em tirar proveito da idade avançada e da saúde frágil do sr. Cox-Phillips. Felizmente para ele, essas pessoas terão que passar por mim no futuro, agora que estou aqui para protegê-lo. O senhor pode se retirar com a... dama. — Ele voltou os olhos desdenhosos para Camille, que havia permanecido atrás de Joel, meio oculta nas sombras.

Ela se sentiu à beira de um desmaio, embora não por causa do calor da sala. O treinamento de anos a impedira de fazer algo tão sinistro ou de se humilhar.

— Como vai, Lorde Uxbury? — cumprimentou ela, saindo das sombras e olhando-o firmemente nos olhos.

Ele deixou o monóculo depender-se na fita e seus olhos quase saltaram da face. Foi um breve revés. Ele se recuperou em instantes, e um sorriso de escárnio substituiu seu olhar de choque.

— Bem, se não é a *srta.* Westcott — desdenhou ele, enfatizando o título dela, ou melhor, a falta dele, e submetendo-a a uma leitura cuidadosa da cabeça aos pés.

Ela o vira pela última vez em Westcott House, em Londres, na tarde do dia em que soubera a verdade sobre seu pai e o casamento bígamo com sua mãe. Ela o recebera e lhe contara a notícia recente, esperando que ele se preocupasse com sua situação e estivesse decidido a antecipar o casamento. Tinha sido míope da parte dela, é claro, pois ele era tão defensor do decoro social quanto ela e estaria fora de questão se casar com uma bastarda. Ele havia saído às pressas e escrito quase imediatamente, sugerindo que enviasse um anúncio aos jornais matutinos declarando o rompimento do noivado.

Agora ele parecia familiar e... estrangeiro. Como se fosse alguém de outra vida longínqua, o que, em certo sentido, ele era. Ela nunca tinha visto aquela expressão de desprezo em seu rosto dirigida a ela. Nunca o havia testemunhado sendo rancoroso, mas se lembrou de que ele a insultara abertamente em sua ausência no baile de Avery e mais uma vez no Hyde Park durante o duelo. E ela se lembrou com intensa satisfação que Avery, que devia bater no ombro dele e decerto pesar vários quilos a menos, o derrubara com os pés descalços.

— Perdão... Visconde de Uxbury, não é? — disse Joel. — Mas meu assunto é com o sr. Cox-Phillips. Quando falei com ele há alguns dias, ele parecia perfeitamente capaz de falar por si mesmo e de me pedir pessoalmente para ir embora, se assim o desejar.

Camille o olhou com alguma surpresa. Ele não era tão alto quanto o visconde, e não tinha um físico tão esplêndido ou um rosto obviamente bonito. Na verdade, parecia ainda mais pobre do que o normal em contraste com o esplendor da alfaiataria de Lorde Uxbury na Bond Street, mas parecia de repente muito sólido e imóvel. E não parecia de forma alguma intimidado por ter sido chamado de camarada e de peticionário da ralé. Ele falava com uma cortesia ponderada e firme.

— Se esta não é a primeira vez que você vem importunar meu primo — disse o visconde —, então foi muito bom eu ter vindo. E a srta. Westcott não é companhia adequada para ninguém nesta casa ou em qualquer outra residência de respeito.

— Você voltou, não é? — o senhor idoso falou ao lado do fogo. — Você mudou de ideia, não é?

— Não, senhor — Joel assegurou-lhe. — Eu vim para um assunto diferente.

— Não se incomode, primo — disparou o visconde, seus modos transformados em algo totalmente mais calmante e respeitoso. — Eu vou acompanhar esse camarada e a... concubina dele para...

— Eu *vou* me incomodar, maldição, Uxbury — rebateu o velho irritado —, se você continuar a me tratar como se eu tivesse mais do que apenas um pé na cova. Como se atreve a me tratar como se eu tivesse uma mente imbecil, e não mais de meia hora depois de colocar os pés na minha casa? Sem ser convidado, devo acrescentar. Vá e encontre um quarto de hóspedes para ficar por algumas noites, se precisar ficar enquanto ainda tem a primeira escolha. Atrevo-me a dizer que os outros dois pretendentes à minha fortuna estão galopando em seus cavalos na esperança de chegar aqui o mais rápido possível.

— Vou remover esse camarada e a mulher dele até a porta antes de eu fazer isso, primo — respondeu o visconde de Uxbury. — Seu médico não gostaria que o senhor...

— Meu médico — declarou o velho cavalheiro, uma de suas mãos se fechando na alça de uma bengala ao seu lado e batendo-a debilmente no chão — não gostaria que eu fosse atormentado até a morte alguns dias antes da hora provável por parentes que fingem acreditar que estão agindo em meu interesse. E eu pago um mordomo para acompanhar os convidados que entram e saem. E acredito que o pago generosamente. Não pago, Orville?

— Sim, senhor — seu criado confirmou.

— Fora. — O sr. Cox-Phillips ergueu sua bengala alguns centímetros do chão e acenou na direção do visconde. — E vocês dois, venham e se sentem.

Joel e Camille se afastaram para deixar o visconde de Uxbury passar. Ele parecia arrogante e olhou com considerável veneno de um para o outro enquanto saía, e Camille não resistiu a expressar seu próprio rancor.

— Espero que não tenha sofrido nenhum dano permanente com o chute que levou no queixo, Lorde Uxbury — disse ela.

A mandíbula dele endureceu e ele saiu da biblioteca. Camille encontrou os olhos de Joel brevemente, e era possível que visse a sugestão de um sorriso ali, mas então ele gesticulou em direção ao sofá pesado que ficava de frente para a lareira, ao lado da poltrona do sr. Cox-Philips. Ela foi sentar-se e Joel ocupou o lugar ao lado dela.

— Posso apresentar a srta. Camille Westcott, uma amiga e colega que teve a gentileza de me acompanhar aqui hoje, senhor? — indagou Joel.

Os olhos do cavalheiro se voltaram para Camille e a examinaram atentamente por baixo das sobrancelhas espessas.

— Eu não tenho uma mente imbecil, mocinha, apesar da minha idade e enfermidade — garantiu ele. — A senhorita já foi noiva daquele parente meu, eu me lembro. Filha de Riverdale, eu acredito, o falecido Riverdale.

— Está correto, senhor. Rompi o noivado depois que descobriram que meu pai já era casado quando se casou com minha mãe e que minha irmã, meu irmão e eu éramos, portanto, ilegítimos.

— Humm — murmurou ele. — Essa foi a razão, não foi? Foi antipático da parte de Uxbury chamá-la de concubina agora, embora eu não esteja surpreso. Uma criança nojenta, ele era, eu bem me lembro. Não que o visse com frequência. Eu me esforçava para não o fazer. As famílias tendem a ser coleções pestilentas de pessoas que por acaso compartilham um pouco de sangue comum, mas a minha sempre foi pior do que a maioria. Ou todas as pessoas pensam assim? Qual é a sua conexão com Cunningham? A palavra *colega* não tem sentido sem uma explicação.

— Eu leciono no orfanato onde ele cresceu — explicou ela. — Ele oferece seus serviços como professor lá também. Eu me ofereci para acompanhá-lo aqui quando ele decidiu voltar.

— Você o convenceu, não foi, de que ele era um idiota por recusar a chance de herdar a maior parte da minha fortuna por mero orgulho?

— Eu não fiz tal coisa, senhor — negou ela.

— E, no entanto, você poderia ter uma vingança esplêndida sobre Uxbury, convencendo seu colega a acabar com a chance de o visconde herdar o que ele acha que herdará. — Sua touca de dormir escorregou quase até um dos olhos e sua mão escorregou da ponta da bengala, que caiu no tapete. — Orville, arrume de novo essas malditas almofadas atrás de mim. Onde elas estão?

O criado afofou as almofadas atrás e dos lados do velho cavalheiro, moveu-o suavemente de volta contra elas, ajeitou a touca de dormir e o cobertor com mais firmeza em volta da cintura e pegou sua bengala.

— Voltei — disse Joel quando o criado se postou novamente atrás da cadeira — para saber mais sobre minha mãe e minha avó, senhor. E não houve menção do meu avô, mas talvez o senhor não esteja se sentindo bem o suficiente...

— Um desperdício inútil de espaço e ar — disse Cox-Phillips. — Henry Cunningham herdou uma boa quantia em dinheiro e ficou sentado nela pelo resto da vida, sem aproveitá-la ou investi-la... e nem gastá-la de nenhuma forma com minha irmã e sobrinha. Um idiota amável que veio ficar aqui por uma semana logo após o casamento e saiu daqui quase vinte anos depois em um caixão. Fiquei feliz por passar grande parte desse tempo em Londres.

— Henry — repetiu Joel. — E qual era o nome de minha avó, senhor? E de minha mãe?

— Minha irmã era Mary — revelou o velho. — Minha sobrinha era Dorinda. Seu nome deve ter sido escolhido por seu pai idiota. Quem mais teria chamado uma pobre garota de Dorinda?

— O que pode me dizer sobre ela? — Joel perguntou. — Como ela era?

— Nada parecida com você, meu jovem — o sr. Cox-Phillips assegurou-lhe rispidamente. — Ela era pequena, loira, de olhos azuis, bonita e tão tola quanto as garotas. Ela deu um belo trabalho à minha irmã antes de se engraçar com aquele pintor estrangeiro, mas a aventura se tornou menos alegre quando ele desapareceu da face da Terra e ela começou a ficar gorda e a negar tudo sob as estrelas que poderia ser negado. Quando as negações não serviram mais, ela jurou à mãe que não era ele, mas não disse quem era. Se não foi o pintor, então, deve ter havido outro italiano em Bath. Não há como confundir sua linhagem.

— O senhor não se lembra do nome dele? — Joel perguntou.

— Nunca fiz o menor esforço para aprender ou memorizar — falou o velho, parando por alguns instantes e ofegando asperamente. — Por que eu deveria? Ele não era digno de minha atenção. Ele também não deveria ser digno da atenção de minha sobrinha, mas era um belo diabo e ela era muito parecida com o pai: nada de cérebro entre uma orelha e outra. — Seus olhos se fecharam e ele deixou a cabeça cair para atrás, contra as almofadas, enquanto recuperava o fôlego.

— Precisamos deixá-lo descansar, senhor — disse Joel, levantando-se.

Os olhos do velho se abriram.

— Foi bom para você — ele disse, irritado — ter aparecido aqui tão pouco tempo depois de Uxbury. Sem dúvida, eu não teria permitido que entrasse de outra forma. Você se fez perfeitamente claro há alguns dias e não tenho nenhuma razão para ser gentil com você.

— Então devo ser grato por minha chegada ter acontecido em momento tão conveniente — respondeu Joel. — Não vou incomodá-lo mais, senhor. Obrigado por me dizer o que sabe sobre minha mãe e meus avós.

Os olhos se fecharam novamente, mas o sr. Cox-Phillips falou mais uma vez.

— Orville — chamou ele —, peça a alguém que vá ao quarto de minha irmã e encontre aquela miniatura que ela sempre mantinha ao lado da cama. Atrevo-me a dizer que ainda está lá. Não sei onde mais estaria. Dê ao sr. Cunningham quando ele sair. Ficarei feliz em me livrar daquilo.

O criado deu alguns passos à frente e puxou a corda do sino ao lado da lareira.

— Uma miniatura? — Joel indagou.

— De minha sobrinha — revelou o velho, sem abrir os olhos.

Camille se levantou e se virou para sair. O pobre homem parecia muito cansado e muito doente, mas Joel fechou a expressão para ele.

— Quem pintou, senhor? — ele perguntou.

—Ah. — Houve um estrondo vindo da cadeira, que Camille percebeu se tratar de uma risada. — Pode culpar, ou agradecer, à sua avó por você existir, meu jovem. Ela levou Dorinda para ele. Ele era italiano e bonito, e falava com aquele sotaque bobo que os italianos tendem a exagerar, e pareceu concluir que, portanto, ele devia ser um artista de talento superior. Ele a pintou.

O velho claramente não tinha mais nada a dizer. Depois de observá-lo por mais alguns momentos, Joel olhou fixamente para Camille e caminhou ao lado dela para fora da sala e desceu as escadas. Eles esperaram em silêncio no corredor de entrada até que o mordomo viesse e entregasse um pequeno pacote embrulhado em pano a Joel antes de abrir a porta para eles.

A carruagem havia esperado.

12

Joel deslizou o pacote pela lateral do assento próximo à janela. Tinha sido chamado de miniatura, mas para ele parecia um pouco maior do que isso. Esperaria para desembrulhar até que estivesse sozinho.

Henry e Mary Cunningham.

Dorinda Cunningham.

Três estranhos. Todos mortos. Não pareciam pessoas de alguma forma ligadas a ele, embora Joel compartilhasse de seu nome e sangue. Será que sua mãe pareceria mais real quando ele olhasse para seu retrato? Ou menos? Será que sentiria a mão de seu pai na composição e nas pinceladas? Ele perceberia no rosto dela que ela estava olhando para o de seu pai, e o que ela sentiu ao fazer isso? Ele se sentiu mal de apreensão com a ideia de desembrulhar o pacote. Quase desejou que o retrato não existisse ou que Cox-Phillips não se lembrasse dele. A carruagem deu um solavanco, e Joel se lembrou de que não era o único cujas emoções haviam sido despertadas durante a visita. Camille tinha vindo ali com ele depois de um dia inteiro lecionando, para oferecer apoio moral, apenas para se encontrar terrivelmente insultada pelo homem com quem ela estivera perto de se casar.

— Eu sinto muito — disse ele.

— Sobre o visconde de Uxbury me chamar de concubina? Sobre ele ter dito que eu não era digna de estar naquela casa? Por que *você* sentiria muito? Não foi você quem disse. Você também não me arrastou até lá.

— Apesar do velho ditado sobre paus e pedras, as palavras *doem*. E houve uma época em que você o tinha em alta estima para concordar em se casar com ele.

— Sempre achei que, acima de tudo, ele fosse um cavalheiro. Dói saber que eu estava tão errada. E sempre dói ser acusada de ser algo que não se é. No entanto, não posso deixar de me lembrar de que, quando Anastasia foi admitida no salão de Avery e lhe ofereceram um assento, fiquei indignada porque ela não era adequada para estar naquela casa com pessoas respeitáveis, entre as quais eu me incluía. Às vezes, as palavras de outras pessoas se tornam espelhos desconfortáveis em que olhamos para nós mesmos.

— Devo repetir o que disse antes — continuou ele. — Esse homem é totalmente indigno de você, Camille. Ele é um sujeito extremamente desagradável, e você teve sorte de escapar dele. Porém, eu realmente estava dizendo que sentia muito pela minha própria negligência em não quebrar aquele nariz aristocrático dele e deixar seus olhos roxos. Eu deveria ter feito isso por você... feito-o engolir os próprios dentes. O duque de Netherby me fez passar vergonha.

— O que Avery fez foi esplêndido em seu contexto — respondeu ela, estendendo a mão para agarrar a tira de couro desgastada enquanto a carruagem saía com estrépito da propriedade e pegava a estrada. — De acordo com seu relato, ele foi desafiado a um duelo, e tanto a honra quanto o orgulho ditavam que ele aceitasse. O contexto de hoje era diferente. Ambos tínhamos sido recebidos por um homem moribundo e estávamos em sua presença em sua casa. Teria sido impróprio trocar socos com o visconde de Uxbury ou até mesmo se envolver em palavras acaloradas. Ele não se comportou como um cavalheiro. Você, sim: com dignidade e moderação e, por isso, eu agradeço.

— Mas você deu a última palavra ao ter esperanças de haver se recuperado do chute no queixo — disse ele, sorrindo ao se lembrar.

— Eu menti. — Ela sorriu de repente, uma expressão brilhante e travessa. — Eu não esperava tal coisa, mas queria que ele soubesse que eu sei.

— Bem, lamento que tudo tenha acontecido. Foi um pobre agradecimento por sua gentileza em me acompanhar até aqui.

— Eu suponho que foi um castigo por forçar minha companhia a você. Não lamento ter vindo. O sr. Cox-Phillips está mesmo muito doente, não acha?

— Acho — ele concordou, e foi atacado por uma onda totalmente inesperada de quase pânico. Sua mãe e seus avós estavam mortos, e seu tio-avô, seu último vínculo com eles, estava morrendo. Não poderia haver dúvida sobre isso.

— Você vai voltar mais uma vez? — ela perguntou.

Parte dele queria fazer isso naquele momento, inclinar-se para a frente, bater com urgência no painel frontal e instruir o cocheiro a dar meia-volta.

— Muito provavelmente não. Há mais perguntas que eu gostaria de fazer. Perguntas anedóticas. Gostaria de ouvir histórias sobre sua infância com a irmã dele, minha avó, sobre a chegada de meu avô na casa, sobre a infância de minha mãe. Ele deve ter histórias para contar, não é? Mas duvido que estivesse disposto a contá-las, mesmo se estivesse bem de saúde. Por que deveria, afinal? Ele não me conhece. Sou apenas o filho bastardo de uma sobrinha por quem ele não parece ter sentido muito carinho. De qualquer forma, ele não está bem de saúde e nem teria me contado tanto quanto contou hoje se não tivesse ficado aborrecido com o comportamento arrogante de seu parente. Além disso, é evidente que Uxbury veio para ficar, e o velho parece acreditar que os outros dois pretendentes à sua propriedade e fortuna não vão demorar muito. Não tenho nenhum desejo de confrontar qualquer um deles.

— Mesmo que eles também sejam seus parentes?

— Exatamente por causa disso — ele admitiu. — Não tenho orgulho de que Uxbury seja de alguma forma relacionado a mim. Nem sei nem qual é nosso parentesco e não estou muito interessado em descobrir.

— Mas eu gostaria que as circunstâncias tivessem permitido que você esmagasse o nariz dele, deixasse os olhos roxos e o fizesse engolir os próprios dentes — acrescentou ela.

Ele sorriu, lembrando-se de como, no Sally Lunn's, ela desejara poder amarrar o sujeito pelos polegares. Ela riu, talvez se lembrando da mesma coisa, e então eles estavam de mãos dadas e quase se dobrando de rir. Ele não sabia por que estavam achando tanta graça, exceto que tinha sido uma visita miserável e emocionalmente carregada de várias maneiras, e a vida tinha uma forma de se reafirmar diante do insulto, da doença e da morte iminente.

— Obrigado por vir comigo, Camille — ele disse quando pôde, e apertou a mão dela, que ainda estava na sua, e entrelaçou seus dedos.

— Meu temor era não dever ter convencido você a fazer isso. Na verdade, não era da minha conta.

— Conheci o nome de minha mãe e dos pais dela. Não é muito, mas mesmo esse conhecimento me dá mais identidade.

— E você tem a pintura.

— Sim, eu tenho — ele concordou. — Mas tenho medo de olhar.

Ela inclinou a cabeça para o lado enquanto olhava para ele e franziu a testa, pensando por alguns momentos.

— Acredito que eu também teria, no seu lugar. Você vai olhar quando estiver pronto.

— Não é só que o quadro seja de minha mãe. É também que foi pintado pelo meu pai. Ou pelo homem que supostamente era meu pai.

— Eles devem ter passado muito tempo juntos enquanto ele pintava o retrato dela. Ela teria ficado olhando para ele, e ele, para ela por horas a fio. É perfeitamente compreensível que tenham se apaixonado.

— Ele não a amava, não é? — indagou Joel, e fechou os olhos por alguns instantes. — Não adianta tentar romantizar o que aconteceu entre eles. Ele fugiu assim que soube que o caso tivera consequências: eu. Não sou o produto de uma grande paixão entre amantes malfadados que morreram de corações partidos depois de serem separados. Foi tudo muito mais mundano. Luxúria pura e simples, eu acho. E covardia.

— Você não conhece todos os fatos.

— Não, eu não conheço — Joel admitiu.

Será que conheceria quando visse a pintura? Conseguiria sentir se existia amor — nos olhos de sua mãe, nas pinceladas de seu pai? Provavelmente não. O que acontecera entre aqueles dois morrera com eles, e era assim que deveria ser. Talvez. Mas Joel tinha ficado intrigado pensando nisso.

— Eu sei algo sobre o filho que eles produziram, no entanto. Eu nunca abandonaria uma mulher que eu tivesse engravidado. Nem nosso filho.

Eles viajaram o resto do caminho em silêncio, suas mãos ainda unidas, seus ombros se tocando enquanto a carruagem balançava e quicava sobre a estrada. Quando chegaram de volta ao orfanato, ele abriu a porta e saltou para a calçada antes de se virar para ajudá-la a descer.

— Obrigado por ter vindo — ele disse novamente.

— Volte lá mais uma vez — Camille encorajou, mas não se ofereceu para acompanhá-lo dessa vez nem insistiu. Ela correu para dentro e fechou a porta.

Certo dia, no início da semana, depois da aula, quando as crianças estavam todas jogando do lado de fora ou ocupadas em outro lugar e a sala de brinquedos estava vazia, Camille se sentou ao velho cravo abandonado, que tinha sido empurrado para um canto, e tocou suavemente para si mesma. Ela nunca tivera habilidades musicais mais do que razoáveis, mas tocar o cravo era um feito necessário para uma jovem bem-educada, de modo que ela havia perseverado. Sentia falta de tocar, de bordar e pintar em aquarela — tudo estritamente de acordo com as regras estabelecidas por sua preceptora. Às vezes, ela desejava poder voltar e reviver sua infância com um espírito mais questionador e até rebelde, mas isso não podia ser feito. Voltar nunca era possível, e não havia sentido em se lamentar pelo que poderia ter acontecido.

Quando ergueu os olhos do cravo após alguns minutos, descobriu que três crianças haviam entrado na sala despercebidas e estavam totalmente imóveis, fitando-a. Elas não demorariam a retomar a brincadeira, Camille pensou depois de sorrir-lhes vagamente e voltar sua atenção para outra peça lembrada, mas depois disso havia mais duas crianças olhando para ela, assim como as três primeiras e uma cuidadora do orfanato. Quando ergueu os olhos da vez seguinte, foi forçada a chegar à surpreendente conclusão de que decerto não havia uma criança sequer no jardim ou em qualquer outra parte da casa. A sala de jogos estava mais cheia do que ela já tinha visto.

Camille passou a tocar algumas canções folclóricas conhecidas por todos — todos em seu antigo mundo, isto é, mas aparentemente não no novo. Ela escolheu algumas das mais simples e ensinou a melodia e a letra dos primeiros versos. As meninas logo começaram a cantar junto com ela, enquanto os meninos se entreolharam com cautela e se calaram, embora tivessem se mantido firmes no lugar.

Música na forma de canções folclóricas e hinos simples, além de algumas rondas passaram a fazer parte do currículo escolar desde aquele dia, e Camille logo planejou uma maneira de trazer os meninos para si. Ela fez isso aprimorando seu conhecimento dos cantos de trabalho dos marinheiros e explicando-os como música exclusivamente masculina. Na verdade, por um tempo, ela proibiu as meninas de cantá-las, algo que teve muito sucesso quando as meninas arderam de ressentimento e os meninos se pavonearam e cantaram alto e vigorosamente, embora não se pudesse dizer que fosse melodioso.

Não era canto que ela estava ensinando no início da tarde de sexta-feira após a visita à casa do sr. Cox-Phillips, entretanto. Era dança. Tudo começou durante a manhã, quando Camille revelou a corda tricotada roxa, cujas várias partes tinham sido tecidas umas nas outras e para tal ficara acordada até tarde da noite anterior. Não poderia ser revelada, é claro, sem ser colocada em uso imediato. Eles haviam ido até a Abadia de Bath, onde Camille deu uma breve palestra sobre a arquitetura da igreja, antes de abrir caminho para os banhos romanos a poucos metros da abadia e abaixo do Pump Room. Tanto a expedição quanto a corda foram um enorme sucesso, a última atraindo a atenção divertida de vários transeuntes. Nenhuma criança ficou para trás ou avançou sem as outras, e uma contagem ocasional de cabeças satisfazia Camille cada vez que ela constatava que ainda estava com o número certo de crianças.

Seu retorno à escola foi atrasado pela presença de alguns músicos no pátio da abadia — primeiro, um flautista, que as crianças acharam fascinante, principalmente, Camille suspeitou, porque vê-lo e ouvi-lo encurtou o dia escolar, e depois por uma tropa de dançarinos enérgicos, que executavam os passos de várias contradanças vigorosas e intrincadas com o acompanhamento da flauta e de um violino. As crianças ficaram genuinamente encantadas por eles, e teria sido cruel arrastá-las dali antes que a apresentação chegasse ao fim.

No caminho de volta para a escola, algumas das crianças mais velhas se lembraram da época em que uma ex-professora havia ensinado dança. A srta. Snow não havia continuado as aulas — *a duquesa de Netherby*, Winifred Hamlin interrompeu o orador para lembrá-lo — porque ela não podia cantar a música e ensinar os passos ao mesmo tempo. E a srta. Nunce não tinha ensinado, porque... bem, *porque não*.

Se eles queriam aprender a dançar, Camille disse precipitadamente, então ela os ensinaria. E por acaso eles tinham notado que na trupe que haviam acabado de assistir havia exatamente tantos homens dançarinos quanto mulheres? Uma das cuidadoras recém-contratadas havia até admitido ter alguma habilidade com o cravo e poderia ser persuadida a tocar enquanto a professora ensinava os passos. Sua oferta foi recebida com tanto entusiasmo — um aplauso público no meio da rua que teria escandalizado Lady Camille Westcott, mesmo sem a adição visível da corda roxa — que ela decidiu não perder tempo, e começar imediatamente depois do almoço. Ursula Trask, a cuidadora em questão, concordou em tocar para eles, embora tivesse avisado que seus dedos estavam enferrujados e poderiam tocar tantas notas erradas quanto certas.

Foi só quando ela já estava com calor, incomodada, desgrenhada e berrando instruções enquanto tentava ensinar os passos do Roger de Coverley, entretanto, que Camille se lembrou de que aquele era dia de aula de arte. Era incrível que tivesse se esquecido, quando pensara em pouca coisa mais do que Joel Cunningham e a jornada para as colinas durante toda a noite anterior e a maior parte da noite anterior a essa — ela havia dormido apenas aos solavancos — e grande parte daquela manhã também, mas tinha se esquecido de verdade e não teria se lembrado naquele momento se não o tivesse notado de repente em pé, ou melhor, inclinado na porta, um ombro apoiado no batente, uma bota cruzada sobre a outra na altura do tornozelo, os braços cruzados sobre o peito, um sorriso malicioso no rosto.

Ela parou de dar ordens abruptamente, a música vacilou e as crianças saíram pulando em todas as direções.

— Oh — ela disse. — Oh, Deus. Crianças. Artistas. É hora de sua aula de pintura.

Ela estava terrivelmente ciente de sua aparência e da dele. Desde quando homens mal-arrumados tinham começado a parecer impossivelmente atraentes quando os homens vestidos com trajes de corte imaculado pareciam apenas... bem... vestidos com um traje de corte imaculado? Embora não fossem exatamente *homens* mal-arrumados, não é? E sim um certo *homem* mal-arrumado. Era de fato muito intrigante.

Houve sons de protesto dos alunos de arte, até mesmo, o que era surpreendente, dos meninos. Joel ergueu uma das mãos, com a palma para fora, e se afastou do batente da porta.

— Dança? — disse ele. — Não é ensinado aqui desde os dias da srta. Rutledge. A maioria de vocês nem vai se lembrar dela, mas todos deveriam saber dançar. Entre outras coisas, é uma forma de arte. Uma aula de dança pode ser considerada uma aula de arte. Vamos continuar, então, e eu darei meu apoio à srta. Westcott.

As crianças aplaudiram, e Camille desejou ter percebido antes de começar que saber dançar era um pouco diferente de saber ensinar dança. Havia muito o que ensinar. Havia os passos e as figuras, é claro, mas também havia coisas a serem consideradas, como a delicadeza, a graça e o posicionamento correto da cabeça e das mãos, e até mesmo a expressão no rosto. E era diferente para meninos e meninas. Aquele poderia muito bem ser seu maior fracasso em duas semanas de sucessos duvidosos — se bem que as crianças estavam obviamente se divertindo o bastante para quererem continuar. E as crianças mais novas, as cuidadoras e até Roger e a srta. Ford ficavam colocando a cabeça pela porta, com sorrisos no rosto.

Depois que Joel explicou que, quando aprendeu a dançar, todos se moviam com grande entusiasmo e agilidade nos passos, sem consideração por estilo ou graça, o processo se tornou mais fácil e muito mais divertido. Ele ensinou os passos aos meninos. Camille, às meninas. Juntos, eles encorajaram, cutucaram, lideraram, persuadiram, intimidaram e aplaudiram a classe a executar uma dança que tinha algum tipo de semelhança com o Roger de Coverley. E já que todos acabaram corados e com os olhos brilhantes, clamando por mais aulas e danças diferentes outro dia, Camille supôs que haviam alcançado algum sucesso, afinal.

Ela dispensou os alunos mais cedo, em vez de levar todos de volta para a sala de aula para passar apenas mais meia hora. Agradeceu a Ursula por tocar piano e voltou à sala de aula para arrumar as coisas. Joel a seguiu até lá.

— Este não é o último dia do seu teste de duas semanas? — ele perguntou.

— É sim. — Ela fez uma careta. — A srta. Ford me disse durante o almoço que, se eu quiser ficar pelos próximos vinte anos ou mais, ela não colocará nenhum obstáculo no meu caminho. Você acha que é porque ninguém mais se candidatou para o cargo?

— O que eu acho é que você é uma excelente professora e as crianças a amam.

— Não consigo imaginar por quê — disse ela, endireitando os livros da estante. — Parece que eu não trouxe nada além do caos para a sala de aula. E não tenho ideia do que estou fazendo.

Ele sorriu para ela.

— Já ouviu falar da valsa? — ele indagou.

— Valsa? — Camille franziu o cenho.

— Claro.

— Você já dançou? — ele acrescentou.

— Claro.

— Dizem que é obscena e desesperadamente romântica — comentou ele. — Qual dos dois é, na sua opinião? Ou são as duas coisas?

Ela nunca tinha considerado a valsa particularmente romântica, mas então, nunca havia considerado nada romântico. Romance não era para gente como Lady Camille Westcott. Também nunca considerara a valsa obscena. Se fosse dançada corretamente, com ênfase na graça e na elegância, era uma dança perfeitamente irrepreensível. Seus parceiros sempre tinham sido escolhidos com muito cuidado, é claro. Ela havia valsado várias vezes com o visconde de Uxbury, e ninguém era mais adequado do que ele — isto é, até que ele começara a chamá-la de concubina. Era disso que ele a chamara, ela se perguntou, quando Avery e Alexander o tinham despachado do baile em Londres?

— Ou nenhuma das duas? — Joel insistiu quando ela não respondeu imediatamente.

— Eu acredito que poderia ser a dança mais romântica já concebida.

— Poderia? — ele repetiu. — Mas nunca foi na sua experiência?

— Eu não estava à procura de romance no salão de baile.

— Nem em qualquer outro lugar?

Ele estava encostado na mesa da professora, com os braços cruzados. Joel estava quase sempre relaxado e inclinado, os braços cruzados. Isso era parte de seu apelo — sua total falta de formalidade e elegância estudada?

— Nem em qualquer outro lugar — ela disse severamente. — Você nunca viu a valsa ser dançada?

— Eu nunca tinha ouvido falar disso até recentemente. Ensine-me.

O quê?

— Aqui? — questionou ela. — Agora? Mas não há música e há mesas em todos os lugares. Além do mais...

— Podemos nos livrar das mesas com facilidade — sugeriu ele, e para o desânimo de Camille, ele começou a empurrá-las para o lado para criar uma espécie de espaço no centro da sala. — A música deve ser fácil de conseguirmos. Você tem voz, não tem?

— Eu tenho. Mas ninguém, depois de ouvi-la, jamais me pressionou a lisonjear qualquer reunião com um solo.

— Um aviso justo. Mas não há reunião de pessoas aqui. Você deve saber uma melodia que se encaixe na valsa.

— Eu devo?

Ele não ia deixar aquilo passar, não é?

Joel caminhou até o lado dela, pegou o livro que ela segurava, colocou-o em qualquer lugar em uma prateleira e estendeu a mão para ela.

— Senhorita, me daria a grande honra de valsar comigo? — Ele fez para ela uma pose com a perna razoavelmente elegante, botas gastas e tudo... *botas* para valsar?... e curvou-se com um floreio.

— Você parece alguém do século passado falando. Espero ver rendas e babados, uma peruca empoada e sapatos com fivela. — Mas ela colocou a mão na dele e, com a maior relutância, permitiu-se ser conduzida para o espaço aberto.

— Tudo o que resta é você me ensinar como fazer — falou ele, desferindo seu sorriso para ela novamente.

— É relativamente fácil — ela disse, duvidosa —, mas primeiro você tem que saber como... me segurar. — Ela pegou a mão direita de Joel e apoiou nas próprias costas, na altura da cintura, e então levou a sua mão esquerda e a pousou no ombro dele. A mão direita de Camille pousou na dele e as ergueu até a altura de seus ombros. — Deve haver sempre espaço entre nós, não muito ou não poderemos nos mover juntos com nenhuma simetria, mas não tão pouco para que não nos toquemos em mais nenhum ponto além desses em que já estamos tocando. — Ela deu meio passo mais para perto dele, arqueando ligeiramente a coluna para poder encará-lo.

Céus, por que ela simplesmente não tinha dito um não firme? De repente, ela se lembrou de quando ele lhe dissera na tarde do dia anterior que nunca abandonaria uma mulher que tivesse *engravidado* — ou seu filho. Ela não acreditava que já tivesse ouvido aquela palavra falada em voz alta tão levianamente antes — *engravidado*. Ela ficara chocada até os dedos dos pés, e estava chocada novamente agora. Camille olhou para ele como se as palavras tivessem acabado de sair de sua boca.

— Gosto desta dança — revelou ele.

Ela apertou os lábios. Aquilo não ia dar certo.

— E então há os passos — ela disse severamente. E havia todas as variações nos passos que tornavam a dança divertida e graciosa e poderiam, ela supôs, torná-la desesperadamente romântica se alguém tivesse inclinação romântica.

ALGUÉM PARA ABRAÇAR   171

— Um-dois-três, um-dois-três — contou ela, e os dois partiram juntos como se não tivessem uma única perna entre os dois que não fosse de madeira.

— Isso é tão emocionante quanto esperar que a tinta a óleo seque.

— Normalmente, dançamos os passos na ponta dos pés e mais rápido e com ritmo, graça e elegância — ela explicou — e com música. E nem sempre se dá três passos para um lado e três para trás novamente. Vamos nos movendo pelo salão e, às vezes, também há giros.

— O segredo, suponho, é nunca ficar tão zonzo a ponto de tombar e nunca pisar nos dedos dos pés da parceira, especialmente se for o homem.

— O homem conduz e a mulher segue.

— Parece fácil o suficiente — concluiu ele, espalhando a mão com mais firmeza contra a parte baixa da cintura de Camille. — Forneça a música, senhorita, e eu me esforçarei para conduzi-la ao grande romance da valsa.

Era estranho; desajeitado; impossível. Para onde ele conduzia, sem nenhum sinal que desse a ela uma pista, nem sempre Camille conseguia acompanhar. Eles pareciam possuir mais do que o número necessário de pés, e esses pés extras eram grandes demais. Eles dançaram separados até que seus braços quase não fossem longos o suficiente. Dançaram perto o bastante para se chocarem um no outro, peitoral contra seu seio, antes de se separarem rapidamente. Camille continuou com a melodia, *lá-lá-lá*, até ficar sem fôlego e protestar dizendo que ele estava acelerando o ritmo em vez de manter a batida constante que ela havia estabelecido, e *lá-lá-lá* novamente. Ele riu.

E, então, de repente, eles entenderam. Estavam dançando como um casal. Eles tinham os passos e o ritmo. Estavam valsando. E sorrindo nos olhos um do outro com um certo triunfo encantado, mas Camille estava ficando sem fôlego de novo, e perdeu-o completamente quando Joel a girou em um grande rodopio. Ela gritou, embora eles tivessem completado o giro com sucesso, todos os pés e dedos levados em conta e não pisados e não esmagados. Ela riu dele com pura alegria, e ele riu de volta.

E então, de repente, eles não estavam mais rindo.

Ela também não estava cantando.

Nem estavam dançando.

Nem havia o espaço necessário entre eles.

Estavam colados um no outro, a mão espalmada contra as costas dela, a mão dela metade em seu ombro, metade atrás do pescoço, as pontas dos dedos tocando a pele nua, suas outras mãos apertadas contra o coração dele. Estavam olhando nos olhos um do outro, a meros centímetros de distância, ambos ligeiramente sem fôlego, ambos com o coração batendo rápido...

E foi esse o momento preciso em que a porta da sala de aula se abriu abruptamente para admitir a srta. Ford, seguida de perto pela prima Elizabeth — lady Overfield, irmã de Alexander — e Anastasia, duquesa de Netherby.

13

Houve um momento em que todas as cinco pessoas ficaram paradas, alarmadas. Então...

— Eu estava ensinando os passos da valsa ao sr. Cunningham.

— A srta. Westcott estava me ensinando a valsar.

Eles falaram simultaneamente antes de se separarem às pressas, e registrar mais precisamente na mente de Joel quem eram aquelas mulheres — duas delas, ao menos. Ele nunca tinha visto a terceira antes.

— Anna! — ele exclamou, e caminhou na direção dela, ambas as mãos estendidas. — Você já está aqui. — Ele havia recebido uma de suas longas cartas na manhã do dia anterior, e nela Anna o informava de que ela e Netherby esperavam estar em Bath no início da semana seguinte para as comemorações do aniversário de sua avó, mas *não* naquele dia.

— Joel! — Ela o encontrou no meio do caminho, colocou as mãos nas dele e apertou-as com tanta força quanto ele apertou as dela. — Vimos que meus avós de repente ficaram com saudades de casa e decidimos partir alguns dias antes do planejado.

O primeiro pensamento coerente de Joel foi que o casamento tinha feito bem a ela. Anna estava vestida com uma elegância simples, mas obviamente cara, já que a mudança em seu status tornara isso inevitável. No entanto, a mudança mais notável desde a última vez em que ela estivera naquela sala como professora era o brilho de saúde e vitalidade que parecia exalar. Seu rosto parecia mais cheio e sua figura esguia, menos magra. Ainda assim, havia outra mudança no próprio Joel. Ele não se sentiu imediatamente triste e ressentido com o fato de outro homem ser, pelo menos em parte, responsável pela melhora da aparência dela. Foi uma constatação um tanto surpreendente. Ele estava finalmente superando Anna, então?

Enquanto isso, Camille cumprimentava a outra senhora, que estendia uma de suas mãos e sorria afetuosamente para ela. Era visivelmente mais velha do que Camille e Anna, porém era elegante e tinha um rosto amável e bonito. Joel poderia arriscar um palpite sobre quem ela era, já que Anna tinha escrito muito sobre a prima Elizabeth, Lady Overfield, nos primeiros dias.

— Chegamos no fim desta manhã — Anna estava explicando —, depois de levarmos meus avós para a casa deles, em Wensbury. Esperávamos ser os primeiros da família a chegar, mas não foi assim. Depois do almoço, todos fomos visitar a sra. Kingsley. Deixamos a prima Althea, tia Louise e Jessica lá com ela e Abigail, enquanto Elizabeth e eu viemos aqui para ver Camille, e Avery e Alexander voltaram para o hotel. Deixe-me fazer as apresentações. Lizzie, este é meu querido amigo Joel Cunningham, que cresceu aqui comigo e ensina arte aqui algumas tardes por semana. Elizabeth é Lady Overfield, Joel, irmã de Alexander, o conde de Riverdale, você deve se lembrar.

Ele não tinha se enganado, então.

— Você é a dama que foi morar com Anna em Londres até ela se casar — ele disse enquanto apertava a mão dela.

— E o senhor, sr. Cunningham, é o amigo para quem ela escrevia longas, longas cartas todos os dias. É um prazer enorme conhecê-lo.

— E eu à senhora — assegurou-lhe ele.

A srta. Ford saiu da sala silenciosamente e fechou a porta atrás dela enquanto Joel e Lady Overfield trocavam cumprimentos, e Camille e Anna se entreolhavam. Parte de sua atenção estava voltada para elas, essas meias-irmãs que haviam crescido sem saber da existência uma da outra. Anna ficara encantada ao descobrir que tinha três meios-irmãos e queria amá-los e dividir sua fortuna herdada com eles em medidas iguais, mas é claro que a situação era muito menos otimista do ponto de vista deles, pois a descoberta de sua existência havia ocorrido simultaneamente ao conhecimento de seus irmãos da própria ilegitimidade. Isso os privara de seu título, casa e fortuna.

— Camille — Anna falou, enquanto se virava de Joel e de Lady Overfield.

Joel estava ciente de sua hesitação sobre esticar as mãos, como ela havia feito com ele, ou de se aproximar de Camille e abraçá-la, mas ela hesitou por muito tempo e acabou não fazendo nenhuma das duas coisas. Pobre Anna.

— Anastasia.

Camille, ele percebia, estava desempenhando um de seus papéis menos atraentes — a dama rígida, fria e digna —, enquanto unia as mãos na cintura e inclinava a cabeça, a linguagem de seu corpo definindo um escudo sobre si mesma que desencorajava firmemente qualquer aperto de mão ou abraço. Pobre Camille.

Joel ficou surpreso por conseguir ver os dois pontos de vista, ao passo que, até recentemente, ele só conseguia ver o de Anna e estava predisposto a não gostar de Camille.

— Abigail escreveu para Jessica e disse que você tinha vindo para cá — contou Anna —, primeiro para lecionar e depois para viver também. Eu estava ansiosa para vê-la aqui. Agora mesmo, a srta. Ford disse a Lizzie e a mim que ela lhe ofereceu o emprego por pelo menos os próximos vinte anos e espera que você não ache que ela estava brincando. — Anna sorriu abertamente, mas Joel podia ver a tensão, a cautela que ela estava sentindo.

— Eu acredito que é porque ninguém mais se candidatou ao cargo — disse Camille.

— Já eu acredito — Anna falou para ela, ainda sorrindo — que é porque você se tornou querida para as crianças com um ensino inovador e imaginativo.

— É muita gentileza de sua parte dizer isso — Camille respondeu rigidamente e, embora não tivesse feito uma reverência, chegou bem perto disso, pensou Joel. Ele poderia tê-la sacudido, e teria sacudido Anna também, pois, embora se esforçasse muito para dizer algo gentil e generoso para a irmã, ela estava quase soando condescendente. O relacionamento delas não iria melhorar se continuassem assim.

Lady Overfield parecia ter pensado a mesma coisa.

— É típico de você, Camille — iniciou ela —, assumir algo tão desafiador e fazê-lo bem. Eu lhe dou os parabéns, embora você possa descobrir que o resto da família não aprove tanto assim. O senhor estava aprendendo a valsa, sr. Cunningham?

— Foi uma dança que Anna teve de aprender quando foi para Londres — contou ele. — Nas cartas, tive um relato completo das lições que ela recebeu, incluindo a sua parte nelas, senhora. Acredito que tenha demonstrado a dança com seu irmão.

— Oh, meu Deus, sim — disse ela, com os olhos brilhando. — O mestre de dança de Anna era ridiculamente pomposo. Ele ainda estaria lá ensinando a ela como se posicionar corretamente se Alex e eu não tivéssemos intervindo para demonstrar como a dança era feita na vida real: com algum deleite além de um pouco de graça.

— E se Avery não tivesse chegado para insistir que eu valsasse com ele em vez de com o sr. Robertson, o instrutor de dança — completou Anna. — Eu nem tinha ouvido falar de valsa antes de ir para Londres.

— Eu também nunca tinha ouvido falar disso até você ir para Londres — concordou Joel. — Mas a srta. Westcott estava ensinando uma contradança para as crianças esta tarde, e depois que elas foram dispensadas, implorei a ela que me ensinasse valsa. Considero tanto a instrução dela quanto meus esforços um sucesso inigualável. Eu não pisei na ponta dos pés dela nem uma vez.

Todos riram, exceto Camille, que estava personificando uma estátua de mármore de lábios cerrados e costas retas. Bom Deus, se não tivessem sido interrompidos, ele teria acabado por beijá-la — e ela a ele, se Joel não estivesse muito enganado. O ar entre eles e tudo ao seu redor estava crepitante. Era perceptível? Mas como não seria?

— Avery reservou uma sala de jantar privada para a família no Royal York Hotel — revelou Anna, dirigindo-se a Camille. — Vovó e tia Matilda não estarão aqui até a próxima semana, mas tia Mildred e tio Thomas estão provavelmente a caminho e podem até chegar amanhã. Abigail concordou em jantar conosco amanhã à noite. A sra. Kingsley infelizmente tem outro compromisso. Você vem também, Camille? Nós gostaríamos disso acima de todas as coisas.

O comportamento de Camille não mudou, mas ela hesitou por apenas um momento.

— Obrigada. Eu vou.

— Oh, esplêndido. — Anna olhou novamente como se fosse correr para pegar as mãos de sua meia-irmã, mas não o fez. Joel se perguntou se elas ficariam confortáveis uma com a outra. Não que Camille estivesse tentando, embora tivesse aceitado o convite. Anna se virou para ele. — E você vem também, Joel? Abigail nos disse que você vai pintar o retrato dela e de Camille e já foi à casa da avó dela várias vezes para fazer alguns esboços preliminares. Eu quero ouvir todas as suas novidades. Deve fazer quase duas semanas desde a última vez que tive notícias suas.

Seria um jantar em família, pensou Joel. Ele seria um estranho. Ele olhou para Camille, que estava olhando fixamente para ele — sua expressão não dava nenhuma indicação sobre se ela apreciaria sua presença lá ou se ressentiria disso. Mas então, a aprovação dela importava?

— Abigail nos contou algo sobre seus métodos como pintor de retratos, sr. Cunningham — disse Lady Overfield. — Parecem muito diferentes do comum. Eu também adoraria ouvir mais. Venha, por favor.

— Muito bem — aceitou Joel. — Obrigado.

— Avery enviará a carruagem para buscar você, Camille — assegurou Anna. — E não adianta protestar, como posso ver que está prestes a fazer. Eu concordo que a distância daqui até o Royal York Hotel não é grande, mas ele me disse para informá-la, não foi, Lizzie? Ele mandará a carruagem, e você o conhece bem o suficiente para saber que ele não aceitará um "não" como resposta. Se eu levasse uma recusa de volta, ele com certeza diria, parecendo infinitamente entediado, que você pode escolher caminhar se quiser, mas que a carruagem a acompanhará ao seu lado mesmo assim.

Pela primeira vez, os lábios de Camille se curvaram no que era quase um sorriso.

— Obrigada.

— Sete horas, então? — perguntou Anna. — Sete horas, Joel?

— Estarei lá — ele prometeu.

As senhoras se despediram logo em seguida, e Joel caminhou até a porta para segurá-la aberta para elas.

— Foi um prazer, sr. Cunningham — falou Lady Overfield, estendendo a mão para ele novamente enquanto parava na porta. — Vou implorar a Anna para me sentar ao seu lado amanhã à noite.

Anna estava finalmente estendendo as mãos para Camille, que as segurou sem jeito.

— Estou muito feliz que você venha — disse Anna. — Todo mundo teria ficado desapontado se você não fosse.

Joel fechou a porta atrás delas.

— Oh, isso foi constrangedor — comentou Anna com um suspiro enquanto partiam na carruagem para o Royal York Hotel na George Street. — Mas o que você acha, Lizzie?

— Acho que ela devia estar usando seu vestido mais simples e sem graça, que seu cabelo estava mais desgrenhado do que nunca, que seu rosto estava mais fino do que costumava ser, e que ela estava um pouco ruborizada e desconfortável com nossa aparição repentina. Também acho que interrompemos uma aula de valsa que estava prestes a culminar em um abraço.

— Eu não fui a única que pensei assim, então. Mas, realmente, Lizzie... Joel e Camille?

— Você acha que é um casal estranho? — Elizabeth indagou.

— *Estranho* nem mesmo começa a descrevê-lo.

— Será que você poderia estar com um pouco de ciúme? — Elizabeth perguntou. — Não, me perdoe. *Ciúme* é uma palavra totalmente errada, pois se alguém já foi mais obcecada pelo marido do que você por Avery, eu ficaria surpresa em saber. Protetora, então. Essa é uma palavra melhor. Você é um pouco protetora em relação a ele, Anna?

— Oh, talvez — Anna admitiu depois de pensar um momento. — Eu desejo amar Camille, Lizzie, mas acho tão difícil gostar dela. Isso faz sentido? Joel certamente merece algo melhor. E agora me sinto desleal à minha irmã por dizer isso. Não, não é ciúme, Lizzie. Nunca amei Joel dessa forma, mas eu o amava e o amo, apesar de tudo.

— Não acredito que alguém realmente goste de Camille — comentou Elizabeth enquanto a carruagem desacelerava na subida para o hotel —, exceto, eu espero, Abigail e provavelmente Harry e a mãe dela, mas... quando a srta. Ford a estava descrevendo como uma professora, eu mal podia acreditar que ela estava descrevendo a Camille que eu conheço. Dançando com as crianças? Cantando com elas? Fazendo-as tricotar uma corda roxa? Apegar-se emocionalmente a uma bebê abandonada? É possível que ela esteja se tornando humana?

— Eu não a conheço há muito tempo — disse Anna, infeliz. — Na verdade, eu a vi pessoalmente apenas algumas vezes ao todo. Ela não gosta de mim e isso é perfeitamente compreensível, mas eu a admiro imensamente pelo que ela está fazendo. Deve ser muito difícil para ela. Mesmo assim, Camille está indo bem. Oh, Lizzie, eu queria muito gostar dela e amá-la também. Algum dia será possível? Mas Camille e Joel? Não consigo, pela minha própria vida, vê-los como um casal.

— Ele realmente é lindo, não é? — comentou Elizabeth, sorrindo com o canto da boca para sua companheira.

— Joel? — Anna olhou para ela com surpresa.

— Você cresceu com ele. Para você, ele é uma espécie de irmão. Levei um tempo para perceber o quão devastadoramente bonito Alex é aos olhos das outras mulheres. Para mim, ele sempre foi apenas meu irmão mais novo, alto e bem-apessoado.

— Joel é *lindo*? — Anna franziu a testa. — Você acha mesmo?

— E Camille seria incrivelmente bonita senão estivesse sempre tão empenhada em parecer uma pudica.

— Talvez ela nem sempre seja assim. Ela está indo bem como professora. As crianças gostam dela. Eu sei como o trabalho de ensino é exigente, Lizzie, e como é difícil ganhar o gosto e o respeito dos alunos. Eles devem ter enxergado aspectos dela que você e eu não vimos. E aquela bebê se ilumina de alegria ao ver Camille, segundo a srta. Ford. Talvez Joel tenha visto esses outros lados dela também.

— Por um breve momento depois que a srta. Ford abriu a porta —

falou Elizabeth quando chegaram ao hotel —, não reconheci a mulher como Camille.

— Oh — reagiu Anna —, nem eu.

Camille correu até a estante para terminar de endireitar os livros. A questão era que a tarefa já havia sido concluída e não havia mais nada a fazer.

— Devo estar parecendo um espantalho — lamentou ela.

— Em contraste com sua prima e sua irmã? Isso é porque você estava profundamente envolvida no seu dia de trabalho para se preocupar com a aparência. Uma aparência um pouco desalinhada não faz necessariamente a pessoa parecer um espantalho, no entanto.

Um pouco desalinhada. Suas palavras não foram reconfortantes.

— *Meia*-irmã — corrigiu ela, franzindo a testa. — Dói em você vê-la tão feliz?

— Não. Dói em você?

A felicidade — uma espécie de profundo contentamento — envolveu Anastasia com um brilho que era quase visível, e Camille não acreditava que fosse apenas a aquisição de propriedades e fortuna que a causara. Avery tinha algo a ver com aquilo. O que ela poderia ver em Avery, exceto afetação entediada? Exceto que ele derrubara o visconde de Uxbury com os pés descalços — em defesa *dela*, em honra de Camille. Devia haver algo terrivelmente errado com ela, Camille pensou, para que não pudesse nem sentir nem atrair o amor. Seria possível que sua busca pela perfeição tivesse de alguma forma amortecido uma parte essencial dela mesma?

— Não — disse ela, trocando as posições de dois livros por nenhuma outra razão a não ser que isso lhe dava algo para fazer. — Por que deveria?

Ele ia beijá-la. Ela ia beijá-lo também, mas eles tinham sido interrompidos. Agora ela estava ressentida. Ou aliviada. E terrivelmente envergonhada. Por que ele simplesmente não tinha ido embora? Ele estava ali perto da porta. Tudo o que ele precisava fazer era abri-la e passar — e deixá-la arrastar as carteiras e cadeiras de volta para onde era o lugar delas. Camille o olhou. Joel estava encostado na porta, os braços cruzados, observando-a, pensativo.

— Eu não consigo olhar para aquilo — falou ele abruptamente.

Ela o olhou fixamente por um momento antes de perceber que seus pensamentos não estavam seguindo as mesmas linhas que os dela.

— Não tive coragem de desembrulhá-la na carruagem ontem. Achei que precisava ficar sozinho, mas fiquei sozinho a noite toda e esta manhã até subir ao Royal Crescent para fazer mais esboços de sua irmã. Eu nem uma vez sequer olhei na direção dela. Agora não posso suportar a ideia de voltar para casa sozinho e saber que ela está lá e que não tenho coragem de lidar com ela. Deve haver algo de errado comigo.

E se ela nunca tivesse conhecido a própria mãe? E se agora, de repente e de forma inesperada, Camille tivesse recebido um retrato dela, todo embrulhado com esmero? Decerto seria toda dedos e polegares em sua ânsia de arrancar os envoltórios que mantinham a pintura oculta de sua vista. Ou será que faria isso? Ela também teria medo de olhar? Para ver o rosto que ela nunca vira em pessoa e que nunca mais poderia ver? Ver o rosto de uma estranha que ela não conseguia conceber que era sua mãe? Ficar frente a frente com a solidão que ela negara durante toda a vida? Camille pensou em sua própria mãe, em seu ressentimento por ela ter partido, deixando suas duas filhas para trás em Bath — mas pelo menos sua mãe estava viva. Pelo menos Camille poderia trazer sua imagem à mente, completa com voz, toque e gestos característicos e fragrância.

— Você acha que há? — ele perguntou. — É apenas uma pintura, afinal, e provavelmente nem mesmo uma boa, se Cox-Phillips estava certo sobre o talento do meu pai.

— Quer que eu abra o pacote com você? — ela ofereceu.

Ele não respondeu imediatamente, mas continuou a franzir a testa para ela.

— Não posso pedir isso a você.

Mas ele não recusou. Ele queria... não, ele precisava que ela estivesse com ele. Ela ficou um pouco abalada com a onda de... alegria que sentiu. Quando alguém precisara dela?

— Você não pediu. Eu ofereci.

— Então, sim — afirmou Joel, mas sorriu de repente. — E se depois eu descobrir que preciso ficar sozinho?

— Então eu voltarei para cá. — Ela encolheu os ombros. — Eu preciso do exercício de qualquer maneira.

— Depois de toda a dança? — Ele ainda estava sorrindo.

— Vou buscar meu *bonnet* e meu xale — avisou ela, e saiu da sala.

Ele não havia contado a Anastasia sobre a descoberta de sua identidade. Não havia contado a ela sobre o retrato de sua mãe. Não havia pedido a ela que fosse com ele para lhe dar coragem para olhar a pintura. Não que ele tivesse pedido a *Camille*, exatamente, mas ela sabia que ele queria que estivesse com ele. Oh, ela desejou, desejou, *desejou* não odiar Anastasia. Em sua cabeça, ela não odiava, mas seu coração não parecia amolecer. Deveria fazer um esforço determinado para ser cortês na noite seguinte e durante a semana subsequente, mas ela já era cortês. Precisava ir além da cortesia, então. Deveria iniciar uma conversa com Anastasia, demostrar algum interesse por ela, encontrar um terreno comum que pudessem compartilhar — a escola, talvez, e os alunos que ambas tinham ensinado. *Aprenderia* a gostar da mulher nem que fosse a última coisa que ela fizesse. Talvez, com o tempo, pudesse até mesmo chamá-la de *irmã* sem sempre ter que adicionar a palavra *meia* para estabelecer a distância adequada entre elas.

Não se falaram durante a caminhada até Grove Street ou enquanto ele destrancava a porta da casa e ela subia as escadas na frente dele. Ao contrário das outras duas vezes em que ela estivera ali, no entanto, uma porta no primeiro andar se abriu abruptamente quando ela contornou o pilar da escada para continuar subindo, e a cabeça de um homem apareceu pelo canto da porta.

— É você, Joel? — ele perguntou. — Queria saber se você... Oh, me perdoe. — Sua cabeça desapareceu de volta para dentro e a porta se fechou antes que Camille ou Joel pudessem dizer uma palavra.

— Marvin Silver, meu vizinho — explicou Joel. — Eu sinto muito, Camille. Não esperava que ele ainda estivesse em casa. Eu não teria permitido que isso acontecesse com você por nada no mundo, especialmente quando está me fazendo tal favor.

— Não importa. E eu me ofereci para vir, se você se lembra. — Ela esperou que ele destrancasse a porta de seus aposentos, pendurou o *bonnet* e foi para a sala de estar.

— Vou dar uma palavrinha com ele. Melvin não vai contar a ninguém.

— Não importa, Joel — ela repetiu. — Estou farta das rígidas regras de decoro que sempre regem o meu comportamento. O que elas já fizeram por mim?

— Bem, se você pode ser tão corajosa e decidida, então eu também posso. Está no estúdio. *Aquilo*. Você vê? Não consigo nem falar o nome. Eu desejo fervorosamente que Cox-Phillips nem tivesse pensado nisso ontem.

— Traga-a aqui, então, e eu a examinarei com você. Ou vou virar as costas e olhar pela janela enquanto você faz isso sozinho, se preferir.

— Não — disse ele. — Lá dentro.

Ela ergueu as sobrancelhas. No estúdio? Não era o seu recanto sagrado? O único lugar onde ele não levava ninguém?

Ele se virou para ela do lado de fora da porta fechada e estendeu a mão.

— Venha comigo. Por favor.

14

Joel pegou a mão de Camille na sua e a levou para o estúdio. Foi uma coisa incrivelmente difícil de fazer. Nunca tinha convidado ninguém para seu espaço de trabalho antes, nem mesmo quando era apenas seu quarto lotado.

O retrato quase concluído da sra. Wasserman estava no cavalete, e os dezoito esboços a carvão que ele havia feito dela, espalhados sobre a mesa ao lado. Foi um momento estranho para ele perceber o que o incomodava havia dias, o detalhe que faltava que lhe permitiria completar o retrato e assinar seu nome nele, satisfeito de que era o melhor que poderia fazer. Embora a sra. Wasserman sempre estivesse cuidadosamente penteada, sempre havia uma fina mecha de cabelo que escapava do resto e se enrolava em sua testa logo além da borda externa da sobrancelha esquerda. Certamente estava em todos os esboços, mas, ausente do retrato. Ela não parecia completamente ela mesma sem a mecha. E uma omissão tão pequena fizera toda a diferença.

Mas não era por isso que ele tinha ido até ali e trazido Camille com ele. Joel tirou o retrato da sra. Wasserman do cavalete e o colocou na mesa ao lado dos esboços. Em seguida, caminhou até o canto da sala atrás da porta e pegou o pacote encadernado que havia encostado na parede lá no dia anterior e, em vez disso, colocado no cavalete.

— Venha e veja — ele pediu, ao remover com cuidado o pano e o deixar cair no chão.

Camille veio ficar em silêncio ao lado dele.

A primeira reação de Joel — talvez defensiva — foi puramente crítica. Ela havia sido posta para posar formalmente em uma cadeira de encosto e braços dourados, um cotovelo apoiado em uma pequena mesa forrada de pano ao lado dela, sua mão pendurada graciosamente sobre o colo, segurando um leque de marfim fechado. A outra mão repousava nas costas de um cachorrinho em seu colo, os olhos do animal quase invisíveis sob o pelo comprido. Ela sustentava um meio-sorriso para o observador, com uma expressão cuidadosamente planejada. Havia certa rigidez nisso e em sua pose em geral, e Joel sabia que ela havia sido pintada em pessoa e que ficava sentada, provavelmente por horas a fio, enquanto o artista a pintava. Ela era bonita, delicada, graciosa — e totalmente irreal. Olhando para ela, via-se apenas a beleza, a delicadeza, a graça, a perfeição do cabelo e da tez e do vestido e da expressão, e nada da própria pessoa. Os olhos miravam à frente, mas não faziam nada para atrair o observador para dentro. Não havia nenhum indício de personalidade, de humor, de vitalidade, de individualidade. Era possível ver essa jovem, até mesmo admirar sua beleza e o cuidado com que ela e seus adereços e arredores tinham sido arrumados e pintados, mas não se podia conhecê-la.

A segunda reação de Joel foi que fora da pintura, onde ele mesmo estava naquele momento, encontrava-se a figura invisível do pintor. Não havia nenhum indício, fosse na expressão facial, na postura da mulher ou na forma como ela havia sido pintada, de qualquer ligação de ternura, de intimidade, de paixão, de amor entre pintor e modelo. Ele esperava que houvesse? Ele temia que não?

Sua terceira reação — a que ele vinha contendo — era que se tratava de *sua mãe*. Ela era loira, de olhos azuis, aparentemente pequena e delicada, bonita de um jeito jovem e viçoso, sem qualquer individualidade que a diferenciasse de centenas de outras jovens de sua idade. Ela era sua mãe. Ela morrera dando à luz Joel. Ele se perguntou quantos anos ela teria. Não parecia ter mais de dezoito anos no retrato, provavelmente menos. E a mão que a pintara — a mão invisível, embora tivesse tocado naquela tela inúmeras vezes — era de seu pai.

Sua quarta reação foi que a pintura não havia sido assinada. Ele nem percebeu que esperava alguma pista, por menor que fosse, sobre a identidade de seu pai.

Ele se deu conta novamente de Camille parada ao seu lado, olhando para a pintura com ele, mas sem falar, pelo que ele sentiu-se grato.

— Cox-Phillips estava certo sobre uma coisa — disse ele, surpreso ao ouvir sua voz soar bastante normal. — O pintor não era particularmente talentoso. — Por que ele havia escolhido isso de todas as coisas para dizer? O pintor era seu *pai*... pelo menos, com toda probabilidade, era. — Ele deixou o observador sem nenhuma pista de quem ela era. Não me refiro à identidade.

Isso deve ser indiscutível. Quero dizer, *ela*, seu caráter e personalidade. Eu vejo uma garota bonita. Isso é tudo. Eu não sinto...

— A conexão do filho com a mãe? — ela sugeriu suavemente, depois que Joel circulou a mão inutilmente no ar, sem encontrar as palavras de que precisava.

— Eu esperava encontrar? Eu esperava conhecê-la assim que a visse? Reconhecê-la como parte de mim? Não é culpa do pintor que ela seja apenas uma bela estranha, uma década mais jovem do que eu, é? Eu me pergunto se o cachorro era dela ou do pintor. Ou era uma invenção de sua imaginação? Mas não há outra evidência de que ele tinha imaginação ou poderia pintar algo que não estava diante de seus olhos. Ele a pintou enquanto ela estava sentada diante dele. Ela teve que ficar parada por um longo tempo e provavelmente durante várias sessões.

Sua mão se esticou para tocar a tinta, mas Joel pousou a ponta dos dedos na parte superior da moldura.

— Não há evidências — disse ele — de que ele a amava ou sentia algo por ela. Eu esperava que houvesse? Uma grande paixão transmitida à tela por um pintor profundamente enamorado de seu tema, para ser transmitida ao observador mais de um quarto de século depois? — Ele fechou os olhos e baixou a cabeça. — É uma bela pintura.

Por toda a sua vida havia um vazio, um nada, no lugar que deveria ser ocupado por seus pais. Ele nunca havia pensado nisso. Havia prosseguido com sua vida e tinha pouco do que reclamar. No geral, a vida tinha sido boa para ele, mas o vazio sempre estivera presente, uma espécie de lacuna no centro de seu ser. Agora havia algo para ocupar aquele buraco, mas trouxe dor consigo. Tão perto, ele pensou. Ah, tão perto. Estavam tão próximos dele, aqueles dois, pintor e modelo, pai e mãe, mas tão eternamente inatingíveis.

— Joel. — A voz dela era um sussurro de som ao lado dele.

Por que diabos ele estava se despedaçando por causa de uma mera pintura, e uma que, inclusive, nem era tão boa assim? Ele poderia ter vivido o resto de sua vida sem saber mais nada do que ele sempre soubera a respeito de si próprio sem sentir nenhuma dor maior do que aquele certo vazio. Por que saber um pouco deve ser pior do que não saber nada? Será que era porque saber um pouco o tornava ávido por mais quando não havia mais?

Encontraria um lugar para pendurar o quadro, decidiu, algum lugar proeminente onde o visse todos os dias, onde não seria mais algo quase temível; ao contrário, uma parte cotidiana de seu entorno. Deveria ficar pendurado em algum lugar onde outras pessoas também pudessem vê-lo, e ele o indicaria a qualquer um de seus amigos que viessem ali — *Ah, sim, essa é minha mãe quando era muito jovem. Bonita, não é? O pintor era meu pai. Ele era italiano. Ele voltou para a Itália antes de saber que eu estava a caminho e ela nunca contou para ele. Um pouco trágico, sim. Suponho que haja um motivo. Uma briga de amantes, talvez. Ela morreu me dando à luz, sabe? Talvez pretendesse escrever para ele depois. Talvez ele tivesse esperado uma resposta dela e presumido que ela o havia esquecido e fosse orgulhoso demais para voltar.* Um mito confortável cresceria em torno dos poucos fatos que ele conhecia.

Joel se virou e olhou para Camille.

— Não vou pintar você com um sorriso forçado no rosto ou com um leque em uma das mãos que não tem função a não ser decoração. Não vou colocar um cachorrinho de brinquedo no seu colo para despertar sentimento em quem vê. Não vou pintar você com olhos sem brilho e uma perfeição não natural de feições e cores.

— Eles teriam que ser nada naturais. E eu não gosto de cachorrinhos. Eles ficam latindo.

Ele sorriu para ela, depois riu — e então estendeu-lhe a mão e puxou-a contra ele com tanta força que sentiu o ar escapar de seus pulmões. Ele não afrouxou o aperto, mas a agarrou como se ela fosse sua única âncora em um mar turbulento. Camille se deixou abraçar e também o envolveu com os braços. Seu rosto estava voltado para o pescoço dele. Por longos momentos, ele enterrou o próprio rosto no cabelo dela e respirou na abençoada segurança que Camille representava.

— Eu sinto muito — ele disse, então. — Estou me comportando como se fosse a única pessoa a sofrer. E como posso chamar isso de sofrimento? Eu deveria estar me regozijando.

— Há coisas piores do que não conhecer seus pais. Às vezes, conhecê-los é pior. — Ela suspirou, o hálito quente contra a garganta dele, e então ergueu a cabeça. — Mas isso não é verdade, é claro. Como posso saber como seria não conhecer meu pai? Como você pode saber como seria conhecer o seu? Não podemos escolher nossas vidas, podemos? Temos alguma liberdade na maneira como as vivemos, mas nenhuma em relação às circunstâncias em que nos encontramos quando nascemos. E não suponho que *essa* seja uma observação muito original.

— Camille — falou ele, sorrindo para ela.

— Mas aqui estamos nós dois — disse ela, com um meio-sorriso de volta —, em pé e, de alguma forma, vivendo nossas vidas. Por que estamos tão sombrios? Devemos chafurdar nas tragédias do passado? Quando saí da casa de minha avó há pouco mais de duas semanas e parti para o orfanato e para o escritório da srta. Ford, decidi que, pelo menos para mim, a resposta era não. Definitivamente não. Nunca mais.

— Finalmente tenho identidade. Tudo está bem.

Joel segurou o rosto de Camille com as duas mãos e eles se olharam nos olhos, ambos com leves sorrisos, por longos momentos. Ela fechou os olhos brevemente quando ele traçou a linha de suas sobrancelhas com os polegares e correu um dedo ao longo do comprimento de seu nariz, e os abriu de novo quando ele passou os dois polegares no desenho de seus lábios, parando nos cantos externos. As pontas dos dedos dela pousaram levemente nos pulsos de Joel. Ele sorriu mais abertamente para ela, respirou fundo para falar, mudou de ideia e falou mesmo assim.

— Venha para a cama comigo — pediu ele.

Ele se arrependeu das palavras imediatamente, pois as mãos dela apertaram seus pulsos, e ele supôs que havia arruinado a frágil conexão estabelecida entre eles. Ela não se afastou, entretanto, ou afastou as mãos de seu rosto. E quando falou, não foi com indignação ou afronta.

— Sim — respondeu ela.

Deixaram o retrato da mãe de Joel no cavalete, descoberto, e cruzaram o corredor para entrar no quarto, sem se tocarem.

— Eu não sou o mais arrumado dos mortais — ele revelou quando Camille ouviu a porta se fechar atrás dela.

A cama estava feita, mas os cobertores estavam mais baixos de um lado do que do outro, e um travesseiro ainda tinha a marca de sua cabeça, provavelmente da noite anterior. Um livro estava aberto e virado para baixo em uma mesa ao lado da cama. Camille se coçou para marcar a página, fechar o livro e verificar se a lombada não estava danificada. Alguns outros livros estavam espalhados no chão com uma roupa amassada, provavelmente sua camisa de dormir, mas pelo menos não havia nenhum sinal de poeira.

— Eu nunca tive que ser organizada até recentemente — contou ela. — Sempre tive criados para fazer tudo por mim, exceto respirar. — Seu cabelo tinha lhe causado problemas particulares nas últimas semanas. Ela não estava acostumada a escová-lo e prendê-lo sozinha. E por que os vestidos quase invariavelmente tinham que abrir e fechar nas costas, quando os cotovelos não se dobravam dessa forma e não tínhamos olhos na nuca?

Mas por que estavam falando e pensando nessas coisas, permitindo que a estranheza e a autoconsciência entrassem no quarto com eles? Ela havia tomado uma decisão, muito precipitada, é verdade, pois a sugestão dele fora totalmente inesperada, mas não queria voltar atrás. Ela passou a acreditar que por 22 anos estivera apenas parcialmente viva — talvez nem tudo isso —, que ela deliberadamente suprimira tudo em si mesma que a tornava humana. Agora, de repente, ela queria *viver*. E queria amar, mesmo que essa palavra fosse um mero eufemismo para desejo. Ela viveria, então, e ela aproveitaria. Ela não pararia para pensar, duvidar, se sentir estranha.

Ela se virou para ele. Joel estava olhando fixamente para trás, como se estivesse lhe dando a chance de mudar de ideia se ela assim desejasse. Como ela poderia ter pensado que ele era menos do que lindo? Seu cabelo, muito escuro, como seus olhos, certamente tinha crescido nas meras duas semanas desde que ela o conhecera. Seus traços faciais sugeriam firmeza e força. Sua linhagem italiana era muito óbvia em sua aparência, mas também a sua linhagem inglesa, embora ele não se parecesse em nada com a jovem no retrato. Não era apenas sua aparência, no entanto. Embora ele fosse uma pessoa de maneiras suaves e de fala mansa, e aparentemente desinteressado das atividades e vícios masculinos, havia algo muito sólido nele e muito masculino. Ela não conseguia explicar para si mesma o que isso era exatamente e nem mesmo tentou. Ela apenas sentiu.

Ele era lindo e ela o queria. Era tudo realmente tão simples — e tão chocante — assim. Ela não se importou com a parte chocante. Queria ser livre. Queria experimentar a vida.

— Camille, se você está hesitante...

— Eu não estou — ela o assegurou, e deu um passo para mais perto dele, ao mesmo tempo em que ele também se aproximou um pouco mais. — Eu quero ir para a cama com você.

Ele colocou as mãos levemente em seus ombros e as moveu para baixo ao longo dos braços. Por um momento, ela se arrependeu de não ser tão esguia e delicadamente feminina quanto Abby — e como Anastasia, mas afastou esses pensamentos tolos e duvidosos. Ela era uma mulher, não importava sua aparência, e era ela quem ele estava pedindo para ir para a cama com ele, e não nenhuma das outras duas. Ela deslizou as mãos por baixo do casaco dele para repousar em cada lado de sua cintura. Seu corpo era firme e quente.

Ele começou a remover os grampos de cabelo dela, lenta e metodicamente, colocando-os sobre a mesa ao lado do livro aberto. Ela mesma poderia ter feito isso mais rápido — se bem que ele, provavelmente, também poderia, mas não se tratava de velocidade, ela percebeu, ou de eficiência. Tratava-se de desfrutar do desejo e construí-lo — sua primeira aula de sensualidade. Oh, ela não sabia nada sobre sensualidade e queria aprender tudo. Tudo o que houvesse para saber. Ela se inclinou para ele, apoiando os seios nos músculos firmes de seu peito, e sustentando o olhar dele com o seu enquanto as mãos trabalhavam. Camille deu um meio-sorriso. A tensão cresceu no quarto quase como uma coisa tangível.

— Estou supondo — iniciou Camille — que você tenha alguma experiência em tudo isso. Espero que sim, porque um de nós precisa saber o que fazer.

As mãos dele pararam em seu cabelo, e seus olhos sorriram de volta para ela, mas o resto do rosto, não. Era uma expressão bastante devastadora, que certamente só seria apropriada no quarto de dormir. Fez os joelhos de Camille ficarem fracos e o quarto parecer um pouco desprovido de ar respirável.

— Eu não sou virgem, Camille — disse Joel e, ao remover mais um grampo, o cabelo dela caiu em cascata por suas costas e ombros. — Meu Deus. Seu cabelo é lindo.

Ela não o usava solto fora do quarto de dormir desde os doze anos, mas, às vezes, em raros momentos de vaidade, achava isso uma pena. Camille sempre achara que o cabelo era sua melhor característica: grosso, pesado e ligeiramente ondulado.

— *Você* é linda — declarou ele, seus dedos brincando nos fios compridos, seus olhos nos dela.

Ela não o contradisse. Falou uma tolice em vez disso, embora estivesse sendo sincera e não desejasse tomar as palavras de volta, mesmo se pudesse:

— Você também é.

Joel segurou-lhe o rosto e ela agarrou seus cotovelos. Ele a beijou, seus lábios entreabertos, a boca demorando-se na dela, sua língua sondando seus lábios e a cavidade atrás, penetrando, circulando a dela, acariciando o céu da boca. Camille sentiu um ardor visceral de desejo puramente físico entre suas coxas e no seu ventre. Joel moveu as mãos para trás de sua cintura, pressionou-as a descer mais, agarrou as nádegas e a puxou com força contra ele para que ela pudesse sentir sua masculinidade chocante, a evidência física de seu desejo por ela. As próprias mãos de Camille se agitaram para os lados por um momento e então pousaram em seus braços.

— Humm. — Ele recuou um pouco e se inclinou além dela para puxar as cobertas. — Deixe-me despir você.

Ela o deixou fazer, não tentou ajudá-lo e não se permitiu ficar constrangida enquanto as roupas eram retiradas uma a uma com uma lentidão tentadora. Ele estava olhando para ela, bebendo-a com os olhos, que ficavam cada vez mais inebriados de desejo. Ele a chamara de linda quando estava totalmente vestida. Ela se sentia linda quando peça por peça foi caindo — linda aos olhos dele, de qualquer maneira, e por enquanto isso era tudo que importava. O coração batia forte em seu peito, o corpo zumbia de antecipação e seu sangue pulsava de desejo.

Quem teria pensado nisso? Oh, quem teria? Não ela, certamente. Não até... quando? Algumas horas antes, quando ela valsara com ele? Alguns dias antes, quando ela começara a rir na chuva com ele? Pouco tempo antes, quando ela o vira olhar para o rosto de sua mãe pela primeira vez?

— Deite-se — disse ele quando ela não estava vestindo absolutamente nada e ele estava voltando sua atenção para a remoção das próprias roupas.

Ela não se ofereceu para despi-lo; não saberia como fazê-lo. Em vez disso, ela se deitou na cama, com um joelho dobrado, o pé apoiado no colchão e um braço sob a cabeça. Nem mesmo lhe ocorreu puxar as cobertas sobre si mesma para esconder sua nudez. Ele a observou enquanto se despia, seus olhos vagando sobre ela, e ela o observou de volta. Seus ombros e braços eram musculosos. O peito também. E era levemente salpicado de pelos escuros. Ele tinha cintura e quadris estreitos e pernas compridas. Se ele era imperfeito, como ela era, Camille não chegou a notar e, mesmo assim, isso não teria importância alguma. Ele era Joel, e era Joel que ela olhava, não qualquer ideal romântico do físico masculino perfeito. Ela respirou lentamente quando viu a evidência de seu desejo por ela e, pela primeira vez, teve medo, embora não o tipo de medo que poderia tê-la feito pular da cama para pegar suas roupas e fugir dali. Em vez disso, era o tipo de medo do desconhecido, que poderia ser descrito com a mesma precisão de um anseio doloroso pelo que ela nunca havia experimentado antes e que estava prestes a experimentar naquele momento.

Camille nunca tinha visto a imagem de uma estátua grega ou romana, porque é claro que elas eram esculpidas nuas, uma coisa chocante, de fato, e que deveria ser mantida longe dos olhos de uma dama, mas Joel parecia o que ela imaginava que aquelas estátuas deviam ser, exceto que ele era um homem bronzeado, vivo, que respirava, enquanto elas seriam de mármore branco frio com olhos cegos, como aqueles bustos no corredor da casa do sr. Cox-Phillips. Talvez Joel fosse perfeito, afinal. Seus olhos, aqueles olhos que não poderiam pertencer a nenhuma estátua, estavam escuros e ardentes sobre ela.

E então ele se deitou ao lado dela, a envolveu em seus braços e a virou contra ele. Ela sentiu todo o choque da nudez quente e masculina contra a dela, mas não estava prestes a recuar agora, quando a longa e lenta construção do desejo estava chegando ao fim, e o calor urgente da paixão e da carnalidade estavam prestes a começar, e suas mãos se puseram a explorar e a despertar, e suas bocas se encontraram, abertas, quentes e exigentes. Ela também não seria uma receptora passiva. Todos os anseios e paixões de sua feminilidade reprimida afloravam nela e transbordavam enquanto ela fazia amor com uma ânsia feroz de se igualar à dele.

Mas, no final das contas, ficou paralisada quando o corpo dele cobriu o seu, o peso puxando-a para baixo, os joelhos pressionando entre suas coxas e lhe abrindo as pernas, as mãos passando por baixo de suas nádegas. Ela enroscou as pernas sobre as dele enquanto ele se pressionava contra sua entrada e começava a penetrá-la, lenta, mas firmemente, sem parar até que ela se sentisse esticada, até ela temer que não havia como ele chegar mais fundo sem uma dor terrível, até que a dor acontecesse, repentina e intensa, e haver, de fato, algum lugar mais profundo para ele chegar; ele foi até lá, forte e grosso, e a virgindade dela não existia mais.

Ele deslizou as mãos sob seu corpo, encontrou as suas e entrelaçou os dedos, pousando cada par de mãos unidas de um lado da cabeça de Camille. Ele ergueu o olhar para perscrutar os olhos dela, as pálpebras pesadas e belas, seu peso totalmente sobre Camille. E ele a beijou enquanto seu corpo se ajustava à falta de familiaridade e ela contraiu os músculos internos sobre ele para tomar posse de seu corpo e do que estava acontecendo entre eles. Nunca se arrependeria disso, Camille pensou deliberadamente. Não se arrependeria, não importava o que a consciência e o bom senso lhe dissessem depois. Era como se tivesse despertado de um sono da vida inteira, no qual ficara o tempo todo sonhando, mas nunca fora uma participante ativa de sua própria vida.

Ela pensou que ele ia deixar seu corpo e quase gritou em protesto e arrependimento, mas ele se retirou apenas para voltar — é claro. E aconteceu de novo e de novo e de novo até que estabeleceram um ritmo firme e constante no qual uma leve dor e uma espécie de prazer latejante se uniram a sons úmidos em uma experiência inigualável, mas que ela não queria que jamais tivesse fim. E não funcionou pelo que poderiam ter sido vários minutos ou apenas dois ou três, mas enfim o ritmo se tornou mais rápido e profundo, e ele soltou as mãos dela para deslizar as suas mais uma vez por baixo do corpo de Camille, a fim de mantê-la firme e imóvel. O prazer rodopiou de seu núcleo para preencher seu ser, embora ela desejasse que ele não parasse ainda, ah, ainda não. Ela não queria que o mundo retomasse seu curso penoso com isso se tornando um passado para ela, com isso chegando ao fim, para ser revivido apenas na memória.

Joel a segurou firme e profundamente e se conteve contra ela tanto que quase, por um momento, oh, quase... mas ela não descobriu o que quase aconteceu, pois ele suspirou algo sem palavras ao lado de sua cabeça, e ela sentiu uma onda de calor bem no fundo, e ele relaxou sobre ela. Camille o envolveu nos braços, fechou os olhos e se permitiu relaxar também. *Quase* era bom o suficiente. Oh, muito bom o suficiente.

Depois de alguns minutos muito curtos, ele se afastou para se deitar ao seu lado, um braço nu sob sua cabeça, o outro dobrado na altura do cotovelo e pousado sobre os olhos. O ar do final da tarde parecia agradavelmente fresco contra o corpo úmido de Camille. Havia uma dor no seu interior, embora não fosse desagradável. Ele cheirava levemente a suor e, de forma mais marcante e atraente, a algo inconfundivelmente masculino. Ela poderia dormir, pensou, se as cobertas estivessem sobre eles, mas não queria se mexer para puxá-las para cima e talvez perturbar o adorável rescaldo da paixão.

— E eu nem mesmo poderei responder com uma justa indignação — disse ele —, quando Marvin balançar as sobrancelhas e fizer comentários sugestivos sobre esta tarde, como certamente ele fará.

Camille sentiu um arrepio repentino com a sugestão de malícia.

— Sinto muito, Camille — ele continuou. — Eu deveria saber que estava me sentindo muito carente hoje para me arriscar a lhe pedir que viesse aqui comigo. Você não deve se culpar. Você tem sido a bondade em pessoa. Prometa que não vai se culpar?

Ele tirou o braço dos olhos e virou a cabeça para fitá-la. Ele estava de testa franzida, parecendo infeliz — e culpada? —, muito diferente de como ela se sentira poucos momentos antes.

— Claro que não vou me culpar — falou ela, sentando-se e jogando as pernas sobre o outro lado da cama. — E nem a você também. É algo que fizemos por consentimento mútuo. Eu queria a experiência e agora a tive. Não há questão de culpa. Devo voltar para casa.

— Sim, você deve, mas obrigado.

Ela se sentiu constrangida desta vez, puxando as roupas enquanto ele se sentava ao lado da cama e começava a se vestir. Constrangida, com frio e repentinamente infeliz. Se sua educação como dama lhe ensinara alguma coisa, era certamente que homens e mulheres eram muito diferentes uns dos outros, que os homens tinham necessidades que deveriam ser satisfeitas com alguma frequência, mas não envolviam, de forma alguma, suas emoções.

O que ela havia pensado enquanto eles estavam fazendo amor... Oh, essa era uma frase *tola* e inadequada, afinal, mas o que ela pensou? Que estavam embarcando na grande paixão do século? Que estavam apaixonados? Ela nem mesmo acreditava no amor romântico. E ele certamente não estava apaixonado por ela.

Nenhum dos dois voltou a falar nada até que ambos estivessem no corredor, ela amarrando as fitas do *bonnet* enquanto ele observava, ajeitando o xale sobre os ombros e se virando para a porta. Ele passou por ela para abrir, mas não o fez imediatamente.

— Vejo que a aborreci — disse ele. — Eu realmente sinto muito, Camille.

E ela fez algo totalmente não planejado e totalmente sem razão. Ela levantou a mão e acertou o rosto dele com a palma da mão aberta e sem luva. E então, saiu correndo e desceu as escadas sem olhar para trás e sem ter uma ideia clara do *porquê*.

Exceto que, ao se desculpar e dizer que não deveria ter acontecido, ele havia desvalorizado o que, para ela, talvez tivesse sido a experiência mais bela de sua vida.

Oh, que idiota ela era! Que idiota *ingênua*.

15

Antes de a manhã ter quase chegado ao fim, Joel tinha limpado e arrumado os aposentos, pendurado a pintura de sua mãe no que pensou ser o melhor lugar na parede da sala de estar, terminado a pintura da sra. Wasserman, ido até o mercado e reabastecido a despensa e concluído que era o pior tipo de libertino do mundo.

Não havia sido sedução — ela mesma dissera que tinha sido consensual —, mas aquilo havia se parecido muito com sedução depois que ela fora embora, pois ele estava carente e ela o havia confortado. Em seguida, ela lhe dera um tapa na face e saíra correndo antes que ele pudesse perguntar *por quê*. O porquê era óbvio, no entanto. Ela havia se arrependido do que fizera, tão logo o ato havia chegado ao fim e recuperado o pensamento racional para culpá-lo. Não tinha sido de todo justo, talvez, mas, oh, ele se sentia culpado.

Sentia-se como se tivesse o coração mais sombrio dentre os vilões.

Pior, ele havia se lembrado, depois que Camille fora embora, que prometera jantar na residência de Edwina e passar a noite com ela. Havia ido até lá e ficado no pequeno corredor diante da porta e encerrado seu *affair*, um tanto repentino, um tanto inesperado, e sem sensibilidade ou tato. Nunca houvera qualquer compromisso real entre eles e nem um laço emocional que fosse mais forte que amizade e apreço mútuo pelo sexo, mas sentira-se terrivelmente culpado, de toda forma. Ela havia providenciado uma refeição para ele, e se vestido com esmero e sorrido com animação. E se comportara com elegância e dignidade depois que ele dera o breve, franco e improvisado discurso e não fizera nenhuma tentativa de pedir que ele ficasse ou exigisse que ele desse uma explicação. Ela não havia batido a porta na sua cara.

Será que alguma vez já tinha havido vilão pior que ele?

Para encerrar uma noite perfeitamente deleitante, embora ainda fosse cedo, na volta, ele havia se deparado com Marvin Silver nas escadas e sido recebido com sorrisos e olhares maliciosos ao passar. Ele se sentiu... sujo.

Aquele não tinha sido o melhor dia de sua vida.

Ensimesmado, Joel ficou parado diante do retrato da mãe, perguntando-se o que deveria fazer consigo mesmo pelo resto do dia. É claro, havia aquele convite para o jantar no Royal York Hotel naquela noite. Ele fez careta só de pensar. Deveria ir até o orfanato e se desculpar mais uma vez com Camille, mas não sabia bem o que diria, e não achava que ela fosse ficar animada por vê-lo. Em outras palavras, poderia adicionar covardia abjeta aos seus outros defeitos. Ele poderia ficar em casa e esboçá-la, corada, afobada e vivaz enquanto ensinava às crianças a dançar Roger de Coverley; corada e de espírito bélico enquanto ensinava a ele os passos da valsa; corada e vibrando em triunfo minutos depois, após ele girá-la sem muito cuidado, mas, quando tentava trazer a imagem para o primeiro plano, podia vê-la apenas da forma como ela parecia na sua cama: gloriosa, voluptuosamente nua e feminina com os cabelos soltos.

Ele, então, pensou ser melhor levar sua mente para outro rumo.

O velho estava morrendo e não poderia ter nenhum desejo de voltar a pôr os olhos em Joel e, com certeza, não queria ser importunado com mais perguntas. Se Uxbury ainda estivesse na casa, e provavelmente estava, ele, sem dúvida, faria tudo o que estivesse ao seu alcance para manter Joel longe, e poderia muito bem haver dois outros parentes tão hostis quanto o cavalheiro em questão por lá naquele momento. Até mesmo o mordomo dificultaria a sua entrada. Voltar lá, então, seria uma perda inútil de tempo e dinheiro.

Joel foi mesmo assim.

Porém, de uma coisa estava certo: não chegou a ver o sr. Cox-Phillips.

Enquanto a carruagem de aluguel parava em frente à casa, a porta estava se abrindo, por coincidência, pelo visto, e um jovem criado desengonçado saiu, carregando uma braçada do que parecia ser crepe de cor preta. O mordomo veio atrás e parou à porta, observando enquanto o jovem enrolava as tiras negras na aldrava, provavelmente para abafar o som. Quando Joel saiu da carruagem, o mordomo o olhou, o olhar desolado e visivelmente avermelhado. Joel deu dois passos na direção dele e parou.

— Eu sinto muitíssimo — lamentou.

O mordomo nada falou.

— Quando? — perguntou Joel.

— Faz uma hora — respondeu-lhe o mordomo.

— Ele sofreu? — Os lábios de Joel ficaram rígidos.

— Ele estava na biblioteca — relatou-lhe o mordomo —, para onde fazia questão de ser levado todos os dias. Eu estava lhe servindo o café matinal quando ele me disse para não me incomodar, já que tudo o que eu lhe trazia era lavagem que cheirava a água suja. Ele ralhou com o sr. Orville por se esquecer de envolver o cobertor em suas pernas. Quando o sr. Orville informou a ele que a peça já estava envolvida, quente e esticada, ele olhou para o cobertor e então pareceu surpreso, e logo em seguida se foi. Bem assim. — Ele parecia aturdido, lágrimas empoçando seus olhos.

— Eu sinto muitíssimo — repetiu Joel. Se tivesse vindo no dia anterior... mas não viera. Sentiu uma estranha sensação de perda, mesmo o sr. Cox-Phillips tendo sido nada mais que um estranho que, por acaso, era seu parente. Ele também havia contado a Joel o nome da mãe e lhe dado o pequeno retrato dela, e ambos eram, Joel percebeu pela primeira vez, presentes inestimáveis. — Sinto muitíssimo pela sua perda. Trabalhava para ele há quanto tempo?

— Cinquenta e quatro anos — contou o mordomo. — O sr. Orville o está colocando na cama.

Joel assentiu e se virou a fim de voltar para a carruagem. Foi impedido, no entanto, por outra voz, altiva e autoritária.

— Você de novo, camarada? — questionou o visconde de Uxbury. — Veio mendigar de novo, suponho, mas chegou tarde demais, fico feliz em lhe informar. Retire-se antes que eu o expulse de minha propriedade.

Joel se virou para olhá-lo com curiosidade e, por um instante, perguntou-se quem iria expulsá-lo. O mordomo? O jovem magro que havia acabado com as tiras de crepe preto e estava voltando para casa logo atrás do mordomo? Uxbury em pessoa? E *minha propriedade*? O homem levara menos de uma hora para reivindicar tudo para si, não? Joel se perguntou o que os outros dois requerentes diriam sobre o fato.

— Deixou a concubina para trás hoje, não foi? — apontou Uxbury.

— O senhor acaba de sofrer uma perda na família — disse Joel. — Por respeito ao falecido sr. Cox-Phillips e seus criados fiéis, deixarei passar esse insulto à dama, Uxbury, mas certifique-se de não repeti-lo, nem nada parecido, onde eu possa ouvi-lo. Talvez eu me sinta obrigado a reorganizar as feições do seu rosto. Pode seguir caminho — adicionou para o sorridente cocheiro ao se virar para a carruagem e entrar.

Com certeza seria uma falsa autoindulgência sentir-se enlutado pela morte de um estranho. Porém, mesmo assim, sentia-se.

Camille rearrumou o quarto. Pendurou o esboço da Madona com o Menino sobre a mesa e ficou olhando-o por alguns minutos. Brincou com o desjejum e comeu só porque não desperdiçaria comida em um lugar daqueles. Tocou o cravo na sala de música e cantou com um punhado de crianças que se reuniram ao seu redor, quatro meninas e dois meninos.

Levou Sarah para o jardim e se sentou em um cobertor com ela, brincou, fez cócegas até ela rir, acariciou o nariz com o dela, falou disparates e, basicamente, fez-se de idiota. Winifred juntou-se a elas e lhe informou, com sinceridade, o quanto era importante para os bebês que brincassem com eles, que os tocassem e até mesmo que os embalassem mesmo que não fossem se lembrar do acontecido quando crescessem.

Depois de Sarah dormir e ser levada para dentro, Camille bateu um dos lados da corda enquanto uma sucessão de meninos e meninas pulava. Ela até mesmo se uniu ao estranho canto que acompanhava os pulos. Winifred lhe informou que era gostoso brincar com ela.

Quando várias das crianças lhe perguntaram o que tricotariam agora que a corda roxa tinha sido concluída, ela sugeriu uma manta de bebê feita de quadrados e, depois de uma visita ao escritório da srta. Ford, ela foi para a loja de lã com um menino e duas meninas comprar o material. Winifred, que inevitavelmente foi uma delas, informou que incluíra a srta. Westcott nas suas preces noturnas, pois ela era uma pessoa boa e afetuosa.

A criança estava dando nos nervos de Camille com sua retidão perpétua. Não era exatamente impopular com as outras crianças, embora não tivesse nenhum amigo em particular, mas Camille tinha ficado um pouco horrorizada ao reconhecer algo de si na menina, e se perguntou *por que* ela era como era. Estava tentando ser muito boa, até mesmo perfeita, para que alguém a amasse? E tendo o efeito oposto ao que esperava sobre as pessoas? O pensamento fez o coração de Camille se apertar.

Fez mil e uma coisas no decorrer do dia, incluindo uma silenciosa meia hora de leitura em seu quarto, durante a qual não virou uma única página. Escreveu para Abby, mas lembrou-se de que a veria à noite e rasgou a carta.

E durante todo o dia agitado e inquieto, a mente a importunou com duas coisas. *Ontem*, tentou não deixar os pensamentos vagarem além daquela única palavra. E *hoje à noite*. Não via a maior parte da família do pai desde o desastroso dia que mudara sua vida para sempre. Temia vê-los de novo. Ainda assim, durante todo o dia, resistiu à tentação de ir correndo para o Royal Crescent e escolher algo mais elegante para vestir do que qualquer coisa que tinha consigo no quarto, e implorar à criada pessoal da avó para arrumar o seu cabelo de forma elegante.

Seu coração estava disparado pouco antes das sete, quando foi conduzida até uma sala de jantar privada no Royal York Hotel, razão pela qual manteve-se rigidamente empertigada, o queixo erguido, as feições controladas em uma máscara de distinção. O lugar já estava cheio, a maioria das pessoas ficou de pé e a cumprimentou com sincero entusiasmo, mas Camille só viu uma delas.

— Camille. — A mãe correu em sua direção, ambas as mãos estendidas.

— Mãe! — Houve um momento em que elas poderiam ter se abraçado, mas os braços da mãe estavam esticados para a frente, não para os lados, e elas apertaram as mãos em vez disso. Em vez de um abraço cheio de alegria, houve um estranho constrangimento. E Camille ouviu a palavra que usara, *mãe*, como se ecoasse pelo recinto. Não *mamãe*. — A senhora veio.

— Eu vim — disse ela, apertando suas mãos com força enquanto os olhos esquadrinhavam o rosto de Camille. — A mim pareceu uma boa ideia ver as minhas filhas de novo e celebrar o aniversário de sua avó ao mesmo tempo. Cheguei esta tarde.

— Você pode acreditar? — Abigail, com os olhos brilhando de felicidade, abraçou Camille. — Nunca fiquei tão surpresa na vida.

Mas Camille não teve chance de responder, senão para abraçar a irmã. Outros já se aglomeravam por ali falando o quanto ela parecia bem e o quanto estavam maravilhados por vê-la, e todos estavam calorosos e sorridentes, e provavelmente tão desconfortáveis quanto Camille.

Tia Mildred e tio Thomas — Lorde e Lady Molenor — haviam chegado mais cedo. Eram um casal sereno e bem-humorado, menos quando os filhos se metiam em uma de suas não tão infrequentes enrascadas, e não mostravam sinais de fadiga depois da longa viagem desde o norte da Inglaterra. Eles logo tomaram posse da mãe de Camille e se sentaram para conversar com ela. Tia Mildred segurava sua mão, Camille pôde ver. As ex-cunhadas, certa vez, tinham sido muito amigas. Tia Louise, a duquesa viúva de Netherby, e a prima Jessica, sua filha, estavam ali havia dois dias, tendo viajado de Morland Abbey ao mesmo tempo em que Avery, Anastasia e os avós dela. Jessica e Abigail logo se sentaram felizes ao lado uma da outra, com a cabeça quase se tocando ao conversarem. Pareciam os velhos tempos.

E, oh, *era* bom ver todos de novo, Camille pensou. Apesar de tudo, eram família.

Tia Althea chegara no dia anterior pela manhã com o filho Alexander, o conde de Riverdale, e com a prima Elizabeth, sua filha, Lady Overfield. Tia Louise, a prima Elizabeth, Anastasia e Avery se acomodaram conversando uns com os outros enquanto Alexander puxava uma cadeira para Camille à mesa, embora o jantar, ao que parecia, não fosse ser servido pelos próximos quinze ou vinte minutos.

— Espero que você não guarde ressentimentos para comigo, Camille — disse ele ao se sentar ao seu lado.

— Por que guardaria? — perguntou a ela, embora a resposta fosse, é claro, óbvia.

— Eu tirei o título de Harry.

— Não — ela o assegurou —, você não o fez. Foi o meu pai quando se casou com mamãe ainda estando casado com a mãe de Anastasia. Nada do que aconteceu foi culpa sua, Alexander.

— Você precisa saber que eu nunca, jamais, cobicei o título. Eu esperava pelo dia em que Harry se casasse e tivesse uma dúzia de filhos e me tirasse da posição estranha de ser o herdeiro. Gostaria que uma simples recusa solucionasse tudo. — O sorriso dele era um pouco triste.

O primo Alexander era um homem extremamente bonito, e alto e moreno também, os três pré-requisitos para a epítome do príncipe dos contos de fada. Ele também era uma pessoa muitíssimo agradável. Talvez fosse esse fato que impedia Camille de se ressentir dele, como tinha se ressentido de Anastasia, que era igualmente inocente. Não que alguma vez tivesse dado à meia-irmã a oportunidade de ser ou não agradável.

— Mesmo se eu pudesse ter recusado o título — falou ele —, não teria ficado com Harry. Soube que ele foi ferido na Península Ibérica, mas que se recupera bem.

— É o que ele diz. Não tivemos notícias de nenhuma fonte oficial, o que, por si só, deve ser bom.

— Camille — começou ele, sério —, creio que posso compreender o quanto você ficou magoada, embora possa parecer presunção minha apontar o fato. Ouso dizer que não sei nem a metade, mas admiro o que você está fazendo, ficando por conta própria, ganhando o próprio sustento, até mesmo indo fazer isso no mesmo lugar em que Anna cresceu. Mas... posso dar uma sugestão?

— Se eu dissesse que não — respondeu ela, um tanto quanto severa —, passaria o resto da noite imaginando o que é isso que você deseja sugerir.

Ele sorriu.

— Você é muito amada por sua avó e suas tias, e pelo resto de nós também. Sempre foi. Você não pode ser banida da família agora, depois de tanto tempo, só porque as circunstâncias mudaram. Você não pode deixar de ser amada de uma hora para a outra. O caminho que tem pela frente, assim como o de Harry e o de Abigail, é mais difícil do que era, é claro. Ninguém pode negar que muito mudou na vida de vocês, mas você não tirará conforto do fato de que ainda é amada, que sua posição como neta, sobrinha e prima nessa família não foi minimizada, que estamos todos aqui para apoiá-la de qualquer forma que pudermos? Sozinhos, todos exercemos poder e influência. Juntos, somos bastante formidáveis, e eu não invejaria a pessoa que tentasse ir contra a nossa vontade. Permita-se ser amada, Camille. Permita-se... não, deixarei por isso mesmo, pois isso, na verdade, diz tudo. Permita-se ser amada.

— Eu não estava ciente de que dissera a todos para deixar de me amar, Alexander, mas basta de falar de mim. Que diferença fez em sua vida ser o conde de Riverdale? Fez de Brambledean a sua casa?

Embora fosse a sede principal do conde, Brambledean Court nunca tinha sido a propriedade favorita do pai de Camille. Nem ele nem a família passavam muito tempo lá, e ele também não gastara muito na manutenção. Tanto a casa quanto o terreno haviam ficado um tanto dilapidados, e todos, exceto o mínimo necessário de criados, tinham sido dispensados. Havia um administrador, mas ele nunca fora diligente com suas obrigações. Camille ouvira que os fazendeiros não prosperavam como deveriam e que havia descontentamento entre os arrendatários e verdadeiras dificuldades e sofrimentos entre os trabalhadores. Alexander herdara isso com o título, então a fortuna do pai, a qual o teria ajudado a administrar tudo, havia ido para Anastasia com todo o resto não vinculado ao título.

— Ainda não — respondeu —, embora eu tenha passado bastante tempo lá. De algum modo encontrarei um jeito de...

Mas ele foi impedido de dizer mais pela chegada de Joel e a atenção que Anastasia direcionou ao homem ao exclamar com deleite, ficar de pé em um salto e correr na direção dele para pegá-lo pelo braço e apresentá-lo aos que ainda não o conheciam. Ele parecia visivelmente desconfortável, Camille pensou, por ter sido forçado a entrar em uma sala cheia de aristocratas estranhos e ter a atenção de todos focada nele. O cavalheiro estava bem-vestido para o evento noturno, embora parecesse apenas um pouco menos desleixado que o normal.

De forma inconsciente, Camille flexionou a mão direita por baixo da mesa. Ainda podia sentir a ferroada do tapa que dera no dia anterior. Bem provável de ela ter ferido a mão tanto quanto o rosto dele. Batera nele por ele ter voltado a se desculpar, porque ele presumira que havia algo pelo que se desculpar. E, assim, arruinara suas memórias do que havia acontecido, fizera parecer um erro sórdido, pois ele havia assumido toda a culpa. Ele a magoara ainda mais profundamente do que o seu tapa poderia ter doído, embora Camille tivesse se desprezado desde o ocorrido por ter se permitido ser magoada. Ele não era nem tão belo quanto Alexander, nem magnífico como Avery, nem mesmo amigável como o tio Thomas. Como ela *pôde* ter permitido que ele a magoasse?

Olhou-o, de bochechas quentes e lábios pressionados e, paradoxalmente, um pouco leve da cabeça como se corresse o risco de desmaiar. *Disparate*, pensou, recompondo-se. *Completo disparate!*

Anastasia o apresentou a Alexander.

— Riverdale — disse ele, e inclinou a cabeça ao reconhecer a apresentação antes de voltar os olhos para Camille. Eles estavam sérios e muito escuros. Joel parecia que talvez não tivesse dormido bem na noite anterior. Ótimo. Ficou feliz. — Camille.

— Joel. — Mas havia algo mais. Pôde sentir assim que seus olhos se encontraram. Havia mais que embaraço e remorso naqueles olhos. *Qual é o problema?*, quase perguntou em voz alta.

O jantar foi servido logo que ele chegou, e a conversa enquanto comiam foi animada e abrangente. Tia Mildred falou das explorações dos meninos no verão; Jessica falou sobre sua Temporada de estreia no ano seguinte, e Avery comentou com um suspiro que supunha que ela esperasse que ele e Anastasia organizassem um baile grandioso para ela em Archer House; sua mãe contou algumas histórias sobre a vida com tio Michael no vicariato em Dorsetshire; tia Louise comentou o amor que eram o reverendo e a sra. Snow, os avós maternos de Anastasia, e como desfrutara da companhia deles em Morland Abbey nos últimos meses; Camille contou algumas anedotas da sala de aula; Abigail descreveu as sessões que tinha com Joel enquanto ele a esboçava e se preparava para pintar o seu retrato; e Joel, em resposta às perguntas de Elizabeth, descreveu o processo que usava para pintar os quadros de seus retratados.

Foi só quando os talheres foram retirados da mesa e o café e o Porto servidos que todos se recostaram, mais à vontade, e dividiram a conversa em grupos menores. Depois de uns poucos minutos, durante os quais tio Thomas esteve expressando para Camille e para a prima Althea sua esperança de que ele e tia Mildred pudessem ficar em casa por pelo menos um ano depois que voltassem para lá dali a duas semanas, Camille ouviu Anastasia fazer a pergunta que a estivera incomodando a noite toda.

— O que há, Joel? Algo o incomoda.

— Parece que algo me incomoda? — rebateu ele.

— Sim, de fato — respondeu ela. — Eu o conheço bem, lembre-se.

Camille sentiu-se incomodada consigo mesma por ter sentido como se tivesse levado uma punhalada no coração, e por, sem vergonha alguma, ouvir enquanto tio Thomas continuava a falar com a prima Althea.

— Devo admitir que fiquei um pouco abalado essa manhã — contou Joel. — Fui visitar um idoso muito doente que conheço, e descobri que ele havia morrido uma hora antes de eu chegar lá. Desde então, estou me repreendendo por não ter ido ontem.

— Oh, Joel! — As palavras de Camille, de vários lugares mesa abaixo, saíram dela de supetão. — O sr. Cox-Phillips morreu?

— Sim — confirmou ele, lançando um olhar tristonho em sua direção. — Uma hora antes de eu chegar lá. O mordomo estava chateado, com os olhos marejados. Perdão — adicionou, ao olhar para os outros, obviamente desconfortável por ter voltado a ser o foco das atenções. — Não é assunto para tal ocasião.

— Mas deve ter sido muito angustiante para o senhor — disse Elizabeth. — Era um amigo seu, sr. Cunningham?

— Ele era meu tio-avô — revelou Joel, depois de uma breve hesitação. — Irmão de minha avó.

— Joel? — Anastasia se inclinou para ele desde o outro lado da mesa, os olhos arregalados. — Seu *tio-avô*? Sua *avó*?

— Ele me convidou para uma visita — explicou Joel. — Presumi que quisesse encomendar uma pintura, mas, quando fui lá no início da semana, ele me disse que tinha sido a sua falecida irmã quem me levara para o orfanato quando eu era bebê depois que minha mãe morreu ao me dar à luz. Então, veja bem, Anna, você não foi a única a descobrir a sua linhagem este ano.

— Cox-Phillips. — Tia Louise franziu a testa ao pensar. — Ele tinha alguma função no governo, não tinha? Netherby, meu marido, conhecia-o. Presumi que ele tivesse morrido há muito tempo. Não que eu tenha pensado nele em anos, devo dizer. Se não me falha a memória, no entanto, ele tinha alguma conexão com o visconde de Uxbury. Lembro-me de ouvir sobre isso quando Uxbury começou a mostrar interesse em Camille.

Pareceu a Camille que todos, exceto Avery, decidiram não olhar em sua direção.

Avery, assumidamente magnífico em cetim e renda, muito depois de ambos terem saído de moda para a maioria dos cavalheiros, acomodou-se com sua elegante postura despreocupada, uma taça de Porto na mão, um monóculo cravejado de joias na outra, o cabelo louro e macio brilhando feito uma auréola sobre sua cabeça. Os olhos semicerrados estavam fixos em Camille.

— Sim, ele era — confirmou Joel. — Uxbury está lá na casa agora.

— Quanto menos falarmos dele, melhor — opinou tia Mildred. — Não me sinto muito generosa para com esse rapaz.

— Ele deve ser o herdeiro de Cox-Phillips, então — pontuou Avery. — Essas podem ser notícias indesejáveis para você, Camille, embora eu não suponha que ele vá passar muito tempo aqui como seu vizinho mais próximo. Ele não me parece o tipo que fará de Bath a sua residência permanente.

— Talvez — disse Camille —, ele se desencoraje com a possibilidade de que você venha ao meu socorro mais uma vez, Avery, com os pés descalços.

Os olhos dele brilharam de apreço, e a mão fechou ao redor do cabo do monóculo.

— Ah, você ouvir falar desse pequeno episódio, sim?

— O que é isso de pés descalços? — perguntou tia Louise, ríspida.

— Você não vai querer saber, Louise — anunciou tio Thomas, firme. — Mais precisamente, você não vai querer que Jessica ou Abigail saibam.

ALGUÉM PARA ABRAÇAR   209

— Saber o quê? — reagiu Jessica, inclinando-se para a frente de seu lugar à mesa para fixar o olhar afoito em seu meio-irmão. — O que você fez com o visconde de Uxbury, Avery? Espero que tenha lhe socado o nariz sem remover os anéis. Espero que tenha trespassado suas costelas com a ponta da sua espada. Espero que tenha dado um tiro nele...

— Já basta, Jessica — cortou tia Louise, austera.

— Ele é um homem desagradabilíssimo, tia Louise — afirmou Anastasia —, e eu só posso aplaudir os desejos sanguinários de Jessica quanto ao destino do homem em questão. Ele foi horrendo comigo em meu primeiro baile e foi horrendo com Camille; pior, na verdade, porque ele tinha sido noivo dela. Estou tão *feliz*, Camille, por você ter escapado das garras dele a tempo, embora, ouso dizer, você tenha ficado muito infeliz na época. Avery a vingou, e não me importo com quantas damas saibam como ele fez isso e fiquem chocadas. E se Avery não a tivesse vingado, então Alex teria. Eles a amam.

Houve um breve silêncio ao redor da mesa enquanto Anastasia olhava para Camille, que franzia a testa para ela. Camille piscou, sentindo aquela ardência no fundo dos olhos que costumava pressagiar lágrimas. Deu um breve aceno de cabeça.

— Eu não estou chocada — refutou a mãe. — Estou encantada.

— Mas... descalço, Avery? — perguntou Abigail.

— Veja bem — disse ele, baixinho, levando o monóculo ao olho para avaliá-la através dele, soando terrivelmente entediado naquele irritante jeito dele.

— Não tive escolha. Precisei tirar as botas. E as meias.

— Sr. Cunningham — chamou tia Mildred —, aceite meus cumprimentos por enfim ter descoberto sua identidade e meus pêsames pela perda de seu tio-avô, tão pouco tempo depois de o ter encontrado.

E a atenção de todos voltou-se para Joel.

— Obrigado, senhora — respondeu ele.

16

Depois de ter sentido grande apreensão ao entrar em uma reunião familiar de pessoas tão ilustres, a maioria das quais ele não conheceu antes, Joel achou as boas-vindas muito agradáveis, até mesmo calorosas. Ele até poderia ter desfrutado da noite se Camille não estivesse lá, parecendo-se um pouco com uma amazona régia, fazendo ser impossível para ele deixar a culpa de lado, ao menos por umas poucas horas. Felizmente, talvez, o jantar foi servido logo após a sua chegada, e ele se viu sentado entre Lady Overfield e Lady Molenor, com Anna diante dele e Camille mais afastada no mesmo lado da mesa, onde não precisaria olhar para ela o tempo todo.

Mas precisava falar com ela, voltar a se desculpar, tentar desanuviar o clima entre eles, se fosse possível. Ainda teriam que compartilhar a sala de aula de vez em quando, afinal de contas, e ele tinha que pintar um retrato dela. Além do mais, poderia ter havido consequências no anterior, e ele não fecharia a mente para a possibilidade, assim como não tinha, para a sua vergonha, nem mesmo naquele dia. Sabia muito sobre crianças ilegítimas e indesejadas, e nenhum dos dois adjetivos jamais se aplicaria aos filhos dele.

A oportunidade se apresentou quando a antiga condessa de Riverdale, a mãe de Camille, decidiu que era hora de ela e da filha mais nova voltarem para casa, e Netherby ergueu a mão, na verdade um lânguido indicador, para convocar um criado e pedir que mandasse chamar a carruagem ducal.

— Ela deixará Camille em Northumberland Place primeiro, caso seja de seu gosto, tia Viola — decidiu ele —, antes de levarmos a senhora e Abigail até o Royal Crescent.

— Não é muito longe para eu ir andando — objetou Camille.

— Ainda assim — disse Netherby, com uma espécie de enfastiada altivez, obviamente esperando que uma única palavra fosse o bastante para resolver o assunto. O fato de Anna ter se casado com ele nunca deixava de impressionar Joel. O homem era todo esplendor e afetação. No entanto, Joel sabia que havia muito mais no duque de Netherby do que os olhos viam. Havia aquelas artes marciais do Extremo Oriente as quais ele aperfeiçoara, por exemplo, o que, ao que tudo indicava, o transformaram em uma arma humana letal. E havia o fato de que ele amava Anna, embora não fosse algo que o tornasse particularmente querido para Joel de início.

— Passarei por Northumberland Place no caminho de casa — revelou Joel. — Ficarei feliz de lhe oferecer a minha escolta até a sua porta, Camille, a menos que prefira ir de carruagem.

Anna sorriu para ele do outro lado da mesa, e Lady Overfield virou a cabeça em sua direção e também sorriu, sem razão aparente.

— Voltarei andando para casa com Joel, Avery — decidiu Camille, inflexível.

Joel se levantou e trocou cumprimentos com Lorde Molenor, enquanto Camille se despedia dos parentes e prometia à mãe que iria ao Royal Crescent na tarde do dia seguinte.

— Provavelmente a verei lá, Camille — disse Anna. — Sei que tia Louise e tia Mildred querem visitar a tia Viola. Há algo que quero lhe dizer.

Camille deu um breve e reservado aceno de cabeça, que Joel viu.

O ar exterior havia esfriado ao cair da noite, mas ainda estava quase quente. As estrelas brilhavam. Não havia nem um suspiro de vento. O silêncio da rua parecia alto depois do clamor das vozes na sala de jantar.

— Não esperava ver sua mãe? — perguntou Joel, cruzando as mãos às costas enquanto caminhavam.

— Não estava. Não pensei que ela fosse vir; ela não deu qualquer indício da viagem na carta que me escreveu esta semana. Ela se sente como se fosse uma forasteira.

— No entanto, ela deve ter sido uma integrante próxima da família Westcott por mais de vinte anos. Ela ainda está na mente dos outros. Isso ficou claro. Assim como você e a sua irmã.

— Alexander me disse algo estranho antes do jantar, e antes de você chegar. Foi a título de sugestão... que eu me permitisse ser amada. Eu nunca antes havia pensado na diferença entre amar e ser amada, embora tenha aprendido cedo nas minhas aulas a diferença entre a voz passiva e a ativa.

Creio que sempre me comportei na voz ativa. É mais fácil fazer algo para alguém do que esperar alguém fazer. Pode-se esperar por uma eternidade, e mesmo se não for o caso, a coisa pode não ser feita tão bem quanto a própria pessoa faria. Sempre gostei de estar no controle. É mais fácil amar do que esperar ser amada... ou confiar nesse amor, mesmo se ele for oferecido.

— Você ama seus parentes Westcott, então?

— Sim, é óbvio — respondeu ela, dando de ombros. — Embora eu tenda a evitar usar a palavra *amor*, pois é usada para encobrir um sem-fim de emoções e atitudes diferentes, não concorda? Eles são minha família. O fato de que não vou mais me permitir depender deles não altera isso.

— O conde de Riverdale estava sugerindo que você não permitia que eles a amassem mesmo que eles quisessem?

— Eu não sei o que isso *significa* — apontou ela.

Ele se lembrava de ela lhe dizer que passara a infância ansiando pelo amor do pai, que ela havia tentado se moldar em um tipo de dama perfeita que ele pudesse amar. Ela havia sido muito mais afetada por aquele homem do que percebia. O fato de que ele havia, gozando de seu pleno juízo, feito dela uma filha ilegítima fora o último de seus pecados contra ela.

— Ficou claro para mim esta noite — começou ele —, talvez porque eu fosse de fato um forasteiro e pudesse julgar com imparcialidade, que a sua família ficou magoada pelo que aconteceu com você, com sua mãe e com seus irmãos. A dor que sentiram é, talvez, mais profunda pelo fato de que eles se sentiram tremendamente impotentes para ajudar a diminuir o seu fardo. Eles queriam cuidar de vocês e fazer com que a vida da sua família voltasse a ser fácil, menos dolorida, mas há limites para o que podem fazer. Eles podem e a amam de verdade, entretanto. Sua irmã parece disposta a aceitar isso. Você e sua mãe se mantêm indiferentes, e isso causa mágoa às duas e a eles.

Ela não respondeu de imediato, e ele ouviu os passos dos dois na rua deserta e silenciosa.

— Não que seja da minha conta — emendou ele, tardiamente.

— Tenho que fazer isso sozinha. Eu *preciso* fazer isso sozinha.

— Eu sei — continuou Joel, soltando as mãos e estendendo uma, sem nem perceber, para pegar a dela. — Mas talvez você possa encontrar um meio-termo. Talvez já esteja fazendo isso, na verdade. Você foi passar a noite com eles hoje. Amanhã verá alguns deles de novo na casa de sua avó. Então, depois disso, voltará para o seu quarto no orfanato, e na segunda-feira lecionará de novo. Independência e aceitação do amor oferecido não precisam ser mutuamente excludentes.

Ela não afastou a mão conforme ele meio que esperava. Em vez disso, os dedos se fecharam ao redor dos seus.

— Mas o que é que estou fazendo, falando de mim mesma? — disse ela, de repente. — E quanto a você, Joel? Voltou àquela casa hoje? Sinto muito por ter chegado tarde demais. Você deve estar se sentindo péssimo. Por mais estranho que pareça, eu gostei do sr. Cox-Phillips. Creio que você também, mesmo tendo uma boa razão para não sentir o mesmo. Você deve estar um pouco de luto. Vi em seu rosto, assim que chegou esta noite, que algo havia acontecido.

Assim como Anna percebera. Ele apertou a mão dela.

— De acordo com a minha cabeça, não posso estar de luto. Mas a cabeça nem sempre governa o coração, não é? O mordomo severo e impassível estava em lágrimas, Camille, e o jovem criado estava envolvendo a aldrava em crepe preto. Alguém havia morrido, alguém aparentado comigo, sendo que por toda a minha vida eu havia presumido que jamais descobriria algum dos meus. Por mais ríspido que fosse, ele me deu o que acredito que permanecerá sendo o presente mais precioso que já recebi. Ele me deu um retrato de minha mãe. E ele era uma... pessoa. Sim, sinto-me enlutado, destituído e tolo.

— Oh, tolo, não — reagiu ela, virando a cabeça para olhá-lo. — Ele mandou chamá-lo antes que fosse tarde demais. Até mesmo o recebeu uma segunda vez, embora você tenha rejeitado os planos dele para um novo testamento, da primeira. Ele respondeu às suas perguntas, mesmo estando muito doente. E, sim, ele se lembrou do retrato de sua mãe e o deu a você.

Eles se aproximavam do orfanato, e ele precisava falar do que com certeza era o assunto mais importante na cabeça dos dois. Parou de andar e pegou a outra mão dela.

— Camille, por que você me deu um tapa na face? O que aconteceu não foi uma sedução... foi?

Ela respirou fundo e tirou as mãos.

— Não, não foi — respondeu ela, pronunciando cada palavra com muita clareza. — Mas quando se desculpou, fez parecer que *você* pensava que fosse. Desvalorizou o que aconteceu. E me fez achar que devo ter parecido frígida ou sido totalmente inadequada para você ter interpretado tão mal. Eu fiquei chateada. Mais que isso, eu fiquei com raiva.

Bom Deus, ele *havia* interpretado mal, mas não tinha sido por nenhuma das razões que ela sugerira.

— Achei você generosa, magnânima e gentil. Uma vez, me pediu para abraçá-la, mas pedi muito mais de você. Temi ter tirado vantagem e que você talvez se arrependesse e se ressentisse por eu ter exigido demais. Camille, você pode estar esperando *um filho*. Posso ter feito isso com você. Posso ter lhe imposto um casamento no qual você, por livre e espontânea vontade, não sonharia em se envolver.

Ela uniu as mãos na cintura e o encarou. Joel não podia ver no escuro se ela havia ficado pálida, mas podia apostar que sim.

— Isso nem passou pela sua cabeça, não foi? Que poderia estar grávida.

— É claro... — começou ela, mas não terminou o que pretendia dizer.

— Não — pontuou ele. — Não pensei que tivesse.

— Mas é claro que passou — protestou Camille. — Oh, é claro que passou. Como poderia não ter passado?

Ela se virou para seguir em frente, e ele começou a caminhar ao lado dela. O que significava para ela terem feito amor? Ela lhe golpeara porque seu pedido de desculpas havia diminuído o acontecido. Diminuído o quê? Ela com certeza não poderia ter sentimentos mais profundos por ele senão simpatia e desejo por ser confortada. Poderia?

E o que eles terem feito amor significava para ele? Simplesmente procurara às cegas por alguém que o envolvesse... naquele abraço irrevogável? Às cegas? Qualquer mulher teria servido, então? E se a resposta fosse não, o que com certeza era, então o que isso significava? O que isso dizia do que sentia por ela?

— Você me avisará de pronto se descobrir que há consequências? — perguntou, com a voz baixa. — Ambos sofremos com a ilegitimidade de formas diferentes. Ambos sabemos como isso pode devastar uma vida. Nenhum de nós condenará um filho nosso a isso, Camille. Você me promete?

Eles estavam diante da porta do orfanato, e ela se virou para ele, o rosto inexpressivo, os modos desprovidos de qualquer um dos papéis que ela adotara para se encaixar em diversas circunstâncias. O silêncio se estendeu por vários segundos.

— Prometo. Estou cansada, Joel, e você também deve estar. Obrigada por me acompanhar até em casa.

Ele assentiu, mas antes que pudesse se virar, ela ergueu ambas as mãos, segurou o seu rosto e lhe deu um beijo suave nos lábios.

— Você não tem nada de que se sentir culpado, Joel — afirmou ela, a voz subitamente intensa. — *Nada*. Você é um homem decente e eu sinto mais do que posso expressar pelo sr. Cox-Phillips ter morrido antes que você o conhecesse melhor. Mas, ao menos, você o conheceu, e através dele ficou sabendo mais sobre os seus pais, avós e de si mesmo. Está menos sozinho do que sempre se sentiu, mesmo que nenhum deles esteja vivo. Aceite o consolo. *Há* consolo. Creio que comecei a aprender isso por mim mesma esta noite. *Há* consolo.

Ela se virou sem dizer mais nenhuma palavra, abriu a porta com a chave, entrou e a fechou sem fazer barulho.

Joel foi deixado de pé na calçada com — diabos! — lágrimas queimando os olhos.

Há consolo.

Camille acordou cedo na manhã seguinte e logo ficou surpresa por ter conseguido dormir. A última coisa de que se lembrava da noite anterior fora de colocar a cabeça no travesseiro. Todos os eventos dos últimos dias que talvez tenham fervilhado em sua mente, fazendo-a virar e revirar a noite toda, deviam ter se exaurido ao ponto de induzi-la a um estado quase comatoso.

Acordou cheia de energia, lavou-se e se vestiu, depois foi para o culto de manhã cedinho. Ao voltar, passou um tempo na sala de aula preparando uma lição de leitura que poderia ser adaptada para cada grupo de acordo com a idade no dia seguinte pela manhã. E, em seguida, tomou o desjejum na sala de jantar. Lá ficou sabendo que Sarah tivera uma noite inquieta, pois dois dentinhos despontavam na gengiva inferior, que havia ficado vermelha e inchada. A governanta andava para lá e para cá com a menina em um dos salões de visita quando Camille as encontrou. A criança se debatia nos braços dela, berrando e se recusando a ser consolada. Ela virou a cabeça quando Camille apareceu, e ergueu os bracinhos.

Camille não fazia ideia de como consolar um bebê que estava com febre, irritadiço, com dor e, muito provável, desesperadamente cansado também, mas devia fazer alguma coisa. Pegou a manta na qual a criança havia sido envolvida, sacudiu-a e a abriu no sofá, então pegou Sarah com Hannah para deitá-la ali antes de embrulhá-la com firmeza.

— Ela não quer ficar com a manta — avisou Hannah. — Ela a esgotará logo, logo, srta. Westcott.

— Talvez — concordou Camille. — Mas você parece exausta. Vá, tome o café da manhã e relaxe um pouco.

Hannah se apressou, como se temesse que Camille fosse mudar de ideia. Camille pegou o bebê, sorrindo para seus olhos ao fazê-lo, e tratou de embalá-la com movimentos vigorosos dos braços. Sarah parou de chorar, embora o rosto ainda estivesse franzido em uma careta.

— Shhh. — Camille a ergueu um pouco mais nos braços e voltou a sorrir para ela. — Calma, docinho. — Buscou uma canção de ninar em sua mente, mas não conseguiu pensar em nenhuma, talvez nunca tivesse aprendido, e cantarolou, em vez disso, uma valsa a qual ela e Joel haviam dançado dias atrás, uma hora ou duas antes de fazerem amor.

ALGUÉM PARA ABRAÇAR 217

Sarah a encarou até as pálpebras começarem a pesar e a menina enfim as fechou e as manteve assim. Camille a embalou mais um pouco antes de se acomodar, com cautela, em uma cadeira. Segurou o embrulho quente, macio e adormecido junto ao peito e engoliu em seco o que pareceu ser um nó na garganta.

Permita-se ser amada.

Sarah, que estava ficando mais receptiva às outras pessoas do orfanato, era, no entanto, um bebê tranquilo que não sorria nem gorgolejava muito, mesmo quando não estava com os dentes nascendo, e não exigia muita atenção. Ainda assim, sempre que Camille aparecia na sala de brinquedos, o rosto da menina se animava ao reconhecê-la, e ou ela dava um sorriso largo ou estendia os bracinhos, ou fazia os dois.

Sarah a amava. Não era só Camille que se afeiçoara à criança a tal ponto de ansiar vê-la a cada dia, segurá-la e falar com ela. Não, não era um afeto unilateral. *Sarah a amava.*

Joel havia mencionado algo na noite anterior que ela logo afastara da mente, assim como fez quando lhe ocorreu depois que eles foram para a cama juntos. Até mesmo havia prometido na noite anterior que diria a ele, sem demora, caso descobrisse que havia necessidade para se casarem. Não acreditava que seria necessário. Quais eram as chances de ela ter concebido depois de uma única experiência? Quase nulas. Bem, talvez não nulas, mas mínimas, ainda assim, mas e se...

E se, dali a um ano, dali a nove meses, ela tivesse o próprio filho para embalar assim? Dela e de Joel. Não, não podia estar desejando isso, poderia? Não era do tipo maternal.

No entanto, agora, ela ansiava, desejava...

Mas um filho seu substituiria Sarah em seu coração? Poderia um amor substituir o outro? Ou será que o amor se expandia para abranger outra pessoa, e outra, e assim sucessivamente? Nunca havia pensado no amor. Sempre o havia rejeitado como sendo parte de um caos incerto que ameaçava os limites de sua vida ordenada, disciplinada e muito correta. Havia o amor da mãe e dos irmãos e de outros familiares, é claro. Havia o amor do *pai*, mas aqueles amores, ou *aquele amor...* alguma vez tinha sido plural? Ou era único e sempre singular? Na sua cabeça, aqueles amores estavam todos atados ao dever e nunca tiveram a permissão de lhe tocar o coração.

Teria a sua vida sido diferente se seu pai a tivesse amado? Ele nunca se permitiu ser amado, e a vida dele, por sua vez, havia sido extremamente empobrecida. O quanto era parecida com o pai?

Permita-se ser amada, Alexander dissera.

Houve uma batida à porta, que se abriu para revelar Abigail e a mãe delas. Os olhos de Camille se arregalaram quando elas entraram na sala.

— Camille? — chamou a mãe, baixinho. — Foi-nos dito que você estava aqui com um bebê febril.

Abigail atravessou o cômodo com pressa para dar uma olhada no bebê, um suave sorriso de deleite em seu rosto.

— Oh, Cam — disse —, ela é adorável. Olhe só essas bochechas gorduchas.

— Os dentinhos estão nascendo — explicou Camille —, e a responsável por ela ficou acordada a maior parte da noite. Eu só a fiz dormir.

A mãe se aproximou para também apreciar o bebê e então lançou um olhar fixo para Camille.

— E você se sentiu obrigada a dar à cuidadora a oportunidade de tomar o desjejum e descansar, Camille? — perguntou.

— Ela gosta de mim — revelou a elas, quase se desculpando. — Sarah, quero dizer... o bebê. E devo confessar que gosto dela. Eu não esperava vocês. Marcamos de eu ir à casa da vovó essa tarde para visitá-las.

— De toda forma, imploro para que vá — apontou a mãe, ao se sentar no sofá. — Mas haverá outros visitantes, e quero você, vocês duas, só para mim por um tempo.

Abigail foi se sentar ao lado dela.

— Percebo certo ressentimento quanto à minha volta para cá — declarou a mãe. Ela ainda falava baixinho, em deferência ao bebê adormecido.

— Oh, não, mamãe — protestou Abigail.

A mãe estendeu o braço para cobrir as mãos entrelaçadas com uma das suas.

— Eu me referia a Camille — esclareceu ela. — Você não ficou muito feliz por me ver na noite passada, Camille.

Oh, ela estava, não estava? Ficara feliz, mas também... ressentida? A mãe sempre tinha sido perfeita a seus olhos, a pessoa que ela sempre tentara imitar, mas não havia isso de perfeição na natureza humana. A mãe havia se tornado humana a seus olhos nos últimos meses, e isso de certa forma era um golpe às sensibilidades. Não se espera que os pais sejam humanos. Espera-se que eles sejam... os pais de alguém. Que pensamento tolo.

— Abby tinha e tem dezoito anos, mamãe — respondeu ela. — Mal acabou seus estudos, sequer foi apresentada à sociedade. Ela havia acabado de perder o pai e de saber a terrível verdade sobre si mesma. Ela havia acabado de ver Harry perder tudo e ir para a guerra. E eu... — Ela engoliu em seco. — Eu havia sido rejeitada pelo homem com quem esperava me casar.

— E eu fui embora — completou a mãe —, e deixei as duas aqui sozinhas com apenas a avó para consolá-las.

— Oh, mamãe — começou Abigail. — A vovó tem sido maravilhosa para nós. E a senhora explicou por que precisou ir. Fez por nós, para que não fôssemos vistas, de forma tão óbvia, como as filhas de alguém que nunca esteve casada de verdade. Ainda não acredito que as pessoas a julgariam com tanta severidade, mas a senhora fez isso para o nosso bem.

A mãe apertou as mãos de Abigail e olhou para Camille.

— Foi o que eu lhe disse — confessou a mãe. — Foi o que eu disse a mim mesma também. Não tenho certeza, no entanto, se ao menos na época me enganei ao acreditar que falava a verdade. A verdade era que eu tinha que me afastar, não para ficar sozinha, talvez, já que fui viver com seu tio Michael, mas ficar longe... de vocês. Não podia suportar o fardo de ser sua mãe e de ver o seu mundo desmoronando sobre suas cabeças. Não podia suportar vê-las sofrendo. Eu tinha muito com o que lidar. Então as deixei para poder curar a minha própria miséria. Foi terrivelmente egoísta da minha parte.

— Não, mamãe — protestou Abigail.

Camille olhou para Sarah, que se mexia de leve, mas ainda dormia.

— A senhora voltou para ficar? — perguntou.

— Mas o tio Michael precisa da senhora — constatou Abigail.

— Não. — A mãe sorriu. — Ele estava se saindo muito bem sem mim, e se lançou, creio eu, a cortejar, de forma muito gradual, uma dama que, atualmente, trabalha como preceptora. É provável que minha presença no vicariato esteja atrasando o processo, o que é uma pena, pois acredito que eles gostem mesmo um do outro.

— Está aqui para ficar, então — apontou Camille —, porque sentiu que devia ir embora de lá. — O tom saiu mais amargo do que pretendia.

A mãe suspirou.

— Não estou tão destituída quanto pensava — informou ela. — Tive notícias do sr. Brumford, o advogado do seu pai, se você se lembra, e agora de Harry. Parece que o dote com o qual contribuí no casamento será devolvido a mim, já que o enlace jamais aconteceu de verdade, não perante a lei, de qualquer forma. É uma soma de bom tamanho, e rendeu uma quantia considerável em juros nesses quase um quarto de século. Não é uma fortuna vasta, mas é o bastante para me permitir levar uma vida independente com minhas filhas, seja aqui em Bath ou em outro lugar.

— É parte do dinheiro que foi passado para Anastasia meses atrás? — perguntou Camille, mordaz.

A mãe hesitou.

— É. Mas foi julgado como sendo meu, não dela. Ela com certeza não sentirá falta. Ela ainda tem a maior parte da fortuna de seu pai. E está casada com Avery.

— A senhora contestou o testamento? — indagou Camille.

— Não — confessou a mãe. — As notícias foram uma surpresa para mim.

Camille a encarou. O dinheiro viera de Anastasia, então. Ela descobrira uma forma de dar a elas um pouco da fortuna sem fazê-las sentir como se estivessem em dívida. Ela havia encontrado uma forma de dar uma parte da fortuna para sua mãe. De início, ela quis dividir tudo em quatro partes, incluindo Camille, Abigail e Harry, todos recusaram, mas não se fez nenhuma menção à mãe além de sugerirem que ela e eles continuassem morando em Hinsford Manor, que agora era de Anastasia.

A mãe desviou o olhar para Abigail sem nem mover a cabeça, e, incisiva, encarou Camille. Ela havia pensado nisso também, então, mas decidira aceitar o dinheiro mesmo assim; desta forma, poderia, mais uma vez, arcar com uma casa para si mesma e as filhas. E talvez ela estivesse certa em aceitar. Parecia justo. O dote havia sido pago pelo vovô Kingsley quando sua mãe se casara com seu pai, mas o casamento não foi válido. Seu pai não tinha direito à quantia. Portanto Anastasia também não tinha direito a ela nem aos juros que foram compensados ao longo dos anos.

— Vamos voltar a morar juntas, mamãe? — perguntou Abigail, a voz dolorida de esperança.

— Você gostaria? Não seria nada tão grande quanto a casa no Royal Crescent.

Duas lágrimas escorreram pelas bochechas de Abigail.

— Eu gostaria — respondeu. — Se for o que a *senhora* deseja, mamãe.

Sua mãe sorriu para ela e voltou a lhe apertar as mãos.

— Ficarei aqui — decidiu Camille, acariciando a cabeça de Sarah quando ela começou se agitar de novo.

— Compreendo — concordou a mãe. — Sinto orgulho de você e do que está fazendo.

Camille ergueu a cabeça para olhá-la.

— Fico feliz pela senhora ter vindo — disse. Foi preciso uma mudança em seu pensamento para que visse a mãe como uma pessoa em vez de como apenas a mãe dela, de Abby e de Harry, mas tudo em sua vida ultimamente a estava fazendo repensar as coisas. Perguntou-se se a vida algum dia voltaria a ser estável.

Sarah abriu os olhos e se preparou para expressar seu descontentamento a plenos pulmões, mas o olhar se concentrou em Camille e, em vez disso, ela sorriu.

— Olá, docinho — cumprimentou-a Camille, ao inclinar a cabeça para beijá-la na bochecha.

A mãe e a irmã observaram em silêncio.

17

Quando chegou à casa no Royal Crescent à tarde, Camille foi informada de que tia Louise havia saído com tia Mildred e tio Thomas para visitar um velho conhecido que encontraram na igreja pela manhã. Alexander havia levado a avó, a mãe de Camille e a mãe dele para um passeio em Beechen Cliff com a justificativa de que o tempo estava bom demais para ser desperdiçado dentro de casa. Elizabeth, Jessica, Anastasia e Avery estavam em casa com Abigail.

Avery logo tratou de conduzir Elizabeth até a janela da sala de visitas — de propósito? — e os dois ficaram lá, conversando e olhando para fora e apontando várias coisas na parte externa. Abigail e Jessica estavam sentadas lado a lado no sofá. Camille ocupou a cadeira próxima a elas, e Anastasia se aproximou. Foi corajoso da parte dela, Camille teve que admitir para si mesma. Ela e Abigail tinham sido as meias-irmãs que haviam rejeitado as tentativas dela de ligação fraternal, e até mesmo Jessica — que era sua cunhada e morava com ela e Avery, assim como com tia Louise — ressentira-se de início, e talvez ainda se ressentisse.

Era tudo injusto, é claro. Embora Anastasia agora se vestisse com roupas caras, ela com certeza não exibia a própria riqueza. Vestia-se com elegância simples e discreta. E se portava com calada dignidade. Ela também estava bonita e feliz, mesmo que um pouco insegura no momento. Era dificílimo desgostar dela. E um pouco impossível também.

— Eu esperava ter a oportunidade de trocar umas palavras em particular com as minhas irmãs esta tarde — declarou ela, primeiro olhando na direção de Avery e depois olhando cada uma delas. — Faremos um anúncio, de certa forma, para toda a família esta semana, mas eu queria que vocês três fossem as primeiras a saber que eu e Avery estamos esperando um filho e que estamos extremamente felizes. Esperamos que vocês também gostem da perspectiva de serem tias.

Todas a encararam como se paralisadas pelo choque. Mas, na verdade, não era tão surpreendente. Anastasia e Avery estavam casados fazia alguns meses, e havia algo em Anastasia, um brilho de plenitude e bem-estar, que poderia ter falado por si só. Tal anúncio de uma irmã para as outras três com certeza deveria incitar gritinhos de animado deleite, mas Jessica parecia ter levado um soco no queixo, Camille se sentiu uma mera observadora e Abigail — ah, querida Abby! — estava se recuperando. Ela levou as mãos unidas, como se em oração, até os lábios e abriu um sorriso lento e radiante em torno dos dedos, e até mesmo os olhos brilharam.

— Oh, Anastasia — reagiu ela, com tranquila calidez —, que notícia maravilhosa! Estou tão feliz por vocês. E obrigada por nos contar primeiro. Foi muita gentileza de sua parte. Minha nossa, eu vou ser a tia Abigail, mas isso me faz parecer muito idosa. Devo insistir em ser chamada de tia Abby. Oh, conte-nos... vocês preferem menino ou menina? Mas é claro, devem preferir um menino para herdar o ducado.

— Avery diz que não se importa com o que for, contanto que apenas *seja* — contou Anastasia, e Camille agora podia ver a animação esfuziante que ela tinha mantido escondida. — Se for uma menina dessa vez, ela será amada tanto quanto o herdeiro seria. E, em verdade, Abigail, eu não pensaria no menino como *o herdeiro*, apenas como filho meu e de Avery.

Jessica apanhou um pouco do entusiasmo de Abby e se inclinou para frente no sofá.

— É por *isso* que você andava preguiçosa e sonolenta todas as manhãs? — perguntou ela.

— Preguiçosa. Foi essa a desculpa que Avery deu para minha demora? — indagou Anastasia, fazendo careta, depois rindo.

— Oh, minha nossa — prosseguiu Jessica. — Eu também vou ser tia, Abby. Ou uma meia-tia, de qualquer forma. Existe isso de *meia*-tia?

Do outro lado da sala, Camille encontrou o olhar indolente de Avery. Ela o desviou antes de ele se voltar para a janela.

— Estou muito feliz por você, Anastasia — disse, e foi atingida pelo olhar de puro anseio que a meia-irmã lhe lançou antes de escondê-lo com um simples sorriso.

— Está, Camille? Obrigada. Depois que o bebê nascer, você e Abigail devem ir passar uma temporada conosco em Morland Abbey se a srta. Ford puder ser convencida de ficar sem você na escola, e se puder ser persuadida a ficar longe de lá. Quero que meus filhos conheçam todos os parentes e que os vejam com frequência, ainda mais as tias e o tio. A família é algo muito precioso.

Camille não achava que estava recebendo um sermão. Anastasia só falava de coração e por experiência própria, já que crescera em um orfanato sem sequer saber que tinha família. O coração da própria Camille estava apertado. Ela sabia a preciosidade que era sentir um bebê nos braços mesmo não sendo seu. Sarah não era sua, e o bebê de Anastasia também não seria. Oh, que maravilhoso seria se... A força do instinto maternal a assustou.

Abigail e Jessica riam de alegria, como nos velhos tempos. Estavam sugerindo nomes para o bebê e ficando mais absurdas a cada momento. Anastasia ria com elas. Avery dizia algo a Elizabeth e apontava para o oeste. O esplendor de sua aparência era um contraste nítido com a simplicidade de Anastasia. Ele usava um anel quase que em cada dedo, enquanto a única joia que ela usava era a aliança de casamento. Sábia Anastasia. Escolhera não competir com ele. Ou talvez tivesse sido algo inconsciente.

Camille decidiu partir antes que a mãe e a avó chegassem do passeio. Se ficasse, haveria o chá e pelo menos mais uma hora de conversa, e então, era bem provável que Alexander ou Avery insistissem para levá-la em casa. Havia tomado a decisão de passar algum tempo com a família na semana seguinte, mas não queria ser sugada de volta ao rebanho à custa de sua independência recém-conquistada. No entanto, não conseguiu escapar de tudo. Avery interrompeu a conversa com Elizabeth quando Camille ficou de pé.

— Darei a mim a honra de acompanhá-la, Camille — anunciou, daquele jeito lânguido bem típico dele. — Deixarei a carruagem para você e Jessica, Anna.

— Não há necessidade — disse Camille, cáustica. — Estou bastante acostumada a andar por Bath desacompanhada. Ainda não encontrei nem um único lobo.

— Ah — reagiu ele, levando o monóculo a meio caminho do olho —, mas não foi um pedido, Camille. E, na minha experiência, há muito pouco que as pessoas *precisem* fazer. Considero um pavor a mera possibilidade de a vida de alguém ser regida pela noção de dever.

Ela conhecia Avery bem o bastante para perceber que nunca havia sentido em discutir com ele. Despediu-se dos outros.

— Eu me pergunto — falou ela, ácida, quando chegaram à calçada em frente à casa e a porta se fechou —, se você comunicou a Anastasia que ela se casaria com você e, quando ela recusou, informou que não estava fazendo um pedido.

— Estou de coração partido — ele lhe ofereceu o braço — por você pensar que sou tão desprovido de encantos e atrativos pessoais para que Anna não tivesse dito sim no mesmo instante em que eu disse que ela se casaria comigo.

Ela aceitou o braço e lançou um olhar para ele, reprimindo o desejo de rir.

— Como a convenceu? — perguntou.

— Bem, foi assim, veja bem — iniciou ele, conduzindo-a em direção à Brock Street e, presumia-se, em direção ao declive da Gay Street que levava à cidade, uma rota que ela costumava evitar. — A condessa viúva e as tias e primas, com uma ou duas exceções, estavam tentando convencê-la de que a atitude mais sensata que ela poderia ter era casar-se com Riverdale.

— Alexander? — indagou ela, atônita, mas teria feito sentido, decerto. Um casamento entre os dois teria reunido a propriedade vinculada e a fortuna para sustentá-la.

— Dei a ela uma alternativa. Informei que poderia ser a duquesa de Netherby em vez disso, caso ela desejasse.

— Simples assim? Diante de todo mundo?

— Não fiquei de joelhos; teria me exposto ao ridículo, se assim fosse. Mas agora que você causou uma fratura na minha autoestima, Camille, devo considerar o fato de que o meu título superava o de Riverdale e a minha fortuna ultrapassava em muito a dele. Crê que esses fatos pesaram muito para Anna? — Ele a observava de soslaio com aqueles olhos indolentes.

— Nem por um segundo.

— Você não a considera mercenária ou calculista, então?

— Não.

— Ah. Sabe, Camille, ainda bem que Bath possui várias fontes termais que dizem terem efeitos milagrosos de cura, quer sejam bebidas ou usadas para imersão. Do contrário, seria, sem dúvida, o fantasma de uma cidade ou jamais teria chegado a existir. Essas colinas são uma abominação, não são? Não tenho nem mesmo certeza de que seja seguro para você segurar o meu braço. Temo que a qualquer momento eu possa perder o equilíbrio e despencar lá para baixo em uma tentativa desesperada de fazer com que minhas botas se movam no mesmo ritmo que o resto da minha pessoa.

— Às vezes, você é muito disparatado, Avery.

Ele voltou a virar a cabeça para ela.

— Você concorda com sua irmã nesse ponto — falou ele. — É o que ela diz de mim com frequência.

— Meia-irmã — corrigiu, mordaz.

Ele não respondeu enquanto desciam a Gay Street. Camille precisava admitir, na privacidade da própria mente, que era bom ter o suporte do braço de um homem de novo. E o de Avery parecia surpreendentemente firme e forte quando se considerava o fato de que ele era apenas um centímetro mais alto que ela e esguio e de constituição graciosa. Mas... ele havia derrubado o visconde de Uxbury, e com os pés descalços.

— Avery, por que insistiu em vir comigo?

— O fato de eu ser seu cunhado não é razão o bastante? — perguntou. Por mais estranho que fosse, ela nunca pensara nele nesses termos. — Ah, perdão... *meio*-cunhado, mas isso me faz parecer menor do que sou e, na verdade, sou muito sensível quanto à minha altura, sabe?

Ela sorriu, mas não virou o rosto para ele nem respondeu à pergunta. Estavam quase na parte mais íngreme da descida.

— Acontece, Camille, veja bem — começou ele, a voz mais suave do que antes —, que, embora meu pai tenha se casado com a sua tia anos atrás e que tenha feito de nós primos, de certa maneira, e que eu tenha sentido certa afeição de primos desde sempre para com você, Abigail e Harry; e embora eu conheça Anna há apenas uns poucos meses e que possa parecer injusto que eu não sinta menos por ela por causa disso, na realidade, minha querida, gosto dela desesperadamente. Se perdoar a minha vulgaridade, a antiga Lady Camille Westcott talvez não perdoasse, mas a Camille de agora talvez possa, eu até mesmo chegaria a ponto de dizer que estou completamente apaixonado por ela, mas isso só se você perdoar a vulgaridade. Se não puder, então manterei a confissão embaraçosa para mim mesmo.

Camille sorriu de novo, embora se sentisse um pouco abalada. Fazia sentido, sem dúvida. No entanto, pensou ela, que o frio, reservado, cínico, inescrutável e totalmente autossuficiente duque de Netherby se apaixonaria com o ardor de mil sóis se algum dia chegasse a isso. Quem, contudo, teria previsto que seria por alguém como Anastasia, *que quando chegara a Londres parecera tão maltrapilha quanto Joel*? Esse último pensamento a deixou ainda mais abalada.

— O que você está tentando dizer, Avery?

— Pobre de mim, espero estar fazendo mais do que *tentar*, Camille, depois de ter desbravado os perigos desta colina suicida. O que estou dizendo é que Anna entende. Creio que a compreensão, paciência e amor dela serão infinitos, se necessário for, assim como a mágoa dela será. Ela me ama tanto quanto a amo, disso não tenho dúvida. Ela está tão exultante de felicidade com o iminente nascimento do nosso filho quanto eu estou aterrorizado. Ela ama e é amada por um círculo familiar bem grande, tanto pelo lado da mãe como pelo do pai. Os avós maternos a adoram e ela os adora também. Ela tem tudo o que os sonhos mais fantasiosos seriam capazes de proporcionar a ela durante a maior parte da vida. Não, corrigindo, *quase* tudo.

— Avery — disse ela, ao chegarem ao terreno plano. — Fui cortês quando você e ela visitaram a casa de minha avó na volta da sua viagem de núpcias. Fui cortês na noite passada. Desejei o bem a ela esta tarde. Disse que estava feliz por ela, e fui sincera. Por que não seria? Como eu poderia desejar mal a ela? Seria monstruoso de minha parte. E por que só eu? Não serão Abby, Jessica e Harry destinatários dessa advertência?

Ele estremeceu, melodramático.

— Minha querida Camille, espero que eu jamais *advirta* alguém. Isso parece requerer um imenso gasto de energia. Anna anseia por amor, amor pleno e incondicional de vocês quatro, mas do seu em particular. Você é mais forte, mais determinada que os outros. Ela a admira mais e a ama mais, embora ralhe comigo quando digo tal coisa e me lembre de que o amor não pode ser medido. Seria de se esperar que ela ficasse agastada, desdenhosa ou um sem-fim de sentimentos negativos quando ficou sabendo que você está dando aulas onde ela as recebeu e também que você morava onde ela morou. Em vez disso, ela chorou, Camille... não de humilhação, mas de orgulho, admiração, amor e convicção de que você obteria sucesso e provaria que todos os seus críticos estavam errados.

Camille não podia se lembrar de qualquer outra ocasião em que Avery havia falado tanto e, na maior parte, sem a enfastiada afetação de sempre.

— Avery, há uma diferença entre o que alguém sabe e determina com a própria cabeça e o que alguém sente no fundo do próprio coração. Fui ensinada e sempre me esforcei para viver de acordo com o último caso. Sempre acreditei que o coração é tempestuoso e pouco digno de confiança, que é melhor reprimir as emoções em nome do bom senso e da dignidade. Sou tão novata na minha presente situação quanto Anastasia é na dela. E não tenho certeza de que os primeiros 22 anos de minha vida tenham valido de muita coisa. De muitas formas, eu me sinto como uma criança indefesa, mas enquanto crianças estão descobrindo os dedos das mãos, dos pés e a boca, eu estou descobrindo coração e sentimentos. Dê-me tempo.

Pelo amor de Deus, o que ela estava dizendo? E a quem estava dizendo? *Avery* dentre todas as pessoas? Sempre desprezara seu indolente esplendor.

— O tempo não é meu para dar, Camille — disse ele, enquanto se viravam para Northumberland Place. — Ou tomar, mas eu me pergunto se o advento de Anna na sua vida foi tão abençoado quanto na minha. É o bastante para fazer alguém acreditar no destino, não é? E se esse não for um pensamento caótico e desregrado, estremeço ao pensar o que seja.

Camille, o que aconteceu com você certamente deve ter sido a melhor coisa que poderia ter acontecido.

... eu me pergunto se o advento de Anna na sua vida foi tão abençoado quanto na minha.

Dois homens muito diferentes dizendo basicamente a mesma coisa: a maior catástrofe da sua vida talvez tivesse sido a maior das bênçãos.

— Ah — falou Avery —, o pretendente apaixonado, se não estou enganado.

Ela lhe lançou um olhar interrogativo e então se virou para onde ele olhava. Joel estava em frente ao orfanato.

— O *quê*? — perguntou ela, fazendo careta.

Mas Joel a vira e caminhava em sua direção pela calçada. Ele parecia um pouco desgrenhado, e também maltrapilho.

— Aí está você — disse ele, quando ainda estava a alguma distância. — Enfim.

Joel estivera no culto da manhã, mas decidira passar o resto do dia em casa. Sentiu a urgência de trabalhar, apesar de ser domingo. Estava pronto para pintar Abigail Westcott. Não poderia fazer isso, é claro, porque primeiro teria que colocá-la nas roupas certas e com o penteado certo e sob a luz e cenários certos. Faria isso em um dia da próxima semana, se o tempo dela não estivesse muito tomado pela visita da família, mas ele podia e ia trabalhar no esboço preliminar.

Esse era diferente dos outros esboços que ele tinha feito de seus modelos. Eram impressões fugidias, que geralmente capturavam somente uma faceta da personalidade ou do humor que o atingiam. Neles, ele não tentava alcançar uma impressão abrangente do que a pessoa era. O esboço preliminar era muito mais próximo ao que seria o último esboço, e depois o retrato. Nele, ele tentaria colocar juntas aquela miríade de impressões fugidias para formar algo que capturasse a pessoa por inteiro. Antes que pudesse levar a atividade a cabo, no entanto, teria que decidir qual era o traço predominante da personalidade e o quanto das outras seriam incluídas e, o mais importante, *como*. Também teria que decidir a melhor pose para o retratado para poder capturar a personalidade. Era um estágio complexo e crucial do processo e precisava de um bom equilíbrio entre razão e intuição, e total concentração.

Ele o começara na manhã de domingo em vez de observar o dia de descanso, porque estava cansado dos pensamentos incompletos e desordenados provocados pelos muitos eventos das últimas duas semanas e queria recuperar a sua já conhecida, e tranquila, rotina. E logo foi absorvido pelo esboço.

Ele queria pintá-la sentada, com as costas retas, mas levemente inclinada para a frente, encarando o observador como se estivesse prestes a falar ou rir. Ele queria o rosto levemente corado, os lábios levemente separados, os olhos resplandecendo de entusiasmo e... Ah, os olhos eram a chave de todo o cenário, como costumavam ser em seus retratos, mas agora mais que nunca com ela. Pois tudo nela sugeria luz e bom-humor e uma animada expectativa de que a vida lhe traria boas experiências e um ímpeto de dar felicidade em troca. Mesmo que os olhos devessem sugerir esses pormenores, eles deviam fazer muitíssimo mais que isso. Pois ele não queria passar a impressão de que ela era só uma menina bonita e basicamente superficial que nada sabia da vida e de sua realidade muitas vezes dura. Nos olhos deveria haver a vulnerabilidade que sentira nela, a melancolia, a perplexidade, até mesmo a dor, mas a força essencial da esperança na capacidade da bondade de vencer o mal, ou, no caso de essas palavras serem fortes demais para o que ele sentia em uma menina tão jovem, então o poder da luz de sobrepujar as trevas.

Teria captado bem? Havia profundidade de caráter nela que o fizera pensar que houvesse? Ou ela era só uma menina meiga que havia sofrido muita tristeza nos últimos meses? Havia conversado muitas horas com ela. Fizera inúmeros esboços. Observara-a no jantar da noite anterior. Sabia de muitos fatos. Mas, em última análise, e como sempre, ele deveria esboçar e pintar de acordo com a intuição e confiar em que havia mais verdade do que todos os fatos que ele reunira. Os fatos eram falhos. Fatos deixavam escapar o que havia por baixo deles. Aos fatos faltava alma.

Ele sentiu uma imensa ternura por Abigail Westcott, como sentia por todos os seus retratados, pois não havia nada como o processo de pintar o retrato de alguém para se conhecer a pessoa por dentro, e conhecendo, não se podia evitar sentir empatia.

Ele havia acabado de concluir o esboço e dado um passo para trás, afastando-se do cavalete para poder olhá-lo com um pouco mais de objetividade quando uma batida soou à porta e o susto o trouxe de volta à realidade. Ele não tinha ideia de quem era, mas sabia que, quando mergulhava no trabalho, as horas desapareciam sem rastro e o deixavam com a sensação de que com certeza havia começado há poucos minutos. O estômago parecia vazio, um sinal irrefutável de que perdera uma refeição por mais de uma ou duas horas. Talvez fosse Marvin ou Edgar vindo ao seu resgate para arrastá-lo para comer em algum lugar.

Não era nenhum dos dois. O homem de pé diante da sua porta era um estranho, um homem mais velho de porte firme e empertigado e semblante severo e bem-apessoado. O chapéu estava em sua mão. O cabelo escuro, grisalho nas têmporas.

— Sr. Joel Cunningham? — perguntou ele.

— Sim. — Joel ergueu as sobrancelhas.

— Seu vizinho lá embaixo atendeu à porta quando bati — explicou o homem — e sugeriu que eu viesse aqui em cima.

O que Edgar deveria ter feito, pensou Joel, era chamá-lo para ir lá para baixo. É claro, ele havia julgado o homem como respeitável o bastante para permitir a sua entrada.

— Eu expliquei — começou o homem, como se lesse seus pensamentos — que sou um advogado e tenho assuntos pessoais de certa importância para tratar com o senhor.

— Em um domingo?

— O assunto é um tanto quanto delicado. Posso entrar? Sou Lowell Crabtree, do escritório Henley, Parsons and Crabtree.

Joel se moveu para o lado e fez sinal para o homem entrar. Ele o conduziu até a sala de estar e disse para o homem se sentar. Começou a ter um terrível presságio.

— Sou o advogado encarregado do espólio do falecido sr. Adrian Cox-Phillips. Compreendo que o senhor já foi informado do triste falecimento dele ontem pela manhã.

— Fui — confirmou Joel, sentando-se de frente para ele.

— É de praxe que eu leia o testamento para a família depois que o falecido é sepultado... na terça-feira, nesse caso em particular.

Tão logo? Joel franziu a testa. Ele decidiu na noite anterior que tentaria descobrir quando seria o funeral para que pudesse ir, embora não fosse se revelar para qualquer um dos enlutados. Não pensava que o visconde de Uxbury fosse prestar atenção nele.

— Era desejo do sr. Cox-Phillips que ele fosse sepultado o mais rápido e com o mínimo de estardalhaço possível. Ele tem... três parentes vivos, todos hospedados em sua casa neste momento. Dois deles foram particularmente insistentes para que eu não esperasse até depois do funeral para fazer a leitura do testamento. Precisavam voltar para sua vida ocupada assim que prestassem homenagem ao parente — explicou Crabtree.

Joel leu certa desaprovação na rigidez do comportamento do homem.

— Eles insistiram para que eu o lesse esta manhã. Meus sócios sêniores acharam por bem me persuadir a concordar, embora segunda-feira, especialmente a *manhã* de segunda-feira, seja um inconveniente, pois vindo como vem depois do domingo, que sempre guardei de forma bem estrita como o sabá com a sra. Crabtree e nossos filhos. No entanto, cedi a ser na manhã de segunda-feira. O sr. Cox-Phillips arrancou uma promessa de mim quando tratei de negócios com ele alguns dias atrás. Ele me instruiu a encontrá-lo e falar com o senhor em particular antes que eu lesse o testamento para seus parentes.

A sensação de mau agouro de Joel ficou mais forte.

— Para qual fim? — perguntou, embora, sem qualquer dúvida, fosse desnecessário. Havendo dito tanto, o advogado não estava prestes a parar ali e ir embora. — Embora eu fosse aparentado com o sr. Cox-Phillips, sou apenas o filho bastardo de sua sobrinha.

Crabtree tirou alguns papéis da maleta de couro que trazia consigo, farfalhou-os em suas mãos e olhou para Joel com solene severidade.

— De acordo com o testamento — começou o homem —, pensões generosas serão pagas a alguns dos seus criados que estiveram com ele por muitos anos, e pagamentos igualmente generosos serão feitos aos outros. Uma soma considerável foi deixada para um orfanato em Northumberland Place, para onde ele fez polpudas doações anuais por quase trinta anos. O resto dos bens e fortuna, sr. Cunningham, incluindo sua casa nas colinas acima de Bath e outra em Londres, a qual encontra-se alugada, foi deixado para o senhor.

Havia um zumbido nos ouvidos de Joel. Nunca lhe ocorrera... Bom Deus.

— Mas eu recusei — confessou ele. — Quando ele me ofereceu mudar o testamento a meu favor, eu recusei.

— Mas ele mudou ainda assim — pontuou Crabtree. — Não posso atribuir um valor exato à sua herança no momento, sr. Cunningham. Foi tudo muito repentino e terei de trabalhar nisso. Sugiro que vá ao meu escritório essa semana e poderei pelo menos lhe dar uma ideia de onde estão seus investimentos e qual é o valor aproximado deles, mas é uma fortuna considerável, senhor.

— Mas e os parentes do meu tio-avô? — perguntou Joel, erguendo as sobrancelhas.

— Creio — opinou o advogado, com certa satisfação na voz — que o visconde de Uxbury, o sr. Martin Cox-Phillips e o sr. Blake Norton ficarão decepcionados. É muito possível que qualquer um deles conteste o testamento. No entanto, ficarão ainda mais decepcionados se ainda o fizerem. O sr. Cox-Phillips foi cuidadoso ao escolher seis homens respeitadíssimos para testemunhar a assinatura de seu novo testamento. Entre eles estava um médico, o vigário de sua paróquia e dois de seus vizinhos mais próximos, um dos quais é um membro proeminente do Parlamento, enquanto o outro é um baronete, o sexto da linhagem. O outro é um juiz de quem a palavra nem mesmo o mais corajoso dos advogados sonharia em questionar.

O sr. Crabtree não se demorou. Tendo entregado a mensagem, levantou-se, apertou a mão de Joel, expressou sua esperança de vê-lo em breve em seu escritório, desejou-lhe um bom-dia e se foi.

Joel trancou a porta, voltou para a sala de estar e ficou diante da janela, não vendo nada, nem mesmo o advogado percorrendo a rua. Não, nem uma vez lhe ocorreu que o seu tio-avô iria adiante com o plano de deserdar os parentes legítimos mesmo depois que Joel dissera, sem deixar margem para equívocos, que não desejava ser usado como peão em um jogo de capricho.

E ele o fizera mesmo assim.

Seu tio-avô vinha fazendo doações para o orfanato havia quase trinta anos. Vinte e sete para ser exato? Era a idade de Joel. Por quê? A avó sempre o tinha auxiliado lá.

Foi só o rancor para com os outros três que o determinara a mudar o testamento em favor de Joel?

Por que ele não havia se dado a conhecer antes?

Vergonha?

Por que convocara Joel para contar sobre a mudança de planos? E ele acabara de inventar aquela história de querer torcer o nariz, por assim dizer, para os três homens que jamais demonstraram qualquer afeição por ele além do seu dinheiro? Teria sido seu motivo real o desejo de deixar tudo para um parente próximo, neto, ainda que ilegítimo, de sua irmã, a quem ele era obviamente afeiçoado? No fim, ele não tinha sido capaz de resistir a dar uma olhada em Joel pelo menos uma vez antes de morrer? Joel se lembrava de ter ficado de pé pelo que pareceu muito tempo naquele feixe de luz enquanto os olhos do ancião se moviam desde a sua cabeça até os pés, talvez buscando alguma semelhança com a irmã ou a sobrinha.

Era tarde demais para fazer perguntas. Havia a dor das lágrimas não derramadas na garganta de Joel.

Seu primeiro instinto tinha sido repudiar o testamento, dizer a Crabtree que ele ainda não queria nada, que não aceitaria o que lhe tinha sido legado. Teria sido possível? A resposta não importava, no entanto, pois ele havia descoberto, em uma reflexão mais sincera, que, afinal das contas, ele não queria recusar.

Aquela casa era dele. Ao que parecia, havia outra em Londres. Ele não sabia a extensão da fortuna que herdara, mas o advogado dissera que era considerável. Joel não fazia ideia da quantia que compreendia uma fortuna considerável, mas até mesmo umas poucas centenas de libras pareceriam vastas para ele. Suspeitava que haveria mais que isso. Milhares, talvez?

Ele era rico.

E quem não desejava, bem lá no fundo, receber uma herança inesperada apenas uma vez na vida? Que não sonhava em segredo com tudo o que poderia ter e tudo o que poderia fazer com uma fortuna inesperada?

Ele e Anna, e as outras crianças também, haviam brincado disso inúmeras vezes enquanto cresciam. O que você faria se alguém lhe desse dez libras, cem libras, mil libras, um milhão de libras...

E pensar em Anna o fez pensar em Camille. E, de repente, sentiu a necessidade arrebatadora, quase alarmante, de vê-la, de contar a ela, de... Não parou para analisar. Pegou o chapéu e a chave e saiu dos aposentos sem nem olhar para trás. Ele se lembrou, quando cruzava a ponte, que ela estaria no Royal Crescent naquela tarde, visitando a mãe. Já teria voltado? Ela ficaria para jantar? Talvez para passar a noite?

Ela não estava em parte alguma do orfanato, e ninguém sabia com certeza quando ela voltaria, embora nada tivesse falado sobre não voltar à noite. Ele andou para lá e para cá na calçada por alguns minutos, perguntando-se se deveria ir até o Crescent para falar com ela lá ou simplesmente ir para casa. Pareceria muito estranho se ele fosse até lá, e talvez se desencontrassem se ela tivesse voltado para casa por uma rota diferente da dele. Ainda estava indeciso quando ela virou a esquina. Joel se apressou na direção dela, sem nem ao menos notar que ela não estava sozinha.

— Aí está você — disse ele, todo o seu ser inundando de alívio. — Enfim.

18

— Ele não deu ouvidos ao que eu disse — contou Joel, segurando ambas as mãos de Camille e as apertando com força. — Ele foi adiante.

Camille lhe lançou um olhar interrogativo ao apertar as mãos dele também. Mas, por mais estranho que parecesse, ela sabia exatamente do que ele falava.

— Ele deixou tudo para mim — Joel deixou escapar —, exceto uns poucos legados para os criados fiéis e para *o orfanato*, Camille, para onde ele vinha doando somas anuais por toda a minha vida. Bom Deus, ele deixou tudo para mim. — Foi quando ele reparou em Avery, que estava quieto ao seu lado. — Perdão. Não o vi aí.

— Minha nossa — reagiu Avery, fatigado. — Devo entender que o senhor acabou de herdar a fortuna de Cox-Phillips? Permita-me lhe dar felicitações.

— O senhor não entende — disse Joel, as mãos deslizando das de Camille. — Quando ele me informou no nosso primeiro encontro uns dias atrás que pretendia mudar o testamento a meu favor, recusei a oferta com bastante veemência.

— Cox-Phillips o *informou*? O senhor recusou a *oferta*? — repetiu Avery. Como era previsível, o monóculo havia encontrado o caminho de sua mão, embora ele não tivesse chegado a levá-lo ao olho. — Homens ricos e poderosos fazem muito mais coisas declarando do que pedindo, meu caro companheiro. Em muitos casos, é *por isso* que eles são ricos e poderosos.

— Nem me ocorreu que ele não levaria em consideração o que eu disse.

— Joel — falou Camille —, eu sinto muito.

O monóculo de Avery virou na direção dela, dessa vez chegando até o olho.

— Extraordinário — observou ele. — Deve ser coisa de família. Você recusou receber uma divisão da fortuna do seu pai uns meses atrás, Camille, assim como Harry e Abigail. Anna teria recusado tudo se fosse capaz. Agora,

ALGUÉM PARA ABRAÇAR **239**

você está com pena deste pobre homem porque ele acabou de herdar uma fortuna. É o bastante para eu me encher de contentamento pelo sangue Westcott não correr nas minhas veias, embora um pouco dele estará nas veias dos meus filhos, que eu me lembre.

— Perdão — Joel voltou a falar. — Se o tivesse visto, Netherby, não teria revelado as minhas notícias como fiz.

— E tenho a distinta impressão de que minha presença aqui como escolta da minha prima de consideração seria deveras desnecessária — respondeu Avery. — Devo presumir que ela foi entregue em segurança em casa e me pôr a caminho. — Ele fez exatamente isso sem emitir outra palavra, voltando pelo caminho pelo qual tinham vindo.

— Deve ter parecido estranho eu não ter sequer notado que ele estava com você — comentou Joel, fazendo careta para o homem.

— Fico lisonjeada. Avery costuma chamar a atenção de todos aonde quer que vá. É esse extraordinário senso de *presença* que ele cultivou. Todo o resto pode muito bem ser invisível, mas não é isso o que importa agora. Joel, como você sabe do testamento?

— Aqueles três parentes do meu tio-avô insistiram para que o testamento fosse lido amanhã pela manhã — contou a ela —, antes mesmo do funeral na terça-feira, mas ele deixou instruções específicas para o advogado me procurar de antemão e me informar, em particular, do conteúdo do testamento em vez de me convocar para a leitura oficial. Talvez ele esperasse me poupar de quaisquer dissabores que a minha presença poderia incitar.

— É de se desejar que o advogado de meu pai tivesse agido com igual discrição.

— O sr. Crabtree, o advogado do meu tio, aliás, foi aos meus aposentos essa tarde, mesmo sendo domingo.

— Então os outros três só saberão amanhã.

— Isso. — Ele fez careta. — Não creio que ficarão emocionados, mas Crabtree me assegurou que, se eles tentarem contestar o testamento, não terão sucesso.

— Queria muito estar escondida em algum canto daquela sala amanhã — confessou —, assim como Anastasia se escondeu nos galhos de uma árvore no Hyde Park na manhã do duelo. Eu *queria* ver o rosto do visconde de Uxbury quando o testamento for lido. Está muito infeliz com a herança?

Ele hesitou por uns instantes.

— Tenho quase vergonha de admitir, mas não creio que esteja.

Anastasia cresceu nesse orfanato, Camille pensou, olhando para o prédio, e havia, recentemente, descoberto que era a única herdeira de uma imensa fortuna. Joel cresceu ali e tinha acabado de descobrir que era o único herdeiro de uma fortuna. Quais seriam as probabilidades? Provavelmente uma em milhões, talvez bilhões. Ou talvez não. Era, afinal de contas, um orfanato no qual havia um bom número de crianças sustentadas por benfeitores ricos, mães, pais ou outros parentes. Acontecera, de qualquer forma. Ela, por outro lado, havia ido na direção oposta, mas não estava prestes a chafurdar em autopiedade.

— Então estou feliz por você — admitiu, mesmo percebendo que tudo mudaria agora, que provavelmente perderia o novo amigo, a quem estava apenas começando a pensar como tal.

Os olhos dele esquadrinharam o seu rosto.

— Esse se tornou um ótimo dia, afinal de contas — disse ele, olhando para o céu azul, no qual todas as nuvens matutinas haviam desaparecido. — Vamos dar uma caminhada? Ou você já caminhou o bastante? Acabou de chegar do Royal Crescent, suponho. Mas... ao longo do rio? Não fica longe e há alguns bancos lá.

— Muito bem — concordou ela, e eles passaram direto pelo orfanato, mas em vez de atravessarem a Pulteney Bridge quando lá chegaram, desceram a trilha para caminharem na margem do rio, passando pelo açude, que parecia uma enorme ponta de flecha em uma boa porção da sua largura, e foram em direção à Abadia de Bath. O sol cintilava sobre a água e irradiava calor sobre eles. Alguns patos balançavam pela superfície da água. Crianças corriam e gritavam ao longo do caminho, seus acompanhantes adultos vindo logo atrás em um ritmo mais tranquilo. Algumas crianças do outro lado puxavam um barco de brinquedo por uma corda paralela à margem.

Dois idosos ocupavam o primeiro assento pelo qual eles passaram. Um deles jogava migalhas de pão para os patos. Um casal de meia-idade desocupou o banco seguinte antes que lá chegassem, e Joel e Camille se acomodaram.

— Você está mesmo muito feliz com o que aconteceu, então? — perguntou Camille. Foram praticamente as primeiras palavras que um deles falara desde que começaram a caminhada.

— É muito vulgar de minha parte, não é? Rejeitei o que pensei ser uma oferta uns dias atrás porque não queria ser usado como peão no jogo do legado de Cox-Phillips e porque abomino a ideia de permitir que a minha afeição seja comprada quando eu a teria dado por livre e espontânea vontade durante toda a minha infância. Mas, ainda assim, ele deixou tudo para mim. Não sei por que e, agora, jamais saberei. Minha primeira reação esta tarde foi repulsa e negação, mas devo admitir que foi algo momentâneo. Então a realidade me atingiu: eu estava rico. Eu *estou* rico. Ao menos, acredito que sim. Crabtree não podia me dizer o tamanho da fortuna, mas me assegurou de que era considerável, e incluía a mansão nas colinas e até mesmo uma casa em Londres. Como alguém resiste quando uma fortuna lhe é confiada? Continuo pensando no quanto isso pode mudar a minha vida... em como isso *mudará* a minha vida.

Ele se inclinava para a frente no assento, os antebraços apoiados nas coxas, as mãos pendendo entre elas, seus olhos encarando o rio, a expressão intensa. Camille podia sentir a animação refreada e um calafrio a percorreu, apesar do calor do sol. Sim, a vida dele mudaria, e ele mudaria. Disso não havia dúvida.

— Eu poderia morar naquela casa se eu quisesse — disse ele —, com criados. E ter uma carruagem minha. Eu poderia ir a Londres. Tenho uma casa lá, embora esteja alugada no momento. *Londres*. Poderia enfim conhecer a cidade. Eu poderia ir ao País de Gales ou à Escócia. Eu poderia ir ao País de Gales *e* à Escócia, e viajar o mundo. Eu poderia parar com os retratos e pintar mais paisagens só para mim.

— Você poderia comprar um casaco novo e botas novas — apontou ela.

Ele virou a cabeça de supetão em sua direção, como se tivesse acabado de se lembrar que ela estava ali.

— *Você* resistiu a uma fortuna — falou ele. — Ou a um quarto de uma fortuna, pelo menos. Como fez isso, Camille, quando a alternativa era a penúria?

Não seria bem aceitar caridade, seria? O pai havia feito o testamento após o nascimento de Anastasia, mas havia cometido o descuido de fazer outro durante os 25 anos que se seguiram. Ele sempre agiu como se *eles* fossem sua família legítima, sua mãe, ela, Harry e Abby, apesar de ele nunca ter demonstrado qualquer amor verdadeiro a qualquer um deles. Talvez ele tivesse vindo a acreditar. Com certeza tinha intenção de cuidar para que todos estivessem bem-providos. Talvez tivesse se esquecido do testamento anterior. Ou talvez ele sempre tivesse pretendido fazer outro, mas nunca levado a tarefa a cabo. Ou... talvez ele sempre tivesse, propositalmente, desfrutado da piada do que estava fadado a acontecer após a sua morte. Quem saberia? Mas com certeza Anastasia estava sendo justa, não simplesmente fazendo caridade, em sua crença de que os quatro deveriam dividir os bens e a fortuna que não estavam vinculadas ao título. Eles poderiam ter aceitado sem se sentirem imerecidamente em dívida com ela.

— Eu não era a única envolvida, veja bem — começou ela. — Harry perdeu muito mais que eu. Ele era o conde de Riverdale, Joel. Era fabulosamente rico. Ele tinha sido criado para o tipo de vida que havia acabado de assumir. Ele teria cumprido as responsabilidades, embora ainda estivesse semeando vento. Tudo, a própria fundação da vida dele, foi tomado. E minha mãe perdeu muito mais que nós. Ela havia se casado bem e cumprido seus deveres como condessa, esposa e mãe por mais de vinte anos antes de tudo isso, até mesmo o nome dela ser tirado. E, de forma bem injusta, ela teve que carregar a culpa de ter dado à luz três filhos ilegítimos. Ela foi deixada com nada, embora nos tenha dito hoje que o dote que meu avô pagou ao meu pai quando eles se casaram foi devolvido com todos os devidos juros. Ela será capaz de levar uma vida independente, embora modesta, enfim. Suspeito que foi Anastasia, não o advogado dela, quem pensou nesse jeito de nos ajudar. Até mesmo Abby perdeu mais que eu. Ela estava prestes a ter a sua estreia na sociedade na primavera seguinte, com todas as melhores perspectivas que o futuro tinha a oferecer. Em vez disso, teve a mocidade tomada dela, assim como todas as esperanças.

— Esperança é algo que brilha nos olhos dela, vindo de dentro — ele lhe disse. — Ela não desistiu, Camille. Talvez ela tenha sorte por ser tão jovem. Ela ajustará as esperanças às circunstâncias. E a mocidade não foi tirada dela. Ela exsuda juventude.

Ele a olhava de forma muito direta, a cabeça virada para trás por sobre o ombro. Sentiria falta dele, pensou, e se repreendeu por ter se permitido apegar-se a ele em tão pouco tempo. Era assim tão carente? É claro, havia a complicação de ela ter se deitado com ele e de ter desfrutado da experiência e de ele ser muitíssimo atraente.

— Você é uma pessoa incrivelmente forte, Camille — elogiou ele. — Mas, às vezes, constrói um muro em torno de si. Está fazendo isso agora. Só assim você consegue se controlar?

Estava prestes a proferir uma réplica raivosa, mas se sentia cansada. Os pés doíam.

— Sim — respondeu.

Os olhos dele continuaram a esquadrinhar o seu rosto.

— Ainda assim, por atrás do muro — observou ele —, você é incrivelmente terna. E é *leal*.

Um garotinho passou correndo naquele momento, jogando uma argola de metal e fazendo muito barulho. Uma mulher — a preceptora? A mãe? — gritava, a alguma distância, para que ele fosse devagar.

Camille sentiu um pouco de vontade de chorar. Aquele sentimento estava se tornando muito familiar, como se as lágrimas que não derramara desde os sete anos até mais ou menos uma semana atrás estivessem determinadas a compensar o tempo perdido.

Joel se recostou, então seu ombro tocava o dela, e olhou em direção ao rio.

— Ou eu poderia vender as casas, investir todo o dinheiro e esquecer tudo isso. Seria possível? Estaria sempre lá, acenando e me tentando? Ou eu poderia doar tudo, mas depois me arrependeria pela eternidade por ter feito isso? O que você acha, Camille? Já se arrependeu de ter dito não?

Arrepender-se? Jamais tinha se permitido pensar no assunto, mas o pensamento havia se infiltrado mesmo assim, especificamente ao perceber que dera as costas para mais do que apenas dinheiro. Não esqueceria com facilidade aquele olhar fugaz de anseio no rosto de Anastasia, mais cedo, quando Camille a parabenizara pela gravidez. E não se esqueceria da repreensão de Avery enquanto eles desciam a colina a caminho de casa, e era o que era. Também não se esqueceria da sugestão de Alexander de que ela não se permitia ser amada. Era isso o que o dinheiro significava para Anastasia? Amor? Era isso o que ela, Camille, havia rejeitado?

Joel voltou a virar a cabeça quando ela não respondeu de imediato, o rosto muito perto do dela, desconfortavelmente perto. Os olhos pareciam escuros e intensos por baixo da aba do chapéu.

— Uma resposta sincera? — perguntou ele.

— Eu não me arrependo desse caminho de autodescoberta em que estou — começou —, embora seja muitíssimo doloroso.

— É? — Os olhos dele desceram para os seus lábios.

— Você sentirá dor também. Ser forçado a se afastar da vida que sempre levou sem uma boa dose de reflexão é doloroso. A maioria das pessoas nunca precisa fazer isso. A maioria das pessoas nunca chega a se conhecer de verdade.

— E você se conhece agora? — De repente, os olhos dele sorriram por baixo da aba do chapéu. — Não se conhecia no dia em que fomos ao Sally Lunn's, você me disse.

Ela soube de algo, então, com a claridade de abalar a mente, e era algo que teria chocado Lady Camille Westcott até o âmago. Queria que ele a beijasse mesmo eles estando em um lugar terrivelmente público. Queria ir para a cama com ele de novo. Seria isso a autodescoberta? Seria ela promíscua? Mas não. Jamais quisera tal coisa com qualquer outro homem e não podia imaginar que algum dia fosse querer. E o que *isso* dizia dela mesma?

— Estou aprendendo — ela respondeu.

O olhar dele não se moveu. Era por demais desconcertante, mas ela também não se afastaria nem desviaria o olhar. Não era mais aquela aristocrata afetada e tão, tão correta. Fazia um belo dia e ela estava sentada perto do rio em uma via pública com um homem que desejava de uma forma muito chocante, mas não se sentiria nem melindrada nem envergonhada. Mesmo que ele fosse mudar e ir para um mundo para onde ela não poderia segui-lo. Passara a vida protegendo os sentimentos, e aonde isso a tinha levado?

Os lábios dele tocaram os seus por um breve instante antes de ele parecer se lembrar de onde estavam e voltar a se recostar, o ombro encostado no dela. O menino com a argola voltou berrando pela trilha, a mesma mulher chamando-o, queixosa. Uma mamãe pata deslizava pelo rio, cinco patinhos vindo logo atrás em uma fila ligeiramente torta. Uma criança gritou de deleite e apontou para eles enquanto se sacodia pendurada nos ombros do pai, e a mãe levou a mão às costas da menina para que ela não se atirasse para trás.

— Joel — disse Camille —, leve-me para casa com você.

Ele não deveria fazer isso, é claro, mas como poderia dizer não quando era o que queria também? Joel não fazia ideia se as idas e vindas dela haviam sido notadas por algum dos seus vizinhos da rua, mas, dessa vez, eles tiveram sorte ao entrar. Ou os outros inquilinos estavam fora, ou se ocupavam calados nos próprios aposentos.

Camille não fingiu ter vindo com ele por qualquer outro motivo senão o óbvio. Tendo removido e pendurado o *bonnet* e o xale, ela se virou para o quarto e olhou ao redor. Ele ficou feliz por ter limpado e arrumado tudo no dia anterior. Havia até mesmo trocado os lençóis.

Ela se despiu sozinha dessa vez, metódica e eficiente, de costas para ele. Mal haviam trocado uma palavra desde que saíram do banco junto ao rio. O cabelo foi solto por último. Ela tirou os grampos, colocou-os na mesa de cabeceira ao lado de um livro, e balançou a cabeça. O cabelo era escuro, basto e brilhoso e caía em ondas quase até a cintura. Apesar da plenitude de sua figura ficar evidente através das roupas, ninguém pensaria que ela fosse tão linda e voluptuosa. E jovem. Na maior parte das personalidades que ela adotava para o mundo exterior, ela parecia atemporal, mas não jovem. Agora ela parecia ter a idade que tinha, uns cinco anos a menos que ele: jovem, vibrante e tão desejável que seu sangue parecia cantar por suas veias e preenchê-lo com o mais doloroso desejo.

Ela puxou as cobertas e se deitou, ao que parecia, sem qualquer vergonha, enquanto ele terminava de se despir e se juntava a ela na cama. Ela se virou de lado e estendeu a mão para ele. Tinha sido virgem da primeira vez, é claro, e um tanto passiva, embora não tivesse sido, de forma alguma, fria nem acanhada. Desta vez, ela fez amor com uma sofreguidão feroz que ele logo igualou, e as mãos, a boca — até mesmo os dentes dela — estavam por toda parte enquanto ele se dedicava à tarefa totalmente desnecessária de excitá-la. Ele foi para cima dela e a penetrou muito mais cedo do que a finesse apropriada ditava, mas não cedo demais, por Deus. Ela estava ardente, molhada e afoita, e o acompanhou, estocada por estocada, rebolando os quadris, e com os músculos internos e as mãos tensas e as pernas entrelaçadas até gritar ao atingir o êxtase um momento antes de ele se derramar nela.

— Camille. — Ele se desvencilhou, indo para o lado dela sem deixar de abraçá-la, acomodou o corpo quente e suado junto ao seu e sorriu enquanto ela suspirava e se entregava a um sono profundo e totalmente relaxado.

Havia desfrutado de sexo regular com Edwina por quase dois anos ou mais sem jamais sentir a necessidade de avaliar os próprios sentimentos ou se perguntar sobre os dela ou ainda considerar suas obrigações. Ele fez todos os três enquanto se deitava ali, confortável, satisfeito e à beira do sono, mas não querendo dormir. Ela cheirava àquele sabonete de fragrância suave que ele havia notado antes, e a suor e mulher. O aroma era maravilhoso.

Camille acordou algum tempo depois e afastou a cabeça o suficiente para olhá-lo. Perguntou-se se levaria outro tapa, mas, não, foi ela quem pedira para ser levada para lá para que fizessem exatamente o que haviam feito. Além do mais, ela havia explicado que o estapeara da outra vez porque ele havia se desculpado e assim diminuído o que para ela foi uma bela experiência.

— *Não* estou prestes a me desculpar — avisou ele.

Ela abriu um sorriso lento. Começou nos olhos e se espalhou para a boca, um sorriso preguiçoso, divertido e feliz. E, oh, Deus, quando aquela pavorosa amazona de que se lembrava de algumas semanas atrás se transformou nessa mulher infinitamente desejável que estava em seus braços e na sua cama?

— Uma pena — disse ela. — Eu poderia ter lhe estapeado a outra face e igualar um pouco as coisas.

Camille Westcott *fazendo piada*?

Ele a beijou, movendo os lábios cálidos e preguiçosos sobre os dela, e com um consentimento tácito, voltaram a fazer amor, dessa vez devagar, sem pressa de chegar aonde iam, aproveitando, desfrutando de cada momento, cada toque e carícia ao longo do caminho. E quando chegou a hora de unir o corpo, ele a puxou para cima de si, posicionando seus joelhos para que lhe abraçassem os quadris, e a penetrou antes que se movessem juntos por muitos minutos de puro êxtase até que o desejo transformou o ato em algo mais premente e eles chegaram ao clímax juntos. Ele ficou bem fundo, e ela se contraiu com força ao seu redor e então relaxou quando ele jorrou dentro dela mais uma vez.

Ele a levou para casa no meio da noite, depois que comeram, conversaram e riram, e ele a esboçou e ela havia feito caretas, as quais ele desenhou, e riram um pouco mais, como uma dupla de crianças, e fizeram amor de novo, totalmente vestidos, exceto nos lugares necessários, no sofá.

Eles se casariam, pensou enquanto caminhavam. Com certeza se casariam, mesmo que não fosse pelas três vezes distintas que haviam aumentado a probabilidade de ele a ter engravidado, mas ele não pediu. Não tinha certeza de qual seria a resposta dela. E, por mais tolo que fosse, não sabia como fazer isso. Enfrentaria um imenso turbilhão nos próximos dias. Ela tinha a família com que se preocupar pela próxima semana. Esperaria. E não havia pressa, de qualquer forma. Levava nove meses para um bebê nascer, não é?

Disseram boa-noite ao chegarem ao orfanato, e ela entrou usando a própria chave e fechou a porta sem olhar para trás, para ele. Deveria ter pedido mesmo assim, mas era tarde demais agora.

Todos os homens se sentiam acanhados e levemente pegajosos pelo pânico quando tinha a ver com propor casamento?

Caminhou até em casa com a cabeça baixa e se viu desejando, sem qualquer lógica, a antiga vida, a de mais ou menos duas semanas atrás, quando as únicas complicações com as quais lidar eram um amor residual do qual não conseguia se livrar e o fato de não haver horas suficientes no dia para pintar todos os retratos que as pessoas queriam.

19

Viola Kingsley, antiga condessa de Riverdale, mãe de Camille, decidira acompanhar a própria mãe e Abigail até o Pump Room na manhã de terça-feira. Foi uma inciativa corajosa, já que era a primeira vez que fazia uma aparição na sociedade de Bath, cujos muitos membros a conheciam bem, já que o escândalo do casamento invalidado tinha proporcionado fofoca o bastante para manter os corteses salões em polvorosa quase a ponto da exclusão de tudo o mais por pouco mais de uma semana, alguns meses atrás.

Ela foi porque não podia se esconder para sempre e porque sua mãe e sua filha mais nova haviam enfrentado as fofocas antes dela e a fizeram se sentir covarde, e porque a filha mais velha havia ido enfrentar o mundo com coragem impressionante e determinação de fazer isso sozinha. Perguntou-se como pôde ter dado à luz a filhos tão admiráveis — Harry estava na Península Ibérica, lutando contra as forças de Napoleão Bonaparte e arriscando a vida todos os dias —, enquanto ela mesma estava abjetamente receosa, escondendo-se no vicariato do irmão, onde não era necessária e atrapalhava seu caminho rumo à felicidade com a dama que o merecia.

Não foi recebida no Pump Room com a deferência lisonjeira que outrora havia imposto como condessa, mas também não lhe deram as costas. Alguns dos amigos da mãe a cumprimentaram com gentileza e outros com cumprimentos educados, enquanto alguns simplesmente fingiam que não a viram. Não demorou muito, no entanto, e a sua antiga sogra, a condessa viúva de Riverdale, chegou com Matilda, Louise e Jessica. A condessa viúva, tendo recebido o sorriso animado de Abigail e o retribuído com outro, uma mão sob o queixo e um comentário de que ela estava tão linda como sempre, entrelaçou o braço com o de Viola, apoiou-se nele e se juntou ao passeio matutino pela sala com ela, dando acenos graciosos com a cabeça de um lado ao outro ao longo do caminho. Matilda e Louise vinham logo atrás, todas assentindo com chapeuzinhos adornados com penas e bondosa altivez.

Abigail, que ainda não tinha amigos jovens em Bath, como Viola veio a saber desde a sua chegada, passeou feliz com Jessica, de braços dados e cabeça inclinada uma para a outra; o sorriso das duas era animado e genuíno.

Quando Avery e Anastasia chegaram pouco depois, o burburinho de emoção ergueu o nível do barulho na sala. Avery não era apenas um duque, algo que por si só já teria causado agitação, mas também era... bem, ele era o duque de Netherby, e ninguém interpretava o papel do aristocrata entediado, altivo e resplandecente melhor que ele. E todos os presentes sabiam da história da duquesa dele, que havia crescido e sido educada em um orfanato que ficava a pouco mais de um sopro do Pump Room, até ser descoberto no início da primavera que ela era a filha legítima de um conde, e era rica além da conta. A história lançava a da Cinderela no ostracismo.

Eles se tornaram o foco da admirada atenção de todos, embora as boas maneiras levassem grande parte das pessoas a manterem distância e se contentar com deferentes mesuras, profundas cortesias e cálidos sorrisos.

— Como ele faz isso, eu não sei — disse a condessa viúva, acenando na direção de Avery com a cabeça —, pois não tenta ganhar a adulação de todos ao seu redor, mas de fato se porta como se estivesse quase farto da vida. Ainda assim, tem uma incrível *presença*.

— Ele tem — concordou Viola. — Mas eu sempre o amarei, mãe. Ele salvou Harry de um futuro pavoroso depois que o pobre menino foi correndo se alistar como soldado raso. E ele comprou a patente de Harry. Creio que foi a melhor solução para o meu menino diante das circunstâncias, mesmo que eu sofra diariamente pela sua segurança, como, ouso dizer, muitas mães por todo esse nosso país. Ele está feliz? Avery, quero dizer.

A viúva lhe lançou um olhar afiado.

— Creio que sim, Viola. Ele nos irritou bastante, é claro, quando estávamos no meio dos preparativos para o casamento e ele simplesmente a levou embora, certa manhã, sem dizer uma palavra para qualquer um de nós, e se casou com uma licença especial, em uma igreja insignificante da qual ninguém jamais ouviu falar, com apenas Elizabeth e o secretário como testemunhas. Mas... bem, se for para acreditarmos em Louise, e ouso dizer que sim, já que ela mora com os dois, eles se adoram. Sim, ele está feliz, Viola, e ela também.

Viola assentiu, e elas prosseguiram com o lento passeio pela sala, assentindo para as pessoas ao passarem, parando vez ou outra para trocar poucas palavras. Quando completaram o circuito, no entanto, ficaram frente a frente com Avery e a esposa, e Anastasia surpreendeu Viola.

— A senhora daria uma volta comigo... tia Viola? — perguntou a duquesa.

Tia Viola. Viola não era tia dela, mas Matilda, Mildred e Louise, suas antigas cunhadas, eram, decerto, tias de Anastasia. A jovem escolheu chamá-la assim, Viola supôs, embora hesitante, em vez de se dirigir a ela pela única alternativa: srta. Kingsley.

— Claro — respondeu Viola, e saíram para caminhar lado a lado. Foi difícil, muito difícil, não se ressentir da menina, de quem a existência Viola estivera ciente por anos, quando presumiu que era filha ilegítima do marido. Até mesmo providenciara para que um acordo generoso fosse feito para ela depois da morte do marido, um gesto que provavelmente precipitara a descoberta da verdade.

— Creio — falou ela, severa, dando início à conversa — que tenho de lhe agradecer, Anastasia, pelo fato de que o meu dote foi devolvido com juros, possibilitando que eu arranje uma casa para mim e minhas filhas onde poderemos viver com independência.

— A senhora deve saber que tinha direito a pelo menos isso. O que lhe aconteceu foi insuportável.

— Aceitarei, porque concordo que o dinheiro do dote deveria ser meu. No entanto, duvido que tenha sido o sr. Brumford quem pensou nisso. Creio ter sido você, e eu lhe agradeço.

Foram interrompidas por duas damas que desejavam prestar respeito à duquesa de Netherby... e, é claro, à srta. Kingsley. A duquesa de Netherby retribuiu os cumprimentos de forma amigável, mas não mostrou inclinação de se lançar a uma conversa com as duas damas, e elas seguiram em frente.

— Vivo em Morland Abbey, com Avery — disse Anastasia. — Continuarei lá pelo resto de minha vida, ou em uma de suas inúmeras casas, incluindo Archer House, em Londres. Ainda assim, sou dona de Hinsford Manor e de Westcott House, em Londres. Creio ter persuadido Alex de que seria apropriado ele ficar em Westcott House sempre que estiver na cidade, já que é o portador do título, mas Hinsford, que é muitíssimo bonita, está vazia, e as pessoas que moram na vizinhança estão insatisfeitas com o fato. Sentem-se nostálgicas quanto aos anos em que a senhora e sua família viviam lá.

Viola se empertigou.

— Elas dificilmente ficariam extasiadas por verem a volta da srta. Kingsley e das srtas. Westcott — rebateu.

— Creio que esteja errada — pontuou Anastasia, acenando para um casal que as teria detido com o menor dos encorajamentos. — Perdoe-me, mas entendi, pela minha única visita à propriedade, que meu pai nunca foi muito querido. Entendi também que a senhora era. Simpatia e compreensão estão firmes e fortes ao seu lado. Algumas das pessoas com quem falei foram frias comigo, um fato do qual tirei conforto, não ofensa. A lealdade delas está com a senhora, não importa a mudança de sua posição, acontecimento que eles atribuem, ferrenhos, ao meu pai.

— Eles são gentis — disse Viola, quase sobrepujada com a grande onda de nostalgia que sentiu pela casa, ou o que havia sido o seu lar por mais de vinte anos. E pelos amigos e vizinhos de lá.

— Tia Viola — chamou Anastasia, então fez uma pausa. — Oh, acha ofensivo que eu a chame assim? Não sei mais do que poderia chamá-la. Não posso me referir à senhora como srta. Kingsley.

— Não estou ofendida.

— Obrigada — agradeceu Anastasia. — Tia Viola, a senhora *voltará* para casa? *Por favor*? Significaria muito para mim. Não suporei que o argumento terá muito peso, mas... pelo bem de Abigail? Conheci algumas das amigas dela de lá, e estão genuinamente melancólicas com a ausência dela e pelo motivo de tal ausência. Uma delas irrompeu em lágrimas e saiu correndo da sala enquanto a mãe tentava me convencer de que ela sofria de um resfriado. Pelo bem de Camille também, embora não seria nenhuma surpresa se ela decidisse permanecer aqui em vez de ir com a senhora.

Viola franziu a testa e balançou a cabeça.

— Você terá filhos, Anastasia. Seu filho mais velho herdará, é claro, os bens de Avery algum dia, mas os mais novos terão que ser providos também.

— Avery cuidará de todos eles, não importa quantos filhos tivermos. Ele é bem inflexível quanto a isso e me precaveu de que a senhora usaria esse argumento. Ele me disse para falar para a senhora pensar em algo mais convincente, se for capaz. — Ela sorriu, mas havia ansiedade em seu olhar. — Por favor, irá para a casa e a considerará sua? Eu já fiz um testamento, e Avery insistiu que os bens que eu trouxesse para o casamento permanecessem sendo meus para dispor da forma como eu bem entendesse. Estou deixando Hinsford para Harry e seus descendentes. Não há razão para ele se recusar. Está feito e assim continuará. Então, se a senhora for para casa, estará, simplesmente, mantendo o futuro lar do seu filho em bom estado.

Viola respirou fundo antes de falar, depois expirou, e voltou a inspirar.

— Você fez com que fosse praticamente impossível dizer não.

— A senhora deverá dizer não, no entanto — declarou Anastasia, parecendo aflita —, se realmente não quiser voltar a viver lá. Mas, por favor, não recuse por qualquer outra razão. Não me castigue a esse ponto.

— Castigá-la? — Viola fez uma careta. — É isso o que eu deveria estar fazendo? Mas suponho que você esteja certa. Eu gostaria que você não fosse... uma jovem tão agradável, Anastasia. Seria muito mais fácil desgostar de você se não fosse.

Por alguma razão, ambas riram.

— No entanto, a oferta está sendo feita por motivos egoístas — disse Anastasia. — Quero me sentir feliz por tudo em minha vida, mas, no momento, estou feliz apenas com *quase* tudo. Não posso preencher essa lacuna a menos que eu possa, de alguma forma, fazer as pazes pelo que sei que não foi nem culpa minha nem sua. Pense, tia Viola. Converse com Camille e Abigail, e com a sra. Kingsley, caso for a sua vontade. Converse com Avery e todos os outros. É seu direito viver na casa que meu pai lhe providenciou. *Não* é certo ela ter sido tomada da senhora por causa da perversidade dele. Ele *era* perverso, por mais que me doa dizer.

Viola suspirou.

— Ele era meu marido, Anastasia. E embora eu agora saiba que ele nunca tenha sido de verdade, ainda é, não obstante, difícil para mim ser desleal aos votos que fiz quando me casei. Ele era o que era, e fez *algo* certo, pelo menos. Engendrou quatro ótimas pessoas.

— Quatro? Está incluindo a mim? — Anastasia olhou para ela, os olhos suspeitosamente brilhosos, mas haviam completado o circuito do salão e Avery estava vindo encontrá-las, os olhos lânguidos reparando nas lágrimas não derramadas da esposa. Viola sentiu uma onda de inveja pelo amor que havia conhecido de forma fugaz uma vez, antes de o pai lhe aparecer com o parceiro perfeito para um casamento.

— Pensarei na sua sugestão, Anastasia. Avery, devo lhe agradecer pela promoção de Harry a tenente?

— A mim, tia? — Ele pareceu perplexo. — Harry deixou muito claro desde o início que me permitiria comprar a patente para ele, mas nada mais. Concluí que estava sendo sincero. Ele ficaria ofendido de morte se eu interviesse para lhe comprar promoções. Aceitei a palavra do rapaz. E ele *foi* mesmo promovido?

— Uma carta chegou ontem endereçada a Camille e Abigail — contou ela. — Ele parecia bastante animado. E obrigada por não interferir. É mais importante que ele adquira uma sensação de valor próprio do que alcance uma alta patente em seu regimento.

— É esperado que ele consiga os dois — observou o duque. — Tenho muita fé no jovem Harry.

Joel se manteve ocupado durante a primeira metade da semana em uma tentativa de não ficar sobrecarregado pelo novo acontecimento em sua vida. Não queria ser do tipo que sairia correndo e desperdiçaria uma fortuna em uma vida turbulenta que arruinaria seu próprio caráter no processo. Teria sido fácil demais agir assim, ele percebera, alarmado, ali na beira do rio no domingo. Dinheiro tinha um apelo imediato e quase uma opressora tentação.

Ele também não queria pensar demais em Camille, ou, melhor, no que devia a Camille. Devia a ela casamento. Envolver-se com ela era bem diferente do envolvimento que tinha com Edwina. Com a última, havia sido um jogo fácil do qual ambos sabiam das regras e não desejavam mudá-las. Com Camille, não havia jogo. Sabia que ela havia ido para a cama com ele não só pelo prazer do sexo. E também não havia sido só isso da parte dele. O problema é que ele não sabia bem o que *tinha* sido. Amor? Mas, com frequência, ela o aborrecia bastante e, para ser justo, acreditava que ele também a aborrecia às vezes. Independentemente do que houvesse entre eles, é claro, devia um casamento a ela. Só não queria pensar no assunto, não ainda. Sua cabeça parecia um pouco como se tivesse sido invadida por vespas ou por marimbondos.

Mas, bom Deus, o sexo havia sido tremendamente delicioso.

Passou a maior parte da segunda-feira trabalhando. Esteve na casa do Royal Crescent pela manhã e explicou a Abigail Westcott como planejava que ela posasse para pintá-la. Ele a pediu para vestir o seu traje favorito, não o que estivesse mais na moda nem o mais elegante nem o mais admirado nem mesmo o mais bonito, mas o que ela se sentia mais como si mesma. Nesse meio-tempo, ele escolheu uma poltrona e a posicionou corretamente com relação à luz e outros aspectos do aposento. A mãe dela estava lá, substituindo a criada que costumava se sentar calada em um canto, agindo como dama de companhia.

Abigail voltou usando um vestido de algodão azul-claro, que parecia muito usado e ligeiramente desbotado. A mãe a olhou com certa desconfiança, mas Joel soube de imediato que a peça era perfeita. O cabelo estava penteado de forma simples e não tirava nada da pura beleza juvenil do seu rosto. Tivera alguma dúvida quanto ao alegre estofado floral da poltrona que havia escolhido, mas, quando ela se sentou, levemente reclinada para a frente e o olhou com a alegria de sempre, o rosto afoito e os olhos brilhantes e um pouco magoados, ele soube que a pintura que queria estava diante dos seus olhos e que apenas precisava ser fundida ao esboço que havia feito no dia anterior e então transferida para a tela em seu estúdio.

— Não, senhora — explicou, quando a srta. Kingsley perguntou se ele pintaria ali na casa. — Quando eu pinto pessoas, minha mente fica muito absorta em captar cada mínimo detalhe da forma certa e meu espírito é silenciado. Os meus retratados ficam rígidos e desajeitados por terem que manter a pose e a expressão. Não, farei um esboço do que vejo agora o mais rápido possível e então pintarei em meu estúdio. Se eu precisar ver o original de novo, o que provavelmente será o caso, então voltarei a armar esse cenário.

Ele passou a tarde toda na pintura e a noite também, até a luz ficar muito ruim. Estava um pouco inquieto por tudo estar acontecendo tão rápido. Cada passo do processo costumava levar muito mais tempo, mas a inspiração era algo em que deveríamos confiar acima de tudo o mais. Havia aprendido isso ao longo dos últimos dez anos. E estava inspirado agora. Viu a moça como ela era e como ficaria na tela, e não podia pintar rápido o bastante para que não perdesse aquela fagulha em si mesmo que lhe faria justiça. Como alguém capturava luz, esperança e vulnerabilidade na tela sem perder o leve equilíbrio entre os três e sem ceder à tentação de pintar algo meramente mundano... uma menina muito bonita, no caso dela?

Um obituário apareceu nos jornais de Bath na manhã de terça-feira e identificou Joel pelo nome tanto como sobrinho-neto do falecido quanto como principal herdeiro de seu testamento. O sr. Cox-Phillips foi descrito como um dos homens mais ricos de Somerset e, na verdade, de todo o oeste da Inglaterra.

Joel foi ao funeral. Foi em uma igreja em um vilarejo a norte de Bath, onde, ao que parecia, o tio-avô costumava ir adorar a Deus com regularidade até cerca de seis meses atrás, quando a deterioração na saúde o prendera em casa. Joel ficou um pouco surpreso com o público do funeral. Ele se sentou sozinho em um banco nos fundos, e ficou para trás da pequena multidão que se reunia em torno do túmulo no pátio da igreja para o sepultamento. Uxbury estava lá, um espetáculo de dignidade enlutada, assim como os dois homens com ele. Joel não pensou que Uxbury o vira até, bem quando Joel se virou ao final para ir à carruagem que o aguardava, o homem lhe lançou um olhar firme. Joel não demonstrou pesar durante as cerimônias, embora sentisse algum. Talvez, pensou na carruagem, ao voltar a Bath, fosse o luto pelo arrependimento pelo que poderia ter sido. Se tivesse sabido da verdade um ano atrás, até mesmo há seis meses, talvez tivesse tido algum contato com o homem em cuja casa seus avós e sua mãe haviam vivido. Agora era tarde demais.

Ele foi ao escritório de Henley, Parsons and Crabtree naquela tarde. O sr. Crabtree pareceu satisfeito ao informá-lo de que os parentes do sr. Cox-Phillips realmente pretendiam contestar o testamento com todo o vigor de sua combinada influência. Não teriam sucesso, ele voltou a dizer a Joel. Haviam ficado em Bath, no entanto, embora tivessem saído da casa. Nesse ínterim, o advogado preparara alguns papéis que espalhou sobre a mesa. Em seguida, se lançou a uma longa explicação que Joel teria gostado que lhe traduzissem em palavras inteligíveis, e concluiu com uma estimativa aproximada do total da fortuna, que teria feito o queixo de Joel cair se ele não estivesse cerrando os dentes com tanta força.

Teria pintado até o esquecimento pelo resto do dia se não tivessem batido na porta quase constantemente desde o instante em que voltara para casa. Todo mundo que já chamara de amigo, e alguns que eram meros conhecidos, vieram se comiserar com ele pela perda e parabenizá-lo pela boa sorte. Até mesmo a srta. Ford veio lá do orfanato, acompanhada, pelo bem do decoro, por Roger, o porteiro. Ela havia fechado a escola pelo resto da semana, informou a ele. Supunha que ele teria coisas mais importantes a fazer na quarta e na sexta-feira do que ensinar arte aos alunos, e a srta. Westcott com certeza tinha. A condessa viúva de Riverdale havia chegado a Bath com a filha mais velha, Lady Matilda Westcott, e a família estava ocupada comemorando e desejavam incluir a srta. Westcott nas atividades. A srta. Ford em pessoa havia sido convidada a se juntar à família para o chá público no Upper Assembly Rooms na tarde de quinta-feira e a ir a uma reunião privada lá na noite de sábado.

Anna e Netherby visitaram o apartamento de Joel não muito depois de a srta. Ford partir — era a primeira vez de Anna lá. Ela lhe deu um abraço apertado enquanto Netherby desviava o olhar com complacência, exclamou com deleite quanto ao tamanho do local, examinou de perto o retrato de sua mãe e se sentou ao seu lado no sofá, batendo na sua mão e lhe assegurando de que, a julgar pela própria experiência, ele em breve se recuperaria do espanto e ajustaria a vida à nova realidade sem perder a si mesmo no processo.

— Pois esse é um medo considerável — disse ela, ecoando o que ele vinha sentindo. — Que alguém comece a acreditar que não se conhece de forma alguma. É uma sensação aterrorizante. Mas, é claro, você é quem sempre foi, e passará para o outro lado mais ou menos intacto.

— É a parte do *menos* que me preocupa — pontuou ele, e ambos riram.

Netherby lhe informou de que era melhor ele comparecer ao chá público no Upper Assembly Rooms na quinta-feira, para que pudessem se gabar de conhecer o homem que havia se tornado a sensação da cidade.

— Não há nada como o passado em um orfanato para emprestar uma aura de romance irresistível a uma história como a sua — observou ele, com um suspiro cansado.

Anna riu para o marido.

— E precisa ir à reunião de sábado também — disse a Joel. — Camille lhe ensinou a valsar, e eu preciso ver por mim mesma o aluno apto que você se tornou.

— Posso subir e ver a casa sempre que quiser — falou Joel, impulsivo. — Creio que prefiro não ir sozinho. — Mas, não, não seria bom convidar Anna para acompanhá-lo, nem mesmo Anna com Netherby. — Os jardins parecem vastos e bem-cuidados, e a vista é espetacular. Talvez alguns membros da sua família fossem gostar de ir até lá comigo, para um piquenique, talvez, o qual eu providenciarei, é claro. Na tarde de sexta-feira?

Ficou surpreso com o vertiginoso fato de poder se dar ao luxo de tal extravagância.

— Oh, Joel — reagiu Anna. — Seria maravilhoso. Não seria, Avery?

— Posso prever com confiança — começou Netherby — que sua propriedade recém-adquirida será invadida pelos Westcott na sexta-feira, Cunningham.

Estava tudo resolvido, então, ao que parecia.

Camille não viera, mas é claro que não iria. Havia esperado que ela fosse? A Joel parecia que fazia muito mais do que dois dias que não a via. Agora, com as aulas canceladas pelo resto da semana, ele só a veria na tarde de quinta-feira, que parecia ser dali a uma eternidade.

Também não foi até ela. Não sabia a razão. Sentia-se um pouco... tímido? Essa não era a palavra certa, mas algo havia acontecido no domingo que mudara tudo, e ele se sentia um pouco... bem, em pânico. E também sobrepujado demais por todo o resto para desembaraçar o que sentia por ela e fazer o que devia ser feito. Acontece que aquilo não era apenas o que *devia* ser feito, sim? Decerto, era o que ele queria fazer. Sendo sincero, fazia tempo que não sabia de coisa alguma, muito menos do significado do amor. E sua obrigação com Camille não se limitava ao amor, de toda forma. Ela poderia estar carregando o seu filho. E mesmo se não estivesse...

E então os pensamentos dispararam um atrás do outro em sua cabeça.

Na manhã de quarta-feira, não no melhor dos humores, ele se levou com passos determinados e dentes cerrados ao alfaiate, ao sapateiro e ao armarinho.

20

Camille meio que esperava ver Joel na segunda-feira, ao mesmo tempo em que dizia a si mesma que não deveria esperá-lo em absoluto. Mais do que só um pouco, esperava vê-lo na terça depois de sua atenção ter sido atraída para o obituário no jornal da manhã. Também era o dia do funeral, ela sabia. Ele não veio, embora a srta. Ford tivesse dito a ela que o visitara e que havia visto a carruagem do duque e da duquesa de Netherby se aproximando quando ela saiu. A srta. Ford também lhe disse que havia cancelado as aulas pelo resto da semana, para que Camille pudesse passar tempo com a família durante a breve visita deles em Bath.

Ele não precisaria vir na quarta-feira, então, já que a escola estava fechada. E, decerto, não veio. Camille tentou se convencer de que não estava decepcionada. Tentou, na verdade, não pensar na decepção como sendo uma possibilidade. Por que ele teria aparecido a qualquer hora durante aqueles três dias, afinal de contas? Só porque ela o convidara para levá-la à cama e ele havia aceitado?

Ah, mas não havia parecido tão sórdido assim na hora. E na hora, ou ao menos entre elas, haviam passeado e rido e até mesmo sido bobos e se comportado como velhos amigos.

Oh, ela de *nada* sabia! Ele não viera.

Ela se manteve ocupada naqueles dias. Dera aula na segunda e na terça-feira. Seu principal foco de atenção tinha sido tricotar a manta, o que havia acendido a imaginação das crianças. Algumas das meninas queriam aprender a fazer crochê para que pudessem ajudar a entrelaçar os quadrados uns nos outros em algum momento e fazerem uma barra bonita ao redor da peça terminada. Umas poucas queriam aprender a bordar para que pudessem pôr em prática a ideia que um dos meninos tivera de bordar o nome de cada tricotador no respectivo quadrado. Alguns dos meninos tinham corrido para medir os berços dos bebês e calcular o tamanho de cada quadrado e quantos precisariam tricotar para fazerem a manta do tamanho certo. Outros meninos traçaram um padrão para a peça, usando as quatro cores de lã com as quais trabalhavam. Durante as sessões de tricô, as crianças se revezavam lendo histórias umas para as outras.

Camille brincava com Sarah sempre que podia e dava atenção a Winifred, tendo percebido que era por isso que a menina ansiava. Foi a pé até o Royal York Hotel naquela tarde de segunda-feira, pois recebera um bilhete de tia Louise informando de que a avó e tia Matilda haviam chegado. Foi até a recepção que a avó materna havia oferecido na terça-feira à noite e se surpreendeu por ter quase gostado da ocasião. Isso de se misturar e conversar sobre amenidades com a avó e os convidados escolhidos a dedo parecia traiçoeiramente com os velhos tempos.

A mãe a puxara de lado mais tarde naquela noite, e elas se sentaram em um sofazinho enquanto ela lhe contava que voltaria para Hinsford.

— Para morar? — Camille fez careta.

— Sim. Anastasia me implorou para ir, e com aquele jeito esperto e diplomático dela, fez parecer que eu estaria lhe fazendo um favor. Ela nunca pretenderá viver lá agora que está casada com Avery, e odeia ver a propriedade vazia e saber o quanto isso afeta o moral dos que lá trabalham e a atmosfera social da vizinhança. Nossos vizinhos e amigos falaram de nós para ela com muita gentileza, e... bem, Camille, ela legou Hinsford Manor a Harry, quando chegar a hora dela, e foi pontual ao dizer que, se eu for morar lá, estarei mantendo a propriedade funcionando para a minha própria família. Eu disse a ela que pensaria no assunto, mas, na verdade, não precisei pensar muito. Eu vou para casa.

Camille sentiu um pouco de vontade de chorar, mas se viu recaindo na velha Camille, emproada e reservada e que nada mostrava dos sentimentos.

— Abigail vai comigo — prosseguiu a mãe. — Ela precisa de mim e do lar dela. Iremos para lá e... veremos o que acontece. Nada será o mesmo, é claro, e pode não ser fácil levar aquela velha vida, sendo que a velha vida não pode ser retomada por completo. Seremos a srta. Kingsley e a srta. Abigail Westcott em vez de a condessa de Riverdale e Lady Abigail. Mas... bem... — Ela deu de ombros e sorriu com pesar. — Você virá também, Camille? Ou prefere a vida que leva aqui?

Casa. De repente, Camille se sentiu inundada pela nostalgia. E tentada.

Mas, como a mãe acabara de dizer, não havia como voltar ao que era, não de verdade.

— Eu não sei, mamãe. Terei que pensar no assunto.

E ela caiu, como uma pedra em um lago, em meio às profundezas lamacentas da depressão. Estava morando em um quartinho escuro em um prédio ao qual não pertencia. Estava dando aulas usando apenas o instinto e sem a mínima noção do que estava fazendo nem qualquer plano quanto ao que fazer nas semanas e meses — anos? — por vir. Estava apaixonada por um homem cuja ausência nos últimos dias sugeria que ela não significava nada para ele além de uma amante passageira, e um homem que iria, de forma praticamente inevitável, seguir com a nova vida agora que era rico. Adorava um bebê que não era seu. Havia se afastado, de propósito, de todo mundo que viesse a amá-la, se lhes desse a chance, porque ela não sabia quem era e não queria ser sufocada por um amor protetor que a impediria de descobrir isso. O futuro se revelou adiante com um vazio e uma incerteza aflitivos. E se odiou. Odiou o fato de que não podia mais se recompor como havia feito por toda a vida, sem perceber que o que mantinha composto era um âmago vazio cheio de nada. Odiou a própria autopiedade. Odiou estar abjetamente apaixonada por um homem que tinha feito amor com ela três vezes distintas havia apenas dois dias e que nem tentara ir vê-la desde então. Odiou...

— Terei que pensar no assunto — voltou a dizer, ao perceber que os olhos da mãe estavam fixos nela. — Mas estou feliz pela senhora e Abby estarem indo para casa, mamãe. E estou feliz por Harry. A senhora a odeia?

— Anastasia? — A mãe balançou a cabeça devagar. — Não, não odeio, Camille. Ela é sua irmã, e como eu disse esta manhã, seu pai deixou para trás algo muito mais valioso do que uma imensa fortuna. Ele engendrou quatro ótimas pessoas.

— Quatro. — Devagar, Camille respirou fundo. — Como a senhora pode ser tão complacente?

— Porque a alternativa só me fará mal.

Prima Althea e a sra. Dance vieram até elas naquele momento e não voltaram a tocar no assunto.

Na manhã de quarta-feira, Camille se uniu à família para o desjejum no hotel. Não ficaram por muito tempo, pois vários deles iriam de passeio a Bathampton, que ficava a alguns quilômetros de lá, onde desfrutariam de um almoço tardio antes de voltarem. Camille ficou para acenar para as três carruagens que partiam e se virou para Anastasia, que também estava de pé na calçada, ouvindo algo que Avery dizia.

— Anastasia — chamou Camille, antes que pudesse mudar de ideia —, aceitaria ir ver as vitrines das lojas da Milsom Street comigo?

Avery ergueu as sobrancelhas e franziu os lábios. Anastasia olhou para ela com os olhos arregalados de surpresa.

— Oh, eu adoraria, Camille. Só me dê um segundo para ir pegar a retícula e meu *bonnet*.

Avery olhou fixamente para Camille, e então falou sobre o tempo por vários minutos.

— Pois o tempo sempre oferecerá um suprimento infinito de conversas fascinantes — disse ele —, especialmente quando alguém tem a sorte de viver na Inglaterra. Ou o azar, como é mais provável que seja o caso.

Poucos minutos depois, as duas damas começaram a descer para a Milsom Street, a rua com as lojas mais elegantes de Bath. Caminharam lado a lado, falando sobre... o tempo, isso quando falavam. Foi só quando viraram para a Milsom Street que Camille mudou o assunto.

— Você prefere ser chamada de Anna em vez de Anastasia? — perguntou, de supetão.

— Anna soa mais natural para mim. Eu nem sequer sabia, até poucos meses atrás, que esse não era o meu nome completo. Prefiro Anna, mas não fico ressentida com Anastasia. É o meu nome, afinal de contas.

— Eu a chamarei de Anna de agora em diante — decidiu Camille. — E, uma vez que é mais curto chamá-la de irmã em vez de *meia-irmã*, farei isso também.

Oh, isso foi difícil. Foi dificílimo. Se os lábios ficassem mais rígidos, ela talvez nunca mais fosse capaz de movê-los.

Anna virou a cabeça e sorriu para ela.

— Obrigada, Camille. Você é muito bondosa. Eu costumava andar por essa rua de vez em quando só pelo puro prazer de olhar as vitrines e sonhar com o que compraria se tivesse recursos ilimitados. Uma vez, economizei por vários meses para comprar um par de luvas de couro preto que eram tão macias que mais pareciam veludo. Eu costumava vir e namorá-las todas as semanas. Mas...

— Deixe-me adivinhar — interrompeu-a Camille. — Quando você enfim juntou o bastante para vir comprá-las, elas já haviam sido vendidas.

— Oh, elas ainda estavam lá. Eu as experimentei e elas serviram como... bem, como uma luva. Senti uns poucos momentos de alegria triunfal e profunda satisfação, e então descobri que não poderia justificar tal extravagância. Eu as deixei no balcão com uma vendedora insatisfeita e segui caminho.

— Oh, mas você destruiu um sonho — protestou Camille.

— Creio que eu apenas tenha provado que ter um sonho e estar na jornada para realizá-lo, às vezes, traz mais felicidade do que atingi-lo na prática. Temos um hábito, não temos, de pensar que a felicidade é um estado futuro apenas se essa ou aquela condição forem cumpridas? E tanto da vida passa por nós sem que percebamos que podemos ser felizes nesse mesmo momento, ou o mais felizes possível. Tive uma vida boa quando menina e no início da vida adulta, apesar de tudo o que estava perdendo. E eu tinha um sonho.

Elas estavam olhando chapéus em uma vitrine e agora haviam seguido para uma livraria.

— Você não é feliz agora, então? — perguntou Camille.

— Oh, eu sou — assegurou Anna. — Mais feliz do que já fui em toda a minha vida, mas não é felicidade pura, Camille. Nada é. Nessa vida humana não existe algo como perfeição, mas eu *sou* feliz. Hoje você me fez ainda mais feliz. O que parece absurdo, não é, sendo que tudo o que você fez foi me convidar para vir aqui e me informou que, de hoje em diante, me chamará de Anna e de irmã? Camille, nós somos *irmãs*. Isso é inacreditavelmente valioso para mim.

Camille se sentiu culpada, pois não podia dizer o mesmo. Estava determinada a estender a mão, no entanto, para agir como se Anna fosse sua irmã, na esperança de que, com o tempo, ela também sentisse a verdade da declaração.

— Tenho sido muito *infeliz*, Anna... por todas as razões óbvias — disse ela. — Mas, de um jeito estranho, o que é encorajador, pois antes de tudo isso acontecer, eu havia dedicado a minha vida a atingir a perfeição. Eu queria ser a dama perfeita acima de tudo. Felicidade nada significava para mim. Agora que venho sendo desesperadamente infeliz, entendo que posso ser feliz também e que posso amar e ser amada, e que a menos que eu permita que essas coisas aconteçam comigo, estaria levando uma vida incompleta. Oh, por que estamos olhando para livros e falando de coisas tão estranhas?

— Porque somos irmãs — respondeu Anna. — Essa sempre foi a minha loja preferida em Bath. *Gastei* dinheiro aqui, quando tinha algum sobrando. Sempre amei livros e o fato de que eu posso lê-los, e ponderar sobre a história, e ficar com eles, e vê-los, e cheirá-los... e relê-los. Que tesouro eles são.

— Há uma cafeteria um pouco mais abaixo na rua. Vamos até lá? — convidou Camille.

Minutos depois, elas estavam sentadas frente a frente em uma mesinha, sentindo o aroma maravilhoso das xícaras de café postas diante delas.

— Anna — chamou Camille, ao se servir de uma colher de açúcar, olhando para ela no processo. — Estou feliz pelo bebê. Vou gostar de ser tia. Há um bebê no orfanato que faz o meu peito doer. Creio que amo todas as crianças de lá, mas há algo nela... bem. — Ela olhou para cima. — Queria que meu pai tivesse confessado a verdade depois da morte da sua mãe. Queria que ele tivesse se casado com a minha mãe conforme o decoro depois disso e que a tivesse trazido para casa. Eu teria tido uma irmã mais velha. Eu mesma não teria sido a mais velha, e talvez não teria me sentido tão compelida a conquistar o perdão do meu pai por não ter sido um menino. Acho que eu teria gostado de ser uma irmã mais nova; creio que talvez tivesse gostado de admirá-la, mas talvez não. Talvez teríamos brigado sem parar.

— Eu queria isso também — declarou Anna —, ou que ele tivesse admitido a verdade, me reconhecido e me deixado com os meus avós. Queria que ele tivesse feito outro testamento. Queria que ele tivesse se casado com a sua mãe para que Harry pudesse ter mantido o título de conde. Não me sinto desleal com Alex ao dizer isso, pois até mesmo ele, talvez *especialmente* ele, deseja isso também, mas não foi o que aconteceu, nada disso, e precisamos aceitar a vida como ela é. Camille... — Ela se inclinou sobre a mesa. — Você o ama? Ele a ama?

Camille a encarou. Ela sabia que Anna não se referia a Alexander.

— Joel? — perguntou. E ouviu um gorgolejo na garganta, sentiu os olhos começarem a arder e disse o que duvidava que teria dito para outra alma no mundo, até mesmo Abby. — Sim. E não. Sim, eu acho que sim, mas não, ele, não. Passamos um tempo juntos no domingo depois que Avery me acompanhou até em casa, e... Creio que eu jamais tenha sido tão feliz, mas não o vejo desde então. Há muito se passando na vida dele, e ultimamente ele vem me procurando quando precisa de uma amiga em quem confiar, mas não o vejo desde domingo.

Parecia mais horrendo, mais agourento ao ser posto em palavras, para não mencionar abjeto.

— Então ele deve estar apaixonado — apontou Anna. — Eu sempre soube que ele era um idiota. Isso só prova o ponto.

Não havia lógica, nenhum conforto naquelas palavras. Camille franziu a testa, respirou fundo e virou a xícara no pires sem levantá-la. Ela deveria chegar aos finalmentes daquele encontro forçado.

— Eu gostaria de conversar com você sobre algo em particular — confessou.

Anna se recostou na cadeira.

— Estou feliz por estar morando no orfanato — disse Camille. — Estou feliz por estar dando aulas lá. Já aprendi várias coisas, sobre você, sobre mim mesma, sobre os locais a que pertenço e aos que não pertenço. Sobre ser pobre. Posso muito bem continuar, pois eu sempre fui teimosa e não desisto fácil de um desafio, mas há uma alternativa, e pelo menos estou considerando-a. Minha mãe quer que eu vá para casa, para Hinsford, com ela e Abigail. Ela não me pressionará, e eu não tomarei uma decisão apressada. Mas...

Ela olhou para cima e encontrou os olhos da irmã. Seria incrivelmente difícil prosseguir, mas Alexander a aconselhara a se permitir ser amada. Avery sugerira algo parecido.

— Quer eu fique ou vá, você pode...? Ainda está disposta a dividir a fortuna que herdou de papai?

— Oh. — Anna soltou um longo suspiro. — Você deve saber que estou, Camille. Se sua mãe lhe disse que deixarei Hinsford para Harry, você com certeza deve ter suposto que também deixarei três quartos de minha fortuna para meu irmão e minhas irmãs. Não é caridade, Camille. Não é uma tentativa minha de comprar o seu amor. É *justo*. Nós somos igualmente filhos de nosso pai.

— Então aceitarei a minha parte — declarou Camille, depois de puxar um suspiro trêmulo. — Não porque eu precise ou por ter a intenção de usá-la, mas porque... — Ela engoliu em seco, de forma estranha. — Porque você está oferecendo.

Os olhos de Anna marejaram, e Camille pôde ver que ela mordia o lábio inferior.

— Obrigada. — Os lábios formaram a palavra, embora muito pouco som tenha saído. — Será feito imediatamente. Não importa o testamento. Testamentos podem ser mudados. Escreverei para o sr. Brumford. Eu me pergunto se Abigail... mas não importa. Oh, estou tão, tão feliz. — Ela olhou para baixo. — E ficaria ainda mais feliz se ambas não tivéssemos deixado o café esfriar.

— Argh — reagiu Camille, e ambas riram, um tanto quanto trêmulas.

Não era fácil se deixar ser amada, pensou Camille, se fazer vulnerável. Ela queria mesmo, de verdade, não aceitar o dinheiro, porque o pai não o deixara, nem a qualquer outra coisa, para ela e talvez nunca o perdoasse, embora se lembrasse do que a mãe dissera quanto a isso na noite passada, mas agora o dinheiro era de Anna, e dividi-lo com as irmãs e o irmão era importante para ela. E aceitar Anna com mais do que apenas a cabeça se tornou necessário. Precisava, de alguma forma, encontrar um jeito de abrir o coração também, mas isso já era um começo. Se alguém podia dar amor somente ao recebê-lo, então que fosse.

E como seguiria com a nova vida se possuía riquezas em uma conta bancária em algum lugar para tentá-la? Mas talvez ela *devesse* voltar para casa com a mãe e Abby. Lá, ela ficaria longe de Joel. Oh, e a vida lhe seria familiar. Poderia desistir da luta...

Seria ela uma covarde, afinal de contas?

— Suponho que podemos pedir para que retirem essas xícaras e que tragam outras frescas. Eles nos acharão estranhas, mas o que há? Sou uma duquesa, afinal de contas. E tenho algo a celebrar com uma das minhas irmãs — disse Anna, ao fazer careta.

Ela ergueu o braço para chamar a garçonete, e ambas voltaram a rir.

Joel nunca estivera dentro do Upper Assembly Rooms, uma vez que o estabelecimento era, em grande parte, reservado para as classes mais altas. Os chás da tarde eram abertos a qualquer um que pagasse a inscrição e, como em seu caso na quinta-feira, a qualquer um que havia sido especificamente convidado. Ele vestiu o paletó novo que comprara no dia anterior, um que já estava pronto e, portanto, não tão ajustado quanto o alfaiate obsequioso garantiu que faria os outros dois que Joel encomendara. O comportamento do alfaiate indicou a Joel que o homem havia lido o jornal na manhã de terça-feira e que reconhecera o nome do novo cliente. Joel ficou satisfeito com o paletó, de toda forma, e decidiu que ao menos não se desgraçaria quando entrasse naquele lugar temido e sagrado. Ora, se ao menos tivesse havido um par de botas prontas que coubesse nele...

Sentia-se ridiculamente nervoso. Também estava desejando ter ido procurar Camille antes. Seria estranho encontrá-la pela primeira vez desde domingo em um lugar público e rodeado por toda a família dela. Domingo! Parecia um pouco que era um sonho. Por que diabos não tinha ido vê-la desde então? Estava se comportando como um garotinho desajeitado com a sua primeira paixão.

Chegou cinco ou seis minutos mais tarde do que o horário marcado por medo de estar adiantado e, assim, é claro, teve que fazer uma entrada grandiosa, ou o que pareceu com uma. O Upper Rooms estava cheio e zumbindo com a conversa. Ficou de pé à porta da sala de chá e observou os rostos familiares. Encontrou a srta. Ford primeiro, e pôde ver que ela estava sentada dentre um grupo de mesas ocupadas pelos Westcott. Anna levantou o braço para atrair a sua atenção e deu um sorriso largo. Joel abriu caminho na direção deles.

A duquesa viúva de Netherby tomou para si a responsabilidade de apresentá-lo para a mãe e a irmã, a condessa viúva de Riverdale e Lady Matilda Westcott. Joel fez uma mesura para ambas as damas, cumprimentou a todos e se acomodou à mesa com Lady Overfield, o irmão conde e a mãe de Camille. Bem quando fez isso, ele viu Camille pela primeira vez. Ela estava sentada quase que de costas para ele na mesa ao lado com a sra. Kingsley e o sr. e a sra. Dance. Ele a olhou e abriu a boca para falar, mas ela estava interpretando o papel da antiga Camille naquele dia, toda formalidade rígida e aristocrática quando inclinou a cabeça para ele com condescendência altiva e virou as costas.

Ela estava aborrecida com ele, então? Porque se arrependera de domingo? Porque queria que ele soubesse que aquilo tinha sido antes, e que isso era o agora e que os dois jamais deveriam se encontrar? Porque ele não a vira logo que entrou no recinto?

Deu atenção à conversa em sua própria mesa e deixou os ouvidos atentos ao que acontecia na mesa ao lado.

Foi um tempo depois que Riverdale proferiu uma exclamação abafada e fez uma careta, com os olhos fixos na porta. Joel virou a cabeça para olhar. O visconde de Uxbury estava de pé lá com os dois homens que estiveram com ele no funeral. Eles olhavam ao redor da sala, procurando por uma mesa vazia. De repente, os olhos de Uxbury pousaram em Camille, ou foi o que pareceu para Joel, e permaneceram nela enquanto ele se afastava dos outros dois e ia em direção à mesa dela. Outros membros da família começaram a notá-lo e calaram-se, um a um, mas o homem pareceu não prestar atenção neles. Ele tinha um único objetivo em mente. O visconde parou perto da mesa de Camille, levou o monóculo ao olho e a avaliou com insolência através da lente.

— Eu me pergunto — disse ele — se seus companheiros e outros cidadãos respeitáveis de Bath aqui presentes percebem que estão convivendo com uma bastarda, *srta*. Westcott.

O quê? O que diabos? Estaria o homem tão ofendido pela descompostura que ela dera nele alguns dias atrás que estava disposto a violar qualquer aparência de boas maneiras só para poder revidar?

Uxbury não havia falado em voz alta, Joel percebeu depois. Não atraíra muita atenção para si. A conversa em todas as mesas, exceto nas ocupadas pelo grupo deles, continuou como sempre, enquanto talheres tilintavam alegres contra a porcelana e os atendentes de avental branco carregavam bandejas ao avançarem entre as mesas. Não obstante, Riverdale se levantou de seu lugar e colocou o guardanapo de linho sobre a mesa. Netherby estava fazendo o mesmo na própria mesa. Assim como Lorde Molenor. Em mais um minuto, eles teriam acompanhado o visconde até o lado de fora e lidado com ele lá de uma maneira que mostraria o quanto eram membros irrepreensíveis da sociedade bem-educada, pois era provável que fossem observados pelas pessoas indo ou vindo ou passando pela rua. Eles também, o que era quase certo, marcariam hora para encontrá-lo em particular, assim como Netherby havia feito uma vez antes, em Londres.

Joel não fazia parte da sociedade bem-educada. Nada sabia das regras que governavam o comportamento dos cavalheiros, especialmente na presença das damas. Ele ficou de pé, deu dois passos para frente e bateu o punho na boca de Uxbury.

O visconde, tomado pela surpresa, caiu pesado em uma chuva de sangue, agarrando com uma mão agitada a toalha da mesa atrás dele em uma tentativa vã de se salvar. A queda se seguiu por uma chuva barulhenta de louças, talheres, vidro quebrado, bolos com cobertura de chantily e chá. Um dos bolos caiu de cabeça para baixo no alto do seu nariz.

Houve gritos, berros, balbúrdia geral. Todos ficaram de pé. Alguns tentavam escapar do perigo. A maioria virava o pescoço para ver o que havia acontecido. Outros se aproximavam para dar uma boa olhada. Joel flexionou as juntas doloridas dos dedos.

— Oh, bravo — disse Riverdale, baixinho sob o rebuliço.

— Muito bem-feito — concordou Lady Overfield.

— Minha nossa — falou o duque de Netherby e, de alguma forma, todos ao redor dele fizeram silêncio. Como o homem fazia isso? Os que estavam mais para trás silenciaram os outros para que pudessem ouvir. — Botas novas, meu camarada? Elas podem ficar embaraçosamente escorregadias por um tempo, foi o que descobri. Uma pena o senhor ter armado tal espetáculo para si mesmo, embora, eu ouse dizer, que está entre amigos aqui, que farão o máximo de esforço para esquecer tudo isso e jamais lembrá-lo do acontecido. Permita-me ajudá-lo a ficar de pé.

— Ele deve ter dado com a boca na beirada da mesa ao cair, Netherby — contribuiu o conde de Riverdale —, e batido um dente. Ah, visconde de Uxbury, não é?

Uxbury não estava inconsciente. Ele ficou de pé sem ajuda, apartando a mão de Netherby no processo. Tirou um lenço enorme do bolso e o levou à boca para estancar o sangue. O rosto estava branco feito giz. Os dois parentes vieram até ele e o pegaram, um em cada braço, para conduzi-lo para fora. Ele foi em silêncio, depois de fuzilar Joel com o olhar e falar para ele, com a voz abafada pelo lenço:

— Receberá notícias do meu advogado.

— Esperarei ansiosamente — retrucou Joel.

Ele estava de pé, percebeu, quase ombro a ombro com Camille. Ele virou a cabeça para ela, e ela virou a dela para ele.

— Obrigada — murmurou ela, antes de se virar para voltar ao assento. Não era a aristocrata altiva agora. Era a dama de mármore com a compleição certa para igualar ao título.

Os três homens partiram sem mais incidentes, e todos voltaram a se sentar, a conversa zumbiu, os garçons correram para limpar a bagunça, pondo a mesa novamente com uma toalha de linho limpa e trazendo chá fresco e comida. Dentro de minutos, qualquer um que chegasse ao Upper Rooms não saberia que algo tão incivilizado acabara de se passar ali. Decerto, a Joel parecia que muitas das pessoas que estiveram ali o tempo todo também não perceberam. Bem provável que várias conversas tratassem dos perigos que botas e sapatos novos podiam ser se as solas já não estivessem devidamente arranhadas pelo uso.

Talvez tenha sido para melhor ele não ter conseguido comprar um par de botas prontas ontem.

— Tenho para com o senhor uma dívida de gratidão, sr. Cunningham — disse-lhe a mãe de Camille. — Estou muito envergonhada por um dia ter aprovado que aquele jovem cortejasse a minha filha.

— Fiquei sabendo que iremos a um piquenique amanhã, sr. Cunningham — comentou Lady Overfield. — Estou muito ansiosa. Confesso que estou muito curiosa para ver a sua casa nova.

21

Camille aquecia-se ao sol no jardim na manhã seguinte. Estava sentada em um banco de pedra enquanto Sarah, muitíssimo orgulhosa de si mesma, estava a seus pés, agarrando folhas de grama e puxando-as antes de olhar para Camille. Winifred estava sentada no chão com as pernas cruzadas, observando-a. Várias outras crianças estavam lá fora, entretidas em vários jogos. Todos desfrutavam das breves férias escolares, embora a maioria das crianças tivesse cumprimentado Camille com animação.

Ela não havia sido convidada. A família iria à casa do sr. Cox-Phillips, agora de Joel, naquela tarde para um piquenique e talvez para uma visita guiada pela casa. Ela não havia sido convidada.

No dia anterior, em sua primeira aparição de verdade em público, ela fora chamada de bastarda. Envolveu os cotovelos com as mãos e sorriu para o bebê, cujo sorriso triunfante mostrava os dois novos dentinhos inferiores. Joel, como um cavaleiro errante, socara o visconde de Uxbury em sua defesa. E, de alguma forma, as palavras de Avery haviam encoberto todo o potencial de escândalo, ao menos temporariamente. Era esperar demais, é claro, que absolutamente ninguém, exceto a família, tivesse visto o acontecido ou ouvido as fatídicas palavras. Joel foi a pessoa que havia tomado uma atitude, e tinha arrancado sangue, talvez até mesmo um dente.

E depois voltou a se sentar com sua mãe, Elizabeth e Alexander e prosseguiu com o chá e a conversa como se nada tivesse acontecido. Ele não trocou uma palavra com ela.

Ele não a convidara para o piquenique daquela tarde.

Se ele tivesse levado uma corneta até o telhado e soprado, a mensagem não poderia ser mais alta do que o seu silêncio. Ora, pois. Ergueu os ombros e desejou que o banco não fosse tão duro.

— Orei todas as noites para que os dentes de Sarah nascessem — disse Winifred, enquanto a bebê erguia os braços e Camille a pegava e a colocava no colo —, e eles nasceram.

A devoção de Winifred podia ser ainda mais irritante que a sua retidão para com tudo, mas Camille sorriu.

— É bom saber que suas orações foram respondidas. Ela está muito mais contente agora.

E, então, de repente, ele estava lá, parado diante do banco, usando o velho paletó e as botas surradas, olhando-as de cima, um sorriso nos olhos. Sua cabeça bloqueava o sol e fez Camille se sentir gelada. E Sarah, traiçoeira criança, gorgolejou e voltou a erguer os braços. Ele a pegou, segurou-a acima da cabeça enquanto ela ria e babava no lenço de sua gravata, e então a acomodou em um braço.

— Bom dia, senhoritas — cumprimentou-as.

— Sarah tem dois dentinhos — comunicou Winifred a ele. — Orei para que eles nascessem, e eles nasceram.

— Boa menina — respondeu ele, dando um tapinha no ombro dela com a mão livre, mas Hannah estava vindo pegar Sarah. Era hora de ela ser alimentada. Winifred entrou com elas. Joel ficou onde estava, os olhos fixos em Camille. — Recebi um recado de Anna esta manhã. Ela me disse que você não vai ao piquenique.

Maldita Anna, pensou Camille, usando em sua mente uma imprecação que ela nem sonharia em dizer em voz alta.

— Não. Tenho outras coisas a fazer.

Ele cruzou os braços e a encarou.

— Sinto muito, Camille. Venho me comportando feito um tolo. É só que... bem, a Terra sofreu um abalo no domingo. Foi um abalo maior do que o comum, quer dizer. Eu...

— Está tudo bem. Não precisa se explicar ou se desculpar se essa for a sua intenção. Domingo foi sugestão minha, se você se recorda, e não me arrependo nem um pouco. Foi muito agradável, mas está no passado, e sempre é uma decisão acertada deixar o passado para trás e se concentrar no presente e tanto do futuro quando possa ser razoavelmente planejado.

— Maldição, eu a magoei.

— Devo pedir para que modere o linguajar — apontou ela, ignorando o fato de que a mente havia, de forma muito consciente, usado a mesma palavra havia mais ou menos um minuto.

— Por que você não vai? — perguntou ele.

Ela o olhou com severidade.

— Eu não fui convidada. No meu mundo, no meu antigo mundo, quer dizer, não se vai a eventos para os quais não se foi convidado.

Ele coçou a cabeça, deixando o cabelo despenteado. Estava crescendo, ela notou.

— Bom Deus, Camille, você era uma parte tão central de todo o plano que não me ocorreu que você precisaria de um convite.

A indignação guerreou com outra coisa. Ela era *parte central de todo o plano*? O que isso queria dizer?

— Quero que você a veja. Fui até lá na quarta-feira e vi a casa e o jardim. *Jardim*, na verdade, é uma palavra enganosa. É mais um parque. E *casa* está errado também. É imensa e terrivelmente impressionante. Meu tio-avô podia ser idoso, mas nada foi negligenciado nem maltratado. Ainda não posso acreditar que é minha. Ainda não posso me imaginar morando lá, mas as ideias começaram a fervilhar na minha cabeça enquanto eu estava lá e desejei ter você lá comigo.

— Não Anna? — perguntou ela, severa.

Ele suspirou alto.

— Não pensei nela uma única vez enquanto estava lá — admitiu ele. — Eu queria você.

— Estarei ocupada hoje. — Ela encarou as mãos.

— Fazendo o quê?

— Não é da sua conta — retrucou.

— Sim, é sim — rebateu ele. — Não há aula hoje e você não verá sua família. Pretende ficar ocupada apenas para me punir. Eu mereço ser punido. Fiquei reticente em vir vê-la desde domingo, mas deveria ter vindo, ainda mais porque eu desejava vir. E se estou parecendo terrivelmente confuso, contraditório e estúpido, é porque sou todas essas coisas. Camille, por favor, venha. — Ele se agachou diante dela e estendeu as mãos para as suas antes de, ao que parecia, lembrar-se de que crianças brincavam e gritavam ao redor deles e apoiou-as nos próprios joelhos em vez disso. — Por favor?

Ele havia ficado reticente quanto a vir?

Ela o olhou por longos segundos.

— Eu vou para casa — revelou, de repente. — Minha mãe voltará para Hinsford Manor para ficar. Anna a persuadiu. Abby irá com ela. E eu também. — Não fazia ideia se falava a verdade. Com certeza, não, mas como poderia ficar...

Ele franziu a testa enquanto os olhos analisavam o seu rosto.

— Vá esta tarde, de toda forma. Vá com a sua família. Você só tem mais uns poucos dias com eles, e é um lugar encantador para um piquenique. Parece que o dia se manterá bonito também. Vá, Camille, se não por mim, então por eles e por você.

Ela fez careta para ele, que, por sua vez, sorriu.

— Mas venha por mim também. A Terra realmente sofreu um abalo no domingo. Creio que tenha sido o mesmo para você.

— Irei — anunciou ela, severa. — Pedirei a alguém da minha família para vir me buscar em uma das carruagens.

Ele se levantou.

— Obrigado.

Mas ela notou algo repentino, e pegou a mão direita dele com as suas. Os nós dos dedos, mesmo não estando exatamente em carne viva, estavam vermelhos o bastante para parecerem doloridos.

— Suponho que a boca do outro está pior e muito mais dolorida — disse ele.

— Espero que ele tenha mesmo perdido um dente.

O juiz Fanshawe visitara Joel na quarta-feira logo que ele voltou de tirar as medidas para as roupas e botas novas. O juiz era um cavalheiro idoso, bastante encurvado pela idade, e mandara o criado para pedir que Joel descesse para a rua, onde ele esperava do lado de fora da carruagem. Ele dissera a Joel que nunca estivera tão ofendido em toda a sua vida como quando descobriu que o visconde de Uxbury, o sr. Martin Cox-Phillips e o sr. Blake Norton estavam contestando o testamento.

— Anseio pelo prazer inenarrável de fazê-los virar pó sob o calcanhar de minha bota, caso persistam, o que, infelizmente, temo que não farão depois que derem uma boa olhada na lista de testemunhas — disse ele. — Eu fui uma delas, e até mesmo as outras são formidáveis. Pode considerar com segurança de que a herança é sua, sr. Cunningham.

Ele apertou a mão de Joel com surpreendente firmeza antes de voltar a entrar na carruagem com a ajuda do criado e se pôs a caminho.

Então, em um impulso, Joel havia ido ver a nova propriedade, a qual ele provavelmente venderia assim que todos os trâmites com o testamento fossem encerrados. Falara com o mordomo, o sr. Nibbs, e assegurou a ele que todos os criados ficariam até segunda ordem e que o sr. Crabtree seria instruído a pagar o salário deles. Nibbs o levara para ver a casa antes de convocar o jardineiro-chefe para levá-lo em um passeio pelos jardins. Depois disso, Joel passara outra hora perambulando sozinho pela casa, mas algo havia acontecido quando ele, por fim, parou na biblioteca atrás da poltrona em que seu tio-avô se sentara, as mãos descansando sobre o espaldar alto. Ele sentira… uma conexão, um anseio, embora não pudesse colocar em sua mente o sentimento com palavras claras.

A mãe crescera ali. Os avós tinham vivido ali, assim como o seu tio-avô. Não sentiu a presença de fantasmas, não exatamente, mas sentiu… bem, uma conexão. Era a única coisa que sempre faltara na sua vida. Não que estivesse reclamando. A vida, até então, havia sido abençoadíssima, mesmo se descontasse a felicidade das duas últimas semanas. Mas…

Bem, ele havia se apaixonado. E, talvez por uma associação de pensamento, desejara que Camille estivesse com ele. Estava quase estourando com pensamentos, ideias, necessidade…

Informara ao sr. Nibbs sobre o piquenique de sexta-feira e avisou que

ALGUÉM PARA ABRAÇAR   281

os convidados iriam querer dar um passeio pela casa. Pedira para cadeiras e mantas serem levadas para o jardim da frente, se o tempo permitisse, e que fossem feitos arranjos para os cavalos e as carruagens. Assegurara ao mordomo, no entanto, que havia contratado os serviços de um fornecedor em Bath, então a cozinheira e o pessoal da cozinha não precisariam se preocupar. Não tinha certeza se eles seriam capazes de atender um grande grupo de aristocratas depois de terem trabalhado por um tempo considerável com um idoso enfermo que era provável que não recebia convidados com frequência. Dera apenas uma ordem antes de partir.

— Se o senhor pudesse providenciar para que aqueles bustos cegos fossem retirados do vestíbulo o mais rápido possível, sr. Nibbs, eu ficaria muito grato.

O mordomo era bem-educado demais para rir, mas Joel poderia ter jurado que ele havia feito isso por dentro.

— Darei a ordem, senhor. Foram um presente de casamento para o sr. e a sra. Cunningham, mas o sr. Cox-Phillips jamais gostou deles.

E agora Joel estava de volta, andando para lá e para cá na varanda da frente, notando que o gramado havia sido aparado um pouco e que cinco cadeiras haviam sido dispostas em um semicírculo para que ninguém tivesse que ficar de costas para a vista. Havia uma pilha muito bem arrumada de mantas de um lado delas. E o que diabos ele estava fazendo?, Joel se perguntou. Não fazia ideia de como receber nada maior que uma reunião noturna dos seus amigos homens em seus aposentos. Quando o fornecedor lhe perguntara o que ele queria especificamente para os comes e bebes, ele havia ficado boquiaberto, esperava que não literalmente, e pedira ajuda. Tinha dinheiro o bastante para pagar pelo piquenique, mas por pouco. As parcas economias foram raspadas, e só podia esperar que o juiz Fanshawe estivesse certo.

Ele teria que pagar a conta do alfaiate e do sapateiro dali a uma ou duas semanas.

Felizmente, não teve muito tempo para pensar nisso. Uma carruagem rangia sobre o cascalho da entrada e outra vinha logo atrás. Joel foi para os degraus da porta e ficou parado com as mãos atrás das costas, tentando fingir que era o grão-mestre de tudo o que observava. Desejava que as botas não estivessem tão gastas.

Depois disso, tudo se desenrolou muitíssimo bem. Todos estavam animados, e admiraram a casa, a vista e o jardim. A governanta fez o passeio pela casa com eles, embora a condessa viúva de Riverdale tenha preferido ficar na sala de visitas depois que eles chegaram lá, e Lady Matilda Westcott preferira ficar também para oferecer sais para ela, apesar dos protestos vociferantes da mãe. Todos seguiram caminhos diferentes depois do passeio pela casa; a maior parte da família foi caminhar ao ar livre pelos gramados, passando pelo caramanchão, seguindo pelo declive íngreme dos jardins de pedra, por trás da casa e até os bosques através dos quais corria uma trilha muito bem cuidada.

— Joel — chamou Anna, entrelaçando o braço com o dele antes que se juntassem no jardim principal para o piquenique —, este lugar é uma joia requintada, não é? E pensar que crescemos lá embaixo vendo-o e nunca estivemos cientes disso. Você se arrepende… Oh, não importa.

— Sim, eu me arrependo. Se ao menos pudéssemos voltar no tempo e *saber*, mas isso não pode ser feito, e foi escolha deles permanecerem desconhecidos a mim. Eu, no entanto, devo a decência da minha criação a eles; poderia ter sido muito pior. E devo minha carreira à minha avó. Não teria sido uma possibilidade se eu não tivesse sido capaz de ir para a escola de arte.

— Você sempre teve muito talento — observou ela. — Mas deve estar certo. O que vai fazer? Vai morar aqui?

— Zanzar sozinho em uma mansão tão vasta? Difícil de imaginar.

— Sozinho, Joel? — arguiu ela, e ele ficou ciente de que os olhos da amiga pousaram em Camille, que estava muitíssimo bonita com o seu vestido leve de musselina e um chapéu de palha que Joel não vira antes, e que mal havia olhado em sua direção desde o cumprimento indiferente de quando ela chegara com a avó materna, a mãe e a irmã.

— Não decidi o que vou fazer com a casa. Estava determinado a vendê-la, mas… Bem, minha mãe cresceu aqui, e…

Ela apertou o braço dele.

— Leve o tempo que for necessário para decidir — aconselhou ela. — Tudo ficará bem. Prometo.

— Ora, você promete, não promete? — disse ele.

— Prometo. — Ela riu e o soltou para poder se juntar a duas de suas tias.

Para Joel, a comida do piquenique estava perfeita, e todos os convidados pareceram concordar com ele. Todos os elogiaram, e ele riu e contou a verdade.

— Deixei tudo nas mãos de um fornecedor — confessou. — Quando me mostraram a lista de possibilidades, eu sequer sabia o que era a maioria dos itens. Todos tinham nomes elegantes. Então precisei deixar a escolha para os especialistas e fiquei aliviado ao descobrir que reconheci a comida, mesmo não sabendo o nome delas.

Todos riram com ele e era chegada a hora de sua pequena surpresa. Os criados vieram da casa com bandejas de champanhe e Joel propôs um brinde à condessa viúva, que estava sentada em uma das cadeiras sob a sombra de uma árvore, embora Lady Matilda tivesse feito várias tentativas de segurar um guarda-sol sobre a cabeça da senhora.

— Não sei a data exata do seu aniversário, senhora — começou ele. — Mas desejo uma feliz semana de aniversário. — E todos tiniram uma taça na outra e ecoaram o brinde.

— Meu aniversário é hoje, jovem — respondeu a viúva —, e até então vem sendo perfeito. Não posso imaginar um cenário mais encantador para o meu chá de aniversário ou uma comida mais deliciosa ou companhia mais agradável. Obrigada.

O brinde e as palavras sinalizaram o fim da visita. As carruagens foram chamadas e todos se reuniram na varanda para esperar por elas, falando animadamente uns com os outros, voltando a agradecer a Joel e elogiando-o pela casa nova.

E, ainda, ele e Camille não haviam trocado nada além do cumprimento inicial. Ela o evitara a tarde toda. Ou talvez houvesse sido ele quem a evitara.

— Camille — chamou —, posso convencê-la a ficar um pouco mais? Há algumas coisas que desejo lhe mostrar. Você pode voltar comigo para casa mais tarde.

Ele não dissera isso em voz alta. Não esperara que alguém, senão ela, fosse ouvir, mas parecia que todos tinham ouvido, e um silêncio geral se assentou na multidão enquanto todos, ao que tudo indicava, olharam primeiro para ele, depois para Camille e de volta para ele.

— Dificilmente, sr. Cunningham — começou Lady Matilda —, uma dama solteira...

— Creio que a minha neta seja muito capaz de tomar as próprias decisões, Matilda — interrompeu a condessa viúva.

— É claro que ela é — concordou Lady Molenor. — Se ela...

— Talvez, sr. Cunningham — disse Elizabeth, Lady Overfield —, o senhor me permita ficar também. Eu adoraria passar uma hora tranquila na biblioteca para olhar todos aqueles livros. Se, é claro, Camille decidir ficar.

Todos os olhos foram para Camille. A cor estava forte em suas bochechas. Aquele seu queixo teimoso estava em plena evidência, assim como os lábios fechados em uma linha apertada.

— Sim, certamente — respondeu ela.

Eles ficaram na varanda, os três, observando as carruagens se afastarem da entrada. Lady Overfield virou um rosto sorridente para Joel. Os olhos dela brilhavam.

— Vou me retirar de cena — comunicou a dama. — Ouso dizer que passaria uma semana naquela biblioteca sem terminar de ver todos os livros que estão lá, então não precisam se apressar. E eu sei o caminho. — Ela virou o sorriso para Camille, apanhou as saias, subiu os degraus e desapareceu para dentro da casa.

— Creio que escandalizei a todos — afirmou ele. — Eu não sei como me comportar como um cavalheiro, não é?

Ele a ouviu respirar fundo, depois soltar o suspiro.

— Por que queria que eu ficasse? — perguntou ela.

Porque ele era o pior covarde do mundo. *E porque não queria que ela fosse para casa em Hinsford com a mãe e a irmã.*

Reduziu a curta distância que havia entre eles e, determinado, pegou-a pela mão.

— Eu lhe disse que vim aqui na quarta-feira — começou Joel, saindo com ela da varanda e rodeando a lateral da casa —, e queria que você estivesse comigo. Hoje você esteve aqui comigo e com mais ou menos uma dúzia de pessoas, e eu quase permiti que fosse embora com eles. Minha mente parece uma caixa de marimbondos, Camille. Há tanto borbulhando dentro dela. Seria um misto de imagens? Isso lhe explicaria o estado dela, eu acho. Você caminhou aqui pelo bosque mais cedo? O caminho é bastante íngreme, mas vale a pena ser escalado. Há toda a sorte de lugares para se sentar, relaxar e simplesmente desfrutar da vista.

— Não cheguei a vir tão longe — disse ela, ao subirem.

Chegaram a um caminho que o havia impressionado muito na quarta-feira: uma clareira em meio às árvores que havia sido transformada em um pequeno jardim de flores com um banco de ferro forjado no meio. Dali se podia ver, por entre os galhos acima do telhado da casa, a deslumbrante elegância das construções georgianas de Bath. Ele a conduziu até o assento e eles se acomodaram lado a lado.

— Pensei em talvez vender este lugar, mas não posso me obrigar a isso, Camille. É a única conexão verdadeira que tenho com a minha família. Não posso me ver morando sozinho aqui, mas posso ver muitíssimas possibilidades, nenhuma das quais parei para pensar se eram possíveis, praticáveis ou qualquer outra coisa. Vejo uma escola de arte aqui, ou um lugar para retiros artísticos, talvez. Possivelmente para algumas das crianças do orfanato, talvez para outras crianças também, até mesmo para adultos. Vejo uma escola de música, ou retiro, para os vários instrumentos e para a voz. Até mesmo para a dança. Ou um retiro de escrita. Imagino trazer aqui especialistas ilustres para dar cursos sobre uma variedade de assuntos e para oferecer mostras e concertos. Mais que tudo, no entanto, eu vejo e ouço crianças correndo pelos gramados, vindo aqui em cima para brincar de esconde-esconde em meio às árvores, correndo pela casa, fazendo barulho e deixando um rastro de sujeira. Felizes, livres.

— Seus próprios filhos? — perguntou ela, e Joel soube assim que virou a cabeça para olhá-la que ela preferia ter mordido a língua. As bochechas estavam coradas.

— Em meio às demais crianças. Gostaria de ter filhos meus. Gostaria de dar a eles o que nunca tive: um pai e uma mãe, mas vejo outras crianças aqui também, desfrutando das férias e tendo a chance de se divertirem em um lugar em que há muito espaço para correr.

Ela não disse nada.

— É claro — disse ele —, é uma distância considerável de Bath, e eu nunca estive em qualquer outro lugar senão lá. Parece um pouco isolado aqui em cima. Amplo. Bonito também. Perto do paraíso.

— Você não estaria isolado, se sempre houvesse algo acontecendo por aqui e se as pessoas estivessem sempre indo e vindo. E, Joel, você poderia arcar com a sua própria carruagem para ir e vir da cidade.

— Eu poderia — concordou ele, embora não fosse a primeira vez em que ele pensava nisso. — Eu poderia ter cavalos. E talvez um cão ou dois e um ou três gatos. Talvez coelhos. Quando menino, creio que eu ansiava por um bichinho de estimação tanto quanto ansiava por uma família. Eles jamais seriam permitidos no orfanato, por razões muito óbvias, mas eu sempre pensei que a presença dos animais faria muito bem para as crianças. Cães e gatos, ouvi dizer, sempre o amarão mesmo quando nenhum humano parece amar. Podemos nos aninhar e ler para os animais. Eles não julgam. Eles... simplesmente amam. Crê que eu possa convencer a srta. Ford a permitir que algumas das crianças venham para cá e passem alguns dias por vez para terem aulas, música, se divertirem, andarem a cavalo, brincarem com os cães, os gatos e os coelhos? Estou sendo muito ingênuo? Construindo castelos imaginários? Castelos de areia? Estou sendo tolo?

— Você consideraria ter o seu próprio orfanato aqui em cima? — indagou ela.

Ele considerou por um momento.

— Não. Se for para haver crianças aqui de forma permanente, elas teriam que ser minhas.

— Seus próprios filhos.

— Ou adotados. — Ele estava em terreno desconhecido agora. Não havia pensado nisso antes. — Talvez... Sarah — sugeriu ele.

Os olhares se encontraram e travaram. Ele a viu engolir em seco e observou os olhos se encherem de lágrimas antes de ela virar a cabeça.

— E Winifred — disse ela.

— *Winifred?* — Joel fez careta.

— Ela não é uma criança terrivelmente agradável, não é? — confessou ela. — Ela é carola, devota, fastidiosa e crítica. Eu me reconheço nela, Joel, a ponto de ser doloroso. Ela deseja desesperadamente ser amada e crê que o amor será conquistado com bom comportamento. Ela não entende que seus esforços estão afastando o amor em vez de atraí-lo.

— Você gostaria de *adotá-la*? — perguntou ele.

Ela voltou a olhá-lo inexpressivamente.

— Era você quem estava falando em adoção, e de trazer crianças para cá como se fossem suas. Eu apenas estava falando hipoteticamente. Só queria que ela pudesse saber que é amada. Mais que amada. *Escolhida.* — Ela piscou e ficou de pé de repente. — Elizabeth ficará sem livros com os quais se distrair. Vamos voltar.

E o momento, o limite sobre o qual ele oscilava, havia passado. Tudo bem. Ideias estavam sendo expurgadas de sua mente e ele não estava muito certo sobre nenhuma delas. Não estava certo de *nada.*

Não, não era verdade. Ele estava muito, muito certo de uma coisa: estava desesperadamente apaixonado por ela. E tão desesperado quanto para se casar com ela.

Ainda assim, o momento não parecia certo. Não queria que o pedido de casamento soasse como se tivesse acabado de tropeçar para fora da sua cabeça, saindo para a boca e atravessando os lábios.

Ele ficou de pé ao lado dela e voltou a pegá-la pela mão.

— Obrigado por ficar — falou ele. — Obrigado por ouvir.

Eles fizeram o caminho de volta para a casa praticamente em silêncio.

22

Na manhã seguinte, após voltar do passeio ao qual levara Sarah, Winifred e outras duas das crianças mais novas para ver os patos no rio e alimentá-los com migalhas de pão, Camille se sentou ao lado da srta. Ford e da enfermeira para poder almoçar.

— Algumas dessas crianças chegam a ser adotadas? — perguntou, durante uma pausa na conversa. Nunca ouviu falar que acontecia, mas, bem, não estava ali fazia muito tempo.

— De vez em quando — respondeu a srta. Ford. — Os bebês, no caso. As pessoas que buscam crianças para adotar dificilmente querem uma com mais do que poucos meses de idade. Aqui não é o tipo de orfanato no qual empregadores sem escrúpulos buscam mão de obra barata.

— Qual é o procedimento para a adoção? — continuou Camille.

— Na maior parte dos casos — explicou a srta. Ford —, o pai ou a mãe verdadeiros, ou seja quem for que sustente a criança aqui, é consultado e concede ou nega a permissão. Se a resposta for sim, nosso advogado cuida dos detalhes legais, mas a administração é muito cuidadosa ao investigar os pais em potencial. Damos amor, segurança e cuidados de qualidade, como bem sabe. Tentamos nos certificar que fazer parte de uma família será vantagem para a criança.

— E se os pais forem desconhecidos? — indagou Camille.

— Seguimos com a mesma investigação cuidadosa — disse a srta. Ford. — Ter nossas crianças adotadas parece um pouco como se estivéssemos desistindo dos nossos próprios filhos, sabe? Faremos com imensa satisfação se for para o bem da criança, mas nunca é fácil dizer adeus. É compreensível que muitos pais adotivos não queiram voltar para visitas.

— Lembra-se de Sammy e seus cachinhos dourados? — lembrou a enfermeira, e ela e a srta. Ford se lançaram a recordar dos bebês que perderam para a adoção.

Camille voltou para o quarto e escreveu para Harry parabenizando-o

ALGUÉM PARA ABRAÇAR   289

pela promoção. Era a primeira vez que escrevia direto para ele. Era doloroso. Harry tinha sido o conde de Riverdale. Havia ficado irritada com ele por estar se divertindo como nunca, rodeado pelos companheiros que eram mais bajuladores que amigos de verdade, mal usando uma braçadeira negra em deferência ao falecimento do pai enquanto a mãe, Abby e ela estavam mergulhadas no preto fúnebre, mas ele havia sido um menino de bom coração, alegre, inteligente e carinhoso. Amara-o muito, sem nem sequer estar totalmente ciente do fato. E ela o amava agora e sentia a dor do que acontecera a ele. Suas cartas eram sempre muito animadas, mas seria essa a realidade? Ele ao menos estaria vivo para ler a dela? O medo que sentia por ele estava sempre lá, profundamente reprimido, mas muito real.

O preço do amor, pensou, era o sofrimento. O sentimento por acaso seria digno do preço? Ou seria melhor não amar?

No meio da tarde, ela caminhou até o Royal Crescent, como havia feito no dia anterior, antes do piquenique, para vasculhar o guarda-roupa em busca de algo adequado para usar no baile daquela noite, em vez de as poucas vestimentas que estavam penduradas no seu quarto. Parecia um pouco como escavar o passado que havia deixado para trás há pouco mais de alguns meses, mas havia algo inegavelmente sedutor na ação. Que mulher não gostava de se arrumar e ficar bonita pelo menos de vez em quando?

Escolheu um vestido de renda prateada sobrepondo o cetim azul, a cintura alta logo abaixo do busto, decote baixo, mangas curtas e bufantes. A barra arredondada era bordada com linha prateada. Calçou luvas longas e prateadas e sapatilhas da mesma cor. E levou também um leque delicado que, quando aberto, revelava uma pintura de cores vivas de querubins gordinhos acima de um jovem romanticamente belo e langoroso que parecia ter sido ferido por uma das flechas do cupido. Camille achou graça, embora jamais tivesse pensado nisso, ao imaginar que a pessoa que segurava o leque talvez tivesse literalmente na palma das mãos o destino amoroso do jovem. A única joia era o colar de pérolas que o pai lhe dera em sua Temporada de estreia — na verdade, foi o secretário que o entregara a ela —, e os brincos do conjunto, que haviam sido presente da mãe. A camareira da avó arrumou seu cabelo no alto da cabeça com cachos, trançados intrincados e algumas mechas soltas ao longo do pescoço e sobre as orelhas.

Por um momento, ao se olhar no espelho, sentiu uma onda de nostalgia pelo mundo familiar que deixara para trás de forma tão abrupta, mas ficou surpresa ao perceber que, agora, não voltaria mais a ele, mesmo se pudesse. Não acreditava que gostava muito da pessoa que havia sido então, e com certeza não gostava da pessoa de quem havia ficado noiva. Ela se virou e foi até o quarto de Abigail, onde encontrou a irmã parecendo uma relíquia da primavera usando um belo vestido amarelo de tom pastel que Camille não havia visto antes. Ela estava em uma animação e ansiedade febris.

— Será um baile de *verdade*, você acha? — perguntou. — Oh, você está tão linda, Cam. Sempre quis ter ficado tão alta quanto você. — Abby fora a algumas reuniões no campo, mas não a bailes formais. Ela nunca tivera a Temporada de estreia.

— Não será tão espremido quanto em Londres, suponho, mas creio que toda a sociedade bem-educada de Bath tenha sido convidada, e creio que esteja sendo apresentado como o maior evento do verão. Os Westcott têm mais que o seu quinhão de título entre eles, afinal de contas. Será bem-frequentado.

— Você acha... — Abigail parou e tratou de colocar o xale e de pegar o leque. — Você acha que teremos alguns pares, Cam? Sem ser tio Thomas e Alexander?

— Acho que nossas tias levam o papel de anfitriãs muito a sério, Abby. Uma anfitriã não gosta de ver moças plantadas decorando o salão de baile. Lança uma luz ruim sobre elas.

— Elas encontrarão parceiros para nós, então? — Abigail franziu o nariz.

— É assim que as coisas são feitas — Camille disse à irmã. — E, às vezes, os cavalheiros pedem para serem apresentados. Não é certo, sabe, que eles se apressem e peçam uma dança quando não foram apresentados.

Esperava estar falando a verdade. Esperava que a irmã tivesse parceiros de dança e que eles não fossem ser apenas homens velhos e casados coagidos para isso ou que tiveram pena dela. Não se importava consigo mesma. Ficaria contentíssima só por assistir às festividades e passar um pouco mais de tempo com a família antes de voltarem para casa. E, como

Abby acabara de dizer, tio Thomas, Alexander e até mesmo Avery iriam, sem dúvida, dançar com ela. E...

Joel?

Passara o dia tentando, com afinco, não pensar no dia anterior. O que exatamente ele dissera? Era provável que nem mesmo ele soubesse, no entanto. Ele havia comparado a própria mente a uma caixa de marimbondo, mas... *Gostaria de ter filhos meus. Gostaria de dar a eles o que nunca tive: um pai e uma mãe.* E ele falara sobre adotar crianças. Mencionara Sarah. E então, depois de parecer estar chegando a alguma conclusão, ele agradecera a sua presença e por ouvi-lo e então liderou o caminho colina abaixo.

Oh, Joel.

Abigail estava pronta para descer e, logo elas entraram na carruagem com a mãe e a avó e seguiram caminho para o Upper Assembly Rooms, mesmo a distância sendo muito curta. Sua mãe segurou a mão de Abby com força, Camille notou. Ela mesma abria e fechava o leque no colo e se perguntava se haveria alguma valsa.

Joel se tornara algo parecido com uma celebridade local. Ele já era conhecido por algumas pessoas, é claro, como pintor de retratos, e aquelas pessoas eram propensas a apontá-lo para todo mundo como o órfão sem um tostão que havia se revelado um sobrinho-neto há muito perdido — alguns até mesmo disseram neto — do muito abastado sr. Cox-Phillips, que vivera em uma das mansões no alto da colina. O ancião havia descoberto a verdade na hora exata, ou era o que dizia a história, e deixado até o último tostão dos seus milhões para o jovem, a quem ele fora capaz de puxar junto ao peito pela primeira e última vez quase que quando deu o seu último suspiro.

A fama de Joel havia aumentado em vez de diminuído quando a história começou a correr e, então, inflamou as mais elegantes salas de visitas dizendo que ele dera um soco no visconde de Uxbury durante um chá no Upper Rooms, mandando todos os dentes do cavalheiro goela abaixo, por insultar uma dama.

Foi com imenso receio, então, que Joel se aproximou do mesmo

Upper Rooms ao anoitecer de sábado, desconfortável em seu novo traje e sapatos de gala e se perguntando se era obrigatório um homem dançar em um evento daquela magnitude quando ele só havia dançado no orfanato. E perguntou-se também se haveriam cantos escuros nos quais se esconder. E se era tarde demais para dar meia-volta e ir para casa, mas estava cansado de morte da própria covardia. Uma coisa era certa: não voltaria à sua velha vida confortável. Muito bem, então. Avançaria com a nova.

Além do mais, Camille poderia muito bem ir para Hinsford Manor no dia seguinte com a mãe e a irmã, e ele não permitiria que isso acontecesse sem uma luta, ou sem que, pelo menos, falasse com ela antes.

Decidido, caminhou até a entrada do estabelecimento, deu o nome a um brutamontes uniformizado que ocupava metade da porta — ao menos uma pessoa em Bath, ao que parecia, que não o conhecia de vista — e entrou.

Cada cidadão de Bath, exceto o brutamontes à porta, havia sido convidado, ele pensou pelos breves minutos seguintes. A sala de chá estava abarrotada, o salão de baile estava cheio e, se não estivesse atraindo atenção aonde quer que fosse, então sua imaginação era muito mais vívida do que pensara. Uma orquestra em uma plataforma elevada afinava os instrumentos, embora a dança ainda não tivesse começado. O lugar fervilhava com conversas e risadas, e se alguém simplesmente abrisse um alçapão ali no chão, Joel teria desaparecido feliz sem nem mesmo verificar antes se havia uma escada.

Em seguida Lady Molenor o reivindicou, toda joias resplandecentes, plumas balançantes e comportamento gracioso, e a dama foi seguida de perto pela duquesa viúva de Netherby, formidável em um vestido azul-royal com um turbante combinando e joias do tamanho de um ovo de tordo-americano penduradas na frente dele. Elas o escoltaram para ir cumprimentar a condessa viúva de Riverdale, que estava sentada no salão de baile em uma poltrona que mais parecia um trono, recebendo com animação a deferência e as felicitações pelo aniversário, enquanto Lady Matilda Westcott, a filha, agitava um leque perto do rosto dela, preocupada com o conforto da mãe. Anna, parecendo muito bonita em rosa-escuro, veio abraçá-lo, e Lady Jessica Archer e a srta. Abigail Westcott agitaram o leque para ele e sorriram animadas antes de saírem de braços dados para desfilar a beleza diante das multidões ali reunidas. E... Camille estava lá, parada por um momento um pouco mais distante da avó, e sozinha.

— Não creio já ter visto mulher mais bela — disse ele, ao se aproximar.

Ela o encarou por um segundo, e ele percebeu o quanto as palavras deviam ter parecido sido tolas e extravagantes. Mas, logo em seguida, ela abriu um sorriso lento, algo começando a dançar em seus olhos.

— Ou eu a um homem tão formoso. Joel, você andou fazendo compras. Foi muito doloroso?

— Excruciante — respondeu, sorrindo para ela. — Mas vim a pé até aqui e meus sapatos ainda não deram bolhas nos meus dedos. Nem nos calcanhares. Nem o lenço da gravata arranhou o meu pescoço até ficar em carne viva.

— Você está mesmo esplêndido — elogiou ela.

— Camille — chamou, sério —, você vai mesmo para casa com sua mãe e irmã?

Ela não respondeu de imediato.

— Não — revelou, por fim. — Seria admitir derrota, e me recuso a ser derrotada.

— Boa menina — falou ele, como se estivesse falando com uma das alunas na escola.

— Mas, Joel — continuou ela, abrindo o leque e logo adicionando um floreio de cores deslumbrantes aos delicados tons de azul e prata do traje —, aceitei a oferta de Anna de um quarto da fortuna do meu pai. Não tenho certeza do que farei com o dinheiro, ou se farei alguma coisa.

— Ah. — Ele não sabia se estava feliz ou se lamentava. — O que a fez mudar de ideia?

— Estou tentando fazer meu coração seguir o caminho que a cabeça traçou. Estou tentando amá-la, Joel. Estou tentando pensar nela como minha irmã, não apenas como minha meia-irmã. Dividir a herança é algo crucial para a felicidade dela.

Ele não teve a chance de responder. Os seus arredores ficaram mais movimentados, e ele percebeu que a orquestra havia ficado em silêncio e que os casais se reuniam para dançar.

— Minha dança, creio eu, Camille — comunicou o conde de Riverdale, dando um aceno cordial para Joel e estendendo a mão para a prima.

— Sim, Alexander. Obrigada — concordou ela.

E Joel voltou a ficar sozinho até Lady Overfield se aproximar dele.

— Eu me lembro de Anna me contar sobre os pequenos bailes que eram feitos no orfanato quando a velha professora ainda dava aulas lá — disse a mulher. — Ela sabia os passos de tudo, exceto da valsa. Suponho que o senhor também os saiba, sr. Cunningham. Correndo o risco de soar imperdoavelmente atirada, importa-se de tentar essa comigo? Está muito lotado. E ouso dizer que nos perderemos entre as massas e que ninguém, em absoluto, nos verá.

E se Camille era a mulher mais linda que ele já havia visto, pensou Joel, e ele estaria sendo parcial, é claro, então, sem dúvida alguma, Lady Overfield era a mais bondosa.

— Farei o meu melhor para não envergonhá-la, senhora — respondeu ele, lançando um sorriso pesaroso para ela ao oferecer-lhe o braço.

— Fiquei encantado ao saber ontem — começou Alexander, depois de conduzir Camille até a dança — que a prima Viola voltará para Hinsford e que Abigail irá com ela. Você irá também, Camille?

— Não, exceto para uma ou outra visita, mas eu não desaprovo. Também estou feliz por elas.

— Seu futuro está aqui? — perguntou a ela, olhando para além do seu ombro, para onde Joel conduzia Elizabeth para outro lugar.

— Por enquanto, sim — declarou ela. — Na verdade, eu gosto de lecionar, embora seja a atividade mais caótica e alarmante em que já me envolvi e que, às vezes, eu me pergunte o que, pelo amor de Deus, estou fazendo.

Ele voltou a olhar para ela e sorriu.

— Ao que parece, a srta. Ford lhe ofereceu o trabalho pelos próximos vinte anos. Creio que seja uma excelente recomendação.

— E quanto a você, Alexander? Como restaurará as fortunas de Brambledean Court? Ou, como papai, nem sequer tentará?

— Oh, eu tentarei. É o meu dever, afinal de contas. Eu me casarei com uma mulher rica.

A dança estava prestes a começar, e era uma intrincada quadrilha durante a qual haveria pouca oportunidade para conversas em particular. Ele ainda sorria. Os olhos até mesmo brilhavam, como se ele tivesse feito piada. Camille esperava que *fosse* uma. Alexander sempre tinha sido um homem honrado e bondoso. Embora ela mesma nunca tivesse acreditado no amor romântico, sempre esperara que, quando ele se casasse, seria por amor e com uma dama que combinasse com ele tanto em temperamento quanto em amabilidade e aparência. Ficou arrepiada ao saber que ele colocaria o seu dever para com o povo de Brambledean, a quem o pai dela negligenciara de forma vergonhosa, na frente da própria felicidade. A velha Camille teria entendido e aplaudido. A nova Camille queria gritar em protesto.

Mas a música começou.

Abby, ela viu, dançava com Avery. E isso tinha sido calculado com muito cuidado, ela percebeu enquanto a noite progredia. O duque e o conde abrindo o baile com as duas filhas ilegítimas do predecessor do conde e assim mostrando aos presentes que elas eram perfeitamente respeitáveis, que um gesto de desprezo para com elas resultaria em uma afronta aos nobres e à família deles. Não faltaram nem a Camille nem a Abigail parceiros de dança durante toda a noite, e enquanto Camille dançara tanto com Avery quanto com tio Thomas, Abigail dançou todas as peças, exceto a primeira, com homens que não eram da família, a maioria deles jovens e solteiros. Abby poderia muito bem se lembrar daquela noite como sendo a mais feliz de sua vida.

Isso, é claro, era Bath, não Londres, e Abby nem sempre poderia esperar o tipo de apoio familiar que estava lhe dando suporte naquela noite, mas ainda assim... Bem, talvez houvesse esperança, afinal de contas. Talvez o que acontecera não fosse o desastre irremediável que pareceu ter sido na época e até muito recentemente.

Joel desapareceu do salão depois de dançar a peça de abertura de forma muito honrosa com Elizabeth. Camille pensou que ele devia ter ido embora até que foi à sala de chá mais tarde, de braço dado com tio Thomas, e viu que ele estava lá sentado com a srta. Ford e um grupo de damas que pareciam atentas a cada palavra que ele dizia. Os olhos de Joel encontraram os dela no outro lado da sala. Ela se sentou de costas para ele e se juntou à conversa da própria mesa. Cerca de dez minutos se passaram até que ela sentisse uma mão em seu ombro.

— Creio que a próxima dança seja uma valsa — disse Joel, dirigindo-se a ela depois de cumprimentar os ocupantes da mesa com um gesto de cabeça. — Aceita dançá-la comigo, Camille?

— Aceito. — Ela ficou de pé e colocou o guardanapo sobre a mesa. — Obrigada.

— Ou talvez — falou ele, ao irem em direção ao salão de baile —, você se sinta mais segura se apenas dermos um passeio pela sala. Notei que essa é a atividade preferida de um bom número de pessoas.

— Perdeu a coragem, sr. Cunningham? — perguntou ela, abrindo o leque e o agitando diante do rosto.

— Em absoluto, srta. Westcott. Encontrei meu cavalheirismo. Não quero fazê-la passar vergonha na dança. Sem mencionar o risco para os seus dedos dos pés.

— Está dizendo, por acaso, que não confia nas minhas habilidades de ensino, sr. Cunningham?

— Creio que sejam das minhas habilidades de aprendizagem que duvido — confessou ele. — Mas estou disposto a dar uma tentada, se você também estiver.

— *Dar uma tentada*? — Ela fez careta para ele. — Que linguagem é essa, sr. Cunningham?

— Chula? — sugeriu o homem.

E eles caíram na gargalhada, o que não foi em absoluto a coisa mais elegante a se fazer, e Camille passou um braço pelo dele.

— Como Lady Overfield comentou mais cedo — disse ele —, com certeza a dança estará tão lotada que ninguém notará a nós ou a quaisquer imperfeições em nossas habilidades.

Isso se provou menos verdadeiro do que qualquer um deles poderia ter desejado. A valsa, ao que parecia, ainda não estava tão na moda em Bath quanto em Londres, e a maior parte dos convidados preferiu observar ou então permanecer na sala de chá. Vários casais foram valsar, mas havia bastante espaço para todos dançarem com liberdade sem temer as colisões, e muito espaço para que fossem observados.

— Essa não foi a ideia mais brilhante que eu já tive — disse Joel, quando a música começou.

— Sim — pontuou ela, ao olhá-lo bem no rosto —, foi, sim.

A mão de Joel estava quente na parte de trás da sua cintura, o ombro firme abaixo de sua mão. A outra mão dele, apoiando a sua, parecia grande e segura, e ele cheirava bem a algo indefinível: sabão de barbear, talvez, linho novo e o tecido do casaco, decerto. E a Joel. Estava certa de que poderia ter sido levada até ali vendada e saberia exatamente quem a segurava na postura da valsa. O calor do corpo dele envolveu o seu, e ela se lembrou do domingo anterior com um anseio dolorido. Amava a forma como ele fazia amor.

O olhar de Joel era intenso, e Camille se perguntou se ele estava tendo pensamentos similares. *Oh, Joel*, ela lhe pediu em silêncio, *o que você quis dizer ontem?*

Voltaram a valsar com as pernas rígidas quando a música começou: um, dois, três, um, dois, três, três para um lado, três de volta. Camille viu um rubor começando a se arrastar pelo pescoço dele, vindo de debaixo do lenço em seu pescoço, e algo como pânico se reuniu nos olhos dele. Camille sorriu para ele e riu baixinho.

E, de repente, valsavam mais uma vez, como tinham feito na sala de aula, mas sem as inibições do espaço e os limites do seu fôlego enquanto ela dançava e cantava ao mesmo tempo. Dessa vez, uma orquestra completa e o salão de baile do Upper Rooms os levavam adiante, e eles dançaram e giraram em um mundo que era deles e somente deles, os olhos fixos um no outro, o sorriso nos lábios.

Era estranho estar ciente dos arredores e ao mesmo tempo estar completamente sozinho dentro deles. Sabia que Anna estava dançando com Avery, Alexander, Elizabeth, Abby e Jessica, com parceiros desconhecidos, mesmo Abby e Jessica não tendo sido apresentadas oficialmente à sociedade, e não tendo ainda permissão para dançar a valsa em Londres até terem recebido a aprovação de uma das matronas do Almack's. Ela estava ciente dos outros dançarinos e do turbilhão de cores dos vestidos e do cintilar das joias sob a luz das velas. Estava ciente dos membros mais velhos da família e das outras pessoas observando. Estava ciente do aroma das velas e dos perfumes, dos sons dos pés dançando e das sedas e dos cetins farfalhando sob o ritmo da música. Até mesmo estava ciente de que ela e Joel estavam atraindo mais que a sua cota de atenção, talvez por causa de quem ela era, mais provavelmente por causa de quem Joel havia acabado de se tornar. E, ainda assim, todas essas impressões eram apenas um plano de fundo distante para o mundo de música e movimento e, sim, de *romance*, no qual eles dançavam.

O sentimento mais, mais maravilhoso do mundo, ela pensou sem tentar analisar o pensamento nem desacreditá-lo nem temê-lo... a sensação mais maravilhosa do mundo era ser amada.

Quando a música terminou, os dois mundos se uniram, e Camille tirou a mão do ombro de Joel, afastou a outra da dele, e lhe sorriu com pesar.

— Creio, sr. Cunningham, que devo ser a melhor professora do mundo.

— Somente, srta. Westcott, porque tem o melhor pupilo do mundo.

Eles sorriram um para o outro com deselegância.

— Não há lugar algum aqui em que se possa ter o mínimo de privacidade, não é? — perguntou ele. — Quer dar um passeio lá fora comigo, Camille?

Tarde da noite, quando estava escuro lá fora? Sem uma acompanhante? Sem...

— Vou pegar o meu xale — respondeu.

O som da música, das vozes e das risadas esmaeceu assim que chegaram ao lado de fora. A lua nova nada mais era que uma lasca no alto, mas o céu estava limpo e havia estrelas mais do que suficientes para que pudessem enxergar. O ar havia perdido o calor do dia, mas estava do lado quente do clima frio. Não havia vento perceptível.

— É ótimo estar aqui fora — disse ela, erguendo o rosto para o céu.

— É sim — concordou Joel, enquanto percorriam a curta distância ao longo da Bennett Street até o Circus. Atravessaram a rua até o imenso jardim circular no meio da construção e caminharam pelo passeio. Ao redor deles se erguiam três seguimentos curvos e maciços de casas com arquitetura clássica e elegante. Havia muito poucas luzes acesas por trás das janelas. Estava tarde.

— Passei o dia pintando. Pintei furiosamente e sem pausa e consegui o foco total que sempre busco quando estou criando. Pintei a sua irmã, a partir dos esboços que fiz, de memória e com aquela parte de mim mesmo que nunca consigo pôr em palavras. O retrato não está nem perto de terminado, mas estou terrivelmente contente com o resultado. Há algo tão... delicado nela que eu temi que jamais seria capaz de capturar esse traço nem no pensamento nem na visão nem na tela, mas creio que consegui capturar sua beleza, a alegria de viver, a vulnerabilidade, a tristeza, a esperança insaciável. Oh, eu poderia dizer uma palavra atrás da outra e ainda não conseguir expressar o que há nela que eu sinto. Nunca pintei nada tão rápido, mas não é descuidado nem superficial nem... — A voz dele foi esvanecendo.

— Estou ansiosa para ver quando estiver terminado — falou ela, com a voz cheia de afetação. Eles caminhavam pelo perímetro interno do jardim.

Ele suspirou.

— O que eu estava tentando fazer era concentrar a minha mente em uma coisa para que todos os pensamentos que andavam fervilhando e me atormentando por dias fossem silenciados. Obtive mais sucesso do que esperava, mas o fato é, Camille, que em algum lugar por trás da minha concentração nessa única coisa, meus pensamentos estavam sendo ordenados e classificados, então quando, por fim, me afastei da tela, sabia de uma coisa com perfeita clareza... bem, duas coisas, na verdade.

Ela virou a cabeça para olhá-lo. Camille usava ambas as mãos para segurar as pontas do xale, mas ele pegou uma das mãos e entrelaçou os dedos nos dela. Ela segurou ambas as pontas do xale com a outra mão. E não disse nada, mas o que ele esperava que ela dissesse? Ela pensaria que ele a trouxera ali para contar a ela sobre o seu dia de pintura.

— De uma coisa eu sei, a menos importante — começou ele —, é que vou mesmo ficar com aquela casa e usar o dinheiro para fazer algo com ela que espalhará a generosidade e a beleza, algo que elevará o espírito das pessoas e que alimentará a alma. Especialmente das crianças, embora não somente delas. Ainda não sei nem como nem o quê, mas farei. E morarei lá para dar o calor de um lar assim como todo o resto. Terei animais lá e... pessoas.

Bom Deus, ele era um covarde. Não soubera isso de si até pouco tempo. Puxou o braço dela para baixo do seu, as mãos ainda entrelaçadas. Parou de andar e eles olharam para o lado de fora, em direção à descida íngreme da Gay Street.

— A outra coisa que soube com perfeita clareza é que eu amo você, que a quero na minha vida não importa em que ela venha a se transformar, que quero me casar com você e ter filhos com você e ter uma família com você lá naquela casa... com filhos do nosso próprio corpo e filhos adotivos e cães e gatos e... bem, cobras e ratos também, talvez, se tivermos filhas ou filhos intrépidos. Não tenho certeza se posso lhe pedir isso. Você levou uma vida bem diferente. Cresceu como a filha de um conde em uma casa aristocrática. É uma dama dos pés à cabeça. Quando a vi esta noite, achei-a a mulher mais linda que já vi na vida, não exagerei quanto a isso. Também penso que seja a mais grandiosa, a mais distante, a mais inalcançável. Parecia presunçoso amar você.

— Joel — ela disse, interrompendo a sua eloquência. — Você *pode* ter certeza.

Inexpressivo, ele a olhou na quase escuridão. Ele podia ter certeza? Ouviu o eco das próprias palavras... *Não tenho certeza se posso lhe pedir isso.*

— Posso? — perguntou ele.

— Você precisará de uma dama para cuidar daquela sua casa enquanto sua cabeça está nas nuvens — apontou ela. — A única coisa que posso fazer com os olhos fechados e as mãos amarradas atrás das costas é administrar uma casa. Posso considerar algo de arrepiar os cabelos ter crianças gritando, cães latindo, gatos miando e artistas distraídos no caminho, mas se posso entrar em um orfanato e começar a dar aula para uma sala cheia de crianças de todas as idades e com diferentes níveis de habilidades; se posso convencê-las a tricotar uma corda roxa como projeto coletivo e marchar com elas por Bath agarradas à corda; se posso ensinar um certo artista distraído a valsar, posso fazer qualquer coisa.

— Mas... — Joel apertava os dedos e a mão dela com bastante força, percebeu antes de relaxar. — Você aceitaria, Camille?

Ela suspirou, um som de exagerada paciência.

— Acontece, Joel, que eu sou mesmo uma dama de berço e não posso ignorar o treinamento de uma vida inteira em poucos meses. Fiz isso uma vez, por incrível que pareça, há uma semana, quando pedi que me levasse para a sua casa com você. Eu não acreditava que poderia voltar a fazê-lo. Eu não podia pedir para que *você* se casasse *comigo*. Uma dama não faz isso, sabe? É papel do cavalheiro.

Ele a encarou. Com ou sem escuridão, não havia como confundir a expressão dele.

— Não sou um cavalheiro — disse, os olhos se fixando em seus lábios.

— Creio ser papel do homem, Joel — esclareceu ela —, mesmo que ele não seja fino nem refinado. Você é um homem, disso não há dúvida. Foi a primeira impressão que tive quando nos conhecemos na sala de aula, e isso me ofendeu, pois eu nunca havia, de forma consciente, pensado isso de qualquer outro homem, nem mesmo o visconde de Uxbury. Pareceu-me que você era muito... másculo.

Camille perguntou-se se estava corando. Era impossível saber na escuridão, mas, se estivesse, os olhos com certeza não vacilariam dos dele.

— Deve ser a minha ascendência italiana — observou Joel. — Crê que temos audiência por trás de uma dessas janelas escuras ao nosso redor?

— Não sei nem me importo.

— Muito bem, então. — E já que ele parecia um homem e muito másculo, mesmo não sendo um cavalheiro, e meio italiano, ainda por cima, era melhor fazer a coisa direito. Ele se abaixou sobre um joelho e segurou a mão dela em ambas as suas. Sentiu-se bobo... e, então, não mais. Olhou para ela. — Camille, você aceita se casar comigo? Porque eu a amo de todo o meu coração e não quero mesmo, *mesmo*, passar o resto da minha vida sem você. Porque espero que você sinta o mesmo por mim. Queria ter composto e decorado algum discurso elegante, o qual você poderia ter repetido para os nossos netos, se sua resposta for sim, no caso. Embora ouso dizer que já teria me esquecido de cada palavra dele a essa altura. Ora bolas, Camille, você *aceita*?

Ela ria baixinho. Joel amava sua risada. Na verdade, amava a amazona, e o sargento, e a professora vivaz, e a Madona com o Menino, e aquela deusa aristocrática de vestido de baile prata e azul e o penteado elaborado. Amava a mulher com quem ele fizera amor em seu quarto e a mulher que implorara para ser abraçada quando estava se sentindo triste.

— Bem, aceito — respondeu ela, soltando a mão e se abaixando para segurar o rosto dele e beijá-lo de leve nos lábios. — Mas levante-se. Está arruinando seu esplêndido traje de gala.

— Você aceita? — Ele se levantou com dificuldade e a agarrou pela cintura.

— Aceito, mas só porque eu o amo e não posso suportar o pensamento de viver sem você. Por nenhuma outra razão.

— Você aceita. — Ele a olhou por um momento, então inclinou o rosto para o céu. — *Ela aceita.* — Joel a tirou do chão e a girou duas vezes enquanto ela ria para ele. — *Ela aceita.*

Não achava que havia falado alto. Uma parte sua estava ciente de que talvez houvesse pessoas dormindo nas casas ao redor da Circus, e que elas talvez não gostassem de ser acordadas por vozes vindas do jardim central, mas, de algum lugar — na escuridão era impossível saber exatamente de onde ou até mesmo de qual direção —, veio um som de alguém aplaudindo baixinho.

Eles se olharam, ele e Camille, quando ele a pôs de pé no chão, os olhos se arregalando de choque e depois se enchendo de diversão. Ele a puxou para perto e a segurou junto de si enquanto ela passava os braços pelo seu pescoço, e eles riam baixinho.

23

O casamento da srta. Camille Westcott com o sr. Joel Cunningham foi marcado para o início de setembro, seis semanas depois do baile de aniversário no Upper Assembly Rooms. Aconteceria na Abadia de Bath, uma escolha de fato surpreendente, talvez, sendo a noiva a filha ilegítima de um conde e o noivo o filho ilegítimo de uma dama sem grande significância social e um artista italiano de quem poucas pessoas se lembravam e nenhuma delas podia identificar pelo nome. Apesar disso, a noiva era conhecida e tida em alta estima pela poderosa família Westcott e pelo formidável duque de Netherby, que era casado com uma deles, e pela sra. Kingsley, viúva de um dos cidadãos mais ricos e proeminentes de Bath e avó materna da noiva. E o noivo era sobrinho-neto do falecido sr. Cox-Phillips, um proeminente político da sua época e habitante abastado de Bath, que reconhecera o noivo em seu testamento ao deixar para ele suas duas casas e a fortuna. A história de Joel — e, por associação, a de Camille — havia incitado a imaginação de Bath, ao menos por um tempo, e os convites para o casamento foram cobiçados.

Esperava-se que toda a família Westcott voltasse a Bath para o evento. Assim como o reverendo Michael Kingsley, de quem muitas pessoas se lembravam desde a infância, e a noiva prometida, a neta de um baronete, com a irmã. Outros parentes Kingsley também eram esperados. A srta. Ford, desfrutando um pouco da fama como matrona do orfanato onde a duquesa de Netherby e o sr. Cunningham haviam crescido e onde a srta. Westcott dera aulas até pouquíssimo tempo atrás, também havia sido convidada, assim como todos os funcionários e as crianças. Muitas pessoas se lembravam de terem visto muitas das crianças com certa frequência nas caminhadas de verão durante as várias excursões em uma fila ordenada enquanto seguravam uma corda de um tom impressionante de roxo. Corria à boca miúda que os noivos adotariam duas órfãs.

O noivo também convidara um bom número de amigos, assim como os funcionários de um certo açougue e todos os professores e muitos dos antigos alunos da escola de arte a qual ele frequentara cerca de dez anos atrás. E convites tinham sido enviados para vários cidadãos, incluindo os amigos da sra. Kingsley e pessoas de quem o noivo havia pintado retratos.

Uma pessoa de real importância não estaria presente. O tenente Harry Westcott estava na Península Ibérica com o regimento e não seria capaz de chegar a tempo para o casamento, mesmo se tivesse conseguido uma licença ou desejado vir. Uma carta chegou para Camille poucos dias antes do casamento, na qual ele desejava felicidade para a irmã e sua confiança na pessoa que ela escolheu, embora o fato o tivesse pegado de surpresa. Ele também mencionou que recentemente estivera em uma grande batalha campal, que havia sido incerta até a inevitável debandada do inimigo. Ele tinha sofrido uma variedade de cortes e contusões durante o combate, mas o cirurgião do regimento, que era um bom sujeito, remendara-o e o assegurara de que ele logo estaria novo em folha com a adição de algumas cicatrizes interessantes para atrair as damas. O jovem enviou seu amor à mãe, a Abby e a quem mais fosse gostar de tê-lo.

Estranho, Camille pensou ao dobrar a carta, que Harry fosse ser quem parecia um pouco reticente com a sua escolha — ela o surpreendera. Ninguém mais se surpreendeu. Decerto, todos pareciam felizes por ela. Talvez tivessem reconhecido a sua mudança, e talvez vissem que a mudança tivesse sido para melhor. Talvez pudessem ver que ela estava apaixonada, assim como ficara perfeitamente óbvio que Anna estava apaixonada por Avery. Talvez, ela pensou com um sorriso e um risinho baixo, todos se apaixonassem por um apaixonado. Ela levou a carta de Harry aos lábios e fez uma oração por sua segurança.

Joel dera o aviso ao senhorio, pois se mudaria para a casa na colina depois do casamento. Havia terminado o retrato de Abigail, para o deleite e ainda mais espanto de todos que o viram, embora a avó não fosse exibi-lo até que o de Camille fosse pintado também. Joel deixaria isso para depois do casamento. Não tinha certeza se o relacionamento íntimo com ela faria com que o retrato fosse mais fácil ou mais difícil de ser pintado, mas ele sempre gostara de desafio, e aquele sem dúvida seria o maior até então.

Camille dera o aviso à srta. Ford, mas garantira que lecionaria até o dia do casamento, se fosse necessário. Ficou animada ao descobrir que houvera duas outras candidaturas muito promissoras depois de a vaga ter sido oferecida a ela, e que uma das candidatas ainda estava disponível e ansiosa para começar. Camille a encontrou e aprovou o jeito animado, a disposição sensível e o conhecimento entusiástico de toda sorte de assuntos, acadêmicos e outros, e o óbvio amor por crianças. Ainda assim, Camille sentiu uma pontada de pesar por ter que ir embora tão cedo. Voltaria a ver as crianças, no entanto. Visitaria, e algumas delas poderiam ir até a casa na colina por muitas razões. Joel já estava elaborando um plano ambicioso para reunir todas no Natal para banquetes, festas, brincadeiras, presentes e a celebração do nascimento de um bebê.

Os arranjos legais para a adoção de Sarah e Winifred estavam bem adiantados. Sarah não precisava ser consultada, é claro, pois era nova demais para expressar opinião. No entanto, que ela amava Camille acima de qualquer outra pessoa era de conhecimento geral, assim como o fato de que Camille adorava a bebê tanto quanto a amaria se fosse dela mesma.

Ainda não havia um filho dela mesma. Descobrira uma semana depois do noivado.

Winifred, aos nove anos, tinha idade o bastante para ser consultada. De fato, era de grande importância que seus desejos fossem conhecidos. Ela passara a vida no orfanato. Era o único lar que já havia conhecido, as pessoas lá eram a única família. Era provável que escolhesse ficar em vez de se lançar ao desconhecido vários anos antes de ser necessário que o fizesse, de qualquer forma. Uma semana depois do noivado, Camille a levou até uma das salas de visita e fechou a porta.

— Winifred — começou, quando ambas estavam sentadas —, você deve ter ficado sabendo que eu e o sr. Cunningham vamos nos casar.

— Fiquei, srta. Westcott — respondeu Winifred, sentada toda empertigada na beirada do sofá, as mãos cruzadas no colo. — Estou muito feliz pela senhorita.

— Obrigada. É provável que você também não saiba que, depois do casamento e de nos mudarmos para a casa na colina, levaremos Sarah conosco como nossa filha adotiva.

As mãos magras da menina apertaram uma à outra.

— Estou muito feliz por ela — declarou Winifred. — Orei por ela, e minhas preces foram atendidas.

— Perguntamos à srta. Ford — prosseguiu Camille —, e a srta. Ford consultou os membros do conselho administrativo se também era possível que adotássemos você. Eles deram permissão, mas já que tem idade o bastante para expressar sua opinião quanto ao assunto, assumi o compromisso de vir falar-lhe em particular. A escolha será sua, Winifred. Você pode ficar aqui no lugar a que sempre pertenceu e onde está confortável e em segurança, ou pode vir conosco e ser nossa filha e irmã mais velha de Sarah. Nós lhe daremos um lar, amor, cuidados e proveremos por você quando for mais velha. Não importa o que decida quando chegar a hora, você sempre será nossa filha, e nossa casa sempre será sua. Nós sempre a amaremos.

Os olhos de Winifred a fitavam do rosto magro e pálido.

— Mas por que escolheram a mim? — ela perguntou, com uma voz que estava uma oitava mais alto que o normal. — Sempre tentei ser boa, e aprender as minhas lições, e a ser asseada, e a ajudar os outros, e a fazer minhas preces, mas as outras pessoas nem sempre gostam de mim porque ainda sou uma pecadora. Não sou digna de tal honra, srta. Westcott. A Sarah...

— Winifred. — Camille foi se sentar ao lado dela e colocou uma mão em cima das que estavam cruzadas. Estavam frias como gelo. — Deixe-me lhe dizer uma coisa sobre o amor. Ele é incondicional. Você sabe o que é isso?

A criança assentiu. Ela ainda não havia parado de encarar Camille.

— O amor nem sempre precisa ser conquistado — Camille disse a ela. — Você decerto é uma boa menina, conscienciosa e devota. São qualidades admiráveis e que conquistaram a minha aprovação, mas elas sozinhas não ganhariam, necessariamente, o meu amor. O amor não é a recompensa pelo bom comportamento. O amor só é. Quero que saiba que se escolher ser minha filha e do sr. Cunningham, nós a amaremos não importa o que aconteça. Você não terá que sentir como se precisasse se comportar da melhor forma o tempo todo. Não precisará sentir que deva se provar digna, nem ficar temerosa que a mandemos de volta para cá se não conseguir atender às nossas expectativas. Não *temos* expectativas, Winifred. Apenas a amamos e queremos que faça parte de uma família conosco, Sarah e quaisquer outros filhos que tenhamos no futuro. Queremos que você seja feliz. Queremos que possa correr, brincar, falar, rir e fazer o que quiser, desde que isso não coloque a você nem aos outros em perigo. Queremos que você seja a pessoa que escolha ser. Eu a amo de verdade, Winifred.

Ela ainda encarava, a pele ainda pálida.

— Eu não sou bonita — ela meio que sussurrou.

O cabelo castanho caía em duas tranças por cima das orelhas e dos ombros. A testa era grande, os olhos e outras características faciais não tinham nada fora do comum. Era um rosto pequeno e que ainda não havia trocado os dentes. Ela era magra, até mesmo um pouco desengonçada. Decerto, ela não era uma criança bonita.

— A maior parte das meninas e das mulheres não são — respondeu Camille, resistindo à tentação de protestar e talvez perder a chance de conquistar a confiança da criança. — Porém, muitas têm outro tipo de beleza. Já notou? Algumas mulheres são modestas, até mesmo flertam com a feiura, mas ninguém nota isso, exceto talvez no primeiro encontro. Há tanta bondade, luz, gentileza, felicidade e vitalidade brotando delas que a aparência exterior se transforma em beleza.

— Eu posso ficar bonita? — perguntou Winifred.

— Sim, é claro — confirmou Camille. E talvez até bela com o tempo, com uma aparência élfica e delicada. — Você já está no caminho.

— Eu seria Winifred Cunningham?

— Creio que gostaríamos disso, embora a escolha seja sua. Hamlin talvez seja uma parte considerável da sua identidade para ser abandonado.

— Winifred Cunningham — sussurrou a menina. — Eu a chamaria de mamãe?

— Eu gostaria disso acima de todo o resto — replicou Camille, embora fosse apenas treze anos mais velha que a menina. — Deseja pensar? É uma tremenda decisão, e não quero pressionar por algo de que talvez você se arrependa mais tarde. Eu quero que você saiba, no entanto, que será amada, não importa o quê.

— Não preciso de tempo. — Winifred voltou a apertar as mãos com força no colo, e Camille retirou a dela. — Quando fiquei sabendo que a senhorita se casaria com o sr. Cunningham e iria embora daqui logo depois que a srta. Snow foi embora para se casar com o duque de Netherby, eu chorei um pouco e roguei por forças para ficar feliz pela senhorita, mas não podia me sentir muito feliz. Foi egoísmo da minha parte, mas estou sendo recompensada ainda assim. Srta. Westcott... eu vou ter *uma mamãe e um papai*? *E uma irmã?* Eu serei Winifred Cunningham, parte da família Cunningham?

— E o duque e a duquesa de Netherby serão seu tio e sua tia — apontou Camille. — E haverá outros também.

Winifred ficou ainda mais pálida, se possível.

— Você gostaria de ser abraçada? — perguntou Camille. — Gostaria que eu a abraçasse?

A criança fez que sim, enroscou-se nos braços de Camille e a abraçou com força. De alguma forma, a menina acabou no colo de Camille, toda pernas desengonçadas, corpo magro e braços ávidos. Camille beijou a linha no alto de sua cabeça, muito branca e muito reta, e descansou a bochecha ali. Faria o que o pai jamais tinha feito, pensou, ao fechar os olhos. E por ele ter sido o perdedor em sua habilidade de dar e aceitar amor, ela o perdoou por toda a dor que causara a ela, e o amou mesmo assim.

Joel estava familiarizado com a Abadia de Bath, por dentro e por fora. Sempre admirara sua beleza e estudara sua arquitetura e decoração intrincada com muita atenção e assombro. Perambulara do lado de dentro e, muitas vezes se sentara lá por longos minutos, absorvendo a atmosfera de paz e exaltação que não havia sentido em nenhum outro lugar, nem mesmo em outras igrejas. Havia participado de alguns cultos, mas sempre se sentava o mais para o fundo quanto possível, mais para observar do que para participar.

Nem em seus devaneios mais loucos, ele teria se imaginado casando-se ali, com os bancos quase lotados por pessoas tanto humildes quanto elegantes que vieram testemunhar o evento e partilhar da sua alegria e a de sua noiva. Várias fileiras estavam ocupadas pelas crianças prestes a explodir de animação, mas em seu melhor comportamento sob os olhos de águia da srta. Ford, das cuidadoras e da nova professora. Ainda assim, umas poucas se agitavam no assento e acenavam para Joel e lhe lançavam sorrisos largos quando ele foi até a frente acompanhado por Martin Silver, o padrinho, para se sentar e esperar e esperar a chegada da noiva.

Winifred e Sarah, em vestidos novos e impecáveis, sentaram-se do outro lado do corredor, Sarah no colo de Abigail, chupando dois dedos e parecendo prestes a dormir, embora tenha removido os dedos e lançado um sorriso largo para Joel quando o viu. Winifred, com as tranças presas em coroa ao redor da cabeça, olhava-o com os olhos arregalados e parecia tensa de ansiedade. Ele mesmo se sentia um pouco assim, e deu uma piscadela para a menina antes de se sentar.

Pensou, com saudade, em seu velho e fiel paletó e nas botas e nos velhos lenços de gravata, que nunca haviam sido engomadas até a morte como a que usava naquele momento tinha sido. Tudo havia mudado desde que se pusera sob os cuidados do sr. Orville, o antigo criado pessoal de seu tio-avô, e agora seu. Talvez nunca mais voltasse a se sentir confortável com suas roupas a menos que aprendesse a fincar o pé, algo que estava descobrindo ser praticamente impossível sob os olhos afetuosos e reprovadores do criado cavalheiro. Precisava confessar, no entanto, que o jovem cavalheiro que franzira a testa para ele do outro lado do espelho estava de fato muito bem-apessoado. Hoje, pensou com uma careta interna de desconforto, ele parecia nada além de magnífico. E poderia verificar a impressão a qualquer hora que quisesse, bastava olhar para as novas botas hessianas muitíssimo brilhantes. Teve o cuidado de não olhar para baixo.

— Ela chegou — murmurou-lhe Marvin, inclinando-se um pouco mais para perto e, claro, os dois clérigos, um sendo o reverendo Michael Kingsley, tio de Camille, ambos esplêndidos na veste clerical, haviam chegado ao altar, a congregação se levantava e o órgão se lançava em algo solene e emocionante. Joel ficou de pé e se virou.

Ela se aproximava ao longo da nave no braço do conde de Riverdale. Estava vestida com elegante simplicidade em um vestido marfim e um chapéu com uma pequena aba de palha e rodeado de flores perto da copa. Enquanto ela se aproximava, Joel pôde ver que o corpete e a barra do vestido estavam incrustrados com pérolas. Ela usava sapatilhas e luvas cor de ouro fosco. A verdade, no entanto, era que ele não prestou muita atenção na aparência dela. Viu apenas Camille. Naquele dia, ela não usava nenhuma das suas personalidades conhecidas. Naquele dia, ela não tinha máscara, nem defesa, ou foi o que lhe pareceu. Naquele dia, ela era ela mesma. Naquele dia, ela era uma noiva, *a sua* noiva. Os olhos apontaram para ele e lá se fixaram enquanto ela se aproximava, e sorria.

Alguém deve ter acendido uma dúzia de candelabros lá no alto. O pensamento fantasioso baniu o medo, e ele sorriu para ela. Estava na abadia de Bath, rodeado por pessoas de grande importância e pessoas que simplesmente eram importantes para ele. Suas filhas estavam do outro lado do corredor e a noiva estava quase ao seu lado, e não havia mesmo palavras...

Eles se viraram juntos e a igreja e a congregação estavam às suas costas, com apenas o clérigo, o altar e a imensa solenidade da ocasião adiante.

— Amados irmãos. — Essas eram as palavras mais solenes, mais inspiradoras, mais rejubilantes da língua quando faladas juntas no início de uma cerimônia nupcial. Elas haviam sido faladas naquele momento, e a cerimônia era *dele e de Camille.*

Joel falou apenas para ela ao fazer os votos, e ela falou apenas para ele, mas havia momentos na vida — a valsa que dançaram no Upper Rooms havia sido um deles e aquele era outro —, quando se estava ciente, ao mesmo tempo, das duas realidades: a de estar sozinho ou ao menos sozinho com uma outra pessoa e ainda rodeado por outras, tudo em uma única harmonia de pertencer aos amigos, à família, à comunidade e à raça humana. Eram momentos preciosos, que deveriam ser vividos com plenitude e estimados na memória pelo resto da vida.

E então foram declarados marido e mulher, e ninguém mais os separaria. Assinaram o registro na sacristia e esperaram enquanto as assinaturas eram testemunhadas, e saíram de novo, o braço dela passando pelo seu, para olharem os amigos, a família e as pessoas que lhes queriam bem e percorreram a nave em direção ao espaçoso pátio que a abadia de Bath dividia com as termas romanas e o Pump Room.

Viu rostos na congregação dessa vez, todos sorrindo com calidez, uns poucos — a mãe de Camille, as duas avós e Anna — com os olhos marejados. Sarah ainda parecia prestes a dormir, mas estendeu os bracinhos quando eles se aproximaram, e Joel a pegou com Abigail e a segurou junto ao ombro. Winifred os olhou com anseio, e Camille se abaixou para beijá-la na bochecha, então a pegou pela mão. E caminharam juntos ao longo da nave, todos os quatro, uma família costurada e unida com a poderosa cola do amor e da esperança.

Joel sorriu para a esposa. Bom Deus, ela era *sua esposa*, e segurou o braço dela com mais força ao seu lado.

— Camille — disse abaixo do som do hino animado que o órgão tocava —, minha esposa.

— Oh, sim — anuiu ela, ofegante, enquanto eles passavam pelas portas enormes e iam para a luz do sol. — Sim, eu sou.

Uma carruagem aberta enfeitada com flores os aguardava do outro lado das colunas clássicas na borda do pátio para levá-los ao café da manhã de casamento no Upper Rooms, mas primeiro teriam que enfrentar os convidados, que escapuliram antes deles, armados com pétalas de flores que seriam atiradas neles, e os curiosos que haviam se reunido para assistir ao espetáculo.

— Ficarão terrivelmente decepcionados se não tentarmos fugir — falou Joel, soltando o braço de Camille e agarrando a mão dela. Sarah estava confortável e segura no seu outro braço. Ele se inclinou para a frente e sorriu para Winifred. — Pronta?

— Sim, papai — ela concordou, lançando-lhe um sorriso brilhante.

— Segure firme — avisou Camille.

E se foram, passando pelo corredor da tortura, rindo com abandono. As risadinhas de Winifred eram agudas e contentíssimas. Até mesmo Sarah ria como se o jogo tivesse sido armado para sua exclusiva diversão.

— Feliz? — gritou Joel, enquanto as pétalas choviam sobre eles e se agarravam às roupas.

— Feliz — respondeu a esposa.

— Feliz — guinchou a filha mais velha.

Não havia outras palavras além daquela óbvia, mas por que deveria haver, quando os sentimentos abundavam por estarem sendo partilhados com os mais próximos e queridos?

Os sinos da abadia repicavam as alvíssaras de um casal recém-casado.

Sim, isso era felicidade, sem dúvida.

FIM

Entre em nosso site e viaje no nosso mundo literário.
Lá você vai encontrar todos os nossos
títulos, autores, lançamentos e novidades.
Acesse www.editoracharme.com.br

Você pode adquirir os nossos livros na loja virtual:
loja.editoracharme.com.br

Além do site, você pode nos encontrar em nossas redes sociais.

https://www.facebook.com/editoracharme

https://twitter.com/editoracharme

http://instagram.com/editoracharme

@editoracharme